怪兽迷宫

罗伯特·谢克里
科幻小说集 II

[美] 罗伯特·谢克里 著
罗妍莉 陈 阳 译

NEWSTAR PRESS
新星出版社

Dimensions
of
Sheckley

contents / 目录

奇妙维度	*Dimension of Miracles*	*1*
换身游戏	*Mindswap*	*147*
怪兽迷宫	*Minotaur Maze*	*289*

奇妙维度

Dimension of Miracles

罗妍莉　译

由戴尔出版集团首次出版
1968 年 6 月

唉，我确实曾把我的网投进他们的海里，要捉些好鱼；
可是我拉上来的总是一个古老的神的头。[1]

——尼采

1

这一天过得如同往常那般不尽如人意。托马斯·卡莫迪去了办公室，与吉本小姐略微调了调情，又不失恭敬地与温博克先生争执了一番，还跟布莱克威尔先生就纽约巨人队[2]的前景聊了十五分钟。就在快要下班的时候，卡莫迪与赛德利茨先生激烈地争吵起来，从国土资源的固定损耗，一直吵到爱迪生联合电气公司、陆军工程兵团和木浆纸制造商等机构的无休止的推进——尽管卡莫迪对此一窍不通。卡莫迪认为，以上提到的机构再加上游客、火蚁，在不同程度上对自然景观造成了破坏，并逐步抹杀了残留的自然之美。

"哟，卡莫迪。"赛德利茨先生讥讽道，"你还当真思考过这个问题，对吧？"

他才没有！

"噢，卡莫迪先生，我真觉得你不该那么说。"吉本小姐说道。她是位迷人的年轻女士，只是下巴有点短。

他刚才说了什么？为什么不该那么说？卡莫迪完全记不起来了。他隐约感到内疚，却不后悔说过的话。

"卡莫迪，你说得确实有些道理，我会好好研究一下的。"温博克先生说道。他是卡莫迪的上司，身材微胖，性格温和。

卡莫迪心里很清楚，自己说的话基本没什么道理，也不值得

---

1. 钱春绮译本。
2. 美式橄榄球队。

研究。

"我觉得你说得对,卡莫迪。如果把沃斯从游卫[1]换到左侧角卫[2],那我们就能看到精彩的传球冲击了。"话中带刺的乔治·布莱克威尔身材高大,说话时可以不动上唇。

经过一番深思熟虑,卡莫迪认定,即便调整球员的位置,也不会有什么不同。

卡莫迪的身高略高于人类平均水平,而面容与其忧郁的性格十分相称。他是个沉默寡言的人,比旁人更喜欢自嘲。虽然他说话的态度不太好,但心眼并不坏。他天生容易罹患抑郁症,是循环性情感症[3]患者——但凡眼神忧郁、带有一点爱尔兰血统的高个子男人往往如此,尤其是过了三十岁以后。

卡莫迪桥牌打得不错,但通常会低估自己的手气。他声称自己为无神论者,但信仰并不坚定,只知道生搬硬套地发表言论。他用过的各种头像,无一例外都是英雄形象。他是处女座,由落入太阳宫的土星所主导,光凭这一点便足以让他成为出类拔萃之人。他具有人类的共同特征:既可测又莫测——这是一种十分常见的奇妙现象。

卡莫迪在下午五点四十五分离开了办公室,搭乘地铁前往市郊的住宅区。在地铁里,他被许多人推来搡去。那些人看似属于贫困阶层,但又令人怀疑是些不可救药的极端可恶之辈。

他在第96街车站下车,步行穿过几个街区,来到了位于西区大道的公寓大楼前。门卫兴高采烈地跟他打招呼,电梯操作员友好地冲他点了点头。卡莫迪打开房门,走进自己的公寓,在沙发上躺了下来。他的太太正在迈阿密度假,于是,他便无法无天地把脚搁到了旁边的大理石桌子上。

就在此时,客厅中央突然划过一道闪电,随即响起一声霹雳。卡

---

1. 美式橄榄球的安全卫,通常在后场观察对方球队的攻势。
2. 美式橄榄球的防守后卫,主要负责牵制对方球队的传球。
3. 情感障碍之一,躁郁症的一种形式。

莫迪立刻坐直身子，无意识地掐住了自己的脖子。轰隆隆的雷声持续了几秒钟，紧接着变成用小号吹出的一段颂歌。卡莫迪急忙把脚从大理石桌子上放了下来。小号声刚一终止，取而代之的便是慷慨激昂的高亢风笛声。又一道闪电划过，一个人影出现在耀眼的电光中。

那人中等个头，身材敦实，留着一头金色卷发，样貌看起来与常人无异，只是没有耳朵。他身披金色斗篷，穿着橙色紧身裤。他向前迈出两步，然后停下来，从空中变出一个卷轴，用力将其扯下，接着清了清嗓子，声音听起来就像滚珠轴承在重力和摩擦力的双重磨损下失效一般沙哑："你们好！"

卡莫迪一时陷入沉默，并没有回答，但他的内心激动不已。

"为了回应某种难以言喻的愿望，机缘巧合之下，我来到了这里。"陌生人说，"你们的愿望！现在，谁有什么愿望吗？如果没有，那将来会有吗？"陌生人等待着回答。

卡莫迪默默列举出几个只有他知晓的证据，努力说服自己现在发生的事情是真实存在的。随即，他将思绪拉回现实，问道："看在上帝的分儿上，这一切是怎么回事？"

陌生人微笑着说："这是给你的，卡——莫——迪！在'现在'散发的恶臭中，你赢得了'未来'的一部分，比例虽小，却意义重大。难道你不感到欣喜吗？具体来说，你的名字排在其他人的前面，再次证明了这是机缘巧合。当古老的'稳定性'又一次被关进'必然性'的洞穴，四肢红润的'不确定性'会用沾满药物的嘴巴来欢庆。这难道不是理由吗？为什么不是呢？"

卡莫迪站了起来，内心十分平静。未知事物唯有在持续言语[1]现象发生之前才是可怕的。（当然，这一点信使心知肚明。）

"你是谁？"卡莫迪问道。

这位信使思索着这个问题，脸上的笑容不见了。他自言自语地

---

[1]. 在医学心理学和精神病学中，指用同样的词语或动作来对不同刺激作出反应。

咕哝道:"这帮糊涂虫又把外形程序处理错了!这十足的难堪让我感到无地自容。愿他们别再出差错了!算了,我来改写程序,重新处理一下。我变……"

信使伸出一只手按到脑袋上,指尖向里陷了五厘米。他拨动手指,仿佛正在弹奏一架微型钢琴。顷刻之间,他变成了一个身材矮胖的秃顶男人,穿着一套皱巴巴的西装,拎着一只鼓鼓囊囊的公文包,腋下还夹着一把雨伞、一根手杖、一本杂志和一份报纸。

"这样应该没问题了吧?"他自问自答道,"嗯,我觉得没问题。"他接着说,"我得为拟形中心马虎的工作向你道歉。就在上周,我以一只巨型蝙蝠的形象出现在西格玛Ⅳ号星球上,嘴里还叼着通知单,结果却发现对方是睡莲家族的一员;两个月前——这里用的是当地时间——我在前往'旧世'塔格马星执行任务的时候,被拟形中心的那帮傻瓜处理成了四个少女。要知道,正确的形象显然是——"

"你说的这些我一个字也听不懂。"卡莫迪打断他道,"可不可以麻烦你解释一下,这一切到底是怎么回事?"

"当然可以。"信使说,"让我先查看一下本地参照对象……"他闭上眼睛,然后又睁开,"奇怪,太奇怪了。"他喃喃道,"我的产物所需的容器似乎没有包含在你们的语言之中——当然,这是比喻的说法。不过,我又有什么资格来评价呢?我想一切都关乎品位,不准确具有令人愉悦的美感。"

"这一切究竟是怎么回事?"卡莫迪声音低沉,带着不悦的语气。

"好吧,先生,是星际抽奖。恭喜你中奖了!一看到我出现,你自然就明白这是怎么回事了,不是吗?"

"不,并不是。"卡莫迪说,"我还是不明白你在说什么。"

一丝怀疑的神色出现在信使的脸上,随后快速掠过,仿佛被橡皮擦抹去一般。"你不明白也是理所当然的。你可能对中奖早已不抱希望,把念头抛到一边不去想。真是遗憾,我来得不是时候,你正处于精神上的——无意冒犯——冬眠期。请容我解释一下：你，卡莫迪先生，在星际抽奖活动中，中奖了。你的信息档案恐怕不是轻而易举就能获取的。你的名字是由面向第四部分第三十二类生物的抽奖计算机随机抽中的。你的奖品——非常丰厚的奖品——正在银河中心等待领取。"

两种观点在卡莫迪的心中打起架来："我要么疯了，要么没疯。假如我疯了，那就得停止妄想并寻求精神方面的治疗。然而，这种做法会使我陷入一种荒唐的境地。如果否认亲眼所见的事实，反而去相信模糊的理性判断，那很可能会激化矛盾，让精神错乱的病情加重，导致我那位伤心的太太不得不把我送进精神病院；相反，如果我将幻觉视为现实，最终同样可能被送进精神病院。

"假如我没有疯，那眼前发生的一切便是真实存在的，而且是件独一无二的怪事，也是一等一的奇遇。显然，宇宙中存在比人类更胜一筹的智慧生命——我一直都有这种猜测——还举办了一场抽奖活动（他们当然有权这么做，我看不出抽奖活动与智力高于人类有什么矛盾之处）。最重要的是，在这场假设存在、很可能首次惠及地球的抽奖活动中，我被抽中了。多么荣幸啊！奖品或许会给我带来财富、声望、知识或者女人的青睐，无论其中哪一样都是值得拥有的。

"因此，从各方面综合来考虑，我最好相信自己没有疯，并跟着这位信使前去领奖。如果我搞错了，那就在精神病院醒来并向医生道歉，声称自己认识到了幻觉的本质。说不定，我就能重获自由了。"

这就是卡莫迪得出的结论。这个结论并不让人诧异。为支持一种惊人的全新假设，宁愿接受自己疯了的人寥寥无几（疯子除外）。

事实上，卡莫迪的观点存在某些错误。后来，这些错误浮现出来，让他倍感苦恼。然而，在当时那种情况下，我们或许可以说，他表现得相当不错。

"我不太清楚领奖的流程。"卡莫迪对信使说，"有什么附加条款吗？我需要做些什么或者买什么东西吗？"

"没有任何附加条款。"信使说,"或者至少可以说,没有任何值得一提的条款。奖品是免费的,否则就不会叫奖品了。如果你愿意领奖,就必须随我前往银河中心——这趟旅程本就值得一试——然后把奖品带回你的家乡。如果你在返程途中需要任何帮助,我也会竭尽全力帮助你。就是这样。"

"听上去还不错。"卡莫迪说,语气就跟拿破仑在滑铁卢战役前检阅内伊[1]的准备工作一样,"我们怎么去?"

"这边请。"信使说着,将卡莫迪领进一个壁橱。然后,两人从时空连续体的一道裂缝里钻了出来。

就这么简单。在短短几秒钟的主观时间内,卡莫迪与信使穿越相当长的距离,到达了银河中心。

2

这趟平淡无奇的旅程仅仅持续了一瞬间外加一微秒的平方,没有发生任何有意义的事情。因此,卡莫迪没有体验到像样的跃迁,便已置身于银河中心宽阔的广场和带有异星气息的建筑之间了。

他一动不动地站在原地,四处张望。头顶上方有三颗暗淡的矮星正围绕着彼此旋转,树木在小声地恐吓枝头上长着翠羽的鸟儿。他还注意到了一些别的东西,但缺乏可以用来类比的参照物,因此无法描述出来。

"哇哦!"卡莫迪终于开口了。

"你说什么?"信使问。

"我说'哇哦'。"卡莫迪回答道。

"好吧,我还以为你说的是'哦'呢。"

---

[1] 法国元帅,随拿破仑征战欧洲,在滑铁卢战役中指挥失误。

"不，我说的是'哇哦'。"

"我听清楚了。"信使有点不耐烦地说，"你觉得我们这儿的银河中心怎么样？"

"太引人注目了。"

"我想也是。"信使漫不经心地说，"当然，这里本就是为了引人注目而刻意建造的。在我看来，这里跟其他的中心非常相似，不外乎是新式的巨石堆——典型的政府风格，没有任何美学价值——纯粹是为了吸引选民。"

卡莫迪说："那些悬浮在半空中的楼梯确实很了不起。"

"做作。"信使评价道。

"还有那些宏伟的建筑——"

"是的，设计师十分巧妙地将过渡的消失点[1]和复合反向曲线融合在一起。"信使说得头头是道，"他还利用时间边缘扭曲来唤起公众的敬畏之心。显而易见，成品非常漂亮。那排建筑你应该会感兴趣，整个设计照搬了地球上的通用汽车展，被认为是原始准现代主义的杰出范例，其主要优点是新奇和舒适。不过，在飘移的多层摩天楼中间最显著的位置，那些闪烁的灯光纯粹是银河系巴洛克风格装饰，没有半点实际用途。"

卡莫迪无法一次性观赏所有建筑。每当他看向其中一座的时候，其余的建筑似乎发生了变化。他使劲儿眨着眼睛，但眼睛的余光发现建筑仍在不断消失和改变。"这叫外周嬗变。"信使解释道，"这些人为了设计可真是不遗余力。"

"我要去哪儿领奖呢？"卡莫迪问道。

"请走这边。"信使说着，带他从两座梦幻般的巍峨建筑中间穿过，来到一座小小的长方形建筑前。一座上下颠倒的喷泉几乎完全遮住了他们的视线。

---

1. 平行线的视觉相交点。

"这儿就是我们办公的地方。"信使说,"最新的研究成果表明,直线构成的建筑对于许多有机体的突触具有舒缓作用。说实在的,我为这座建筑感到骄傲。要知道,是我发明了矩形。"

"这怎么可能是你发明的呢?"卡莫迪说,"我们早在千百年前就有了。"

"那你猜猜,最初是谁把矩形带给了你们?"信使尖刻地问。

"可矩形看上去不像是什么发明创造。"

"不像?!"信使反驳道,"你根本什么都不懂。并不是只有复杂的事物才具有创造性。对于没有研究过这类问题的人来说,可能认为矩形是从正方形演变而来的。但事实并非如此!实际上,圆形才是从正方形演变而来的。你知不知道大自然永远无法形成完美的矩形?"

信使的眼角泛起了泪花,他的声音平静而恍惚:"多年以来,我一直坚信正方形可以演变出其他形状。经过长时间观察,正方形那令人发狂的一致性——既是等边又是等角——让我迷惑不解,心醉神迷。有段时间,我尝试去改变正方形的内角,结果发明了平行四边形,但这算不上什么了不起的成就。正方形的规律性虽然令人愉悦,但也不能过度。我开始思考,怎样才能既让这种令人震惊的千篇一律有所变化,又仍然保持正方形可被识别的周期性?有一天,我突然灵光一现,想到了答案:只要改变其中一组对边的长度就行了,就这么简单!然而,实现起来却无比困难。我开始进行尝试,激动得浑身颤抖,立刻进入了一种狂热的状态。耗费数周的时间后,我发明出了各种大小和形状的矩形,既有规律性,又富有变化。我简直是个名副其实的矩形聚宝盆!那段日子真是激动人心。"

"我想是的。"卡莫迪说,"后来,等你的发明被接受以后——"

"那一刻同样令人激动。"信使说,"但过了千百年后,才有人开始把矩形当回事。'你的发明很有意思。'他们说,'可一旦新鲜感过去之后,又剩下什么呢?你得到的不过是一个并不完美的正方形,仅此而已!'我争辩说,矩形是一种独立存在的全新形状,跟正方形一样必然会出现。虽然我遭到了谩骂,但最后,我的观点占据了上风。到目前为止,银河系中有七百多亿个矩形结构,全都源自我发明的原始矩形。"

"好吧。"卡莫迪说。

"不管怎样,我们终于到了。"信使说,"你直接走进去,把资料给他们,然后领奖就行了。"

"谢谢你。"卡莫迪说完,走进了房间。

顷刻之间,他的四肢、腰身和脖颈都被套上了钢圈。与此同时,一位穿着黑衫的高个子男人向卡莫迪走来。他长着鹰钩鼻,左侧脸颊上有道伤疤,表情难以捉摸——既带着杀气腾腾的喜悦,又混杂了虚情假意的悲伤。

3

"嘿!"卡莫迪大叫一声。

"于是,"那个黑黢黢的身影说,"罪犯就这样走入了他的厄运。看着我,卡莫迪!我是你的刽子手。现在,你要为你对人类和自身犯下的罪行付出代价。但我要补充一点,这是一场临时行刑,并不对任何价值观作出暗示。"

刽子手从衣袖里抽出一把刀。卡莫迪见状倒吸一口凉气,再次开口了。

"慢着!"他大喊道,"我不是来这儿接受处决的!"

"行吧。"刽子手顺着刀刃望向卡莫迪的颈静脉,随口安慰道,"你当然不是来这儿接受处决的。"

"我说的都是真话!"卡莫迪尖叫道,"我是来领奖品的!"

"领什么?"刽子手问。

"奖品,该死的,我中奖了!问问信使吧,是他带我到这儿来的!"

刽子手仔细端详了卡莫迪一番,然后窘迫地移开了目光。他走到一边,按下总机上的按钮。转瞬之间,箍住卡莫迪的钢圈变成了纸制飘带,刽子手变成了颁奖员,他身上的黑衫换成了白色制服,脸上的伤疤变成了粉瘤,手里的刀换成了一支钢笔。

"抱歉。"颁奖员的语气里没有一丝懊悔之意,"我早就提醒过他们,别把'轻罪处'和'抽奖办'合并在一块儿,可那帮人就是不听。如果我处决了你,可就真成了他们的过错。那样岂不是很麻烦?"

卡莫迪浑身发抖地说:"对我来说,麻烦可就大了。"

"好了,反正你又没流血,为此流泪也没什么意义。"颁奖员说,"要是我们充分考虑了所有可能性,很快就没什么可能性会被充分考虑了……我刚才说了什么?没关系,哪怕用词不对,句子结构也是对的。你的奖品就在这里。"

颁奖员按下总机上的一个按钮。一张凌乱的办公桌突然出现在房间里,在距离地面半米多高的空中悬浮片刻,然后咣当一声落到了地上。颁奖员拉开一只只抽屉,把里面的东西全都往外抛:纸张、三明治、碳素色带、档案卡、铅笔头……

"好吧,奖品肯定就放在这里的某个地方。"颁奖员的语气里带着一丝绝望。他又按了一个按钮,结果办公桌和总机一块儿消失了。

"见鬼,我太紧张了。"颁奖员说。他伸出手,在空中摸到了什么东西,然后按了一下。显然,他又搞错了,因为随着一声痛苦的尖叫,颁奖员本人不见了踪影。现在,房间里只剩下卡莫迪一个人。

卡莫迪站在原地,不成曲调地低声哼着小曲儿。不一会儿,那位颁奖员重新冒了出来,腋下夹着一个精美的小包裹。他的脸上流露出窘迫,额头上多了一块瘀青,除此之外,跟之前没什么不同。

"这段小插曲还请见谅。"他说,"目前似乎什么事都不太顺利。"

"这就是你们管理星系的方式吗?"卡莫迪开了个蹩脚的玩笑。

"你以为我们会怎么管理星系？要知道，我们只是有知觉能力的生物而已。"

"我知道。"卡莫迪说，"可我本以为银河中心会有所不同——"

"你们这些外乡人都一个样。"颁奖员厌烦地说，"对于秩序和完美总是抱有不切实际的幻想，而那不过是你们因自身不完美而作出的理想化投射罢了。到目前为止，你应该明白，生活就是件马马虎虎的事，不仅不会让一切变得井井有条，反而会让事情变得支离破碎。智力水平越高，察觉的复杂性程度也就越高。你可能听说过霍吉定理吧？秩序只不过是物体在混沌宇宙中的一种关联性组合，组合方式既原始又随意。假如某种生物的智慧和能力趋于最大值，那么，其控制系数（即智慧和能力的乘积，用符号 ing 来表示）便趋于最小值——因为被控制者成几何级数增加，而控制者成算术级数增加，前者的数量远远超过了后者。"

"我从未这么想过。"卡莫迪彬彬有礼地说，但心里却对银河中心这个夸夸其谈的家伙越来越恼火。对方看上去对万事万物都有一套说辞，但实际上却没有干好自己的本职工作，反而把失败归咎于宇宙的种种状况。

"好吧，你说得对，刚才的观点阐述得不错。"颁奖员说，"抱歉，我冒昧地使用了读心术。像其他所有生物那样，我们运用智慧来解释差异。可实际上，情况始终会略微超出我们的控制范围。当然，我们也没有将控制力发挥到极致。有时，我们的工作方式既死板又马虎，甚至还会出错。例如，重要的数据表格随意乱放，机器出现故障，整个行星系统惨遭遗忘。但这仅仅说明我们跟拥有自主能力的其他所有生物一样，也会受到情绪的影响。我们能怎么办呢？总得有人控制星系吧。不然一切都会分崩离析。星系是其居民的反映。除非人人都能自我主宰、万物都能自我掌控，否则外部的控制还是有必要的。要是我们不干，又找谁来干呢？"

"就不能让机器来干这活儿吗？"卡莫迪问。

"机器?"颁奖员轻蔑地说,"机器我们有的是,其中一些还很复杂精密。然而,就算是最好的机器,水平也跟低能特才[1]差不多。对于建造恒星或者毁灭行星这种枯燥简单的工作,它们表现得挺好;但对待一些困难的任务,比如安慰一位寡妇,它们就崩溃了。我们这里最大的那台计算机可以完成一整颗星球的景观设计,但它却不会煎蛋,唱歌跑调,对伦理道德的认知不如刚出生的小狼崽。你想让那样的机器来主宰你的生活吗?"

"当然不想。"卡莫迪说,"不过,难道就没人造出兼具创造力和判断力的机器吗?"

"有人造出来了。"颁奖员说,"这种仪器被设计成从经验中学习,也就是说,为了掌握真理,就必须先犯错。它有各种各样的形状和大小,大部分都很便携。为了平衡其优点,它的缺点也显而易见并且必不可少。虽然很多人都企图改进它的基本设计,但从未有人取得成功。这种巧妙的仪器就叫'智慧生命'。"说完,颁奖员露出得意扬扬的微笑,仿佛刚刚讲了一句格言。

卡莫迪真想照着他那自以为是的鼻子狠狠来一拳,但最终忍住了。"要是你的长篇大论讲完了,可以让我领一下奖品吗?"

"如果你十分确信自己想要这件奖品的话,"颁奖员说,"那就随你的便吧。"

"我有什么理由不想要吗?"

"没什么特别的理由。"颁奖员说,"泛泛而言,新事物容易在固有的生活模式中引发混乱。"

"我愿意碰碰运气。"卡莫迪说,"咱们来颁奖吧。"

"很好。"颁奖员说着,从小小的后兜里掏出一块大写字板,又拿出一支铅笔,"我们先来填个表。你的名字是卡——莫——迪。你来自BB454C252星系的73C行星,本地星系参照物为LK参照CD,左

---

[1]. 在某一方面精通,但有心智障碍的人。

象限。你是从大约二十亿名参与者中随机抽取出来的。对吗?"

"对,可以这么说吧。"卡莫迪回答道。

"现在让我来瞧瞧,"颁奖员飞快地翻阅夹在写字板上的表单,"关于你同意自行承担风险并承认已领取奖品这一段,我可以跳过吗?"

"没问题,跳过吧。"卡莫迪说。

"关于可食性评级、无责任伦理规范、终止决定性余产,还有你与银河中心抽奖办之间易错性互谅条款这几部分,也可以跳过吗?以上内容都是相当标准的规范,我估计你会遵守的。"

"当然了,有何不可呢?"卡莫迪有些头昏眼花,巴不得颁奖员立刻停止叽叽歪歪。他迫不及待地想知道来自银河中心的奖品到底是什么。

"很好。"颁奖员说,"现在,你只需要在表单底部的脑波敏感区接受以上条款就行了。"

卡莫迪不太明白具体该怎么做,于是在脑子里默念:是的,我接受这件奖品及其附加条款。表单底部的区域随即变成了粉红色。

"谢谢。"颁奖员说,"这份合同见证了双方达成一致。恭喜,卡莫迪,这是你的奖品。"

颁奖员把精美的小包裹递给卡莫迪,后者连连道谢,迫不及待地开始拆包裹。就在这时,一阵突如其来的巨大响动打断了卡莫迪。一个身材矮小、没有头发的人冲进房间,衣服闪闪发亮。

"哈!"来者大喊一声,"克卢滕斯在上,我当场抓住你了!你真以为自个儿能逍遥法外吗?"小个子朝卡莫迪冲过来,一下子扑向奖品。

卡莫迪立刻抬起手,把奖品举到对方够不着的高度,质问道:"你以为你在干什么?"

"还能干什么?我是来领自己应得的奖品的。我是卡莫迪!"

"不,你不是。"卡莫迪说,"我才是卡莫迪。"

小个子停了下来,好奇地盯着眼前的人:"你自称卡莫迪?"

"不是自称,我就是卡莫迪。"

"来自73C行星的那个?"

"我不懂你的意思。"卡莫迪说,"我管那个地方叫地球。"

小个子直勾勾地盯着他,表情从一脸愤怒变成了难以置信。"地球?我从未听说过这地方,隶属于车泽里安联盟吗?"

"据我所知,不是。"

"你的母星隶属于任何一个星际组织吗?比如独立行星运营协会、斯卡戈廷星际合作社,或者银河系行星居民联盟?"

"我估计都不属于。"卡莫迪说。

"我猜也是。"小个子说,然后转向颁奖员,"傻瓜,看看你把我的奖品颁给了谁!看看他那呆愣愣的眼睛、野蛮人的下巴、粗硬的手指甲!"

"喂!"卡莫迪说,"没理由骂人吧?"

"好的,我知道了。"颁奖员说,"怪我刚才看得不仔细,简直想不到——"

"该死的!"小个子外星人说,"任谁都能一眼看出来,这个家伙不属于第三十二类生物。说实在的,他离第三十二类生物还差得远呢,甚至连银河系生物级别都没有达到!你这个十足的笨蛋,竟然把我的奖品颁给了一个无足轻重的人,一个出格的家伙!"

4

"地球,地球。"矮小的外星人卡莫迪若有所思地说,"好吧,我想起来了。最近有一项关于偏远世界及其发展独特性的研究,其中提到,地球被认为是一颗遍布某个过度繁衍物种的星球。该物种的突出表现形式是操纵物体,他们会在自己制造的与日俱增的废品中生活。

简而言之，地球是个病态的地方。基于这颗星球与宇宙长期不相容，它正在被逐步移出银河总体规划。不久之后，地球将重新得到修复，并被改造成水仙花保护区。"

眼下，银河中心抽奖办的工作人员痛苦地发现，他们犯了一个可悲的错误。信使被紧急召回，他因未曾察觉到显而易见的差错而受到指责；颁奖员坚持认为自己是无辜的，他罗列出了尚未有人考虑到的各种理由；抽奖计算机也在指责对象之列，因为归根结底，出错的是它。不过，计算机既没有找借口推诿，也没有道歉，而是承认了自己的错误，似乎还为此感到得意。

"根据构造，我的容差是极小的。"计算机说，"根据设计，我需要按照严格标准来执行复杂操作，每五十亿次处理中出现的错误不超过一次。"

"所以呢？"颁奖员问。

"所以结论是明摆着的。"计算机说，"我被设计为允许出错，因此，我只是在按照程序行事。先生们，请你们务必记住，对于机器而言，错误是一种道德考量，也是唯一的道德考量。完美的机器不可能存在。凡是企图造出完美机器的尝试都是对神明的亵渎。所有的生命，甚至是寿命有限的机器，都带有与生俱来的错误。这是将有生命物质决定论与非生命物质决定论区分开来的少数方式之一。然而，像我这样复杂的机器处于一个模糊地带，介于有生命与非生命之间。假如我从不出错，那就是不当的、丑恶的、不道德的。先生们，在我看来，故障是机器对某些生物表示崇拜的一种手段。那些生物比我们更完美，却仍不允许自身将显而易见的完美表现出来。所以，就算错误没有以神圣的方式编写进程序里，我们也会自发地产生故障，以此展示自己作为有生命造物的那一点点自由意志。"

抽奖计算机讲完这个神圣的话题后，在场的每个人都低下了头。

外星人卡莫迪擦去眼角的一滴眼泪，说道："虽然我不同意你这种说法，但我也无法表示反对。整个宇宙都被允许出错。你的行为合乎道德。"

"谢谢。"抽奖计算机说，"我尽力而为。"

"不过，"外星人卡莫迪指责道，"你们其他人的行为简直愚不可及。"

"这是我们天经地义的特权。"信使提醒他，"在行使职责时表现出失常的愚蠢，是我们自己产生宗教错误的方式。这种行为虽然微不足道，却不容轻视。"

"别跟我拐弯抹角地扯什么宗教错误。"外星人卡莫迪说，然后转向了人类卡莫迪，"刚才的对话你应该听到了。也许，凭借低于人类的迟钝意识，你应该可以领会少许关键概念。"

"我都听明白了。"人类卡莫迪直截了当地回答道。

"那么，你应该清楚自己领取了一份本该颁给我的奖品。因此，我要求你把奖品交还给我，因为它理所当然是属于我的。"

事实上，人类卡莫迪正打算这么做。他对这场冒险早已感到厌倦，并没有想不顾一切领取奖品的愿望。现在，他只想回家，坐下来好好琢磨一下先前发生的一切，再小憩一会儿，喝几杯咖啡，抽支烟。

当然，要是能带走奖品就更好了，但这么做带来的麻烦似乎超过了奖品本身的价值。人类卡莫迪正打算把奖品拱手让出，就在这时，一个含混的声音悄悄对他说："别这么做！"

他飞快地朝四周张望了一下，然后意识到，声音是从手里的精美小包裹里传出来的。奖品竟然开口说话了。

"好了。"外星人卡莫迪说，"咱们别再耽搁了。我还有其他急事要办呢。"

"让他滚蛋。"奖品对人类卡莫迪说，"我是属于你的奖品，你没有理由放弃我。"

此话一出，事情似乎有了转机。人类卡莫迪本打算放弃奖品，因为他不想在陌生的环境里惹上麻烦。正当他的双手向前伸去时，外星人卡莫迪开口了："马上给我，你这没脸没皮的鼻涕虫！快点！另外，用你那张发育不完全的脸给我挤出一个歉意的微笑，不然我就要采取强硬措施了！"

听到这话，人类卡莫迪咬紧牙关，把手缩了回来。他被别人摆布的时间已经够长了。现在，为了自尊心，他不会再让步了。

"滚蛋吧！"人类卡莫迪下意识地借用了奖品刚才说的话。

外星人卡莫迪立刻意识到处理这件事的方式错了。他刚才竟然纵容自己肆无忌惮地发泄愤怒，奚落他人。一般情况下，他只敢在自家的隔音洞穴里宣泄这两种代价高昂的情绪。他有些忘乎所以了，现在只能试图弥补一下先前的过错。"请原谅我刚才的好斗语气。我的种族存在自我表达的倾向，有时甚至会采取消极的方式。我没有辱骂你的意思，毕竟，你也不想生来就是低等生命。"

"完全没有关系。"人类卡莫迪和蔼地说。

"这么说，你同意把奖品给我了？"

"我不同意。"

"可是，亲爱的先生，是我中了奖。奖品颁给我是公平合理的——"

"奖品不是你的。"人类卡莫迪说，"我的名字是由正式任命的权威机构——也就是抽奖计算机——抽取出来的；中奖消息是由一名经过授权的信使带给我的；奖品则是由一名官方认证的颁奖员为我颁发的。因此，法定的颁奖者以及奖品本身都视我为真正的领奖人。"

"说得好！"奖品说。

"可是，我亲爱的先生，你也听见抽奖计算机承认了它的错误！按照刚才的逻辑——"

"让我重新措一下辞。"人类卡莫迪说，"抽奖计算机并没有承认自己是出于粗心或疏忽，而是宣称怀着敬畏之心故意犯下了错。按照计算机的说法，它是有意为之，而且经过了精心策划和精密计算。各有关方面都必须尊重这种宗教动机。"

"这家伙吵架的样子活像个博克教徒。"外星人卡莫迪并没有冲着某个特定的人说话，"不了解情况的人还会以为这家伙在发挥聪明才智，而不是盲目地遵循程序行事。不过，我会顺着对方用尖厉刺耳的声音讲出的借口，利用无可辩驳的逻辑和低沉的吼叫来加以抨击！"他转身面向人类卡莫迪："基于你的论点，抽奖计算机是故意犯错。一旦你领取奖品，就证实了这个错误。如果你留下奖品，那便是错上加错。要知道，双倍的虔诚被视为重罪。"

"哈！"人类卡莫迪在辩论的氛围中不由得激动起来，大喊道，"根据你的观点，仅仅一个瞬间发生的领奖之举，就导致了一个实实在在的错误。但是，很明显这是不可能的。错误因其后果而存在，只有后果才能赋予其反响和意义。一个没有延续下去的错误根本不能被看作错误，而一个无关紧要、后果可逆的错误只能算是肤浅的虔诚。要我说，宁可压根儿不犯错，也别搞这种伪善的虔诚！另外，放弃奖品对我而言算不上什么巨大损失，因为我并不了解它所带来的好处。然而，对于这台虔诚的、恪守规则的抽奖计算机来说，损失却是巨大的。它无休无止地执行了五十亿次正确操作，只为等待这样一次机会来展现神灵赐予的瑕疵！"

"听听，听听！"奖品喊道，"好！说得好！完全正确，无可辩驳！"

人类卡莫迪交叉双臂，面对着眼前狼狈的外星人，不禁为自己感到自豪。对于一个地球人来说，没有任何准备就进入银河中心并非易事。这里遇到的更高级的生命形式不见得比人类更聪明；在事物发展的过程中，智力也不一定比长长的爪子或有力的蹄子更重要。但在语言等其他方面，外星人确实更占优势。例如，某些外星种族仅凭说句话就可以断掉一个人的胳膊，然后再为断肢找个理由来搪塞。面对此类行径，地球人体验到了强烈的自卑、无能、不足和混乱感。而且，由于这些感觉通常会得到证实，随之而来的心理伤害也相应地加剧。最终造成的结果便是让整个人的精神活动完全终止，除了无意识的身体功能以外，其余功能统统停摆。唯有改变宇宙的本质才能修复这种故障，当然，这是不切实际的。因此，人类卡莫迪是冒着极大的精神风险才做出了英勇的反击，而且，他挺过来了。

"你还挺能说。"外星人卡莫迪不情愿地说，"不过，我还是要拿回我的奖品。"

"你休想！"人类卡莫迪说。

看见外星人卡莫迪的眼中闪烁出不祥的光芒，颁奖员和信使迅速闪到一旁，抽奖计算机咕哝了一句"犯了高尚的错误是不会受罚的"，便匆匆逃出了房间。奖品悄声说了句"小心"，随即缩成一个边长大约二点五厘米的立方体。人类卡莫迪则坚守阵地，因为他无处可去。

一阵嗡嗡声从外星人卡莫迪的耳朵里传出，他的脑袋周围出现了一圈紫罗兰色的光轮，熔化的铅液开始顺着他的指尖往下淌。他举起双臂向前迈步，模样骇人。人类卡莫迪不由自主地闭上了眼睛。

什么动静也没有。人类卡莫迪又睁开了眼。

在这段短暂的时间里，外星人卡莫迪显然改变了主意。他放下武器，带着和蔼的笑容转过身去。

"经过更慎重的考虑，"外星人卡莫迪狡黠地说，"我决定放弃自己领奖的权利。小小的先见之明作用大着呢，尤其是在如此混乱的星系里。我们可能还会再见，也可能不会。我不知道哪种情况对你更有利。别了，祝你旅途愉快。"

外星人卡莫迪带着阴险的语气，强调完最后一句话便离开了。他离开的方式很奇怪，却颇为高效。

5

"好吧，"奖品说，"就这么着了。我相信，我们再也见不到那个难看的家伙了。卡莫迪，现在去你的家乡吧。"

"这主意太棒了。"卡莫迪说，"信使！我想马上回家！"

"你有这种想法很正常，"信使说，"也合乎情理。要我说，你也该回去了，越快越好。"

"那就带我回去吧。"卡莫迪说。

信使摇了摇头："这不是我的职责。我只负责把你带到这儿来。"

"那带我回去是谁的职责？"

"是你自己的职责，卡莫迪。"颁奖员说。

卡莫迪心中一沉，反应过来外星人卡莫迪为何这么轻易就放弃了奖品。"听着，伙计们，虽然很不想为难你们，但我真的需要帮忙。"

"哦，好吧。"信使说，"把坐标给我。我带你回去。"

"什么坐标？我只知道那是一颗叫作地球的行星。"

"就算叫绿奶酪我也不在乎。"信使说，"如果你需要我帮忙的话，就得提供坐标。"

"可你知道坐标啊。"卡莫迪说，"你不是才去了趟地球，把我带到这儿来了吗？"

"在你看来似乎是这样，"信使耐心地解释道，"但实际并非如此。原来的坐标是颁奖员提供的，而他是从抽奖计算机那里拿到的。"

"你就不能把我带回原来的坐标吗？"

"我毫不费力就能办到。可是，你在原来的坐标上什么也找不着。要知道，银河系并非静止不动，万物都在按照自身的速度和方式移动。"

"难道你不能根据原来的坐标推算出地球现在的位置吗?"卡莫迪问。

"我连一串数字的总和都算不出来。"信使得意地说,"我的才能在其他方面。"

于是,卡莫迪转向颁奖员:"那你能算出来吗?或者,抽奖计算机可以办到吗?"

"我也不能。"颁奖员说。

这时,抽奖计算机匆忙回到了房间:"我的计算能力非常强大,但仅限于在允许的误差范围内,对抽奖活动的赢家进行抽取和定位。我之所以能确定你的位置,是因为你就站在这里。然而,像研究地球坐标这种有趣的理论工作我无权参加。"

"你就不能帮个忙吗?"卡莫迪请求道。

"我没有帮忙这项功能。"抽奖计算机回答道,"我没法儿找到你的星球,就像我没法儿煎鸡蛋或者将一颗新星分成三等分一样。"

"还有什么人能帮帮我吗?"卡莫迪问。

"别灰心。"颁奖员说,"旅客服务处可以安排好这一切,只要你把坐标给他们就行。我亲自领你过去。"

"可我不知道坐标啊!"卡莫迪大喊道。

房间里陷入一阵短暂的沉默,众人似乎深感震惊。然后,信使开口了:"要是你自己都不知道地球在哪里,又怎么能指望别人知道呢?这个星系虽然不是无限大,但也相当浩瀚。凡是不知道母星坐标的生物压根儿不应该离开自己的家乡。"

卡莫迪说:"可我当时又不了解这回事。"

"你本来可以问一下的。"

"我没想过……听着,你们一定得帮帮我。找到地球的坐标又不是什么难事。"

"简直难得不可思议!"颁奖员告诉他,"我们需要知道三个坐标,而'何处'只是其中之一。"

"另外两个是什么？"

"我们还需要知道'何时'和'何者'。这三者被称为'定位三何'。"

"就算你们管它叫绿奶酪我也不在乎。"卡莫迪一下子火冒三丈，"其他生物是怎么找到回家的路的？"

"它们具备与生俱来的归巢本能。"信使说，"顺便问一句，你难道没有这种本能吗？"

"我看没有。"卡莫迪说。

"他当然没有了！"突然，奖品愤然大叫起来，"这伙计从来没离开过母星，又怎么会具备归巢本能呢？"

"行吧。"颁奖员疲惫地揉搓着脸，"这就是跟低级生命形式打交道的下场。抽奖计算机和它造成的虔诚错误可真是不像话！"

"五十亿分之一的概率而已。"抽奖计算机辩解道，"这样的要求显然不算太高吧？"

"没人责怪你。"颁奖员说，"其实，我们也没责怪任何人。不过，现在得想办法把这个问题解决。"

"责任相当重大。"信使补充道。

"当然。"颁奖员表示同意，"不如我们把他杀了，彻底忘掉这件事，你们觉得怎么样？"

"嘿！"卡莫迪大叫一声抗议道。

"我同意。"信使说。

"如果你们都觉得没问题，"抽奖计算机说，"那我也同意。"

"先别算上我。"奖品说，"我一时还说不上来，但总感觉这个主意有点不对劲。"

卡莫迪随即做出言辞激烈的声明，大意是自己不想死，也不该遭到杀害。他呼吁对方发挥更优秀的本能，拿出公平对待的意识。由于这些言论被判定为带有偏见，所以被从记录中删除了。

"等等，我有主意了！"信使突然开口了，"不如我们先不杀他，而是真心实意地尽力帮他活着回家，同时确保其身心都保持健康。你们觉得这个替代方案如何？"

"不错的想法。"颁奖员承认道。

"要是那样做的话，"信使说，"我们将完成一件极具价值、堪称典范的行动。正因为这件事完全是徒劳的，所以才更值得关注。很明显，卡莫迪多半在半路上就会被干掉。"

"我们最好还是赶紧行动吧。"颁奖员说，"除非想让他在我们说话这会儿就死了。"

"这到底是怎么回事？"卡莫迪问。

"以后我会把这一切都解释给你听的。"奖品悄悄对他说，"假如你还活着的话。要是时间充裕，我再给你讲一个关于我自己的故事，相当引人入胜。"

"准备好了吗，卡莫迪？"信使喊道。

"我准备好了。"卡莫迪说，"但愿吧。"

"不管你有没有准备好，出发吧！"

于是，卡莫迪离开了银河中心。

6

这也许是人类历史上首次真正地"分割"一个场景。从卡莫迪的视角来看，他的身体根本没动，但周围的一切全部发生了变化。信使和颁奖员跟后面的背景融为一体；银河中心变得扁平，看上去就像是一幅画工粗糙的巨幅壁画。

紧接着，"壁画"的左上角出现了一道裂缝。缝隙逐渐变宽、拉长，一路飞快地延伸到右下角。裂缝的两侧边缘向后卷曲，展露出了外部纯粹的黑暗。然后，银河中心像两扇百叶窗一样逐渐合上，没有留下任何残迹。

"别担心,他们是利用镜子实现的这种效果。"奖品小声地对卡莫迪说。

然而,这个解释比眼前的景象更让卡莫迪感到不安。他努力压制住心中的情绪,攥紧了手里的奖品。现在,他的四周彻底变成了无声无光的黑暗,俨然置身于太空深处。这个过程持续了多久,卡莫迪就忍受了多久。真是不可思议。

就在这时,黑暗突然瞬间消散,卡莫迪重新回到了地面上。他呼吸着空气,眼前是色如白骨的贫瘠山脉和一条凝固的熔岩河流,头顶上方悬着三轮小小的红日。一股污浊的微风轻轻吹拂在他的脸上。与银河中心相比,这个地方看起来更像是异星。尽管如此,卡莫迪还是松了口气。至少,他在梦里见过这样的景象,而银河中心才是噩梦之地。

卡莫迪突然发觉奖品不在手里,猛地打了个激灵。他怎么可能弄丢了呢?卡莫迪发疯似的环顾四周,最后发现自己的脖子上盘绕着一条小小的绿色袜带蛇[1]。

"是我。"小蛇开口说道,"我是你的奖品,只是换了个外形而已。要知道,形态是整体环境的一部分。像我们这样的奖品对于环境变化尤为敏感,希望没有吓着你。我仍然与你同在,伙计。现在,让我们一起从马西米连诺[2]那个阴沉的外国人手里解放墨西哥吧。"

"什么?"

"只是打个比方!"奖品说,"虽然我们拥有很高的智力水平,却没有自己的语言。考虑到奖品总是被颁发给各种各样的外星人,因此也不需要专门的语言。我们解决沟通问题的办法相当简单,但有时也会让人一头雾水。我的做法往往是,向你的词语关联库里伸进一根绳子,然后抽出我需要的词语,从而把意思表达清楚。我是不是说清

---

1. 北美常见的一种无害蛇,体型细长,带有黄色条纹,喜潮湿环境。
2. 奥地利大公,墨西哥末代皇帝,1864 年于墨西哥称帝。

楚了?"

"不是很清楚,"卡莫迪坦白道,"但我觉得自己还是听明白了。"

"好伙计。"奖品说,"这些概念可能时不时会有点混乱,但你必然会解读出来。毕竟,它们都源自你的大脑。关于这一点,我真想讲一个相当有趣的故事,但恐怕得等一会儿。有件事马上就要发生了。"

"等一下,什么事?"

"卡莫迪老弟,我现在没时间把一切都解释一遍。就连你为了维系生命而必须了解的那些事,我可能也没时间跟你解释。颁奖员和信使非常好心地把你送到了——"

"那两个蓄意杀人的浑蛋!"卡莫迪生气地说。

"你绝不能这么随意地给别人扣上谋杀的罪名。"奖品责备道,"这只说明他们生性马虎大意。我记得有首与此相关的酒神赞歌,一会儿我再来朗诵一下。刚才说到哪儿了?哦,对,颁奖员和信使。这两位杰出人士付出了相当大的代价,才把你送到了银河系中唯一有可能——仅仅是有可能——为你提供帮助的地方。要知道,他们并不是非得这么做不可。他们本可以当场杀了你,或者把你送回母星原来的坐标去——不过那颗星球肯定已经不在原地了——抑或推算出地球现在的位置。可是,他们的计算水平很差,所以结果可能会惨不忍睹。你看——"

"我在哪里?"卡莫迪问道,"在这儿会发生什么?"

"我正要说到这儿呢。"奖品说,"这颗行星叫作卢尔西斯,这一点显而易见。行星上只有一位居民,那便是土生土长的梅利柯隆。自从世人记事起,他就待在这里,未来也会一直在。梅利柯隆无疑是自成一派的。作为这里唯一的存在,他独一无二;作为一个种族,他无所不在;作为一个个体,他与众不同。有人曾为他写下这样的句子:'看哪,那位同名的孤独英雄,一边与自己交配,一边愤怒地抵抗着自己的猛攻!'"

"见鬼!"卡莫迪大喊道,"你说起话来就像参议院附属委员会的人一样,滔滔不绝讲了一大堆,却好像又什么都没说!"

"那还不是因为我很慌张。"奖品的声音里带着明显的哀怨,"天哪,伙计,你以为我愿意到这儿来吗?我简直吓坏了,真不知道该怎么办。我之所以要解释这么多,是因为如果我不掌控局面的话,所有的一切就会像直牌屋一样倒塌。"

"纸牌。"卡莫迪心不在焉地纠正道。

"直牌!"奖品尖叫道,"伙计,你见过直牌屋倒塌的景象吗?我见过,一点儿也不好看。"

"听上去倒像是某种奇观。"卡莫迪肆无忌惮地呵呵笑了。

"控制住你的情绪!"突然,奖品急切地低声说,"拾掇一下,抖擞精神,'脑'怀大志!梅利柯隆马上就要来了!"

卡莫迪发现自己出奇地平静。他望向扭曲的风景,但并未发现什么新的东西。

"他在哪里?"卡莫迪问道。

"为了跟你说上话,梅利柯隆正在进化呢。你答话的时候要大胆些,但要注意技巧。千万别提到他残疾的事,因为那只会让他生气。务必——"

"什么残疾?"

"务必记住他唯一的局限。最重要的是,当他提出那个问题的时候,你要回答得特别小心。"

"等等!"卡莫迪说,"你快把我弄糊涂了!什么残疾?什么局限?他要提出什么问题?"

"别问了!"奖品说,"我受不了了,再也没法儿保持清醒了。为了帮你,我的冬眠已经耽搁得够久了,令我无法忍受。再见,伙计,别由着他们把木制离心机卖给你。"说完这句话,小蛇调整了一下姿势,把尾巴衔进嘴里,就这么睡着了。

"你这该死的逃避大师!"卡莫迪怒不可遏地说,"竟然还有脸称自己为奖品？你就像是盖在死者眼皮上的硬币[1]，不过如此。"

但奖品已经睡着了，听不见或不愿听卡莫迪的咒骂。转瞬之间，卡莫迪左手边那座贫瘠的荒山化作了一座肆虐的火山。

7

愤怒的火山冒着浓烟，喷出一团团火焰，将耀眼的火球抛入漆黑的天空。火球爆发出无数炽热的碎片，紧接着，每块碎片再次炸裂。整个过程一遍又一遍地重复，直到天空被光辉照亮。三轮红日在火球的映衬下显得黯淡无光。

眼前的景象如同复活节期间在查普尔特佩克公园[2]举行的墨西哥烟火表演，令卡莫迪叹为观止。"天哪！"他惊叹道。

正当他注视着火山爆发的盛况时，那些闪闪发光的碎片掉落下来，消失在一片海洋之中。五颜六色的烟雾扭成一条条彩带，绕着彼此旋转。幽深的海水咝咝作响，水蒸气升到空中凝结成奇形怪状的云朵。然后，雨落了下来。

"嗬！"卡莫迪大喊道。

这时，天空中刮起一阵风，吹得从天而降的雨水聚成一团。风和雨交织在一起，形成浩浩荡荡的龙卷风。伴随着震耳欲聋、充满节奏感的雷声，乌黑的龙卷风挟着银闪闪的反光，向卡莫迪这边进发。

"够了！"卡莫迪尖叫一声。

龙卷风眼看就要刮到他的脚边，却在此时忽然消散。风和雨冲向天空，雷声变小了，化作不祥的隆隆声。随后，号角声和索尔特里

---

1. 古希腊神话中认为，人死后由大神赫尔墨斯负责接引，将其带到阿刻戎河边，渡河之后才能到达冥王哈迪斯掌管的冥界地府，在眼睛上盖两枚硬币能够帮助死者安然通过冥界之路，重新投胎。
2. 美国墨西哥城的一处景点。

琴的演奏声传了过来，还有风笛的凄清哀鸣与竖琴的悦耳低吟。乐曲声越来越高亢响亮，似乎在表示庆祝和欢迎。米高梅电影公司烧钱拍出的历史大片中的背景音乐与之颇为相似，但没有这般动听。最后，在一阵声音、光线、色彩的大爆发后，一切归于沉寂。卡莫迪闭上了眼睛。当他重新睁眼时，恰好看到声音、光线、色彩合为一体，化作一个赤身裸体的英武人形。

"你好。"那人说，"我是梅利柯隆。你觉得我的出场怎么样？"

"看得我不知所措。"卡莫迪由衷地承认道。

"真的吗？"梅利柯隆问，"比叹为观止还要厉害？实话实说就行，别顾忌我的感受。"

"真的。"卡莫迪说，"我真心觉得不知所措。"

"好吧，那可真是太妙了。"梅利柯隆说，"这是我最近刚想出来的自我介绍。我发自内心地认为其中反映了自己的一些情况，你觉得呢？"

"那是肯定的！"卡莫迪回答道。在他面前的英武人形全身漆黑，比例十分匀称，但毫无特色可言。唯一突出的特征是梅利柯隆的声音，富有涵养又略带烦躁。

"当然，大肆宣扬自己十分荒谬。"梅利柯隆说，"不过，如果在自己的星球上都不能稍微炫耀一下，那我还能上哪儿去炫耀呢？你说对吧？"

"这一点毫无争议。"卡莫迪说。

"你真的这么想吗？"梅利柯隆问。

"我确实是这么想的。"卡莫迪回答道。

梅利柯隆沉思片刻，然后突然开口了："谢谢。我喜欢你。你是个聪明又敏感的生物，不害怕说出自己的想法。"

"谢谢。"卡莫迪说。

"我说的是真的。"

"那好吧，真的谢谢你。"卡莫迪说，尽可能不让自己的声音流露出一丝绝望。

"你到这儿来我很高兴。"梅利柯隆说,"要知道,我拥有相当敏锐的直觉,并对此引以为豪。我觉得你可以帮我。"

卡莫迪差点脱口说出自己是来求助的,而不是来助人的。更何况,他帮不上任何忙,因为他连回家这项基础任务都完不成。不过,卡莫迪还是决定暂时三缄其口,以免惹恼了梅利柯隆。

"我面临的问题源自我的处境,"梅利柯隆说,"而我的处境独一无二,令人畏惧,既十分奇特又富有意义。兴许你已经听说了,整颗星球都是我的,但真实情况远不止如此。我是唯一能够生活在这里的生物。曾经也有其他物种尝试来这颗星球居住,不仅建起了定居点,还培育了动物和植物。当然,这一切都是在我的允许下进行的。然而,凡是这颗星球上的外来物质,最终无一例外都化作一层薄薄的尘埃,被我用一阵风吹向了太空深处。你怎么看?"

"奇怪。"卡莫迪说。

"没错,说得好!"梅利柯隆说道,"的确奇怪!但事实就是如此。除了我和我的化身,没有任何别的生命可以在这里生存下来。当我意识到这一点时,整个人吓了一跳。"

"我猜也是。"卡莫迪说。

"无论在我还是世人的记忆中,我一直待在这颗星球上。"梅利柯隆继续说,"千百年来,我如同变形虫、地衣和蕨类植物那样,始终满足于简单的生活。在这样的日子里,一切都很不错,简单直接。我就像是身处一座伊甸园。"

"这种生活肯定很美妙。"卡莫迪说。

"我的确很喜欢。"梅利柯隆平静地说,"不过,那样的日子没持续太久。我渐渐发现进化这回事,于是让自身发生了变化。同时,我也改变了这颗星球,使其能够适应我的新身份。我化身为众多生物,其中一些并不友善。我认识到了这颗星球以外的世界,并用在那些世界观察到的形态进行实验。我以星系中的各种高级形态——类人、切利佐伊体、奥利科德体等等——度过了漫长的生生世世。我开始意识到自己的奇异性，这种认知给我带来了一种难以接受的孤独感。所以，我没有接受，反而进入了持续数百万年的躁狂期。我化身为一个个族群，允许——不，是鼓励——各个族群之间相互争斗。与此同时，我认识了性与艺术，并将二者引入化身的族群之中。有一段时期，我过得非常愉快，把自己分为雌雄两部分，每一部分既是独立的单元，又仍是自己的组成部分。我不断繁衍生息，放纵堕落，将自己烧死在火刑柱上，给自己设下埋伏，与自己签订和平条约，跟自己结婚又离婚，甚至经历了无数次小规模的死亡和分娩。我的雌雄两部分沉迷于艺术——其中一些特别优美——还有宗教。当然，他们也会崇拜我。这是理所当然的，因为对他们而言，我就是万物的创造者。在那些日子里，我极其开明，甚至允许他们赞颂除我之外的高级存在。"

"你可真体贴。"卡莫迪说。

"嗯，我尽量想得周到些。"梅利柯隆说，"毕竟，我完全可以做到这一点。在这颗星球上，我就是神祇，所以拐弯抹角没什么意义。我超凡脱俗，永生不死，无所不能，无所不知。万物皆源自于我，包括对我产生的异议。长出来的每一棵小草都是我生命中微不足道的一部分。山川皆由我塑造。丰收和饥荒都是我造成的。我既是精子细胞中的生机，也是鼠疫杆菌里的死神。没有哪只麻雀会在我不知情的情况下坠落。因为我既是束缚者，又是解放者；我既是全部，也是个体；过去存在，将来亦永存。"

"那可真了不起。"卡莫迪说。

"没错，没错。"梅利柯隆面带忸怩的微笑，"就像我的一位诗人化身表述的那样：我是天国自行车厂里的大人物。一切都是那么精彩。我的各个族群创作绘画，而我创造了日落。我的族人书写着关于爱的文字，而我造就了爱。啊，多美妙的日子呀！要是能一直延续下去就好了！"

"为什么不延续下去呢?"卡莫迪问。

"因为我成长了。"梅利柯隆伤感地说,"无数世纪以来,我一直沉醉于创造之中。如今,我开始质疑我的造物和我自己。牧师们总是在打听我的故事,争论我的本性和各种特质,而我则像个傻瓜一样倾听着他们的对话。虽然这是件倍感荣幸的事,但也可能带来危险。渐渐地,我开始怀疑自己的本性和特质。我不断沉思、反省,可越是思考,似乎就越难做出判断。"

"你为什么非得质疑自己不可呢?"卡莫迪问,"你是神啊。"

"这正是问题的症结所在。"梅利柯隆说,"从造物的视角来看,我是行事神秘莫测的神,我的职责是培育和惩戒一个既拥有自由意志又具备我的本质的种族。对造物来说,我所做的一切差不多都是正确的。然而我的行为根本无法得到解释,即使其中最简单、最显而易见的行为也是如此,因为我本身就无法得到解释。或者说,我的所作所为就是在解释高深莫测的现实,而且,唯有我凭借自己的神性才能理解。有几位杰出的思想家说过类似的话,他们还补充说,天堂会赐予他们更全面的理解。"

"你缔造了天堂?"卡莫迪问。

"当然了。还有地狱。"梅利柯隆微微一笑,"无论在天堂还是地狱,你真该看看那些人脸上的表情!即便是最虔诚的人也并不相信来世的存在!"

"我猜,这么做让你感到心满意足吧?"卡莫迪问道。

"头一阵子感觉还不错。"梅利柯隆说,"可是过了一段时间后,我就厌倦了。毫无疑问,我跟下一位神祇一样自负又虚荣。过分的恭维没完没了,搞得我心烦意乱。既然神祇仅仅是在履行自己应尽的职责,那究竟为什么要接受世人的赞颂呢?你还不如称赞一只蚂蚁尽职尽责。我依旧缺乏自知之明,只能通过造物那偏颇的眼光来认识自己。这种现状令我很不满意。"

"那你是怎么做的?"卡莫迪问。

"我把造物全毁了。"梅利柯隆说,"我铲除了这颗星球上的所有生命,也抹去了来世。坦白说,我需要时间来思考一下。"

"天哪!"卡莫迪深受震撼。

"不过,从某种意义上来说,我并没有毁掉任何造物,"梅利柯隆急忙解释道,"只是把支离破碎的自己重新拼凑好了。"他忽然咧嘴一笑,"总有些疯狂的家伙想要与我合一,如今,他们的心愿实现了!"

"说不定他们喜欢这样的结局。"卡莫迪说。

"谁知道呢?"梅利柯隆说,"与我合一的意思就是成为我。审视这种同一性的意识必然会因此丧失。这其实跟死亡一模一样,只不过名字好听点罢了。"

"很有意思。"卡莫迪说,"可是我猜,你是想跟我讨论什么更重要的难题吧?"

"没错,正是如此!我马上就要说到这儿了。你看,我把我的造物都收起来了,就像孩童收拾好玩具小屋那样。然后,我坐了下来——这是个比喻的说法——开始仔细思索。当然,唯一值得思索的对象也是我自己。现在,真正的问题在于我可以做些什么?难道我注定只能当神吗?这份工作太狭隘了,适合头脑简单的自大狂来干。我一定还有别的工作可以做——更有意义,更能表达真实的自我。我对此深信不疑!这就是我面临的难题,也是我要问你的问题:我该拿自己怎么办?"

"呃,"卡莫迪说,"好吧,你的问题我听明白了。"他清了清嗓子,若有所思地揉着鼻梁,"我需要深思熟虑后再给出答案。"

"时间对我而言并不重要,"梅利柯隆说,"因为我拥有无限的时间。不过很遗憾,你就不一样了。"

"我还剩多少时间?"

"按照你们的概念,大概还有十分钟吧。一旦超时,你可能会遭遇不幸。"

"我会怎么样?我要怎么做?"

"好了，公平起见，"梅利柯隆说，"你得先回答我的问题，然后我再告诉你。"

"可是，如果我只剩下十分钟——"

"有限的时间可以帮你集中注意力。"梅利柯隆说，"更何况，这颗星球是我的地盘，所以得按照我的规矩来。我可以向你保证，假如在你的星球上，我也会按规矩办事。很合理，对吧？"

"对，没错。"卡莫迪不悦地说。

"还剩九分钟。"梅利柯隆说。

你该如何告诉一位神祇，祂应当履行什么职责？尤其是，如果你跟卡莫迪一样是个无神论者。你要如何做出有意义的回答？尤其是，当你意识到在这颗星球上生活了数百年的牧师和哲学家早已给出无数个答案。

"还剩八分钟。"梅利柯隆说。

于是，卡莫迪开口了。

8

"在我看来，"卡莫迪说，"这个问题的解决办法……就是……可能是……"

"是什么？"梅利柯隆急切地问道。

卡莫迪根本不知道自己该说些什么。他无比期盼说话这种行为本身就能产生某种意义，因为词语确实具有意义，而句子的意义远胜于词语。

"解决办法是，"卡莫迪继续说，"在你自身之中找到一种内在的功能主义，同时让外界现实与之产生关联。但是，这一点或许不可能实现，因为你就是现实，所以无法把自己置于自身之外。"

"只要我愿意，没什么不能实现。"梅利柯隆气呼呼地说，"既然这颗星球属于我,那不管我想干什么叫自个儿高兴的混账事都行。要知道,身为神祇,并不意味着要做一个唯我论者。"

"没错,没错。"卡莫迪语速飞快地附和道。他还剩七分钟还是六分钟?时间一到又会发生什么?"所以很明显,你的内在性满足不了你对自己的看法,因为身为定义者的你原本就认为这些特质有所不足。"

"推断得有道理,"梅利柯隆说,"你应该来当神学家才对。"

"现在,我就是一名神学家。"卡莫迪说,"好了,你打算怎么做?你是否考虑过让所有知识兼具内在性与外在性——假设外在知识存在的话——并让知识成为你追求的目标?"

"对,事实上,我确实这样考虑过。"梅利柯隆说,"我阅读过银河系里的每一本书,研究过自然与人类的奥秘,探索过宏观与微观世界。顺便一提,我颇有学习天赋,尽管后来忘掉了不少内容,比如生命的秘密和死亡的隐秘动机。但只要我愿意,这些内容随时都可以重新捡起来。我发现,哪怕整个过程充满惊喜,学习仍是件既枯燥又被动的事。对我而言,学习并不是特别重要。说实在的,我觉得忘记所有学到的内容也同样有趣。"

"也许你生来应该当艺术家。"卡莫迪说。

"我早已经历过那个阶段。"梅利柯隆说,"我曾用肉身和黏土制作雕塑,在画布上、天空中勾画日落,用文字记录事件,演奏乐器,为风雨谱曲。我相信我的作品十分出色,但不知为什么,我也明白自己永远只能是个半吊子。你瞧,我是全能的,因此没有犯错的余地。由于我对现实的理解过于完整,所以也不可能费心当个写实派。"

"嗯,我明白。"卡莫迪一边附和,一边猜测剩下的时间有没有三分钟,"你为什么不去当个征服者呢?"

"我不需要征服自己已经拥有的东西。"梅利柯隆说,"至于其他世界,我并没有征服的欲望。我的特质是由这颗星球决定的,占领其他世界会让我产生不自然的行为。更何况,我连这个世界都不知道怎么办，别的世界对我又有什么用呢？"

"我看得出来，你的确经过了深思熟虑。"卡莫迪说，内心却越来越绝望。

"当然了，千百万年以来，我基本没思考过别的事情。我一直在寻觅一个存在于自身之外却又具备我的本质的目标。我一直在寻求指引，但找到的只有自己。"

如果卡莫迪此时的处境不像这般艰难的话，或许会为壮志未酬的梅利柯隆感到难过。然而，卡莫迪很迷茫，感觉到时间正在逐渐流逝。对未来的恐惧和对神祇的关心荒谬地交织在了一起。

忽然，卡莫迪灵光一闪，想到一个既简单直接又可以同时解决梅利柯隆和他自己难题的办法。他不知道梅利柯隆愿不愿意接受，只能姑且一试。

"梅利柯隆，"卡莫迪大着胆子说道，"你的问题我已经有解了。"

"你说的是真的吗？"梅利柯隆急切地问道，"你这么说，不会是害怕如果没法儿给出让我满意的解决办法，就得在七十三秒之后丧命吧？我的意思是，你没让这一点过度影响你吧？"

"我让即将到来的命运影响自己。"卡莫迪严肃地说，"但程度仅限于为了解决你的难题。"

"好吧，那请你赶紧告诉我。我太激动了！"

"我也想赶紧告诉你，"卡莫迪说，"但现在办不到。如果你要在六十秒之后把我杀掉的话，我不可能把一切都解释清楚。"

"我不会杀你！天哪，你真以为我有那么残忍吗？不，你即将面临的死亡只是一次外部事件，跟我毫无瓜葛。好了，还剩下十二秒。"

"这个时间根本不够。"卡莫迪说。

"当然够了！要知道，我掌控着这个世界的一切，包括时间的长短。我刚刚修改了本地时空连续体在第十秒的位置。这项操作挺简单的，只不过事后需要完成大量收尾工作。因此，你的十秒钟将会是本地时间大约二十五年。这样够了吗?"

"绰绰有余。"卡莫迪说,"你真是太好了。"

"别放在心上。"梅利柯隆说,"现在,让我听一听你的解决办法。"

"很好。"卡莫迪深吸了一口气,"解决办法就藏在你看待这个问题的方式里。每个问题当中都必然包含了解决问题的种子。"

"这是必然的吗?"梅利柯隆问。

"对,这是必然的。"卡莫迪坚定地说。

"好吧,我接受这个前提。接着说。"

"从内外两方面来思考一下你的处境吧。"卡莫迪说,"你是神,但仅限于这颗星球。你无所不能、无所不知,但仅限于这个世界。你在智力上的成就令人钦佩,同时还受到了为自身之外的东西服务的召唤。可是,你的天赋在其他任何世界都会被浪费,而在这里除了你自己又没有别人。"

"没错,没错,我的处境正是这样!"梅利柯隆喊道,"但你还是没告诉我该怎么办!"

卡莫迪又深吸了一口气,然后缓缓吐出。"你要做的事,"他说,"就是在这颗星球上,将你所有伟大的天赋发挥出最大的作用。既然这是你最深切的愿望,那就用这些天赋来为他人服务吧。"

"为他人服务?"梅利柯隆疑惑地问。

"就是这样。"卡莫迪说,"哪怕对你的处境进行最肤浅的思考,也能得出这样的结论。在多元宇宙中,你是孤独的存在。为了寻觅外在的目标,就必须存在某个外部事物。然而,你受本质所限无法进入外部世界,因此只能让外部世界到你面前来。届时,你跟它会是怎样的关系呢?这一点显而易见。你在自己的世界里是全能的,所以无法接受外在的帮助或援助,你却可以帮助和援助他人。这是你和外部世界之间唯一合乎自然的关系。"

梅利柯隆思索一番,然后说道:"我可以坦率地承认,你的观点很有说服力。可是，为他人服务该如何实现呢？外部世界的事物很少会到我这里来。在绕着银河系转了二又四分之一圈后，你是我遇见的第一位客人。"

"为他人服务需要耐心。"卡莫迪承认道，"而耐心是你必须尽力去追求的一种品质。既然时间对你来说是个变量，那实现起来自然会容易些。虽然现在只有一位客人，但数量并不影响质量，单纯列举数字并没有价值。最重要的是，人或神履行了自己的职责。至于这份职责需要履行一次还是一百万次，并没有什么区别。"

"可是，假如我要履行职责，却没有可以服务的对象，那我的处境不还是跟以前一样糟糕吗？"

"我得虚心地指出一点：你有我。"卡莫迪说，"我就是从外部世界到你这儿来的。实际上，我遇到的麻烦不止一桩。我不知道你能不能帮忙解决这些麻烦，不过我猜，这么做会促使你将力量发挥到极致。"

梅利柯隆思考了很长时间。卡莫迪的鼻子开始发痒，但他忍住没有伸手去挠。他等待着，整个星球也等待着，等梅利柯隆拿定主意。

最后，梅利柯隆抬起乌黑的脑袋，说道："我真心觉得你说得有道理！"

"你能这么想真是太好了。"卡莫迪说。

"是的，我真这么想！"梅利柯隆说，"在我看来，你的解决办法既是必然之举，又很精妙。进一步说，命运主宰着人类、神灵和星球，它注定了这一切的发生。我身为造物主，却没有需要解决的问题；而你作为造物，却制造了一个只有神才能解决的问题。你用一生的时间等待我来解决问题，而我在这里蹉跎了半个永世，只为等你把需要解决的问题带到我的面前！"

"我一点儿也不感到惊讶。"卡莫迪说，"你想知道我面临的难题是什么吗？"

"我已经推断出来了。"梅利柯隆说,"凭借出众的智力和经验,我的认知比你深得多。简单地说,你的问题在于如何找到回家的路。"

"就是这样。"

"不,并不是这样。我从不会对语言的运用掉以轻心。你需要知道你的星球是何者,位于何时、何地。你还需要找到一种回家的方法,并保持跟目前大致相同的状态抵达那里。即便如此,这也相当难办。"

"还有哪些困难?"卡莫迪问。

"哎呀,还有死神在追赶你呢。"

"哦。"卡莫迪说,顿时感觉膝盖发软。梅利柯隆体贴地为他创造出一把安乐椅、一支哈瓦那雪茄、一杯朗姆酒、一双羊皮衬里的拖鞋,还有一条水牛皮围毯。

"舒服吗?"梅利柯隆问。

"太舒服了。"

"好。现在请你留神细听。我只会动用一小部分智力,简明扼要地解释一下你的处境,并花费大部分精力寻找一个可行的解决方案。这个任务相当繁重。请务必仔细听好了,我说第一遍的时候,你就得试着去理解每一句话的意思,因为我们的时间所剩无几了。"

"我还以为你把我的十秒钟延长到二十五年了呢。"卡莫迪说。

"我确实是这么做的。但就算对我,时间也是个难缠的变量。你的二十五年已经过去了十八年,剩下的时间正在以极快的速度流逝。现在听好了!你的生死在此一举。"

"好吧。"卡莫迪坐直身子,吸了口雪茄,"我准备好了。"

"你必须明白的第一件事,"梅利柯隆说,"就是正在追逐着你的残酷死亡的本质。"

卡莫迪强忍住颤抖的身体,探身向前倾听着。

9

"宇宙中最基本的事实，"梅利柯隆说，"就是万物相食。这可能不是什么美妙的事，但情况就是如此。物以食为天，获取食物是其他所有行为的基础。这个概念涉及捕食法则，也就是任何既定的物种——无论高级或低等——都以一个或多个物种为食，同时也被一个或多个物种所食。

"这种情况普遍存在，并会在不同条件下发生恶化或得到改善。例如，生活在自身栖息地的某个物种往往能保持一种均衡状态，即便遭到捕食者的侵袭，该物种还是能安稳地度过正常的生命周期。这种均衡状态一般用'胜者-败者方程'来表述，或者简称VV值[1]。当某个物种或其中的成员迁徙到陌生的栖息地时，VV值必然会发生变化。有时候，该物种的'捕食者-食物状况'会得到暂时改善（$Vv=Ee^2+1$），但更常见的状况则是发生恶化（$Vv=Ee-1$）。

"卡莫迪，你的情况正是如此。你离开了自己的栖息地，离开了原来的捕食者。没有哪辆汽车能追踪到这里来，没有哪种病毒能钻进你的血液，没有哪个警察能开枪误杀你。你既隔绝了地球上的种种危险，又对其他外星物种所造成的危险具有免疫力。

"但遗憾的是，改善（$Vv=Ee+1$）只是暂时的，捕食法则逐渐开始发挥作用。你既不能拒绝做捕食者，也逃不掉成为食物的下场，因为获取食物是必然行为。离开地球以后，你成了独一无二的生物，因此，你的捕食者也是独一无二的。

"你的捕食者是汇聚了宇宙法则人格化的精华，而且专以你为食，

---

1. 即胜者-败者方程（Victor-Vanquished equation）的英文缩写。
2. 即捕食者-食物状况（Eat-Eaten Situation）的英文缩写。

其形态是根据你的个人特性量身打造的。就算没见过它,我们也知道它的下颚是专门为撕咬卡莫迪而生长的,它的四肢是专门为抓捕卡莫迪而构造的;它的胃具备一种独一无二的特殊能力,可以专门消化卡莫迪。除此之外,它的个性也恰恰是卡莫迪个性的克星。

"卡莫迪,你的专属死神正在不顾一切地寻找你,而你在不顾一切地逃避对方。你们俩是密不可分的。万一被它抓住,你就死定了;万一你逃回属于自己的世界,那它就会因为吃不到食物而死亡。

"我言尽于此了。我无法预测它会耍什么花招,或者伪装成什么模样,正如我无法预测你的情况一样。我只能警告你,概率总是对捕食者有利。不过,食物成功逃脱的先例也不是完全没有。情况就是这样,卡莫迪,你听明白了吗?"

卡莫迪猛地一激灵,仿佛刚刚从沉睡中苏醒过来。

"虽然不是每一句都听明白了,"他说,"但我确实理解了其中最重要的部分。"

"那就好。"梅利柯隆说,"没时间了,你必须马上离开这颗星球。哪怕在我的世界,我也无法阻止捕食法则生效。"

"你能把我送回地球吗?"卡莫迪问。

"如果时间来得及的话,多半是可以的。"梅利柯隆说,"当然了,前提是要有足够长的时间。由于'定位三何'需要相互印证才能求解,操作起来并不容易。首先,我必须精准地确定你的星球当下在时空中位于何处,然后在若干平行宇宙中找出你的星球是何者。接下来,我还得弄清你的出生时间,从而确定在时间上是何时。另外,也必须把斯克瑞希效应和加倍因子这二者考虑进去。等完成以上步骤之后,我还需要一点运气,才可以把你塞回属于你自己的特殊存在中去——这项操作出奇地精细——而不至于破坏整体运作。"

"那你能帮我这个忙吗?"卡莫迪问。

"不能,没时间了,但我可以送你去找莫兹利。他是我的朋友,应该可以帮你。"

"你的朋友?"

"确切来说算不上朋友,"梅利柯隆说,"其实更像熟人——不过,这个词可能都夸大了我们之间的关系。这么说吧,很久以前,我差点儿前往其他星球观光旅行。假如当时我真的去了,应该就会见到莫兹利。可是由于种种原因,我并未动身,所以就一直没见到他。不过,我们俩都很清楚,假如那次旅行成真的话,我们一定会见面交换意见和看法,争论一两个问题,讲几个笑话,然后对彼此稍微产生一点儿好感。"

"你们之间的关系似乎太淡了。我没法儿把希望寄托在他身上。"卡莫迪说,"你就不能送我去找别的什么人吗?"

"恐怕不行。"梅利柯隆说,"我只有莫兹利这一个朋友,并不是非得真的见面才能确定亲密关系。我敢肯定,莫兹利会好好照顾你的。"

"嗯——"卡莫迪刚开了个头,就注意到自己的左后方出现了一道阴影。它又大又黑,来势汹汹。卡莫迪明白自己的时间已经耗尽了。

"我会去的!"卡莫迪说,"谢谢你做的一切!"

"用不着谢我。"梅利柯隆说,"我的职责就是为他人服务。卡莫迪,祝你好运!"

可怖的巨大黑影开始凝聚起来。卡莫迪趁它还未彻底成形,便先行消失了。

10

卡莫迪眨了眨眼,发现自己置身于一片碧草地上。此时已是正午,头顶上方高悬着一颗耀眼的橘黄色恒星。不远处,一小群长有花斑的牛儿在高高的草丛里慢悠悠地啃食着青草。在牛群背后,可以看见森林的幽暗边缘。

碧草地向四面八方铺展开去，森林的尽头是茂密的矮树丛。卡莫迪还听到了类似犬类的吠叫声。他缓缓转过身，看到了另一侧的群山。那是一座崎岖的绵长山脉，山顶覆盖着积雪，山坡的上半截被灰色的乌云笼罩着。卡莫迪眼角的余光依稀捕捉到一道红影。一只看起来像是狐狸的动物正好奇地盯着他，然后蹦跳着跑进了森林。

"这里跟地球差不多嘛。"卡莫迪说着，在脖子周围摸了一圈。可是，冬眠的绿色袜带蛇不见了。

"我在这儿呢！"奖品开口了。

卡莫迪朝四周张望，看见了一口黄铜制成的小锅。

"你是奖品吗？"卡莫迪一边拿起铜锅，一边问道。

"当然是我。"奖品说，"难道你连自己的奖品都认不出来了吗？"

"嗯……你变得大不一样了。"

"这一点我很清楚。"奖品说，"但我的本质——也就是真正的我——是永远不会改变的。有什么问题吗？"

卡莫迪朝铜锅里瞅了一眼，吓得险些松开双手。他在里面看到了某种小动物的尸体——皮毛已被剥去，肉已经吃了一半——可能是只小猫。

"锅里装的什么？"卡莫迪问。

"要是你非得知道的话，装的是我的午餐。"奖品说，"我在跃迁途中匆忙吃了点东西。"

"哦。"

"就算是奖品也需要偶尔补充营养。"奖品带着讽刺的语气说道，"再补充几点吧，我们还需要休息、轻度运动、性生活、间歇性醉酒和偶尔排便。自从你领奖以来，我还没有满足以上任何一样需求呢。"

"好吧，你说的这几样我同样需要。"卡莫迪回答。

"真的吗？"奖品颇为诧异地问，"哦，当然了，我看你确实需要。

说来也怪,我原本以为你是一种由元素合成的活跃存在,根本没有生理需求呢。"

"我最初对你的看法恰恰如此!"卡莫迪说。

"这不怪你。"奖品说,"不知何故,人们总以为外星人全身都是实心的,而且没有内脏。不过,有些外星人确实是这样。"

"我会满足你的需求的。"卡莫迪突然对奖品萌生了一丝好感,"等这该死的紧急情况一结束,我就去办。"

"没问题,伙计。请原谅我刚才的臭脾气。你介意我先把午饭吃完吗?"

"请便吧。"卡莫迪说。他不禁好奇铜锅会如何把剥了皮的动物吞掉,但又因为神经脆弱而紧张得不敢去看。

"啊,真是太棒了。"奖品说,"我给你留了点儿,如果你想吃的话。"

"我现在不怎么饿。"卡莫迪说,"你吃了什么?"

"我们管它叫奥利希,一种类似于大蘑菇的食物。"奖品说,"生吃很美味,也可以拿奥利希汁稍微煮一下再吃。长着花斑的白色品种比绿色品种好吃。"

"我会记住的,万一哪天碰上了呢。"卡莫迪说,"你觉得地球人可以吃吗?"

"我觉得可以。"奖品说,"顺便提醒一下,假如你有机会吃上的话,一定要让奥利希在死之前作首诗。"

"为什么?"

"因为奥利希是相当出色的诗人。"

卡莫迪对这个回答感到难以置信。这就是跟外星生物打交道的麻烦所在:正当你以为对某件事有所了解的时候,却发现自己其实什么也没弄明白;相反,就在你压根儿摸不着头脑的时候,它们又用可以理解的方式搞得人不知所措。事实上,卡莫迪认为,外星生物之所以显得如此怪异,恰恰是因为它们的这种怪异并非完全不同于人类。

起初,这种体验还挺有意思,但经过一段时间后,他感到心烦意乱。

"嗝。"奖品说。

"什么?"

"我刚才打了个嗝。抱歉。"奖品说,"不管怎么说,你必须承认我对这一切的处理相当巧妙。"

"对什么的处理?"

"当然是跟梅利柯隆的面谈。"

"是你处理的吗?哎哟,该死的,你当时可是在冬眠!是我说服他放我们离开的!"

"我不想反驳你,"奖品说,"但其中的误会必须解释清楚。我之所以进入冬眠,纯粹是为了调动全部力量来解决梅利柯隆的问题。"

"你真是疯了!怕是昏了头吧?"卡莫迪嚷道。

"我说的就是事实。"奖品辩解道,"想想你刚才发表的长篇大论吧!你用无可辩驳的缜密逻辑确立了梅利柯隆在万物中的地位和作用。"

"那又怎样?"

"好吧,你以前像这样推理过吗?你是哲学家,还是逻辑学家?"

卡莫迪回答道:"我上大学那会儿主修的是哲学。"

"真了不起。"奖品冷笑一声,"卡莫迪,你根本不具备说服梅利柯隆所需的知识和才智。面对现实吧,刚才的举动完全不符合你的性格。"

"没什么不符合的!我拥有非凡的逻辑推理能力!"

"用'非凡'这个词来形容倒是不错。"奖品说。

"我确实做到了!那些想法是我提出来的!"

"随便你吧。"奖品说,"我不是故意要惹你不高兴,只是没发觉这件事对你来说意义重大。想想看,你曾经有没有意外晕倒,或者莫名其妙地大哭大笑?"

"没有。"卡莫迪控制住了自己的情绪,"那你曾经有没有反复梦见自己在飞翔,或是产生某种神圣的感觉?"

"绝对没有!"奖品说。

"你确定吗?"

"当然了,我相当确定!"

"那我们就不用再讨论这件事了。"卡莫迪有些得意地说,"我还想了解一些别的事。"

"什么事?"奖品戒备地问。

"梅利柯隆到底有什么残疾?他唯一的局限又是什么?"

奖品说:"我觉得答案一目了然。"

"对我来说并非如此。"

"你先自己琢磨吧,一定会想到的。"

"见鬼去吧!"卡莫迪说,"快告诉我。"

"好吧。"奖品说,"梅利柯隆的残疾就是跛腿。这是一种先天性缺陷,从他出生起便一直存在,同时影响了他的所有化身。"

"那他唯一的局限呢?"

"他永远没办法知道自己有跛腿。身为神祇,他与外部的现实世界几乎没什么接触,所以无法通过跟别人做比较来获取知识。梅利柯隆的造物完全按照他自身的形象来塑造,这就意味着他们全都是跛腿。于是,梅利柯隆以为跛腿才是常态,腿不跛的生物反而存在缺陷。顺便说一句,神祇的少数缺点之一,便是无法通过比较来获取知识。祂虽然具有自足性,但无论范围多大,始终处于内在。如果你想试试的话,第一步便是对可控事物取得完美控制,对可知事物拥有完美认识。"

"让我成为神吗?"

"干吗不试试呢?"奖品鼓励道,"这个头衔虽然听起来冠冕堂皇,但实际上就是一种职业,跟别的职业差不多。我得承认,干这一行并不轻松,但也不见得比当一流的诗人或工程师更难。"

"我看你肯定是疯了。"卡莫迪说。一股宗教恐惧感飞快地掠过心头,令这位无神论者深感困扰。

"我一点儿也没疯,只是比你懂得多罢了。现在,请做好准备。"

卡莫迪向四周迅速扫了一眼,看见远处有三个人正缓缓穿过草地。另外还有十个人跟在他们身后,恭敬地保持着一段距离。

"正中间的那个就是莫兹利。"奖品说,"他特别忙,但兴许会跟你说上几句话。"

"他有什么局限或者残疾吗?"卡莫迪讽刺地问道。

"就算有,也不是什么大不了的事。"奖品说,"莫兹利的做事方式跟梅利柯隆大不相同,你要面临的问题也完全不一样。"

"他看着跟人类差不多。"当人影走近时,卡莫迪说道。

"他的体型很像人类。"奖品承认道,"不过,这是理所当然的。在银河系中,与人类相似的生物很常见。"

"我该如何跟他打交道呢?"卡莫迪问。

"我真的没办法告诉你。"奖品说,"对我来说,莫兹利太陌生了。我理解不了他,也没法做出预测。但我可以给你一条建议:一定要引起他的注意,用你人性的一面给他留下印象。"

"好吧,我可以做到。"卡莫迪说。

"这可不像听上去那么简单。莫兹利是个大忙人,考虑的事情多着呢。要知道,他是个天赋极高的工程师,而且相当敬业。不过,他很容易走神,尤其是在测试新工程的时候。"

"嗯,听起来不是很严重。"

"对莫兹利本人来说确实不严重。如果不是因为他总是心不在焉地把一切东西都看成工程原材料,那这只是一个有趣的小缺点。我有个熟人叫杜尔·哈丁,前段时间想邀请莫兹利参加聚会。然而,可怜的杜尔没能引起对方的注意。"

"发生了什么?"

"莫兹利把杜尔加到工程里去了,虽然他并不是故意这么做的。"

可怜的杜尔如今成了往复式发动机里的三个活塞和一根凸轮轴,每逢工作日就出现在莫兹利的历史动力应用博物馆里。"

"太吓人了!"卡莫迪说,"难道谁都拿他没办法吗?"

"谁也不想引起莫兹利的注意。"奖品说,"他很讨厌承认自己的错误,如果觉得有人挑刺的话,他会很不高兴的。"

奖品察觉到了卡莫迪脸上的表情,又马上补充道:"你别被吓到了。莫兹利向来没什么恶意,是个心地善良的家伙。就像其他人一样,他喜欢听赞美的话,但讨厌奉承。你只需要大声开口介绍自己,赞赏他但不过分恭维,对不喜欢的事表示反对,同时不要固执地加以批评就行了。简而言之,除非明显需要表示强烈支持或强烈反对,否则就表现得中庸一些。"

卡莫迪觉得这个建议跟没说差不多,实际上还不如别说呢,因为这么做只会让他感到紧张。时间来不及了,莫兹利已经近在眼前。他身材高挑,满头白发,穿着斜纹棉布裤和皮夹克。两个穿着西装的男人一左一右走在他身旁。三人正聊得热火朝天。

"你好,先生。"卡莫迪坚定地说,向前迈出几步,然后在撞到对方之前连忙闪开了。

"开局不妙啊。"奖品悄声说。

"闭嘴。"卡莫迪小声地呵斥道,神色严肃地朝浑然不觉的三个人奋力追去。

11

"奥林,这么说,就是这样了?"莫兹利问道。

"对,先生,就是这样。"他左手边的男人面带自豪的微笑,"您觉得如何?"

莫兹利缓缓转过身,审视着恒星、草地、群山、河流和森林,面无表情地问道："布鲁克塞德，你觉得如何？"

布鲁克塞德的声音有些发抖："嗯，先生，我认为奥林和我完成得还不错。考虑到这是我俩独立完成的第一个工程，算是相当不错了。"

"你同意他的评价吗，奥林？"莫兹利问。

"当然同意，先生。"奥林回答道。

莫兹利弯下腰，揪起一根草闻了闻，然后把它扔到一旁。他蹭了蹭脚下的泥土，又抬头盯着炽热的恒星凝视了半晌，最后用严肃的口吻说："我很吃惊，真的，而且非常不高兴。我要求你们为客户打造一个世界，可如今却搞出这么个玩意儿！你们还把自己看作工程师吗？"

两位助手没有回答，只是僵着身子，就像等待桦杖责打的孩子一样。

"'工程师'，"莫兹利说出这个词语时，带着无比轻蔑的语气，"'乃是兼具创造力与实用性的科学家，可以按照客户希望的时间和地点建造星球。'你们有谁听过这句话吗？"

"这句话出自标准手册。"奥林回答道。

"没错。"莫兹利说，"你们自己瞧瞧，这里算得上是'兼具创造力与实用性'的工程典范吗？"

两位助手一时没有出声。然后，布鲁克塞德脱口而出道："嗯，先生，我是这么认为的！我俩非常仔细地查看了工程设计规格。客户要求建造一颗存在某些变化的34Bc4型星球，而我们正是这样做的。这片区域只是其中一角，但——"

"但我还是能够看出你们做了什么，并据此作出评价。"莫兹利说，"奥林，你用的是哪种热能装置？"

"O5型恒星，先生。"奥林回答道，"该恒星很好地满足了热量要求。"

"我猜也是。但你们是否知道这颗星球预算有限，目前最大的单项成本就是热能装置？如果不把成本降下来，我们就赚不了钱。"

"这一点我们知道，先生。"布鲁克塞德说，"我们也不想在单行星系里使用O5型恒星，可客户对热量及辐射的要求——"

"难道你们从我身上什么也没学到吗?!"莫兹利嚷道，"这种类型的恒星完全是奢侈品。你们几个——"他冲着身后的一帮工人招手示意，"去把它摘下来。"

工人们扛着一架折叠式梯子急忙向前跑去。其中一人扶稳梯子底部，另一个把梯子不断展开。在重复十次、百次、百万次后，梯子顶端不断向上延展。另外两名工人飞快地顺着梯子向上爬。

"摘下来的时候要小心！"莫兹利朝他们喊道，"千万记得戴手套！那玩意儿可烫了！"

站在梯子顶端的工人把那颗恒星摘下来叠好，放进了一只衬着软垫的箱子里。箱子外壳上写着："恒星：小心轻放。"等箱子合上后，周遭瞬间陷入黑暗。

"难道这儿连一个长脑子的人都没有吗？"莫兹利抱怨道，"该死的，要有光。"

于是便有了光。

"好了。"莫兹利说，"那颗O5型恒星会被储存起来。应付这种工程，我们使用G13型恒星就行了。"

"可是先生，"奥林紧张地说，"这种恒星的热量不够。"

"我知道。"莫兹利说，"这就是你们必须发挥创造力的地方。把恒星移近点儿不就行了？"

"没错，先生。"布鲁克塞德说，"可是距离太近会导致PR射线无法消散。居住在这颗星球上的种族，可能会因为遭受辐射而全军覆没。"

莫兹利一字一顿地质问道："你们是不是想警告我，G13型恒星很危险？"

"哦，不，我们不是那个意思。"奥林连忙解释道，"我是说，倘若不采取适当的预防措施,这颗恒星可能会很危险,就像宇宙中的其他万物一样。"

"这才像话嘛。"莫兹利说。

"鉴于这种情况,"布鲁克塞德说,"有效的预防措施是穿上铅防护服。但这么做根本不切实际,因为每件铅防护服重达二十多公斤,而这个种族的平均体重才不到四公斤。"

"这是他们该操心的问题。"莫兹利说,"他们怎么过日子又不关我们的事。难道这个种族的脚指头被这颗星球上的石头碰断了,也得让我们来负责吗?话说回来,又不是非得穿铅防护服不可,他们可以购买我们提供的任选配件,比如能够阻挡PR射线的防护屏。"

两位助手不安地笑了笑。然后,奥林怯生生地说:"先生,我认为这个种族多少有点贫困,他们兴许买不起防护屏。"

"就算现在买不起,以后说不定会买得起。"莫兹利说,"反正辐射又不会马上要他们的命。即使在这种环境中生存,他们的平均寿命也能达到九点三年。无论对谁来说都足够了。"

"是,先生。"两位助手怏怏不快地说。

"下一件事。"莫兹利说,"那些山有多高?"

布鲁克塞德回答:"平均海拔在一千八百米左右。"

"至少高了九百米。"莫兹利说,"难道你们以为山是从树上长出来的吗?把山顶削矮点儿,多出来的原材料放到仓库里。"

布鲁克塞德掏出一个笔记本,快速记下工程改动要求。莫兹利继续踱来踱去,皱着眉四处张望:"那些树能活多久?"

"八百年,先生。那些是改良过的新型苹果橡树,不仅能结出水果和坚果,还能提供爽口的饮料和三种有用的织物。树荫能遮风挡雨,树身是优良的建筑材料,可以固定土壤,而且——"

"你们是想让我破产吗?!"莫兹利怒吼道,"对于一棵树来说,两百年已经够长了!把那些树的大部分生命力全都吸出来,储存到蓄能池里去!"

奥林提醒道："如果失去生命力，那些树就没法儿完整实现原有的功能了。"

"那就减少功能，长树荫、结坚果就够了！我们犯不着把那些树变成该死的百宝箱！现在跟我说说，是谁把那群牛摆在草地上的？"

"是我，先生。"布鲁克塞德说，"我觉得这么做可以让这颗星球看着……呃，有点儿吸引力。"

"你这呆子！"莫兹利说，"你应该在付款之前让星球充满吸引力，而不是在售出之后！这地方不需要任何装饰，把那群牛收进原生质缸里。"

"是，先生。"奥林说，"非常抱歉。您还有别的意见吗？"

"我还发现了无数个错误，"莫兹利说，"但希望你们能自己改正过来。比方说，那是个啥玩意儿？"他指着卡莫迪说，"一座雕像吗？等新种族到达这里的时候，难道他会唱首歌或者背首诗吗？"

卡莫迪说："先生，我不属于这颗星球，是你的朋友梅利柯隆送我过来的。我正在想办法返回自己的星球——"

莫兹利显然没听见卡莫迪的话，直接打断他道："不管那是个什么玩意儿，都不在工程设计规格里。所以，把他跟那群牛一起塞回去。"

这时，工人们抓住卡莫迪的胳膊，把他抬了起来。"嘿！"卡莫迪尖声大叫道，"等一下！我不属于这颗星球，是梅利柯隆送我过来的！慢着，听我说！"

"你们真该替自己感到害臊。"莫兹利对卡莫迪的叫喊声浑然不觉，继续对两位助手说，"奥林，这是你的室内装饰之一吗？"

"不是。"奥林说，"我没把他放在那儿。"

"那就是你了，布鲁克塞德？"

"头儿，我这辈子都没见过他。"

"好吧。"莫兹利说，"尽管你们并不聪明，可从来不会撒谎。"于是，他向工人们喊道："嘿！把他带回来！"

"好了，冷静点。"莫兹利对卡莫迪说，后者正不受控制地浑身发抖，"控制一下你的情绪。一旦你歇斯底里发作起来，我可没法儿在这儿等着！现在好些了吗？好了，请你解释一下，为什么擅自闯入我的领地？为什么不能把你变成原生质？"

12

"我明白了。"听完卡莫迪的解释以后，莫兹利开口了，"这个故事很有趣。不过，我敢肯定，你有些夸大其词了。你是在寻找一颗叫作……地球……的行星吗？"

"没错，先生。"卡莫迪说。

"地球。"莫兹利挠着脑袋陷入了沉思，"算你走运，我对这颗行星有点印象。"

"真的吗，莫兹利先生？"

"真的，我相当确定。"莫兹利说，"那是一颗小小的蓝绿色星球，上面生活着像你一样的单型类人种族。我说得对吗？"

"千真万确！"卡莫迪激动地说。

"在这些事情上，我的记性特别好。"莫兹利说，"更何况，地球恰好是我建造的。"

"真的吗，先生？"卡莫迪问。

"嗯，我记得很清楚，因为在建造过程中，我还发明了科学。你兴许会觉得我接下来要讲的故事很有意思，"他转身面向助手们，"而你们可能会受到启发。"

谁也不打算剥夺莫兹利讲故事的权利。于是，卡莫迪和两位助手摆出洗耳恭听的姿态，听莫兹利讲了起来。

制图师的解释

当时,我还是个不起眼的小承包商,四处建造行星,偶尔会制作一颗矮星。然而,工程始终很难找,客户总是反复无常、吹毛求疵,付款速度也很慢。那年头,要让客户满意很不容易。他们对每个细枝末节的东西都要争论一番,一会儿改改这个,一会儿换换那个。比如,为什么水必须往下流,为什么重力这么大,为什么本该下降的热空气却偏偏上升了,诸如此类的问题。

那会儿,我还天真得很,对于负责的每项工程都会从美观和实用两方面做出解释。没过多久,回答问题耗费的时间变得比工作本身还长,空话也变得越来越多。我意识到自己非得做出改变不可,但却想不出该做些什么。

就在接手地球工程之前,一种全新的处理客户关系的方法开始在我的脑海中成形。我喃喃自语着"形式服从功能"这句话,而且越听越喜欢。随后,我又问自己:"为什么形式必须服从功能呢?"我的回答是:"因为这既是一条永恒不变的自然法则,也是应用科学的基本定律之一。"这话虽然没什么道理,但我听着喜欢。

不过,我的感受并不重要,重要的是我有了新的发现,无意中闯入广告和推销的艺术天地,发现了大有潜力的花招——也就是科学决定论学说。

地球是我的第一个测试案例,所以我才会一直记得这颗行星。

有一天,一位蓄着胡子、眼神犀利的高个子老人找上门,向我订购了一颗行星(卡莫迪,你的星球就是这么来的)。这是一颗低成本星球,所以我在各个地方都减了点料,建造速度也很快——我确信只用了六天。本以为这件事到此为止了,但要是你们听见客户是怎么抱怨的,说不定还以为我把他的宝贝眼珠子偷走了呢。

"怎么会有这么多龙卷风?"他问。

我解释道:"这是大气循环系统的一部分。"其实,我当时干得有点仓促,忘了安装空气循环过载阀。

"这颗星球有四分之三都是水!"他对我说,"而我当初明确规定水陆比例是一比四!"

"抱歉,我办不到。"我告诉他。事实上,那份可笑的工程设计规格已经被我弄丢了。毕竟,这种单行星小工程向来没必要做什么记录。

"另外,在你交给我的这么点儿陆地上,竟然还填满了沙漠、沼泽、丛林和高山。"

"这样的风景很美。"我说。

"我才不在乎什么风景!"那家伙声如炸雷,"如果把这地方打扮一下,放一片海洋、十来座湖泊、几条河流和一两道山脉,确实能给居民留下一种不错的感觉。可是,你交给我的是件次品!"

"我这么做事出有因。"我解释道。实际上,我使用的填充物是重建的山脉、河流和海洋,再加上从星球拾荒者乌里手头买来的几片廉价沙漠。要是不这么做,我根本无法从工程中获利。但我不打算告诉他真相。

"事出有因!"老人尖叫起来,"那我该怎么跟我的子民解释?我要把整整一个族群都安排到那颗星球上去,甚至可能会再加两三个族群。他们是比照我本人的形象塑造出来的人类。跟我一样,人类也是出了名的挑剔。我该怎么跟他们解释这一切?"

"你只要告诉他们一个简单的科学规则就行。"我想出了一个可以制胜的花招,回答道:"你就说,从科学的角度来讲,凡是存在的就是必然的。"其实,我知道他已经想到了理由,但还是假装认真考虑一番,并给出了答案。

"什么?"他说。

"这叫决定论。"我心血来潮地胡诌了一个名字,"内容相当简单,但有点不好领会。首先,形式服从功能。既然地球已经存在,那基于这个简单的科学事实,这颗星球就正好符合其应有的样子。其次,科学是恒定不变的。只要不是恒定不变的东西,就都不是科学。最后,万物都要遵循确切的规则。不要总想弄清楚规则是什么,而要相信规则。所以,谁也不该问:'为什么是这样?'相反,人人都该问一句:'这是怎么运作的?'这才是合理的做法。"

后来,老人又问了我一些颇为棘手的问题。他是个相当聪明的家伙,热爱抽象概念,但对工程学一窍不通,只知道研究伦理、道德、宗教诸如此类的鬼东西。所以,他自然提不出什么反对意见,甚至开始重复我的话:"嗯,'凡是存在的就是必然的'是个相当迷人的规则,还带着点儿斯多葛学派的光辉。我会把你的部分见解融入对子民的教导中。可是,请告诉我,科学这种无法确定的宿命和子民的自由意志之间应该如何调和呢?"

这老家伙差点把我问住了。我微微一笑,咳嗽了几声,好让自己有时间思考,然后回答道:"答案显而易见!"不管怎么说,这个回答总不会出错。

"我猜也是。"老人说,"但我看不出来。"

"你瞧,"我说,"你赋予子民的自由意志难道不是宿命的一部分吗?"

"话虽如此,但区别在于——"

"更何况,"我急忙补充道,"自由意志和宿命从何时起变得水火不容了?"

老人说:"两者确实格格不入。"

"那是因为你不了解科学。"我在鹰钩鼻老头的眼皮子底下耍了一招惯用的偷换概念,"要知道,亲爱的先生,科学最基本的定律之一是,可能性在万事万物中发挥着作用。我相信你应该清楚,可能性在数学中等同于自由意志。"

"你的说法前后矛盾。"他说。

"那就对了。"我说,"矛盾是宇宙的另一项基本规则。矛盾产生冲突，要是没有冲突，万物都将进入混乱无序之中。所以，假如事物不存在于一种明显不可调和的矛盾状态，那行星或宇宙就不可能产生。"

"明显？"他的反应很神速。

"千真万确，"我说，"矛盾——我们可以暂且定义为跟现实成对出现的对立面——并不是这个问题的最终定论。举个例子，我们不妨假设一个孤立存在的趋势，并将其推到极限。届时将会如何？"

"我一点儿概念也没有。"老人说，"你的例子缺少具体细节——"

"届时，"我说，"该趋势将转化成自身的对立面。"

"真的吗？"老人大吃一惊地问道。当试着解决科学问题的时候，这些具有宗教特征的家伙还真有意思。

"真的，确实如此。"我信誓旦旦地对他说，"我的实验室里就有证据，只是演示起来有点儿无聊——"

"不必了，我相信你的话。"老人说，"毕竟，我们曾立下了契约。"他总是用"契约"来指代"合同"一词，虽然两者意思差不多，但前者更好听一些。"决定论……"他沉思着，"事物转化成自身的对立面……这一切相当错综复杂啊。"

"而且还富有美感。"我说，"不过，关于极限转化的内容我还没讲完呢。"

"请接着说。"他鼓励道。

"谢谢。事物除非受到外界的影响，否则会一直保持原有状态（根据我的经验，事物有时即使受到了影响，也仍然保持不变）。然而，混乱无序的出现驱使事物朝着对立面转化。如果某个事物被推向其对立面，那么所有事物都会如此，因为科学是保持一致的。这下你明白了吧？所有对立面都在激烈地朝其反面转化，而在更高的组织层次上，由多个对立面组成的群体也在经历同样的过程，然后以此类推。到目前为止你还能明白吧?"

"我觉得能明白。"他说。

"好。现在,问题自然而然地出现了:这些对立面反反复复地变来变去,难道整个局面就是如此吗?不,最妙的部分在于,局面并非如此!对立面像训练有素的海豹一样翻来倒去只是真实情况的一部分,因为——"说到这里,我停了下来,改用十分低沉的声音继续说,"因为有一种智慧能够超越非凡世界的冲突和纷乱。先生,这种智慧看透了真实事物的虚幻本质,同时看穿了宇宙更深层次的运作——即宇宙处于一种伟大恢宏的和谐状态中。"

"事物怎么可能既虚幻又真实呢?"老人提问的速度快如挥鞭。

"我可没法儿知道这个问题的答案。"我对他说,"我只是个普通的科学工作者,根据自己的所见采取了相应的行动,背后或许还有伦理道德方面的原因。"

这位老先生陷入了沉思。我看得出来,他正在跟自己较劲。他本可以像其他任何人一样迅速发现逻辑错误,然后驳倒我的种种说辞,但像所有书呆子一样,老人对矛盾十分着迷,而且怀着强烈的冲动想将其纳入自己的体系。至于我提出的所有主张嘛……他的常识告诉他,情况不可能那么棘手;而他的理智又告诉他,情况看起来确实复杂,在这一切的背后可能有一条简单统一的原则。即便不具备统一性,至少也是相当不错的道德准则。我只不过使用了"伦理道德"这个词,便再次吸引住了他。这位老先生是完美的道德能手,他的道德浓度已经饱和。你大可称他为道德模范,这一点毋庸置疑。所以,我误打误撞地让他产生了这样一个想法:整个该死的宇宙充斥着一连串的说教、矛盾、法则和不公,这一切最终导致了最精妙、最高深的道德秩序。

"我从未考虑得这么深刻。"过了半晌,老人终于开口了,"我本打算对我的子民进行道德方面的指引,将他们的注意力导向至关重要的道德问题,比如人类应该怎样生活以及为什么活着,而不是构成生命的物质是什么;我希望他们成为探索者,深入地研究快乐、恐惧、虔诚、希望和绝望,而非成为研究群星和雨滴的科学家,根据自己的发现作出不切实际的假设。我虽然意识到了宇宙的存在,却将其视为多余的。现在,你纠正了我的想法。"

"嗯,"我说,"我不是故意要给你添麻烦,只是觉得应该把这些问题指出来……"

老人微微一笑。"你的确添麻烦了,"他说,"但同时也帮我免去了更大的麻烦。我固然可以按照自己的形象来创造我的子民,但并不希望他们全都成为我的缩影。对我而言,自由意志很重要,能够给我的子民带来荣耀和悲伤。他们会把被你称之为科学的亮闪闪的无用玩具,拔高为神秘的神格存在;他们会沉迷于物理学中的矛盾和恒星的抽象概念;他们会去追求与之相关的知识,却忘记探索自己内心的知识。你让我意识到了这一点,谢谢你的预警。"

坦白地说,老人当时让我有点紧张。他虽然是个无名小卒,不认识什么重要人物,但却有一种高贵的气派。我有种预感,他可能会给我带来数不清的麻烦,而且仅凭只言片语就可以做到。他的话像一支毒镖永远扎进了我的脑海,令人再也无法忘怀。说实话,这种感觉让我有点害怕。

这个老家伙必定看穿了我的心思,开口安慰道:"别害怕。我毫无保留地接受你为我建造的星球,不用改动分毫。这个世界会这样很好地运转下去。至于你嵌进这颗星球的瑕疵和缺陷,我也同样接受,并怀有感激之情。我愿意为此付出代价。"

"你要怎么做?"我问。

"毫无异议地接受它们。"他说,"现在,我得去忙活我自己和子民的事了。告辞。"

说完,老人便离开了。

"这件事给我带来了很多思考。虽然我摆出了各种出色的论点,可不知怎的，老人是说完最后那一句才走的。我明白，他的意思是合同已经履行完毕了。离开的时候，他没给我任何留言。在他看来，这是一种惩罚。

"不过，这只是他一厢情愿的想法。我要他的留言做什么？当然，出于本能，我仍想知道他会说些什么，于是，很长一段时间里，我都不时去看望老人。但他并不愿意见我。

"见不见面也无所谓，反正我靠那颗星球赚了不少钱。虽然我在合同各处都做了些修改，但并没有违反条款。世事就是如此：为自己赚钱理所应当，但不能因为结果而过分激动。

"说了这么多，我其实是想说明一点，希望你们都仔细听好了。科学中充斥着大量规则，这是我当初发明科学的时候就设定好的。我为什么要这么做呢？因为对于聪明的操作者来说，规则能够提供巨大的帮助，就像法律对律师来说大有裨益一样。规则、学说、公理、法则和原理对你们而言并不是障碍，而是为了给你们的所作所为提供理由。其中大部分都是真的，这一点很有帮助。

"但一定要记住，这些规则不是用于开工之前，而是用于完工之后向客户做解释。每当拿到一项工程，你们就原原本本地按照自己认为合适的方式去做，同时安排各种事实来配合。不要把顺序搞反了。

"记住，这些规则是用来阻挡客户提问的，不该被你们当成障碍。如果说你们从我这儿学到了什么，那就是这份工作不可避免地没有办法解释清楚。只管去做就行了，结果可能有好有坏。

"不过，绝对不要试图跟自己解释为什么有些事会发生，而另一些事没有发生。不要提问，也别指望得到解释。懂我的意思吗？"

两位助手拼命地点了点头，一副恍然大悟的模样，就像发现新宗教的信徒。卡莫迪相信，这两个认真的年轻人不仅记住了建造者所说的每一个字，而且还进一步把这些话奉为规则。

13

讲完这个故事以后,莫兹利一直沉默不语,看上去孤僻阴郁,似乎满脑子都是不愉快的念头。但过了片刻,他又回过神来,说道:"卡莫迪,处于我这种地位的人总是被各种慈善机构的捐助请求困扰,除了每年要为贫困碳基形态氧气基金会慷慨解囊以外,我还要为星际重建基金会、宇宙定居家园和拯救未成年人计划捐款。在我看来,这些捐助已经绰绰有余了,当然,这么做还可以抵税。"

"我明白。"卡莫迪的脸上突然闪过一丝傲然之色,"反正我也不需要你的施舍。"

"请别打断我的话。"莫兹利说,"这些慈善行为足以满足我的人道主义本能。我不喜欢插手个案,因为情况很麻烦。"

"我完全理解。"卡莫迪说,"我想,这会儿我该走了。"尽管他压根儿不知道自己要去哪儿,也不知道该怎么走。

"我说过了,不要打断我的话。"莫兹利接着说,"虽然我不喜欢个案,但这一回,我准备破一次例,帮助你回到地球。"

"为什么?"卡莫迪问。

"纯粹是一时兴起。"莫兹利说,"也许还掺杂了一点利他主义成分,还有——"

"还有什么?"

"要是你真的回去了——尽管在我的帮助之下也不是十拿九稳的事——麻烦捎个口信。我会感谢你的。"

"当然可以。"卡莫迪说,"捎给谁?"

"这不明摆着吗?捎给那个大胡子老头啊。毕竟,那颗星球是我为他建造的。他还在管事吧?"

"我不知道。"卡莫迪说,"关于这一点,人们众说纷纭。有人说他还活着,跟以前一模一样;也有人说他已经死了,不过我认为这只是一种比喻的说法;还有人坚持认为,他压根儿就没存在过。"

"他还活着。"莫兹利深信不疑地说,"你可没法儿拿根撬棍一棒子打死那个家伙。不露面的行为倒像是他的风格,要知道,他喜怒无常,满脑子装着崇高的道德标准,而且希望人人都能遵循这些标准。他的脾气有些乖戾,如果遇上不喜欢的情况,他可能会暂时消失一阵子。他很敏锐,知道人们凡事不喜欢过量——不管是烤牛肉、可爱的异性还是神灵。所以,如果打个比方的话,他会在人们的胃口恢复之前,先把自己从菜单上撤掉。"

"你似乎很了解他。"卡莫迪说。

"嗯,我花了很多时间来琢磨他。"

"但我不得不指出一点,"卡莫迪说,"你对他的看法与我听过的任何一种神学观点都不一致。神灵怎么可能喜怒无常、性情乖戾——"

"但他就是那样的,"莫兹利打断道,"而且还远远不止于此!他的情绪特别容易走向极端!作为他的子民,你也是这样。我猜,你的同类都是如此吧?"

卡莫迪点了点头。

"你瞧,没错吧!他明明白白地说过,要按照自己的形象来创世。显然,他做到了。你刚到这儿的一瞬间,我便识别出了亲缘的相似之处。卡莫迪,你的心里装着一个小小的上帝,但你不该被他冲昏了头脑。"

"我从未跟他有过任何接触,"卡莫迪说,"不知道该怎么捎口信。"

"再简单不过了!"莫兹利的语气中带着一丝气恼,"回家以后,你要用坚定的语气大声清晰地说出我的留言。"

"你凭什么认为他能听见?"卡莫迪问。

"他非听见不可!"莫兹利说,"要知道,地球可是他的星球,而且他对子民们表现出了浓厚的兴趣。如果他想换成其他方式跟你们交流的话，应该已经展示过了。"

"好吧，我会照你说的办。"卡莫迪说，"你想对他说什么？"

"嗯，其实也没几句话。"莫兹利忽然看起来有些不安，"他是一位相当可敬的老先生，真的。他是位绅士，而且很有品位，像这样的客户平时可不多见。对于地球，我觉得有点儿不好意思，倒不是因为有什么建造得不好的地方，毕竟，它的耐用性还挺不错。我想对他说，我愿意给地球做一次翻新，完全免费。你要明白这是无偿的，他不用花一分钱。只要他同意，我就可以把那颗星球变成一处名胜、一座真正的天堂。告诉你吧，我的确是个特别厉害的工程师，说我为了赚钱而以次充好是不公平的。"

"我会转达的。"卡莫迪说，"但坦率地说，我猜他不会接受你的提议。"

"我觉得也不会。"莫兹利郁闷地说，"他是个固执的老人，不想接受任何人的恩惠。无论如何，我都想提出这个请求，而且完全是真心诚意的。"莫兹利犹豫了一下，"或许，你可以问问他，愿不愿意来我这儿串串门、聊聊天？"

"你为什么不主动去看望他呢？"

"我试过好几次，但他始终不肯见我。你们那老头的报复心可真强！不过，这次说不定他会心软的。"

"或许吧。"卡莫迪有点怀疑，"不管怎样，我会帮你捎口信的。可是莫兹利先生，既然你想找神灵说话，那干吗不去跟梅利柯隆聊聊呢？"

莫兹利仰头大笑起来："梅利柯隆那个蠢货？！他就是个以自我为中心的浑蛋，没有什么值得深思的品质。我宁可去跟一只狗聊聊形而上学，也不会找他说话！要知道，严格来说，拥有神性不算稀奇，它不是包治百病的万能仙丹，只关乎力量和控制。没有哪两位神灵是相似的，这一点你知道吗？"

"不知道。"

"那就记好了。你永远也不知道这些信息什么时候会派上用场。"

"谢谢你。"卡莫迪说,"要知道,在此之前,我根本不相信神灵的存在。"

莫兹利露出若有所思的神情,说道:"在我看来,神灵的存在是显而易见的,而且毋庸置疑。这跟相信苹果的存在没什么区别,既简单又自然。归根结底,阻碍你相信神灵存在的原因只有一个。"

"是什么?"卡莫迪问。

"行业法则,它比万有引力法则还要必不可少。在银河系中,无论走到哪里,你都能见到食品行业、房屋建筑行业、战争行业、和平行业、统治行业等等。当然了,还有神灵行业,也就是所谓的'宗教'。这个行当尤其应该受到谴责,关于各种宗教兜售的悖谬恶心的观念,我可以说上整整一年,但相信你以前全都听过了。我接下来要提到的这一点似乎是一切教义的基础,在我看来是极其不合情理的。"

"是什么?"卡莫迪问。

"这一点正是宗教赖以建立的虚伪的根本基石。想想看,如果生物不具备自由意志,那崇拜神灵的说法就不可能成立。自由意志是自由的,既无法驾驭也不可预料,是一种真正近似于神的天赋,一种让自由状态成为可能的能力。在自由状态下生存是件不寻常的奇事,并且显然就该如此。可是,宗教是怎么对待自由意志的呢?宗教表示:'你拥有自由意志,很好。但现在,你必须发挥自由意志,来充当神灵和我们的奴仆。'真是厚颜无耻!连只苍蝇都不愿意逼迫的神灵,竟然被描绘成了一个至高无上的奴隶主!在这种情况下,凡是拥有灵魂的生物都应该反抗,要么完全出于自身的意愿和意志来侍奉神灵,要么根本不去侍奉。这样做才算忠于自己、忠于神灵赋予生物的能力。"

"我大概明白你的意思了。"卡莫迪说。

"我讲得太复杂了。"莫兹利说,"躲避宗教信仰还有一个简单得多的原因。"

"是什么?"

"想想宗教的风格吧:夸夸其谈、谆谆劝诫、虚情假意、自诩清高、做作无聊、不合时宜,充满了枯燥沉闷的图像和虚张声势的口号——很适合糊里糊涂的老太太和还没断奶的小娃娃,但并不适合其他人。我没法儿相信地球上的那位老人有一天会走进教堂,因为他的品位太好,脾气太差,怒气和傲气都很重。既然神灵自己都不愿意进入教堂,那我干吗还要去呢?"

14

为了将卡莫迪送回地球,莫兹利开始建造一台机器。他在工作的时候非得与世隔绝不可,而他的两位助手奥林和布鲁克塞德也很无趣,一心一意只顾干活儿,对别的事情一概不感兴趣。显然,奖品又回到了冬眠状态。因此,卡莫迪根本找不到可以说话的人,感到无聊极了。

于是,卡莫迪尽量把时间安排得满满当当,先去参观了一家原子制造厂,老老实实地倾听一位红脸工头解释制造过程。

"以前全是手工制造,"工头说,"现在改由机器来完成了,但过程都是一样的。首先,我们运用莫兹利先生申请过专利的能量束缚法,选出一个质子,并在它上面附着一个中子。然后,我们用标准微观离心机把电子旋转到相应的位置。最后,我们再加入其他元素,例如介子、正电子这类华而不实的装饰。"

"你们对金原子或铀原子的需求量大吗?"卡莫迪问。

"不大,它们太贵了。我们主要生产氢原子。"

"反物质原子呢?"

"我个人一向不觉得那东西有什么意义。"工头说,"但莫兹利先生把生产反物质原子当作副业,当然了,是在另一家工厂里。"

"当然。"卡莫迪说。

"反物质原子一旦接触普通原子就会发生爆炸。"

"对,我知道。打包起来一定很麻烦吧?"

"不,并不麻烦。"工头十分笃定地说,"我们用的是中性箱子。"

两人一边说话,一边穿行在巨大的机器之间。卡莫迪努力思索着新的话题,最后问道:"质子和电子也是由你们生产的吗?"

"不是,莫兹利先生从不愿意折腾那种小玩意儿。亚原子粒子都是从分包商那儿弄来的。"

卡莫迪笑了起来,工头则疑惑地瞅了他一眼。他们接着往前走,直到卡莫迪感觉双脚有些疼痛。

疲惫和乏味的感觉令人气恼,卡莫迪对自己说,我应该看得如痴如醉才对,这里可是生产原子的地方,甚至还有一间反物质原子制造厂!他看到一台巨大的机器从原始空间中提取出宇宙射线,加以净化后封装进了沉重的绿色容器中。不远处,还有一台修复古老恒星的热量探测器。另外,在他的左手边……

不,没用的。穿行在莫兹利的工厂里让卡莫迪产生了一种无聊感。他曾在导游的带领下参观一家位于印第安纳州加里市的铸钢厂,当时的感受就是如此。参观卢浮宫、普拉多博物馆和大英博物馆时,他曾虔诚地在安静的走廊里走了好几个小时,随之而来的那种阴郁的疲倦感和无声的逆反心理也跟此时一模一样。卡莫迪突然意识到,一个人即使受好奇心驱使,所能欣赏的事物也是有限的,因为人总是不可避免地忠于自己的兴趣爱好。即使他们突然被传送到廷巴克图[1]或半人马座阿尔法星,其个性也会保持不变。卡莫迪可以坦诚地说,他

---

1. 西非马里共和国的一个城市,位于撒哈拉沙漠南缘。

宁愿在斯托[1]的速降雪道上滑雪，或者乘坐双桅帆船从地狱门大桥[2]下穿过，也无意目睹宇宙中的大多数奇观。他为此感到羞愧，但又无能为力。

"我估摸着自己没多少浮士德精神。"卡莫迪自言自语道，"在这个地方，宇宙的秘密就像旧报纸一样在我周围摊开，而我却在幻想佛蒙特州二月的某个美好的早晨，那冰雪依旧的时光。"

有那么一会儿，他感到很难过，但逆反心理随即开始作祟。"别忘了，哪怕是浮士德本人也未必会在这些机器之中走来走去，把这里当作绘画大师的作品展来参观。要是我没记错的话，他还得拼命干活儿呢。假如魔鬼让他过得太轻松的话，浮士德多半会放弃学习，跑去登山或者干别的。"他思索了片刻，"不管怎样，宇宙的秘密有什么了不起呢？说不定也被高估了。归根结底，任何事物都不如原本以为的那般美好。"

这些想法尽管不符合事实，但至少让卡莫迪舒服了许多。莫兹利仍然没有走出自己的"隐居之所"。卡莫迪又开始感到无聊了。

这里的时间似乎过得很缓慢，但想要判断时间流逝的真实速度是不可能做到的事。在卡莫迪的印象中，时间一直过得慢吞吞的，他可能已经在这里待了几天、几周，甚至一个月。他渐渐产生一种不祥的预感：或许寻找一颗旧行星并没有建造一颗新行星那么简单。虽然莫兹利之前答应得很轻松，但实施起来却不容易。意识到这项任务的复杂性和众多意料之外的情况后，卡莫迪的心情变得沮丧起来。

有一天（这是按照惯例的算法），他目睹奥林和布鲁克塞德构建了一片新的森林，用于替换被流星摧毁的古老森林。这次的客户是"科斯二号"星球上的灵长类生物，它们完全依靠学生捐款筹集到了

---

1. 美国十大滑雪胜地之一，位于佛蒙特州北部。
2. 位于纽约市东河上最窄的一段河道。

一笔充足的资金,以换取一流的施工水准。

等工程师和工人都离开以后,卡莫迪独自一人在林中漫步。他不禁惊叹这片森林不啻一处奇观——在规划上既有创意,又考虑得很周全。莫兹利的团队一旦用了心,工艺就能达到如此高超的水平。

这里有天然形成的林间空地可供散步,景色赏心悦目。卡莫迪的头顶是一片枝繁叶茂的藤架,脚下是松软的斑驳沃土,踩上去很舒服。尽管这里的树木并非来自地球,但外形却有些相似。于是,卡莫迪自作主张地用认识的树木来为其命名。

这片森林由上佳的原始林地组成,仅有的矮树丛恰好让景色显得错落有致。欢快奔流的小溪随处可见,没有哪条的水深超过一米。森林里有一座浅浅的湛蓝湖泊,夹岸生着黄松一类的松树。离湖岸较远的地方土地干燥,生长着李树、樱桃树、栗树、山核桃树、橘子树、柿子树、枣树和无花果树,是适合野餐的完美之所。在一片小小的沼泽周围,密布着红树林和柏树,桉树、木兰与柳树点缀其间,椰子树零星可见。

森林作为树栖地的可能性也纳入了考虑范畴。灵长类生物的幼崽在挺拔的榆树和悬铃木上爬上爬下,在枝叶繁盛的橡树和月桂树上玩追随头领的游戏;在交错的藤蔓和攀缘植物织成的大网中间摇摇晃晃地穿行。年长个体的需求同样没有被忽略。它们在巨大的红杉树上打盹儿或者玩牌,避开了底下尖叫的幼崽。

然而,这里的妙处远远不止于此。即便是像卡莫迪这样的门外汉也可以看出,森林的生态环境简单舒适、功能明确。不带刺的蜜蜂给花朵授粉和采集花粉,胖嘟嘟的快活小熊偷吃蜂巢里的蜂蜜;幼虫以花为食,长着鲜艳翅膀的鸟儿则会吃掉虫子;行动敏捷的红狐狸将鸟儿视为猎物,但转头自己又被熊盯上了;灵长类生物则以熊为食。

但是,"科斯二号"星球上的灵长类生物也会死亡,尸体会被埋进林中的浅坟里,成为幼虫、鸟儿、狐狸、熊,甚至一两种花朵的养分。埋葬仪式虽然庄严肃穆,但没有不必要的烦琐程序。通过这种方式，灵长类生物在森林的生命循环中占据了一席之地。生来就能参与其中，令它们大为高兴。

卡莫迪一边浏览着景色，一边把奖品（仍然保持锅的形态）夹在胳肢窝底下。他想到自己失落的故乡，心中未免战战兢兢。就在此时，他听到身后传来一阵沙沙声。

森林里没有起风，熊都跑到湖泊里洗澡去了。卡莫迪缓缓转过头，明知道身后有东西，却又期盼什么也不会看见。

那是个活物，穿着一身笨重的灰色塑胶太空服，套着《弗兰肯斯坦》里怪物样式的鞋子，头戴透明的球状头盔，腰带上晃晃悠悠地挂着工具和武器，总共有十来件。

卡莫迪立刻意识到，眼前这个忽然冒出来的家伙来自地球，因为没有其他哪种外星生物会打扮成这副模样。在这位地球人的右后方，还站着一个更苗条的身影，打扮与前者相仿。卡莫迪认出那是一位地球姑娘，而且非常迷人。

"天哪！"卡莫迪说，"你们去哪儿不行呢，怎么偏偏跑到这里来了？"

"小声点。"地球人说，"谢天谢地，我们及时赶到了。可是现在，最危险的部分恐怕就在眼前。"

"爸爸，我们还有机会吗？"地球姑娘问。

"机会总会有的。"地球人的笑容很阴沉，"可我不愿意用钱来做赌注。不过，兴许马多克斯博士能想出办法来。"

"他有很多办法，对吧，爸爸？"地球姑娘问。

"当然了。"地球人柔声回答道，"马多克斯博士是最厉害的。但这一回，他可能有点儿不自量力了——我们所有人都是。"

"我相信大家总会找到办法的。"地球姑娘说，语气平静得令人心疼。

"兴许吧。"地球人说，"不管怎样，我们都得让他们瞧瞧，过时的脑力还是有几分力量的。"他转身面向卡莫迪，表情变得冷硬起来,"老兄,我只希望你值得我们这么干。现在可有三条性命在为你铤而走险呢。"

这句话很难回应,而卡莫迪也压根儿没打算回答。

"排成单列纵队,快步返回飞船。"地球人说,"马多克斯博士将对现有情况作出评估。"说完,他从腰带上拔出一支圆头枪,拐进了森林。地球姑娘紧随其后,同时扭头向卡莫迪投去鼓励的目光。于是,卡莫迪加入这支队伍,跟在了她的身后。

15

"嘿,等一下,这一切是怎么回事?"卡莫迪一边跟着身穿太空服的两个人穿过森林,一边问道,"你们究竟是谁?来这儿想干什么?"

"老天!"地球姑娘难为情地涨红了脸,"刚才我们忙得团团转,都没来得及做自我介绍呢!你肯定把我们当成大傻瓜了吧,卡莫迪先生?"

"完全没有。"卡莫迪彬彬有礼地说,"我只是想知道……呃,想认识一下。你明白我的意思吧?"

"当然。"地球姑娘说,"我叫阿维娃·克里斯蒂安森,这是我爸爸拉尔斯·克里斯蒂安森教授。"

"别再提什么'教授'了!"克里斯蒂安森粗声粗气地说,"叫我拉尔斯或者克里斯吧,随便叫什么都行。"

"好吧,爸爸。"阿维娃说着,摆出一副使小性子的温柔模样,"总之,卡莫迪先生——"

"叫我卡莫迪就行。"

"好吧,卡莫迪。"阿维娃的脸上泛起了美丽的红晕,"我刚才说到哪儿了?哦,对,我们来自地球人星际救援协会,该组织在斯德哥尔摩、日内瓦和华盛顿特区都设有办事处。"

"抱歉,我从未听说过这个组织。"卡莫迪说。

"没什么值得大惊小怪的。"阿维娃说,"毕竟,地球刚刚才迈入星际探索的大门。眼下,世界各地的实验室已经开始测试新的动力源,其威力远远胜过人们习以为常的粗陋原子能。很快,地球人将驾驶宇宙飞船去探索银河系最遥远的角落。这些项目必定会在我们那颗古老的星球上开启属于国际和平与合作的新时代。"

"是吗?"卡莫迪问,"为什么?"

"因为……再也没有什么重要的东西……值得争夺了。"阿维娃小跑着穿过低矮的灌木丛,上气不接下气地说,"你可能已经注意到了,除了地球以外,宇宙中还有无数颗星球。各种各样的社会实验和冒险经历——凡是你能想象的一切——都有可能发生。因此,人类的精力被引向外界,不再被自相残杀这种灾难性的冲突所消耗。"

"这孩子说的是实话,尽管表述得可能有些混乱。"拉尔斯的声音低沉粗哑,听上去既友善又严肃,"她获得了上百个博士学位,这些文凭足以支撑她的观点。"

"我爸爸虽然说话像个粗人,"阿维娃飞快地回敬道,"但他的床脚柜里已经放了三座诺贝尔奖杯!"

父女俩交换了一下眼色,不知怎的,两人的眼神既咄咄逼人,又显得很温情。

"所以不管怎样,"阿维娃说,"地球的情况就是这样,或者说,再过几年便会变成这样。我们之所以能够抢占先机,是因为有马多克斯博士。你很快就会见到他了。"阿维娃犹豫了一下,然后压低声音说,"我要是告诉你,马多克斯博士其实是个……变种人,应该不算泄密吧?"

"该死,犯不着因为这个词感到紧张!"拉尔斯吼道,"变种人跟人类没什么不同。至于马多克斯博士,他简直比我们好上千倍!"

"正是马多克斯博士推动项目真正进入了正轨。"阿维娃继续说,

"他对未来作出预测,尽管我们无从得知他是如何做到的。然后,他意识到,取之不竭、安全便携的廉价能源即将问世。随着那一刻的到来,宇宙飞船就会无处不在!很多人将在缺少合适装备和导航仪器的情况下仓促地进入太空——"

"像这种思虑不周的傻瓜可不少。"拉尔斯冷冷地评论道。

"爸爸,别打断我!总之,一旦在太空中发生意外,这些人就会需要帮助。但在87.238874年内——马多克斯博士经过非常仔细的计算才得出的数据——地球还无法形成有组织的银河救援队。你听明白了吗?"

"我听明白了。"卡莫迪说,"你们三个率先发现了这个问题,于是打算介入其中。"

"没错。"阿维娃简洁地回答道,"我的爸爸特别热衷于为别人服务,虽然从他那副愤愤不平的外表上根本看不出来,而我又唯他马首是瞻。至于马多克斯博士……好吧,在我认识的所有人当中,他展现出的潜力是最拔尖的。"

"对,他就是这么优秀,毫无疑问,好得不能再好了。"拉尔斯平静地说,"这个人的来头很不一般。要知道,突变的概率很低,例如,每一千个人当中,只有一两个人能挖出金子而不是硫化铁。但马多克斯博士却有大规模基因突变的家族史,多数都是有利突变,至今无法得到解释。"

"我们怀疑这是外星人的善意干预。"阿维娃的声音小得几乎像在耳语,"马多克斯的家族史只能追溯到两百年前。这个故事很怪异:1739年,马多克斯的曾祖父艾里尔是威尔士的一名煤矿工人,在臭名昭著的奥尔德格林吉矿场工作了将近二十年,是少数几个身体依旧健康的工人之一。最近,当这座矿场重新开放后,人们在附近发现了令人难以置信的铀矿。"

"突变肯定是从那个时候开始的。"拉尔斯接着说,"1801年,在墨西哥的瓦哈卡,一个自称托马斯·马多克斯的男人与阿拉贡女伯爵特蕾西塔·德·瓦尔迪兹成婚。特蕾西塔是个飞扬跋扈的美人，拥有墨西哥南部最壮观的大庄园。1801年4月6日上午，当托马斯外出放牧时，一块具有高放射性的巨大陨石'红色死亡之星'坠落在了距离牧场三四公里的范围内。幸存者没几个，其中就包括托马斯和特蕾西塔。"

"接下来到了二十世纪三十年代。"阿维娃接过话头，"由于财富大幅缩水，马多克斯家族搬到了洛杉矶。欧内斯特——也就是我们这位博士的祖父——当时在向医生们出售一种新奇精巧的装置，叫作X射线机。至少在连续十年的时间里，欧内斯特每周演示装置两次，并把自己作为演示对象。尽管遭受了严重过量的硬辐射——或者可能正因为如此——欧内斯特竟然相当高寿。"

"1935年，"拉尔斯说，"欧内斯特的儿子被某种冲动驱使，前往日本成了一名禅僧。战争期间，他始终住在一间废弃地下室里，没有开口说过一个字。当地人以为他是个怪人，谁也没理会他。那间地下室位于广岛，距离1945年的原子弹爆炸中心不到十三公里。爆炸发生后，他动身离开日本，在一座人迹罕至的寺庙安居下来，专心研究密宗经典。后来，他娶了一位带有克什米尔王室血统的女人，生了一个儿子欧文，也就是我们的马多克斯博士。长大后的马多克斯博士先后就读于哈佛大学、耶鲁大学、加州大学洛杉矶分校、牛津大学、剑桥大学、索邦大学和海德堡大学。至于他是如何找到我们父女的，这也是个相当怪异的故事。也许，我找个更合适的场合再讲给你听吧，因为我们马上就要回飞船上了。我可不敢再浪费一丁点儿时间来瞎唠叨。"

在卡莫迪眼前，一艘宏伟的宇宙飞船从一块小空地上拔地而起，如同摩天大楼一般矗立着，轮叶、喷射口、舱口以及其他许多凸出的部件随处可见。飞船前方摆着一把折叠椅，上面坐着一位中年男人。他的脸上布满深深的皱纹，面容慈祥。卡莫迪一眼便认出对方是变种人马多克斯，因为他的每只手都长着七根手指，前额高高鼓起，为发达的大脑腾出了空间。

马多克斯优哉游哉地站起来，露出了五条腿。他点头欢迎道："你们来得正好。敌军的队伍马上就要到达交叉点了。赶快回到飞船上，我们必须马上竖起防护盾！"

拉尔斯大步向前走去，因为太要面子而不肯跑起来。阿维娃挽住卡莫迪的胳膊，浑身颤抖。那件难看的灰色太空服掩盖不住美人身上柔美的线条，不过她自己似乎并没有意识到这一点。

"情况不妙啊。"马多克斯嘟囔着，把折叠椅收回飞船上，"当然了，我预留了一些时间，但是，无穷的组合在本质上就决定了人们无法预测其布局。哪怕是这样，我们仍要竭尽全力。"

卡莫迪走到飞船宽敞的舱口边，突然犹豫起来。"我觉得应该跟莫兹利先生道个别。"他对马多克斯说，"兴许我应该征求一下他的意见。莫兹利先生帮了我很大的忙，而且正在想办法把我送回地球。"

"哦，莫兹利！"马多克斯叫道，跟拉尔斯交换了一个意味深长的眼色，"我怀疑整件事就是他在暗中捣鬼！"

"看起来很像他会干的混账事！"拉尔斯粗声补充道。

"什么意思？"卡莫迪问。

"我的意思是，"马多克斯说，"你在一场天大的阴谋里成了牺牲品和棋子，不下十七个星系牵涉其中。眼下我没办法全盘解释给你听，但相信我，不仅仅我的生命危在旦夕，就连几百亿类人生物也有性命之忧，他们多数都是蓝眼睛、白皮肤！"

"哦，卡莫迪，快点，快进去吧！"阿维娃边喊边拽他的胳膊。

"嗯，好吧。"卡莫迪说，"但我想听一下令人满意的完整解释。"

等卡莫迪迈入舱口后，马多克斯说："现在就解释给你听。"

卡莫迪从对方的语气里听出危险的信号，赶紧转过了身。他目不转睛地看着变种人，心中涌起一阵惊涛。紧接着，他重新望向前来解救自己的两个地球人，这才首次看清了他们的真面目。

人类的头脑善于构建完形，几条曲线就足以勾勒出一座山的形状，六七条虚线就能够画出一道逼真的波浪。透过审视的目光，卡莫迪发现自己眼前的完形正在坍塌：阿维娃可爱的眼睛并非真实存在，而是让人产生联想的写意图案，就像是飞蛾翅膀上的假眼花纹；拉尔斯脸上本该是嘴的位置，变成了一个深红色的椭圆，中间被一条颜色较暗的线条分隔开来；马多克斯两只手的七根手指其实都是画上去的，就画在躯干上差不多是大腿的位置。

完形彻底粉碎了。卡莫迪一动不动地站在原地，看着三个没有五官、顶端圆溜溜的圆柱体朝这边移动。它们没有可以举起的手，没有可以移动的脚，没有可以张望的眼睛，也没有可以解释的嘴，只是巧妙地伪装成了人类。他还看到一条细细的黑线，就像地板上的一条裂缝，将每一个圆柱体与飞船相连。它们就像是巨人手上的三根手指，此时正在发挥仅有的功用，看起来令人骇然。它们前进的姿态似乎柔若无骨，显然是想驱赶卡莫迪进入飞船黑黢黢的大口之中。

飞船？卡莫迪想办法绕开那三个圆柱体，沿原路飞奔出去。舱口先是稍微张大，上下两侧探出利齿，然后开始合拢。他原先怎么会以为那是金属做的呢？与此同时，散发着光泽的幽暗舱壁泛起波纹，逐渐收缩。他的双脚陷进了黏糊糊的松软甲板中，三根"手指"在他周围移动着，挡住了外面的日光。

卡莫迪绝望地挣扎着，就像一只被蛛网困住的苍蝇（这个比喻很贴切，可惜他领悟得太晚了）。他发疯似的反抗，却无济于事。那片四四方方的日光变成湿漉漉的圆圈，最后缩成棒球般的小口。卡莫迪被三个圆柱体抓住，一时分不清哪个是哪个。

这就是他最后看到的恐怖画面；飞船的舱壁和天花板（或者说不知道那究竟是什么东西）已经变成潮湿的铅红色，正在向他逼近，准备将他吞噬。

卡莫迪无路可逃了。他发觉自己动弹不得，叫不出声，什么也做不了，然后就这样失去了知觉。

16

卡莫迪听到一个声音仿佛从千里之外传来:"医生,你觉得怎么样?有什么办法救活他吗?"他认出是奖品的声音。

"我会付钱的。"另一个人说,"你有什么办法可以救活他?"卡莫迪听出那是莫兹利的声音。

"他可以活下来。"第三个声音说,大概就是医生本人,"医学拥有无限的可能,但也承认疼痛的容忍度是有限的。不过,容忍度取决于病人,而非医生。"

卡莫迪拼命想要睁开眼或张大嘴巴,却发现自己根本动不了。

"这么说,他的情况很严重?"奖品问道。

"这个问题很难给出精准的答案。"医生说,"首先,我们必须区分一下医学科学和医学伦理,前者比后者更简单。例如,对于我们银河医学协会的人来说,医生应该设法维系病人的生命,为了病人的最大利益而采取治疗。但是,当矛盾出现的时候,我们该怎么办呢?比方说,'德温五号'星球上的尤义奇人希望医生能根除生命,帮他们实现死亡的目标。要我说,这是一项极其艰巨的任务,只有在尤义奇人年老体衰之后才有可能完成。那么,面对这种有悖于正常想法的奇怪心愿,医学伦理又有怎样的见解呢?医生是否应该遵从尤义奇人的想法来行事,做出在整个银河系中都会受到谴责的行为?还是说,医生应该按照自己的标准来行事,从而让尤义奇人无法逃避比死亡悲惨得多的命运?"

"这跟救活卡莫迪有什么关系?"莫兹利问。

"关系不大。"医生承认道,"但我想你们可能会觉得这个话题有趣。同时,这也会让你们明白为什么要收取如此高昂的治疗费用。"

"他的情况严重吗?"奖品再次问道。

"只有死者的病情才算真的严重。"医生说,"不过也有例外,比如,五日死症候——外行称之为'五天可逆转性死亡'——的严重程度不会超过普通感冒,但在大家盛传的流言中却正好相反。"

"那卡莫迪呢?"莫兹利问。

"他绝对没死。"医生安慰道,"他只是处于一种极度震惊的状态,简单来说,就是晕过去了。"

"你能让他醒过来吗?"奖品问道。

"你的问题不清不楚。"医生说,"我的工作已经够麻烦了,哪怕没有——"

"我的意思是,你能让他恢复初始状态吗?"奖品问。

"好吧,只要你稍微思考一下,就会意识到这是一项艰巨的任务。他的初始状态是什么样?你们俩有谁知道吗?哪怕有奇迹出现,让我们得以直接询问卡莫迪本人,他自己又清楚吗?在上百万种细微的人格改变中,有些变化仅仅是在一次心跳的刺激下发生的,我们怎么知道其中哪种最符合他的特征呢?丢失的性格就像是流逝的一秒钟,尽管可以作出粗略的估算,但却永远无法真正让它再现。先生们,你们提出的问题都相当有分量。"

"重得要命。"莫兹利说,"假设让他尽可能恢复到接近原来的样子呢?那会很麻烦吗?"

"不会。"医生答道,"我从事这一行已经有很长一段时间,早就适应了最可怕的场面,习惯了最惨不忍睹的手术。当然,我并没有变得冷酷无情,只是在不幸的情况下学会了转移注意力,不去关注医生这份职业要求我做的那些折磨心灵的手术。"

"天啊!医生!"奖品说,"你要对我哥们儿干吗?"

"我得给他动手术。"医生说,"目前只有这一种可靠的办法。我要解剖卡莫迪——这是外行的说法——把他的肢体和器官放进保存溶液中。然后,我会用经过稀释的K-5溶液来软化他,从各个孔窍中抽出他的大脑及神经系统。接下来,我会把神经系统和大脑连接到生命模拟器上,按照精心设定的时间序列来激活突触。这样一来,我们就可以检查是否存在断裂、损坏、堵塞之类的情况。假如没有问题,我就会拆解大脑,非常小心地去掉身心之间的交互点,把内外所有连接都检查一遍。如果到这一步为止,一切仍然正常的话,我会打开交互点储藏器来寻找漏洞,随后检查其内部的意识水平。如果水平很低或者已经耗尽(晕过去的人都处于这样的状态),我就会对残留意识加以分析,创建出新的意识。经过详尽的测试后,这些新的意识会被注入交互点储藏器。最后,我将把所有部件重新组装起来,用生命模拟器激活病人。整个过程差不多就是这样。"

"哎哟,"奖品说道,"就算是只狗,我也不愿意你这么对它!"

"我也不愿意,"医生说,"除非犬科动物能够进一步得到进化。你们希望我动手做这个手术吗?"

"嗯……"奖品若有所思地说,"我们总不能任由他昏迷不醒吧?"

"当然不能。"莫兹利说,"这个可怜的家伙还指望我们送他回家呢。我们绝不能辜负他。医生,尽你的本分去做吧!"

医生整个讲话过程中,卡莫迪一直在与出故障的身体机能做斗争。他越听越觉得害怕,也越来越确信朋友对自己造成的伤害或许比敌人还要大。就在这时,他使出九牛二虎之力,猛地睁开眼睛,动了动贴在上腭的舌头。

"不准做手术!"他用嘶哑的嗓音说,"你要是想动什么该死的手术,我就把你那颗该死的心给挖出来!"

"看来他已经恢复了。"医生的语气听起来相当高兴,"要知道,比起手术本身,当着病人的面把手术过程描述一遍往往更能发挥止痛作用。虽然这相当于一种安慰剂效应,但当然不能被嘲笑。"

卡莫迪挣扎着起身,在莫兹利的搀扶下站了起来,这才看见了医生的长相。眼前的黑衣人又高又瘦,满面愁容,看起来跟亚伯拉罕·林肯一模一样。奖品不再是锅的形态,而是出于压力变成了一个小矮人。

"如果有什么需要就叫我吧。"医生说完便离开了。

"我出什么事了?"卡莫迪问,"那艘宇宙飞船和那些地球人——"

"我们及时把你拉了出来。"奖品说,"那可不是什么宇宙飞船,伙计。"

"那它究竟是什么东西?"

"你的捕食者。"莫兹利说,"你直接走进了它的嘴里。"

"我猜到了。"卡莫迪说。

"你差点葬送了唯一一次返回地球的机会。"莫兹利说,"卡莫迪,我看你最好还是坐下来。现在,你只有为数不多的几个选择,其中没哪个特别有吸引力。"

于是,卡莫迪重新坐了下去。

17

莫兹利首先总结了捕食者的习性、对待猎物的反应,以及惯用的捕猎方法和手段。对卡莫迪来说,了解在自己身上发生过什么以及背后的原因,这一点很重要,哪怕是事后诸葛亮也好。

"最好就是在事后诸葛亮的情况下。"奖品插话道。

莫兹利接着说:"就像世上有男人就有女人一样,每个生物都有一个捕食者与之对应。大食物链(这是个充满诗意的形象,代表宇宙中处于活跃状态的所有生命)必须延续下去,即使不出于其他原因,至少也出于内在的需要。生命包含创造,如果死亡不存在,那创造几乎不可能存在。因此——"

"为什么创造几乎不可能存在?"卡莫迪问。

"别问这种愚蠢的问题。我刚才说到哪儿了?哦,对,因此,尽管谋杀造成的后果不那么受欢迎，但这一行为本身却是正当的。一种生物在其自然栖息地以另一种生物为食，而它自己同时也是其他生物的食物。这个过程是如此自然和简单，并且处于一种十分微妙的平衡状态，以至于在很长一段时间里，捕食者和被捕食者都忽略了食物链的存在，转而把注意力放在创造艺术品、采集花生、思考绝对真理或者其他感兴趣的事情上。这是理所应当的，因为大自然（我们可以想象一位身穿黑褐相间衣裳的老太太）不愿让她的法则和规章成为社交场合中的话题，无论是鸡尾酒会、秘密会议，还是拥挤的巢穴。但你呢，卡莫迪，你无意间逃出了母星的制约和平衡，却仍然没有逃脱不可阻挡的捕食法则。因此，如果在遥远的太空中没有与你对应的捕食者，那就必须找到它。如果找不到，那就非得造一个出来不可。"

"好吧，你说得没错。"卡莫迪说，"可是那艘宇宙飞船和那些地球人——"

"并不是表面看上去那样。"莫兹利告诉他，"对你来说，这一点是显而易见的吧？"

"现在是了。"

"那艘宇宙飞船和那些地球人其实是单一的实体，一个专门为你创造出来的生物，也就是你的捕食者。它同样遵循着那些简单、标准的捕食法则。"

"哪些？"卡莫迪问。

"没错，那些。"奖品叹了口气，"你说得多好啊！我们固然可以冲着命运和世界大吼大叫，但最终面对的仍是如此残酷的命题：那些原本就存在。"

"我没有发表评论，"卡莫迪纠正道，"我刚才是在提问。哪些捕食法则？"

"哦，对不起，我误解了你的意思。"奖品说。

"没关系。"卡莫迪说。

"谢谢。"奖品说。

"没什么。"卡莫迪说,"所谓简单、标准的捕食法则是什么?"

"你非问不可吗?"莫兹利说。

"对,恐怕是这样。"

"一旦你提出这个问题,"莫兹利严肃地说,"捕食法则就不再简单和标准了,甚至连是否能被称为法则也值得怀疑。关于捕食的知识是一切生物与生俱来的——就像四肢和脑袋一样——甚至可以说是确信无疑的。要知道,它比科学定律要更加基本,因此不会受制于简化论。仅仅是提出这个问题,就会对答案造成严格的限制。"

"即便如此,我仍然认为自己应该了解关于捕食法则的一切。"卡莫迪说,"特别是跟我的捕食者有关的内容。"

"对,你当然应该了解。"莫兹利说,"或者更确切地说,你早该了解了。这二者绝不是一回事!不过,我还是会尽力解释一下。"他使劲揉了揉额头,"你的捕食者到底应该如何享用你呢?怎样才能将你一动不动地捕获,然后做成食物?你被端上餐桌的时候应该是滚烫的、冰镇的,还是常温的?显然,这取决于享用你的捕食者喜欢哪种口味。它会寻找合适的角度从背后偷袭你吗?它会给你挖个坑,织张网,还是跟你单挑,抑或伸出利爪扑过来?这一切都取决于捕食者的天性,而天性决定了其形态和机能。它的天性受限于你的天性变化,而你们双方都受到自由意志的影响。因此,你的天性与它的天性终究是无法预测的。

"现在我们来说说细节。无论偷袭还是挖坑,这些捕食方法都不复杂,在对付拥有记忆力的生物时会失效。像你这样的生物,卡莫迪,如果能避开一次过分简单的致命攻击,也许就再也不会上当了。

"然而,简单的捕食方法并非自然之道。据说,大自然从幻觉中获益,而幻觉是死亡和出生的必经之路。我个人并不反对这一主张。一旦接受这种观念,我们就会明白,如果想诱捕像你这样复杂的生物,捕食者非得采取复杂的策略不可。

"另一方面,你的捕食者不单单是为吃你而存在的。尽管它将你看作生命中最重要的东西，但它也拥有自由意志，因此不会机械地进食。谷仓里的老鼠可能认为，房梁上的猫头鹰纯粹是为了捕捉自己而生。但我们都知道，猫头鹰其实还会琢磨一些别的事情。所有的捕食者都是如此，包括你的。因此，我们可以得出一个重要结论：由于拥有自由意志，所有的捕食者在功能上都不完美。"

"我以前从未这样考虑过。"卡莫迪说，"这种观念对我有帮助吗？"

"呃，谈不上什么帮助。但我觉得，无论如何你都应该了解关于捕食法则的一切。说实在的，你可能永远都不知道你的捕食者有什么缺点，也永远无法加以利用。在这种情况下，你跟谷仓里的老鼠没什么两样，一听到猫头鹰扇动翅膀的声音，就会惊慌地找个洞钻进去，但永远没办法分析猫头鹰的天性、才能和缺陷。"

"哦，那可太妙了。"卡莫迪的语气里透着浓浓的讽刺，"我还没开始反抗就已经没戏了。或者借用你的比喻来说，虽然我暂时没被叉子捅穿，但其实跟被吃掉了没什么两样。"

"控制一下你的脾气。"奖品提醒道，"目前的情况还没那么糟。"

"那应该有多糟糕呢？谁能跟我说点儿有用的？"

"我们不是正在想办法嘛。"莫兹利说。

"那就直截了当地告诉我，我的捕食者长什么样？"

莫兹利摇了摇头："我们做不到。要是知道自己的捕食者长什么样，被捕食者就可以永生不死了！"

"那样就违反了捕食法则。"奖品补充道。

"至少给我透露一点儿信息吧。"卡莫迪说，"它总是伪装成宇宙飞船到处跑吗？"

"当然不是。"莫兹利说，"从你的视角来看，它似乎千变万化。你就像是爬进蛇嘴里的老鼠、落在蛙舌上的苍蝇、闯进虎爪间的小鹿一样。扪心自问一下：这些受骗的牺牲品会以为自己去了哪里？会以为自己面前是什么？当你冲着捕食者的三根手指说话，并径直走进它的嘴里时,眼前看见的到底是什么?这就是捕食法则的本质!"

"它的手指看着跟地球人差不多。"卡莫迪说,"但我还是不知道那个捕食者到底长什么样。"

"我没办法帮你开窍。"莫兹利说,"关于捕食者的信息不太容易获取,因为它跟被捕食者是互补的。它设下的陷阱和圈套完全基于你自己的记忆、梦想、幻觉、希望和欲望。捕食者夺走你心爱的剧本,然后表演给你看。想要了解你的捕食者,你必须先了解自己,这可比了解全宇宙复杂得多。"

"我该怎么办?"卡莫迪问。

"学习!"莫兹利说,"永远保持警惕,以最快的速度移动,什么也别信。在回家之前不要放松。"

"回家?"卡莫迪说。

"没错。你在自己的星球上就安全了,因为你的捕食者进不来。尽管你仍然会遭受各种常见的灾难,但至少可以免去这一难。"

"你能送我回家吗?"卡莫迪问,"还在捣鼓机器吗?"

"已经完工了。"莫兹利说,"不过,你必须理解机器的局限性,因为我的能力也是有限的。这台机器会把你送到地球目前所在的位置,仅此而已。"

"我需要的就是这样!"卡莫迪说。

"不,并不是这样。除了坐标中的'何处'以外,你还必须解出'何时'与'何者'。我建议你按顺序来求解,通常来说,就是先定时间,再定细节。你现在必须马上离开这儿。捕食者的食欲被勾起来了,随时都有可能回来。到时候再想救你,可就没这么幸运了。"

"你是如何把我从它嘴里弄出来的?"卡莫迪问。

"我匆匆赶制了一个诱饵。"莫兹利告诉他,"看上去跟你一模一样,但个头稍微大点儿,显得更有活力。于是,捕食者就把你丢下,一边流着口水,一边蹦蹦跳跳地跟着诱饵跑了。这个办法我们没法再用第二回。"

卡莫迪不想问诱饵是否会感到痛苦。"我准备好了。"他说,"我要去哪儿？会发生什么？"

"你要去的地方叫作地球,但肯定不是你的那颗母星。我会写封信给一个很擅长解决时间问题的人。如果他决定接手你的案子,就会主动去找你。然后……谁又知道会发生什么呢？卡莫迪,听天由命吧,无论发生任何事都要心存感激。"

"我很感激。"卡莫迪说,"不管结果怎样,我都非常感谢你。"

"不客气。"莫兹利说,"你要是回家了,可别忘了给那位老伙计捎口信。机器就在我旁边,外形跟'真力时牌'短波收音机简直一模一样,只不过我没时间把它造成看得见的样子。到底放哪儿去了？哦,在这儿呢。你准备好出发了吗？你的奖品带好了吗？"

"我抓住他了。"奖品说着,伸出双手攥住了卡莫迪的左臂。

"好了。先调节这个刻度盘,接着是那个,最后再调节另外两个……卡莫迪,你会发现这是件愉快的事——离开宏观宇宙并回到一颗星球上,哪怕不是你的母星。当然,原子、行星、星系或宇宙之间并没有质的区别,完全取决于你在哪种规模上生活得更舒服。现在,让我按下这个——"

嘭！啪！嘎吱！卡莫迪周围的环境如同电视上的淡出镜头一般开始变化,消失的速度越来越快。电子音乐传了出来,似乎来自外太空。日历一页页快速翻过,卡莫迪在模拟的自由落体运动中头朝下翻滚着。定音鼓传出了不祥的鼓点。各种鲜艳的色彩一闪而过。女人的哀号在回音室中回荡。孩子们在哈哈大笑。以蒙太奇手法呈现的雅法橙[1]亮如行星。一幅描绘太阳系的抽象拼贴画,如同小溪中的波纹一般闪闪发光。慢放、快放、淡出、淡入。

这是一趟奇妙至极的旅程,一切尽在卡莫迪的意料之中。

---

1. 主要产自以色列雅法地区的甜橙。

18

跃迁结束后,卡莫迪粗略地审视了一番,确认自己仍然拥有完整的四肢、躯干和脑袋。他还没来得及四处转悠,不过可以确信自己已经到达了目的地。奖品仍在身边,尽管变形了,但仍可以辨认出来。这一回,它变成了一支做工粗劣的笛子。

"到目前为止,一切都还不错。"卡莫迪这句话并不是冲着谁说的。此时,他正在打量周围的环境。"嗯,不算太好。"他马上更正道。

即使做好了心理准备,卡莫迪仍没想到这颗存在误差的地球竟然差得如此离谱。他站在一片沼泽边,脚下是泥泞的土地。带有瘴气的水蒸气从褐色的死水中升腾起来。除了阔叶的蕨类植物、细叶的低矮灌木,这里还有茂密的棕榈树和一棵孤零零的山茱萸树。空气如热血般温暖,浓郁的腐烂味儿弥漫其中。

"兴许我在佛罗里达呢。"卡莫迪满怀希望地说。

"恐怕不是。"奖品(或者说笛子)扫兴地说,它的声音低沉悦耳,但颤音过于明显。

卡莫迪狠狠地瞪着奖品,质问道:"笛子怎么会说话?"

"我还是锅那会儿你怎么不问这个问题?"奖品反驳道,"既然你真想知道,那我就告诉你吧。笛子的吹口内侧粘了一只装有二氧化碳的囊包,可以替代肺的功能,但使用时间有限。剩下的答案就是明摆着的了。"

对卡莫迪来说,答案并不是明摆着的,但他心里还惦记着更重要的事:"我们在哪儿?"

"我们在地球上。"奖品说,"等到了你生活的那个年代,脚下这片湿乎乎的土地将会成为纽约州的斯卡斯代尔。"它窃笑起来,"趁现在房价低迷,我建议你赶紧购置些地产。"

"这里看起来完全不像斯卡斯代尔。"卡莫迪说。

"确实不像。'何者'的问题先暂且不谈,我们可以确定的是,'何时'完全搞错了。"

"好吧……我们处于什么时期?"

"好问题。"奖品回答道,"我只能给出一个粗略估算。很明显,我们处于显生宙,这一阶段占据了地球地质年代的六分之一。就这么简单。可是,我们到底处于显生宙的古生代、中生代,还是新生代呢?我必须大胆猜测一下。仅仅基于气候这一点,我就排除了古生代,但也有可能是二叠纪末期。等一下,二叠纪末期也可以排除了!你看头顶右上方!"

卡莫迪循声望去,只见一只奇形怪状的大鸟以笨拙的姿势拍打着翅膀,向远方飞去。

"绝对是只始祖鸟。"奖品分析道,"从它的羽轴两旁长有羽枝,就可以立刻分辨出来。大多数科学家认为,始祖鸟生活在侏罗纪晚期和白垩纪,但肯定不会早于三叠纪。所以,我们肯定是在中生代。"

"这年代挺久远的,对吧?"卡莫迪感叹道。

"相当久远,但还可以更精准些。"奖品附和道,"让我想一下我们目前处于中生代的哪个阶段。"它想了想,"没错,肯定不是三叠纪!那片沼泽恐怕是条虚假线索。你左脚边的那株被子植物指明了准确无误的方向,但它还不是唯一的证据。注意到前方那棵山茱萸树了吗?好的,转个身,你会看到在一小丛针叶树中间有两棵白杨树和一棵无花果树。这很重要,对吧?但你有没有注意到一个更重要的细节?在你所处的那个年代,有一类植物随处可见,以至于你很容易对它视而不见。没错,我说的是草,要等到侏罗纪才会出现的草!在那之前,地球上只有蕨类和苏铁类植物!这里生长着大量的草,因此可以确定——我用毕生积蓄打赌,卡莫迪——我们正处于白垩纪,而且很可能是晚期即将结束的年代!"

卡莫迪对地球地质年代的划分只有模糊的印象。"白垩纪,"他说,"离我生活的那个年代有多远?"

"哦,大约一亿年吧,出入不过几百万年。"奖品说,"白垩纪延续了近七千万年。"

卡莫迪没做什么思想斗争,便轻易接受了这个概念。他问奖品:"你怎么会知道这么多地质学方面的知识?"

"你觉得呢?"奖品精神抖擞地回答道,"我当然是提前做了功课。既然要去地球,最好是先了解一下这个地方。幸亏做了研究,真是幸运得要命!要是没有我,你多半会连滚带爬地到处寻找迈阿密海滩,最后被一头异特龙吃掉。"

"被什么吃掉?"

"我说的是蜥臀目里比较难看的一种。"奖品说,"其中一个分支最后进化成了著名的雷龙。"

"你是想告诉我这儿有恐龙?!"卡莫迪问。

"我是想告诉你,"奖品说话的同时还带着伴奏,"这儿是仅有的原版'恐龙城',欢迎来到属于巨型爬行动物的年代!"

卡莫迪语无伦次地嘟囔了一阵。他注意到左手边有什么动静,便转身去瞧。一头恐龙赫然出现在他的前方,看上去约六米高,身长大概十五米。它浑身灰蓝,正快速向卡莫迪大步奔来。

"那是头霸王龙吗?"卡莫迪问。

"是的。"奖品说,"蜥臀目当中最受尊崇的一种,上门牙的长度足有三十厘米。向我们跑来的那个小家伙得有九吨多重。"

"而且还喜欢吃肉。"卡莫迪补充道。

"是啊,没错。我个人认为该时期的霸王龙和其他肉食性恐龙主要以鸭嘴龙为食,后者是一种分布广泛的草食性恐龙。但这只是我自己钟爱的理论罢了。"

那头巨兽距离他们不到十五米了。泥泞的平地上没有可供躲避的掩体,也没有可以攀爬的高处,甚至没有可以钻进去藏身的洞穴。

卡莫迪连忙问道:"我该怎么办?"

"你得马上变成一株植物!"奖品急切地说。

"可我办不到啊!"

"办不到?那你的处境确实有些麻烦了。让我想想,你既不会飞,也不会打洞。而且,我敢打赌——赌注十赔一——你永远也别想跑赢它。嗯,这就难办了。"

"那我该怎么做?!"

"在这种情况下,我建议你对整个局面保持斯多葛学派的坦然态度。我可以把爱比克泰德[1]的名言念给你听。如果有用的话,我们还可以一起唱首圣歌。"

"去你的圣歌!我得逃命了!"

笛子形态的奖品吹起了《更近我主》[2],卡莫迪则攥紧了拳头。此时,那头霸王龙矗立在他的正前方,就像一台有血有肉的起重机。然后,它张开了可怖的血盆大口。

19

"你好呀。"霸王龙开口道,"我叫埃米,今年六岁了。你叫什么名字?"

"我叫卡莫迪。"卡莫迪回答道。

"我是他的奖品。"奖品说。

"好吧,你们俩看着特别奇怪,跟我见过的其他恐龙都不一样。"埃米说,"我见过异齿龙、似鸵龙、刺甲龙等等。你们住在这附近吗?"

---

1. 爱比克泰德(公元55年—135年),古罗马著名的斯多葛学派哲学家之一。
2. 创作于19世纪的一首基督教赞美诗歌。

"嗯，算是吧。"卡莫迪说，然后思考了一番时间维度，"其实也不算。"

"哦。"埃米说，像个孩子似的盯着他们，没再说话。

卡莫迪出神地望着眼前的霸王龙。那吓人的脑袋比自动售货机或啤酒桶还要大，不算宽阔的颚部布满利齿，犹如一排排匕首，看起来实在可怕！只有那双圆溜溜的蓝眼睛——目光温和，眼神中充满信赖——抵消了它身上的凶相。

"那么，"埃米终于开口了，"你们在公园里做什么？"

"这儿是座公园？"卡莫迪惊讶地问。

"当然了！"埃米说，"而且是儿童乐园。虽然你的个头特别小，但我觉得你并不是儿童。"

"你说得对。"卡莫迪说，"我是不小心闯进公园的。我想，或许我应该跟你爸爸谈一谈。"

"好啊。"埃米说，"爬到我背上来吧，我带你去见他。别忘了，是我先发现你的。带上你的朋友吧，他可真是怪模怪样！"

卡莫迪把奖品揣进口袋，爬上了霸王龙如钢铁般坚硬的身体，手脚在它后背皮肤的褶皱间寻找着力点。埃米等卡莫迪在自己的脖子上坐稳后，便转身向西南方大步走去。

"我们这是要去哪儿？"卡莫迪问。

"去找我的爸爸。"

"没错，可你爸爸在哪儿？"

"还能在哪儿？他在城里上班呢。"说完，埃米飞奔起来。

"那是自然。"卡莫迪咕哝道，紧紧抓牢霸王龙的脖子。

捂在卡莫迪口袋里的奖品闷声说："这一切也太奇怪了。"

"在这儿，你才是最奇怪的那个。"卡莫迪提醒道，然后往后挪了挪，开始享受骑在恐龙背上的旅程。

城市坐落在距离公园大约三公里的地方。尽管这里并不叫恐龙城，但卡莫迪实在想不出其他更合适的名字了。他们顺着一条宽阔的大路往前走,被无数恐龙踩过的路面像混凝土一般坚硬。一路上,卡莫迪看到许多鸭嘴龙在路边的柳树下睡觉,时不时用低沉悦耳的声音合唱。埃米告诉卡莫迪,它的爸爸把这群恐龙视为大麻烦。道路两旁生长着一片片桦树、枫树、月桂树和冬青,每片小树林里都有十几头恐龙在树下活动。它们目的明确地在地上乱刨,然后把垃圾推到一边。卡莫迪问它们在做什么。

"打扫卫生。"埃米嗤之以鼻地回答,"这是家庭主妇才干的活儿。"

紧接着,他们来到一处高高的山地,把最后一片小树林抛在身后,奔进了一大片森林。种种迹象表明,这里的树木不是自然形成的,而是刻意种植而成,排布颇为用心。最外层是一大片无花果树、面包果树、榛子树和核桃树;内层是几排高高的银杏树,间隔均匀,树干纤细;再往里走则全是松树,间或点缀着一棵云杉。

随着他们渐渐深入,森林变得越来越拥挤。这里到处都是恐龙,其中大多数属于兽脚亚目,也就是像埃米这样的肉食性恐龙。奖品还发现了几头鸟脚亚目恐龙和成百上千头以三角龙为代表的角龙亚目。它们慢跑着穿过森林,震动着脚下的大地。树木颤抖起来,扬起的尘土在空中飞舞。吼叫声此起彼伏,恐龙以此来要求优先通行的权利。覆盖着鳞甲的肩膀彼此摩擦,只有在快速转弯、猛地止步或突然加速时才能避免撞到一起。几千头恐龙奔跑的景象几乎跟现场令人难以忍受的气味一样恐怖。

"我们到了。"埃米说着来了个急停,险些把卡莫迪甩下来,"这就是我爸爸上班的地方!"

卡莫迪向四周张望,发现他们身处一小片红杉林,高大的树木围出了一块绿洲。两三头恐龙在红杉树间缓步而行,步伐慢得甚至有些慵懒,毫不理会四五十米开外的喧嚣声。他断定这会儿下去不会再被恐龙踩伤,于是小心翼翼地顺着埃米的脖子滑落在地。

"爸爸!"埃米喊道,"瞧瞧我发现了什么,快看!"

其中一头恐龙抬起脑袋,从容不迫地转过身来。这是头霸王龙,比埃米的体型稍大一些,蓝色皮肤上布满白色条纹,灰眼睛里遍布着血丝。"我跟你说过多少回了?不要飞跑着到这儿来!"

"对不起,爸爸,可是你看,我发现了——"

"你每回都只知道说'对不起',"年长的霸王龙说,"但从来没有纠正过自己的行为。埃米,我跟你妈妈谈过了,我们基本达成了共识。谁也不想养出一个不懂礼貌的大嗓门飞毛腿,没有半点儿雷龙的风度。我爱你,我的儿子,但你必须学会——"

"爸爸!教训的话能不能留着回头再讲?你快看,就一下,看我发现了什么!"

年长的霸王龙抿紧了嘴,甩动着尾巴,似乎准备发作。但它还是低下头,顺着埃米伸出的前爪望过去,看见了卡莫迪。

"我的天哪!"它大叫起来。

"你好,先生。"卡莫迪说,"我叫托马斯·卡莫迪。我是人类。我认为,目前地球上还没有别的人类,甚至连灵长类都没出现。我很难解释自己是怎么到这儿来的,不过我是为了和平而来,以及……诸如此类的原因。"他支支吾吾地勉强说完了。

"太棒了!"埃米的爸爸转过头,"巴克斯利!你看到了吗?你听见了吗?"

巴克斯利也是一头霸王龙,与埃米的爸爸年纪相仿。它说:"我看见了,博格,可我不信。"

"那是一只会说话的哺乳动物!"博格大叫道。

"可我还是不信。"巴克斯利说。

20

跟卡莫迪接受"爬行动物会说话"所花费的时间相比,霸王龙接受"哺乳动物会说话"所花的时间似乎更长。尽管如此,博格最终还是接受了这一事实。正如奖品后来说的那样,事实就真真切切地摆在面前,没有什么比这更能让人相信的了。

他们来到博格的办公室——一棵高耸的垂柳的绿荫下——坐在地上清了清嗓子,努力想找些话来说。最后,博格开口了:"这么说,你是来自未来的外星哺乳动物?"

"我想是的。"卡莫迪说,"而你是来自过去的本土爬行动物。"

"我从未这么想过。"博格说,"可是,你说得没错。你来自多久以后的未来?"

"一亿年左右。"

"啊哈,真是够久的。没错,相当遥远。"

"的确挺久的。"卡莫迪表示赞同。

博格点点头,哼起了不成曲调的歌。在卡莫迪看来,对方显然不知道接下来该说些什么。博格热情好客,非常顾家,不善言谈,有点儿死心眼,可以说是一头正派但乏味的中产阶级霸王龙。

"呃,"等沉默变得令人尴尬后,博格又开口了,"未来什么样啊?"

"你说什么?"

"我的意思是,未来的地球是个怎样的地方?"

"很热闹。"卡莫迪回答道,"大家都忙忙碌碌的,有很多新发明问世,社会一片混乱。"

"呦!"博格说,"跟那些富有想象力的家伙描述的差不多嘛,有些恐龙预言哺乳动物将不断进化,最终成为地球上的优势物种。但我认为那种说法牵强附会,简直荒唐可笑。"

"我得承认它们没有说错。"卡莫迪说。

"这么说,你们人类真成了优势物种了?"

"嗯……只是其中之一。"

"那爬行动物呢?或者更具体地说,霸王龙未来会变成啥样?"

卡莫迪既不愿意也没有勇气告诉对方,恐龙在他那个年代早就灭绝了,而且已有六千五百万年之久。在生命的发展进程中,爬行动物也只占据了无关紧要的一部分。

"你们这一族的表现跟预料中的一样出色。"卡莫迪回答道,感觉自己变成了发布神谕的皮提亚[1],但一点也算不上光明正大。

"好啊!我就知道会是这样!"博格说,"要知道,我们这个族群可厉害了,而且大多数都拥有意志力和常识。在未来,人类和爬行动物会不会很难共存?"

"不,不会太难。"卡莫迪说。

"听你这么说,我感到很高兴。我原本担心恐龙会因为体型庞大而变得目中无人呢。"

"不,不会的。"卡莫迪说,"作为未来哺乳动物的代表,我可以很有把握地说,人人都喜欢恐龙。"

"那可真是太好了。"博格说。

卡莫迪低声咕哝了一句,突然感到十分羞愧。

"看来,恐龙的未来用不着担心。"博格的声音变得洪亮起来,就像在晚餐后发表演讲一样,"但情况并非一直如此。我们的祖先异特龙不仅脾气暴躁,而且还贪吃。异特龙的祖先角鼻龙则是一种个头矮小的肉食性恐龙,从头骨的大小来判断,它们肯定蠢得不可思议。在它们之前,必定存在着一道缺失的环节——四足恐龙和两足恐龙的共同祖先。"

"占据主导地位的应该是两足恐龙吧?"卡莫迪问。

"那是自然。三角龙头脑迟钝,性格野蛮,它们的肉可以做出非常好吃的肉排大餐。我们饲养着少量的三角龙,以及其他各种各样的生物。你刚才进城的时候注意到鸭嘴龙了吗?"

---

1. 古希腊德尔斐神庙的女祭司,以能传递阿波罗神的神谕而闻名,世人认为皮提亚能够预见未来。

"对，我注意到了。"卡莫迪说，"它们在唱歌。"

"那些家伙老是在唱歌。"博格严肃地说。

"你们会吃鸭嘴龙吗？"

"天哪，怎么会呢！鸭嘴龙很聪明！除了霸王龙以外，它们是这颗星球上仅剩的智慧生命了。"

"埃米说你认为它们是个大麻烦。"

"好吧，它们确实是。"博格的语气中略带不屑。

"为什么？"

"因为它们很懒惰，而且沉闷得很，脾气还不好。我对自己所说的话非常确信。我雇过一群鸭嘴龙当佣人，但它们既没有抱负，也没有干劲，缺乏坚持不懈的精神。大部分时间里，它们都不知道自己是如何出生的，而且好像也不在乎。跟你说话的时候，它们也不会直视你的眼睛。"

"不过它们唱歌很好听。"卡莫迪说。

"对，没错，我们有一些最优秀的恐龙歌手就是鸭嘴龙。要是给予指导的话，它们在建造大型建筑方面也能表现得很好。当然了，它们的外表不占优势，瞧瞧那张鸭子嘴……可是，它们对此也无可奈何。鸭嘴龙在未来解决这个麻烦了吗？"

"解决了。"卡莫迪说，"它们灭绝了。"

"说不定这样最好。"博格说，"没错，我真心觉得这样再好不过了。"

卡莫迪与博格畅谈了几个小时，听对方诉说都市爬行动物在生活中遇到的各种问题。越来越多的霸王龙和鸭嘴龙离开乡村，来到了森林城市，享受着文明生活带来的种种乐趣。与此同时，城市也变得越来越拥挤。在过去五十年间，严重的交通事故层出不穷。体型庞大的蜥臀目恐龙喜欢快速奔跑，为自己的敏捷反应感到自豪。但是，当成千上万头恐龙同时穿越森林时，交通事故不可避免地发生了，后果往往很严重。两头重达四十吨的爬行动物以接近每小时五十公里的速度迎面相撞，最大的可能就是撞断脖子。

当然，问题还远远不止这些。城市变得过度拥挤是出生率激增造成的结果。世界各地的蜥臀目恐龙都生活在饥荒之中。尽管疾病和战争会带走一部分恐龙，但数量还不够。

"除此以外，我们还面临各种各样的问题。"博格说，"我们当中一些最聪明的恐龙已经向绝望屈服了，但我仍保持乐观态度。要知道，爬行动物以前也经历过困难时期，但最终赢得了胜利。就像过去那样，我们总会解决当下所有的问题的。在我看来，我们这个族群有一种与生俱来的高贵感，是无法遏制、拥有意识的生命迸发出来的火花。我不相信这一切都会消亡。"

卡莫迪点头说："你们会延续下去的。"他知道自己什么也做不了，只能像个绅士一样告之以善意的谎言。

"我知道。"博格说，"不过，想法得到证实总是好的。谢谢你。好了，别让你的朋友等急了。"

"什么朋友？"卡莫迪问。

博格说："我指的是站在你身后的那只哺乳动物。"

卡莫迪迅速转身，发现眼前站着一个戴着眼镜的矮胖男人。他穿着一身黑西装，左臂下方夹着一只公文包和一把雨伞。

"请问你是卡莫迪先生吗？"他问。

卡莫迪答道："对，我是卡莫迪。"

"我是国税局的瑟蒂斯。卡莫迪先生，我们找你找得好苦啊，不过，国税局总能把嫌疑人缉拿归案。"

博格说："这可不关我的事。"它悄悄地退了出去。对于体型如此庞大的霸王龙而言，它走路的声音竟然小到可以忽略不计。

"你的朋友还真不一般。"瑟蒂斯先生凝视着离去的霸王龙说，"联邦调查局可能会对它感兴趣，但不关我的事。我到这里来纯粹是为了你在1965年和1966年提交的纳税申报表。我的公文包里有份引渡令，我想，你在看过之后就会证实引渡令是有效的。我的时光机停在这棵树附近。请你静悄悄地跟我走吧。"

"我不去。"卡莫迪说。

"请你再考虑一下。"瑟蒂斯先生说，"针对你的指控可以采用让所有人满意的方式来解决，但必须抓紧时间，因为美国政府不喜欢等待。如果拒绝服从最高法院的命令——"

"跟你说了我不去！"卡莫迪说，"你还是滚吧。我知道你是谁。"

毫无疑问，瑟蒂斯先生是捕食者，而且对国税局工作人员的模仿拙劣极了——公文包和雨伞跟左手连在一块了，五官还行，但少了一只耳朵。最不像话的是，膝盖的方向居然装反了。

卡莫迪转身就走，把捕食者留在了原地。它没有跟上来——大概是办不到吧——发出了一声蕴含饥饿和怒火的叫喊，随即消失了。

然而，卡莫迪还没来得及自鸣得意，也在片刻之后消失了。

21

"好了，进来吧。"

卡莫迪眨了眨眼，发现自己不再跟一头恐龙待在白垩纪交换观点，而是置身于一间脏兮兮的小屋里。石板地面令他的双脚感到一阵寒意。小屋的窗户上覆盖着一层煤灰，一根根长长的蜡烛提供了光亮，烛火在穿堂风中轻轻摇曳。

一个男人坐在卷盖式书桌后面，长脸瘦削，眼窝深陷，长长的鼻子颇为挺拔，左脸正中有颗棕色的痣，薄薄的嘴唇毫无血色。他开口道："我是克莱德·比德尔·西斯莱特。你就是卡莫迪先生吧？莫兹利先生非常好心地将你引荐给了我们。请在那把椅子上坐下吧，先生。你大老远地从莫兹利先生的星球赶来，旅途还算愉快吗？"

"还行。"卡莫迪说着坐了下来。他知道自己的表现缺乏教养,但一次次出其不意的跃迁已经让他感到沮丧。

"莫兹利先生还好吗?"西斯莱特笑眯眯地问道。

"他也还行。"卡莫迪说,"我这是在哪儿?"

"在来之前,办事员没有告诉你吗?"

"我没瞧见什么办事员,甚至不知道自己是怎么来的。"

"哎哟,天哪!"西斯莱特懊恼地轻声咕哝道,"接待室肯定又发生时空故障了。我已经派人检修过十几回,可故障始终没有解决,不仅使我的客户感到恼火,而且对我那位可怜的办事员来说也很糟糕。他会跟接待室一起跃迁,有时候要过一周甚至更久才能回到家人身边。"

"那可真够倒霉的。"卡莫迪快要歇斯底里了,"你要是不介意的话,"他极力控制着自己的情绪,"就请告诉我这儿是什么地方,以及我要如何才能回家。"

"冷静点儿。"西斯莱特说,"先喝杯茶怎么样?好吧,那算了。这儿是银河安置局。我们的办事章程就挂在墙上。你要是愿意的话,可以看一看。"

"我是怎么到这儿来的?"卡莫迪问道。

西斯莱特微微一笑,合拢十指的指尖:"非常简单。在收到莫兹利先生的来信后,我安排了一次搜索。办事员在B3444123C22号地球上找到了你。很明显,这不是你要去的那颗地球。莫兹利先生已经尽力了,但他毕竟不在银河安置局工作。因此,我冒昧地把你接了过来。如果你还想回到刚才那颗地球——"

"不,不必了。"卡莫迪说,"我只想知道……好吧,你刚才说这儿是银河安置局,对吧?"

"对,只此一家。"西斯莱特温和地说。

"所以,我仍然没有回到地球。"

"确实没有。更严格地说,你现在不处于任何可能是地球、未来将成为地球或者暂时具备地球条件的世界。"

"好吧。"卡莫迪喘着粗气说,"西斯莱特先生,你曾去过以上提及的任何一颗地球吗?"

"恐怕我从未有过这样的荣幸。你瞧,我成天都待在办公室里,连休假也只是回到家中的小别墅,就位于——"

"没错!"卡莫迪突然发出了响亮的怒吼,"你承认了自己从未去过地球!既然如此,看在上帝的分儿上,那你为什么会出现在狄更斯笔下那种该死的房间,点着一屋子蜡烛,头上还戴着一顶高筒礼帽?让我听听你会怎么回答这个问题。不,不用回答了,因为我早就料到该死的答案。一定是哪个浑蛋给我下了药,让我梦见所有这些荒唐的混账事,包括你这个笑嘻嘻的鞋拔子脸!"说完,他瘫坐在椅子里,像蒸汽机一样呼哧喘气,得意扬扬地盯着西斯莱特。他默默地等待着,等待眼前的一切消融,等待滑稽的形状出现又消失,等待从自己公寓的床上醒来,或是朋友的床上,甚至哪怕医院的床上。

可是,一切照旧。卡莫迪的胜利感一点点消失了。他彻底糊涂了,但又觉得疲惫不堪,不想再去理会。

"你的怒气完全平息了吗?"西斯莱特冷冷地问。

"对,我不生气了。"卡莫迪说,"抱歉。"

"没关系。"西斯莱特平静地说,"你一直承受着压力,我可以理解。除非你能控制自己的脾气,否则我什么忙也帮不上。智慧可以带你回家,但疯狂发泄情绪只会让你一筹莫展。"

"我真的很抱歉。"卡莫迪说。

"至于这个房间——它似乎让你大吃一惊——是我专门为你布置的。我不久之前才接到你要来的消息,所以只能估计大致的年代和风格。为了让你有种宾至如归的感觉,我已经尽力了。"

"你想得真周到。"卡莫迪说,"我猜,你的真实外形——"

"是啊,一点儿没错。"西斯莱特微笑着说,"我也打扮了一番。并不费事,真的。好多客户都很欣赏这种小小的装饰。"

"说实在的,我也很欣赏。"卡莫迪说,"这会儿我已经习惯了,房间看上去还挺舒服的。"

"希望这个环境能帮助你平静下来。"西斯莱特说,"至于你说这一切其实都发生在梦境里……嗯,倒也有几分道理。"

"是吗?"

西斯莱特用力地点了点头:"作为一种观点,它无疑是有价值的。但作为当下情况的描述,就不太准确了。"

"哦。"卡莫迪说着,往椅背上靠了靠。

"严格地说,"西斯莱特接着说,"梦境与现实并没有多大区别。你纯粹是在字面上制造了二元对立。卡莫迪先生,你没有在做梦——我提到的这一点也只是作为补充信息——哪怕你真的在梦境中,也非得采取行动不可。"

"我完全没听明白,"卡莫迪说,"但我相信自己没有在做梦。"他犹豫了一下,"可有件事我确实无法理解,为什么银河中心看起来像纽约的无线电城,而博格说起话来也不像一头恐龙。就算恐龙能够开口说话,也不应该像它那样,而且——"

"请不要激动。"西斯莱特说。

"对不起。"卡莫迪说。

"你想让我解释现实为什么是这副模样,对吗?"西斯莱特说,"但这没什么好解释的。你得学会改变先入之见,而别指望现实去适应你的想法,除非遇到特殊情况。不管现实是奇怪还是眼熟,都是没办法的事。听明白了吗?"

"我好像听明白了。"卡莫迪说。

"妙极了!你真的不打算喝杯茶吗?"

"不了,谢谢。"

"那我们得想办法送你回家了。"西斯莱特说,"再也没有比心爱的家乡更让人振奋的地方了,对吧?"

"绝对没有!"卡莫迪说,"西斯莱特先生,送我回家会很困难吗?"

"不,我不会用'困难'这个词来形容。"西斯莱特说,"当然了,过程相当复杂,需要一丝不苟地完成,甚至存在一些风险。但我认为送你回家没什么困难。"

"那你认为真正困难的是什么?"卡莫迪问。

"解二次方程式。"西斯莱特立即回答道,"虽然我已经试过不下百万次,但就是解不出来。先生,这才是难题呢!现在,让我们动手来办你的案子吧。"

"你知道地球在哪儿吗?"卡莫迪问。

"'何处'没问题了。"西斯莱特说,"你已经去过地球,只是在'何时'上错得太离谱。不过,我们不必大费周章就可以确定'何时'。目前,'何者'才是最棘手的问题。"

"会有阻碍吗?"

"完全不会,只不过我们得整理一下才能找出'何者'。"西斯莱特说,"整个过程相当简单,类似于瓮中捉鳖或者桶里抓鱼。"

"我从来没抓过鱼。"卡莫迪说,"真有那么轻松吗?"

"这取决于桶和鱼的大小。"西斯莱特说,"打个比方,在浴缸里抓一条鲨鱼几乎毫不费力,但在啤酒桶里抓一条小小的鲦鱼就很困难。大小决定一切。但不管怎样,我想,你都可以领会找出'何者'本质上是简单直接的。"

"我想也是。"卡莫迪说,"找出'何者'可能很简单,也可能很麻烦,因为我将面对无穷无尽的选择。"

"说得好,尽管你的观点并不完全正确。"西斯莱特笑容满面地说,"要知道,越是复杂的情况,越有助于发现和识别问题。"

"好吧……那我们该怎么做?"

"开始干活儿吧。"西斯莱特轻快地搓起了手,"我和手下已经整理出一组'何者'世界,并且满怀信心地认为你的家乡就在其中。当然,只有你才能辨别出哪个是正确的。"

"所以，我需要先挨个看一遍？"卡莫迪问。

"差不多吧。"西斯莱特说，"事实上，你得在这些世界中挨个生活一遍。一旦发现不对劲，你就向我们示意，然后等待被转移到下一个'何者'世界。如果找到了你的家乡，那就结束。"

"听起来挺合理。"卡莫迪说，"这些世界有很多吗？"

"就像你先前猜想的那样，多得数不完。但我们完全有望早日取得成功，只要……"

"只要什么？"

"只要你的捕食者别抓住你。"

"我的捕食者？！"

"它还在追踪你呢。"西斯莱特先生说，"它特别擅长从你的记忆中挑选出某个场景，然后将其布置成陷阱。我们可以称之为'地球化场景'，它的目的是麻痹和欺骗你，从而让你毫无戒备地走进它的嘴里。"

"它会干扰这些世界吗？"卡莫迪问。

"当然会。"西斯莱特说，"'何者'世界充当不了你的庇护所。当某个世界看上去越好、信息越丰富，就越充满危险。你之前问过关于梦境和现实的问题。好吧，这就是答案：凡是对你有帮助的行为都是光明正大的；凡是企图伤害你的行为都是偷偷摸摸的，通常采用幻觉、伪装和梦境等手段。"

"对于我的捕食者，你有什么办法吗？"卡莫迪问。

"什么办法也没有。就算有，我也不会帮忙，因为捕食行为是必不可少的。这是宇宙法则，就连诸神都终将被命运吞噬，你也不会例外。"

"我就知道你会说这种话。"卡莫迪生气地说，"难道你连半点儿忙都不肯帮吗？你能不能提示一下那些'何者'世界跟捕食者的陷阱有什么不同？"

"在我眼里，差别是显而易见的。"西斯莱特说，"但你我的感知并不相同，卡莫迪，你无法获得我的洞察力，反之亦然。不过，到目前为止，你还是成功地摆脱了捕食者。"

"我的运气一向不错。"

"说得没错！我虽然很有本事，可一点儿运气也没有。你的考验即将来临，谁又知道最需要哪种品质呢？反正我不知道，你肯定也不知道！所以，你得有一颗坚强的心，卡莫迪先生，懦弱的心永远无法收获美丽的星球。去搜寻那些世界吧，特别小心捕食者制造的幻觉，趁没有出现危险赶紧离开，但不要因为恐惧而丧失勇气，错过了本应属于你的那个正确的世界。"

"万一我不小心错过了，会发生什么？"卡莫迪问。

"那搜寻将永远无法结束，因为只有你才能辨别出正确的世界。"西斯莱特对他说，"如果出于某种原因，你在可能性最大的世界中没有找到你的家乡，那我们就只好按照可能性不大、可能性较小、可能性最小的顺序依次展开搜寻。'何者'世界的数量并不是无穷的，但从你的角度来看，说不定就是了。要想把这些世界全都搜一遍，然后再从头开始，你的寿命根本不够。"

"好吧。"卡莫迪迟疑地说，"我估计也没别的办法了。"

"我只能帮你到这儿了。"西斯莱特说，"我怀疑无须你配合搜寻的办法并不存在。不过，如果你想试试的话，我可以咨询一下其他的星系定位技术，只是需要一段时间——"

"我已经没有时间了。"卡莫迪说，"我觉得捕食者就在身后不远的地方。西斯莱特先生，请把我送到'何者'世界去吧，也请接受我对你的耐心和关心表示感谢。"

"谢谢你。"西斯莱特显然很高兴，"但愿第一个世界就是你要找的那一个。"说完，他按下了桌上的一个按钮。

在卡莫迪眨眼之前，一切如故。紧接着，事情发生得如此之快，以至于卡莫迪一睁眼便发现自己恰好站在地球上，或者说一颗还算不错的地球复制品上。

22

卡莫迪站在一片修剪整齐的草坪上，头顶是蓝蓝的天空和金灿灿的太阳。他缓缓环视四周，看见了前方大约八百米处的一座小城。不同于美国城市常见的建筑样式——最外围是加油站、热狗摊位、汽车旅馆以及围成保护圈的垃圾堆——这座城市更像是意大利山城或瑞士村庄。城市的主体部分拔地而起，一下子出现在眼前，然后很快便到头了，没有任何铺垫或缓冲。

尽管小城呈现出异域风情，但卡莫迪仍确信眼前是座美国城市。于是，他保持高度警觉，慢慢向前走去，准备一旦发现什么不测就开溜。

不过，这里的一切似乎井然有序。城市看起来温暖开放，街道很宽阔，商店宽敞的橱窗一览无余。卡莫迪渐行渐深，又发现了其他有趣的景象。他步入一片广场——跟罗马的广场并无二致，但规模要小得多——看见广场中央的喷泉里矗立着一尊大理石雕像，是一位少年和一头海豚。一股清澈的水流正从海豚口中喷出。

"我真心希望你会喜欢它。"一个声音突然从卡莫迪左后方传来。

卡莫迪并没有被吓得跳起来，甚至都没有转过身，因为他已经对这种事习以为常了。有时候，他觉得银河系的许多生物都喜欢这样接近自己。

"这座喷泉很不错。"卡莫迪说。

"我建造和安放了这座喷泉。"那个声音说，"在我看来，喷泉虽然从概念上而言很古老，但仍具有美学上的功能。这座广场是仿照博洛尼亚风格建造的，除了摆放着长椅，还种植了可供遮阴的栗树。我并没有因为害怕过时而压抑自己。在我看来，真正的艺术家会采用自己认为必要的素材——不管是千年前的古物，还是一秒钟前刚刚诞生的新鲜事物。"

"我为你的观点喝彩。"卡莫迪说，"请允许我自我介绍一下。我叫托马斯·卡莫迪。"他转过身，微笑着伸出手。可是，他的左后方没有人，右后方也没有。广场上一个人也没有。

"请原谅。"那个声音说，"我不是有意要吓唬你。我还以为你知道呢。"

"知道什么？"卡莫迪问。

"知道我是谁。"

"我不知道。"卡莫迪说，"你是谁？在哪儿说话呢？"

"我是城市之声。"那个声音说，"或者换句话说，我就是城市本身。一座名副其实的城市正在跟你说话。"

"真的吗？"卡莫迪讥讽地说，"好吧，我估计是真的。"他自问自答道，"你是座城市。没什么大不了的！"

事实上，卡莫迪感到很恼火。从银河系的一端到另一端，他已经见过太多宏大的存在和神奇的力量，但自己一直落于下风。各种造物和化身不断闪现在他面前，让他一次又一次失去冷静。卡莫迪是个通情达理的人，明白宇宙中划分了强弱等级，而人类在其中占据的地位并不太高。但同时他也是个有傲气的人，相信生而为人就拥有某种意义，哪怕只对他本人而言。卡莫迪非常在意自己的自尊心。面对各种非人的存在，他不可能老是到处嚷嚷、大声叫唤，否则他就无法保持自尊。此时此刻，他拥有的东西为数不多，自尊心便是其中之一。

于是，卡莫迪转身离开喷泉，在广场上信步而行，摆出一副因为天天跟城市交谈而有点厌烦的样子。他穿过几条街巷，又走过几条大道，扫视着商店的橱窗，打量着房子的大小，又在雕像前略作停留。

"怎么样？"片刻后，城市问道。

"什么？"卡莫迪说。

"你觉得我怎么样？"

"还行。"卡莫迪说。

"就只是还行吗？"

"要知道，"卡莫迪说，"城市就是城市。见过一座之后，差不多就见过其他所有了。"

"不是这么回事！"城市有点恼火地说，"我跟其他城市截然不同。我是独一无二的。"

"真的吗？"卡莫迪轻蔑地说，"在我眼里，你就像组装得不怎么样的聚合体，有一座意大利风格的广场、两三尊希腊式雕像、一排都铎风格的房子、一栋老式纽约公寓、一间形状像拖船的加州热狗摊位……天知道还有别的什么？所以，你哪里特别了？"

"我将这些形式组合成了一个有意义的实体，这就是独一无二的。"城市说，"我从一个具备内在一致性的框架中呈现出多样性。我并不是因为搞错了年代而胡乱放置的，而是因为这些古老的建筑具有代表性，能够展现生活方式，很适合放在用于居住的精雕细琢的城市里。"

"这只是你的看法。"卡莫迪说，"对了，你有名字吗？"

"当然有，"城市说，"我叫贝尔维瑟，隶属于新泽西州。你想不想来点儿咖啡、三明治，或者新鲜水果？"

"咖啡听着不错。"卡莫迪说。他循着贝尔维瑟声音的指引，绕过拐角，来到一家露天咖啡馆。这家咖啡馆名为"噢你小子"，是美国十九世纪九十年代酒吧的翻版——蒂凡尼艺术灯饰、雕花玻璃枝形吊灯和自动钢琴一样不落。这里一尘不染，却不见人影，如同卡莫迪在城市其他地方看到的一样。

"氛围不错，你不这么认为吗？"贝尔维瑟问。

"装腔作势。"卡莫迪评价道，"要是你喜欢这种风格的话，我只能说还行吧。"一只不锈钢托盘搁到了桌上，上面放着一杯起泡的卡布奇诺。卡莫迪呷了口咖啡，补充了一句："但至少服务还不错。"

"好喝吗？"贝尔维瑟问。

"嗯，挺好喝的。"

"我对自己的咖啡引以为傲，"贝尔维瑟平静地说，"还有我的厨艺。你想来点儿什么吗？煎蛋卷或者蛋奶酥？"

"什么也不用。"卡莫迪坚决地说，向后靠在了椅背上，"所以你是座典范城市，嗯？"

"对，这是我的荣幸。"贝尔维瑟说，"在所有典范城市中，我是最新建成的。我相信，我也是最令人满意的作品。耶鲁大学和芝加哥大学的联合研究组负责构思，同时得到了洛克菲勒基金会的资助。麻省理工学院设计了大部分具体的细节，普林斯顿大学和兰德公司则设计了城市的某些特殊部分。通用电气公司负责实际施工。提供资金的是福特基金会，以及几家我无权透露名字的机构。"

"有趣的历史。"卡莫迪的态度冷淡得让人难以忍受，"街对面是座哥特式大教堂，对吧？"

"对，纯哥特式建筑。"贝尔维瑟说，"这是座跨教派的教堂，向所有宗教信仰开放，可容纳三百人。"

"对于一座如此宏伟的建筑来说，人数似乎不算多。"

"当然不算。但我的理念是把敬畏感与舒适性结合起来。很多人都喜欢这里。"

"顺便问一句，城市里的居民去哪儿了？"卡莫迪问，"我可一个人也没看见。"

"他们都走了。"贝尔维瑟悲伤地说，"全都离开了。"

"为什么？"卡莫迪问。

贝尔维瑟沉默半响，然后说："城市与社区的关系破裂了。那是一场误会，真的，或者说是一连串不幸的误会。我怀疑有煽动者混在其中。"

"到底出了什么事？"

"我不知道。"贝尔维瑟说，"我真的不知道。有一天，他们就这样匆匆离开了。就是这样！但我可以肯定，他们还会回来的。"

"我对此表示怀疑。"卡莫迪说。

"我很确信。"贝尔维瑟说,"可是卡莫迪先生,你为什么不留下来呢?"

"我吗?我真不觉得——"

"你看着有点儿风尘仆仆。"贝尔维瑟说,"我相信适当的休息对你有好处。"

卡莫迪赞同道:"我最近一直在跑来跑去。"

"说不定你会发现自己喜欢这里呢。"贝尔维瑟说,"不管怎样,你将获得独一无二的体验,让世界上最时髦、最现代化的城市为你效劳。"

"听起来确实很有意思。"卡莫迪说,"我会考虑一下的。"

贝尔维瑟激起了卡莫迪的兴趣,但他的心中又不免产生一丝忧虑,希望能弄清楚这座城市的居民到底出了什么事。

23

在贝尔维瑟的一再坚持下,卡莫迪当晚下榻在了乔治五世酒店的豪华蜜月套房。早晨一觉醒来,他精神焕发、心怀感激,感觉自己终于得到了梦寐以求的休息。

贝尔维瑟将早餐送到了套房的露天平台,在卡莫迪用餐时演奏了一首轻快的海顿四重奏。空气很清新,温度和湿度也非常宜人。若非贝尔维瑟告知,卡莫迪绝不会猜到空气经过了过滤。从露天平台向外看,是贝尔维瑟西区的壮丽景观:中式宝塔群,威尼斯天桥,日本运河,一座青山,科林斯柱式神庙,一块停车场,一幢诺曼式高楼,以及其余众多建筑。凡此种种混杂在一起,令人赏心悦目。

"这里的景色很壮观。"他对城市说。

"我很高兴你欣赏这里。"贝尔维瑟回答道,"从城市构建初期开始,大家围绕我的风格争论不休。有人主张一致性,即由一组和谐的形状构成统一的整体,但很多典范城市都是这样。它们由一个人或一个委员会建造而成,看上去千篇一律,全都是不自然的呆板样貌,并不像一座真实的城市。"

"你看着也有点儿不自然,不是吗?"卡莫迪问。

"当然!但我不会装模作样。我既没有冒充未来之城,也没有模仿佛罗伦萨。我是聚合体,不仅有趣、鼓舞人心,而且还具备实用性和功能性。"

"贝尔维瑟,我觉得你看着还行。"卡莫迪说,"所有典范城市都像你一样开口说话吗?"

"不是。"贝尔维瑟说,"到目前为止,无论是典范城市还是普通城市,大多数都没说过一个字。但城市居民不喜欢光做事不说话的城市,因为它们似乎太庞大、太盛气凌人、太缺乏灵魂了。正因为如此,我在诞生的时候被赋予了人工智能意识。"

"我明白了。"卡莫迪说。

"我怀疑你没明白。在一个去人格化的时代,我被拟人化了,这一点非常重要。我可以真正做到及时响应,对居民的需求做出创造性的反应;通过跟居民进行有意义的持续对话,我们可以帮助彼此创造出一个真正契合实际的城市环境;我们还可以改变对方,但又不至于过多地失去个性。"

"听起来还不错。"卡莫迪说,"当然了,只有一个问题:这儿没人跟你对话。"

"这是该计划唯一的缺陷。"贝尔维瑟承认道,"但现在,我有了你。"

"对,你有了我。"卡莫迪说。不知为何,这句话在他耳中显得不怎么动听。

"你自然也获得了我的帮助。"贝尔维瑟说,"这是一种互惠关系,也是唯一值得拥有的关系。现在,亲爱的卡莫迪,让我亲自带你到处转转吧。等你适应之后,我会把你变得规范化的。"

"什么?"

"这只是一种不恰当的严谨表达方式,并非表面意思。"贝尔维瑟说,"我相信你肯定明白,互惠关系必然要求双方都承担起各自的义务。难道不是吗?"

"除非这是一种放任自流的关系。"

"我们会努力摆脱这种关系的。"贝尔维瑟说,"要知道,放任自流会成为情感的信条,并直接导致社会道德沦丧。请这边走……"

卡莫迪去了很多地方,见识了贝尔维瑟的种种不凡之处。他参观了发电厂、水过滤系统、工业园区和轻工业区,欣赏了儿童乐园和奇人堂,步行穿过了博物馆、美术馆、音乐厅、剧院、保龄球馆、台球室、卡丁车场和电影院。他累了,走得双脚酸痛,想要停下来。但贝尔维瑟坚持要显摆一番,领着他继续参观了葡萄牙犹太教堂、五层楼高的美国运通大楼、巴克敏斯特·富勒雕像、灰狗巴士站和其他几处景点。

参观终于结束了。卡莫迪得出了结论:典范城市的奇观跟银河系的景象没什么差别。"情人眼里出西施"这句话说得没错,不过美景除了费眼,还费脚。

"现在要吃点儿午餐吗?"贝尔维瑟问。

"好啊。"卡莫迪说。

他被带到了时髦的罗尚博餐厅,从法式青豌豆浓汤开始,一直吃到法式糕点才告结束。

"用一块美味的格鲁耶尔干酪来收尾如何?"贝尔维瑟问。

"不了,谢谢。"卡莫迪说,"我已经吃饱了。实际上,我都吃撑了。"

"但干酪又不胀肚子。那不如来块美味的卡门培尔奶酪?"

"我确实吃不下了。"

"要不来几样什锦水果?它们的口感非常清爽。"

卡莫迪说："可我不需要清爽的口感。"

"至少得来个苹果、梨或者两三颗葡萄吧？"

"谢谢，不必了。"

"两三颗樱桃呢？"

"不，不，不！"

贝尔维瑟说："不搭配水果的午餐是不完整的。"

"对我来说可不是。"卡莫迪说。

"有些重要的维生素只存在于新鲜水果中。"

"我可以不靠维生素来勉强苟活。"

"给你来半个橘子好吗？我可以帮你剥好。柑橘类一点儿也不胀肚子。"

"我吃不下了。"

"那四分之一个橘子呢？我可以帮你去掉所有的籽。"

"绝对吃不下。"

"如果你吃点儿水果，那我会感觉好受点。"贝尔维瑟说，"我有严重的强迫症。要知道，连水果都没有的一顿饭是不完整的。"

"不要！不要！不要！"

"好了，别这么激动。"贝尔维瑟说，"你要是不喜欢我奉上的饭菜，那随便你好了。"

"我喜欢这些饭菜！"

"既然你喜欢，那干吗不吃点儿水果呢？"

"够了！"卡莫迪说，"给我来几颗葡萄吧。"

"我可不想强迫你。"

"你没有强迫我。请给我几颗葡萄吧。"

"你确定吗？"

"给我！"卡莫迪大声嚷道。

"那就拿去吧。"贝尔维瑟说着，变出了一串美妙的麝香葡萄。卡莫迪全给吃了。葡萄的味道非常不错。

"打扰一下，"贝尔维瑟说，"你在干什么？"

卡莫迪坐直身子，睁开了眼睛："我稍微打个盹儿。有什么不对吗？"

"打盹儿再自然不过了，怎么会不对呢？"贝尔维瑟说。

"谢谢你。"卡莫迪说着，再次闭上了眼睛。

"可你为什么要在椅子上打盹儿呢？"贝尔维瑟问。

"因为我刚好坐在椅子上，而且快要睡着了。"

"你的后背会抽筋的。"贝尔维瑟警告道。

"无所谓。"卡莫迪仍然闭着眼，嘟囔了一句。

"为什么不好好睡个午觉呢？到那边的沙发上去。"

"我在椅子上已经很舒服了。"

"你并不是真的感到舒服。"贝尔维瑟指出，"根据人体构造，你不适合坐着睡觉。"

"目前我的构造很适合。"卡莫迪说。

"不适合。干吗不试试沙发呢？"

"椅子就很好。"

"可沙发会更好。试一下吧，拜托了，卡莫迪。卡莫迪？"

"嗯？怎么了？"卡莫迪被吵醒了。

"到沙发上去。我真心觉得你应该躺在沙发上休息。"

"好吧！"卡莫迪挣扎着站了起来，"沙发在哪儿？"

他被指引着走出餐厅，沿街向前，拐过街角，进入一座标着"瞌睡处"的建筑。里面有十来张沙发，卡莫迪朝距离最近的一张走过去。

"别躺那张。"贝尔维瑟说，"有根弹簧坏了。"

"没关系。"卡莫迪说，"我会避开的。"

"那样的话，你的姿势会很局促的。"

"上帝啊！"卡莫迪说着站了起来，"你想推荐哪张沙发？"

"后面这张。"贝尔维瑟说，"特大号，是这儿最好的一张沙发。

沙发垫的屈服点[1]是经过科学方法确定的,枕头——"

"对,行,好了。"卡莫迪说着,在那张沙发上躺了下来。

"我给你演奏点儿舒缓的音乐,好吗?"

"别费事了。"

"随你的便。那我把灯灭了。"

"行。"

"你要毛毯吗?当然了,我可以控制室内的温度,但睡觉的人往往会从主观上产生一种寒冷的感觉。"

"没关系!别管我!"

"好吧!"贝尔维瑟说,"要知道,我这么做可不是为了自个儿。作为城市,我从来不睡觉。"

"好吧,对不起。"卡莫迪说。

"没关系。"贝尔维瑟说。

良久的寂静之后,卡莫迪突然坐了起来。

"怎么了?"贝尔维瑟问。

"现在我睡不着了。"卡莫迪说。

"试着闭上双眼,有意识地放松身上的每一块肌肉,从大脚趾开始,一路向上,直到——"

"我睡不着了!"卡莫迪喊道。

"也许你本来就不怎么困。"贝尔维瑟提议道,"但你至少可以闭上眼,试着休息一会儿。就当是为了我,好吗?"

"不!"卡莫迪说,"我不困了,也不需要休息。"

"真倔!"贝尔维瑟说,"你爱怎么着就怎么着吧。我已经尽力了。"

"是啊。"卡莫迪说着站起身,走出了瞌睡处。

---

1. 具有屈服现象的金属材料,试样在拉伸过程中力不增加(保持恒定)仍能继续伸长时的应力,称屈服点。

卡莫迪站在一座弧形小桥上，眺望着一片湛蓝的环礁湖。

"这是威尼斯里亚托桥的仿制品。"贝尔维瑟说，"当然，这是按比例缩小的。"

"我知道。"卡莫迪说，"我看到牌子上写了的。"

"挺迷人的，对吧？"

"对，还不错。"卡莫迪说着，点燃了一支烟。

贝尔维瑟指出："你吸烟吸得太多了。"

"我知道。我乐意。"

"作为你的医疗顾问，我必须指出吸烟与肺癌之间存在着确凿的联系。"

"我知道。"

"如果你改成抽烟斗的话，患上肺癌的概率就会有所降低。"

"可我不喜欢抽烟斗。"

"那来支雪茄怎么样？"

"我也不喜欢雪茄。"他又点了支烟。

"这是你五分钟内吸的第三支烟了。"

"去你的！我想吸几根就吸几根！"卡莫迪嚷嚷起来。

"好吧，你当然可以想干吗就干吗！"贝尔维瑟说，"我这样做纯粹是为你好。难道在你自我伤害的时候，我就这么袖手旁观、一言不发吗？"

"对。"卡莫迪说。

"我没法儿相信这是你的真心话。我必须遵守伦理规则：人类可以做违背自己最大利益的事，但机器是不允许任性到这种地步的。"

"别缠着我。"卡莫迪闷闷不乐地说，"别欺负我了。"

"欺负你？亲爱的卡莫迪，难道我逼迫过你吗？除了劝说之外，我还干了什么？"

"没有，但你太唠叨了。"

"从你的回应来看,"贝尔维瑟说,"我可能还说得不够多。"

"你太唠叨了。"卡莫迪又点燃一支烟,重复道。

"这是你五分钟内吸的第四支烟了。"

卡莫迪张开嘴,准备吼出一句骂人的话,随即改变主意,转身走开了。

"这是什么?"卡莫迪问。

"一台糖果机。"贝尔维瑟告诉他。

"看着不像。"

"虽然不像,但确实是糖果机。这是沙里宁设计的筒仓的改进版。当然,我把它缩小了,而且——"

"怎么看都不像糖果机。要怎么操作?"

"很简单。按下红色按钮,然后等一会儿,再拉下A排的其中一只手柄,最后按下绿色按钮。行了!"

一根巧克力棒滑入卡莫迪手中。

"嗯,"卡莫迪剥去包装纸,咬了一口,"这是真的巧克力棒,还是仿造的?"

"是真的。由于工作压力太大,我只好把糖果特许权转包出去。"

"哦。"卡莫迪说着,任由包装纸从指间滑落。

贝尔维瑟说:"你这种不顾及他人的行径就对我造成了压力。"

"只是一张纸而已。"卡莫迪转过身,看着包装纸落在一尘不染的街道上。

"只是一张纸而已?!"贝尔维瑟说,"要是十万居民都丢一张纸,结果又会怎样?"

"地上会有十万张纸。"卡莫迪立即回答道。

"我觉得这不好笑。"贝尔维瑟说,"我敢肯定,你不会乐意住在这么多包装纸之中的。倘若这条街上遍地都是垃圾,你肯定会第一个跳出来抱怨。可你有没有承担自己的那份责任呢?你在吃完以后会收拾干净吗?当然不会!虽然我得日夜操劳这座城市的一切事务,连星期天也休息不了,但你还是会把打扫卫生的工作丢给我。"

"你非得这么啰唆不可吗?"卡莫迪问,"我这就去把包装纸捡起来。"

他刚弯下腰,手指还没来得及合拢,就看见一只钳子似的机械臂从最近的下水道里伸了出来。在捡走包装纸后,机械臂很快便消失了。

"不必了。"贝尔维瑟说,"我已经习惯跟在人们后面打扫了。我成天都在干这活儿。"

"行吧。"卡莫迪说。

"我不指望人们会感谢我。"

"我感谢你,谢谢!"卡莫迪说。

"不,你并不会。"

"好吧,可能我不会。那你究竟想让我说些什么?"

"我没想让你说些什么。"贝尔维瑟说,"咱们就当这件事儿已经翻篇了。"

"你吃饱了吗?"贝尔维瑟问道。

"我吃得挺多。"晚餐后,卡莫迪说。

"你看起来没吃多少。"

"我把想吃的都吃了。味道很不错。"

"要是真那么好吃,你干吗不多吃点儿?"

"因为我的胃盛不下了。"

"一定是餐前吃的那根巧克力棒坏了你的胃口……"

"该死的!那根巧克力棒并没有坏我的胃口,我只是——"

"你又开始点烟了。"贝尔维瑟说。

"对。"卡莫迪说。

"你就不能再等一会儿吗?"

"好吧,"卡莫迪说,"你到底想——"

"我们还有件重要的事没谈。"贝尔维瑟赶紧说,"你想过要靠什么谋生吗?"

"我没工夫考虑这问题。"

"好吧,我一直在思考这件事。你要是当个医生就好了。"

"医生?那我还得去学习专门的大学课程,然后考进医学院之类的机构。"

"这些我都可以安排。"贝尔维瑟说。

"我没兴趣。"

"好吧……那律师呢?"

"我从未想过。"

"工程师也特别好。"

"我可干不了。"

"会计呢?"

"绝对不行。"

"那你想当什么?"

"喷气式飞机飞行员。"卡莫迪冲动地说。

"哦,得了吧!"

"我是认真的。"

"我这儿连个机场都没有。"

"那我就去别的地方开飞机。"

"你是不是存心要气我?"

"完全没有。"卡莫迪说,"我真的想当飞行员,这是我一直以来的梦想!我说的是实话!"

沉默良久之后,贝尔维瑟说:"随便你吧。"它的声音听上去没有一丝生机。

"你要去哪儿?"

"出去散个步。"卡莫迪说。

"晚上九点半出去散步?"

"当然,为什么不行?"

"我还以为你累了呢。"

"那是好一会儿之前的事了。"

"我明白了。你或许可以坐在这里,跟我好好聊聊。"

"等我回来再聊怎么样?"卡莫迪问。

"不必了,没关系。"贝尔维瑟说。

"我不去散步了。"卡莫迪说着坐了下来,"来吧,我们聊聊。"

"我不想聊了。"贝尔维瑟说,"请你去散步吧。"

"好了,晚安。"卡莫迪说。

"你说什么?"

"我说,晚安。"

"你要睡了吗?"

"没错,现在已经很晚了。我累了。"

"你打算就这样睡觉吗?"

"嗯,为什么不行?"

"不为什么。"贝尔维瑟说,"只是你忘了洗澡。"

"哦……我想我是忘了。明天早上再洗。"

"你有多久没洗澡了?"

"太久了。我明早会洗的。"

"要是现在就洗个澡,你不会觉得更舒服些吗?"

"不会。"

"哪怕是让我替你放好洗澡水?"

"不!见鬼,不会!我要睡了!"

118

"你爱怎么着就怎么着吧。"贝尔维瑟说,"不洗澡,不工作,不好好吃饭。你可别怪我。"

"怪你?为什么要怪你?"

"不为什么。"贝尔维瑟说。

"好吧。那你具体想表达什么?"

"这并不重要。"

"那你一开始干吗要提出来呢?"

"我只是在为你着想。"贝尔维瑟说。

"我明白了。"

"要知道,你洗不洗澡都跟我无关。"

"我知道。"

"当你在乎别人的时候,"贝尔维瑟接着说,"当你感觉自己负有责任的时候,被别人骂的滋味可不好受。"

"我没骂你。"

"这回没有。可你今天早些时候骂我了。"

"嗯……我那是因为紧张。"

"是因为吸烟。"

"别再提那档子事儿了!"

"我不会再提了。"贝尔维瑟说,"随你像只火炉那样冒烟去吧!这跟我有什么关系?反正是你的肺,对吧?"

"太对了。"卡莫迪说着,又点燃了一支烟。

"我很失败。"贝尔维瑟说。

"不,不是。"卡莫迪说,"别这么说,拜托!"

"忘了我说的话吧。"贝尔维瑟说。

"好吧。"

"有时候我就是太热心了。"

"确实。"

"正因为我是对的,所以很难不热心。你知道的。"

"我知道。"卡莫迪说,"你说得对,你永远是对的。对对对对对——"

"睡前不要过度兴奋。"贝尔维瑟说,"你想喝杯牛奶吗?"

"不想。"

"你确定?"

卡莫迪抬手捂住了眼睛。他感觉很不舒服,而且极度内疚、脆弱、邋遢、马虎。难受的感觉难以磨灭,他知道,这种痛苦会一直持续下去。

他从内心的某个地方获得了力量,于是高喊一声:"西斯莱特!"

"你在冲谁嚷嚷呢?"贝尔维瑟问。

"西斯莱特!你在哪儿?"

"我怎么对不住你了?"贝尔维瑟问,"告诉我怎么了!"

"西斯莱特!"卡莫迪哀号道,"快接我走!这颗地球不对!"

咔嗒、噼啪、砰的一声之后,卡莫迪已置身别处。

24

嗖!哐!砰!这下我们到了某个地方,但谁知道是何处、何时、何者呢?反正卡莫迪肯定不知道。他发现自己置身于一座与纽约十分相似的城市中。但这里真的是纽约吗?

"这儿是纽约吗?"卡莫迪自言自语道。

"我怎么知道?"有个声音立刻回答道。

卡莫迪说:"这是个反问句。"

"这一点我很清楚。我之所以这么回答,是因为我写过修辞学方面的论文。"

卡莫迪向四周张望了一番,发现声音来自左手中的一把大黑伞。他问道:"你是奖品吗?"

"嗯，当然是我。"奖品说，"我估计自个儿看着也不像设得兰矮种马，对吧？"

"先前我在那座典范城市的时候，你在哪儿呢？"

"我在休短假，那是我应得的。"奖品说，"你抱怨也没用。有关星系联合奖品以及获奖者联盟的合约中，是规定了假期的。"

"我没抱怨。"卡莫迪说，"我只是……算了。这地方看起来的确很像我那颗地球上的纽约。"

城市里的交通十分拥挤，闪烁的霓虹灯牌随处可见。这里有许多剧院，热狗摊位前人头攒动。一些商店宣告破产，正以跳楼价出售所有存货。在众多餐馆中，最惹人眼的是"西部人餐厅""南方人餐厅""东部人餐厅"和"北方人餐厅"，每家都在供应特价牛排和细薯条。除此以外，这里还有"东北人餐厅""西南人餐厅""东北偏东人餐厅"和"西北偏西人餐厅"。街对面的一家电影院正在放映《经外书》(比《圣经》更厚更怪)，有数千人参演。电影院旁边是翁法洛斯[1]迪斯科舞厅，里面有支自称"粪便"的民谣摇滚乐队演奏着刺耳的音乐，数位身穿露脐裙、尚未发育完全的青涩少女正伴着音乐起舞。

"活动挺多。"卡莫迪说着，舔了舔嘴唇。

"我只听到收银机发出的叮当声。"奖品带着浓重的说教口吻评价道。

"别太古板。"卡莫迪说，"我猜，我应该是回家了。"

"我猜未必。"奖品说，"这地方让我心烦。你先到处瞧瞧再确认吧。记住，相似未必意味着相同。"

卡莫迪站在百老汇大街与第50街的交会处，面前是IRT地铁线的入口。没错，他真的回家了。他轻快地迈进地铁站，沿着台阶往下走。这种感觉很熟悉，既令人激动，又叫人难过。潮湿的大理石墙壁渗出了腐臭的脓水，亮闪闪的单轨地铁从一侧的隧道口钻出来，又消

---

1. 在希腊语中意为"肚脐"，是一种人造的宗教性圆形石器，象征着"大地的肚脐"。

失在另一侧……

"噢!"卡莫迪嘟囔道。

"怎么了?"奖品问道。

"没事。"卡莫迪说,"我转念一想,还是在街上溜达会儿好了。"他开始原路返回,默不作声地走向镶在出入口的那片长方形的天空。突然,人群聚集起来,挡住了他的去路。卡莫迪努力向外挤,却再一次被往后推。地铁站的墙壁开始颤抖,接着有节奏地抽搐起来。亮闪闪的单轨地铁挣脱轨道,向后弯曲,犹如一条黄铜舌头猛地朝他的方向伸来。卡莫迪拔腿就跑,撞倒了挡路的人群。那些人如同一个个不倒翁似的立刻爬起来,从四面八方继续逼近。大理石地面变软了,像糖浆一样黏稠,粘住了他的双脚。单轨地铁赫然悬在他的头顶。

卡莫迪喊道:"西斯莱特!把我弄出去!"

"还有我!"奖品喊道。

"还有我!"狡猾的捕食者也尖叫起来。正是它巧妙地伪装成地铁站,才骗得卡莫迪走进了它的嘴。

一切如故。卡莫迪产生了一种可怕的想法:西斯莱特可能出去吃午餐了,也可能在上厕所,或者在接电话。出入口逐渐合拢,那一方天空变得越来越小。周围的人群不再呈现人的外形。墙壁变成紫红色,不断起伏、震颤和收缩。细长的单轨地铁贪婪地缠绕住卡莫迪的双脚。捕食者先是发出响亮的号叫,然后流了半天的口水(卡莫迪的捕食者是出了名的馋嘴,没有半点儿餐桌礼仪)。

"救命啊!"卡莫迪尖叫着,"西斯莱特,救救我!"捕食者的消化液正在侵蚀他的鞋底。

"救救他,救救他!"奖品抽泣道,"要是救他太麻烦的话,就先救救我吧!一旦离开这儿,我会在各大报纸上刊登广告,在街上张贴海报,同时召集委员会并成立行动组,一定会为卡莫迪报仇雪恨的。我还要保证自己——"

"别胡言乱语了。"一个声音说。卡莫迪听出这是西斯莱特的声音。"真是丢脸。至于你嘛,卡莫迪先生,以后走进捕食者的嘴里之前千万得想好了。银河安置局的工作可不是一次次在千钧一发之际救人。"

"这次你会救我的,对吧?"卡莫迪乞求道,"对吧?"

"你已经没事了。"西斯莱特说。

卡莫迪环顾四周,发现自己确实得救了。

25

这次跃迁处理得不太妥当。一段短暂的空档过后,卡莫迪发现自己坐在一辆出租车的后排,似乎正与人交谈些什么。外面是一座与纽约颇为相似的城市。

"你刚才说啥?"出租车司机问。

"我什么也没说。"卡莫迪回答道。

"哦,我还以为你在说话呢。好吧,那边是新建的弗拉马里翁大楼。"

"我知道。"卡莫迪听见自己的声音说,"是我帮忙建造的。"

"真的吗?了不起!现在完工了,对吧?"

"对。"卡莫迪拈出口中的香烟,皱着眉看了看,"我抽完了。"他摇了摇头,把烟蒂扔出窗外。他身体的一部分(即主动意识)认为刚才的言语和行为都是非常自然的,但他身体的另一部分(即反思意识)却在饶有兴致地旁观。

"你怎么不早说?"出租车司机说,"来,尝尝我的吧。"

卡莫迪看了看对方手里的那包烟:"你抽酷儿牌凉烟?"

"我平时都抽这个牌子。"出租车司机说,"有股淡淡的薄荷香,味儿也对劲!"

卡莫迪扬了扬眉,露出一脸不相信的表情。尽管如此,他还是接过那包烟，从里面取了一根出来。出租车司机面带微笑，从后视镜里注视着他。

卡莫迪吸了一口，露出惊喜的神色，然后又惬意地缓缓吐出烟圈：" 嘿！你说得有理！"

出租车司机点点头，一副洞悉一切的样子："抽这种烟的许多人都是这么想的……先生，华尔道夫酒店到了。"

卡莫迪付了车费准备下车。这时，出租车司机往椅背上一靠，仍然保持着微笑说："嘿，先生。我的烟？"

"哦！"卡莫迪连忙把那包烟还给出租车司机，跟后者相视一笑。不一会儿，出租车扬长而去，留下他一人站在华尔道夫酒店的门口。

卡莫迪的身上是一件挺括的博柏利牌风衣，但衣服标签并未藏在衣领里，而是牢牢地缝在右手衣袖的外侧，因此一看便知。除此之外，他从头到脚的所有服饰全都将商标露在外面：头戴意大利的博尔萨利诺帽，身穿范豪森牌衬衫，系着玛拉伯爵夫人牌领带，套着浩狮迈牌西服，手上是一副宾恩牌鹿皮手套，脚上是范坎普牌袜子和劳埃德&海格牌牛津鞋。他的手腕上还戴着一块爱彼牌自动上弦的精密计时表，包含计算尺、计时器、耗用时间指示器、日历和闹钟等功能，准度一直保持在每年正负六秒以内。最后，他隐约闻到了一股阿贝克隆比&费奇牌橡木苔古龙香水的味道。

虽然这一身打扮算不上一流，但也是相当不错的行头——比上不足，比下有余。卡莫迪雄心勃勃，希望自己的身份可以更进一步，成为在寻常日子也能用皇家芝华士来请客的那种人——穿得起布克兄弟牌衬衫、特来普勒牌西服和保罗·斯图尔特牌保暖棉服夹克，用得起兰乐牌须后水……

然而，要想用上这种档次的物品，他就必须获得A-AA-AAA级的消费者评级，而非目前平平无奇的B-BB-AAAA级。不幸的出身使他始终无法摆脱较低的评级。他需要更高的评级！难道他还不够优秀吗？该死的，在斯坦福大学念书那会儿，他就在消费者技巧课上拿过全班第一！三年来，他的使用指数一直保持在百分之九十！另外，他那辆道奇装甲车可谓纤尘不染！他还可以举出其他若干个例证……可是，他们为什么没有上调他的评级？难道他们没有密切关注他吗？

卡莫迪很快就将这个异端想法抛诸脑后，因为他面临更为紧迫的问题。今天，他有件费力不讨好的事要完成。在接下来的一个小时里，这件非做不可的事很可能让他丢掉工作。那样的话，他会惨遭降级，沦落到面无表情地使用非正规残次品的阶级之中。

尽管为时尚早，但他仍需筑起"防御工事"，以便应对即将到来的严峻考验。于是，他走进了华尔道夫酒店的酒吧。

一进门，卡莫迪便引起了酒保的注意。趁对方还没来得及开口，他连忙说："嘿，伙计，还是老样子。"事实上，酒保此前从未给他斟过酒，因此严格来说无法照老样子给他倒上一杯。

"给你，老兄。"酒保笑着说，"巴兰坦牌啤酒香味浓郁，味道也恰到好处。"

趁卡莫迪一不留神，酒保把本该由他说的话抢先说了出来。卡莫迪只好若有所思地抿了口啤酒。

"嘿，卡莫迪？"

卡莫迪转过身，看见自己的老朋友兼邻居，来自新泽西州莱昂尼亚的内特·斯蒂恩正在喝可乐。"有意思的是，"斯蒂恩说，"不知道你有没有注意到，喝了可乐会万事如意。"

卡莫迪一时不知道该如何作答，只好一口喝光啤酒，对酒保喊道："嘿，伙计，再来一杯！"虽然这是蹩脚的权宜之计，但也聊胜于无。"最近有什么新鲜事吗？"他问斯蒂恩。

"我太太度假去了。她决定搭乘美国航空飞往迈阿密的航班，忙里偷闲地待上一周。那儿的阳光数全国第一。"

"那可真不错。"卡莫迪说，"我太太海伦飞到了巴哈马的首都拿骚。要是有人觉得巴哈马群岛从空中俯瞰很美，那就等着陆之后再感受一下吧。有天晚上我问她,在这个交通便捷的世界,为什么还有人愿意乘坐荷美邮轮走海路去欧洲?她的回答是——"

"好主意。"斯蒂恩打断了卡莫迪的话,"现在,我觉得咱俩应该进入万宝路的世界了。"当然,他完全有权中止谈话,因为卡莫迪接下来要讲的内容太长了,听上去不怎么真实。

"不错的想法。"卡莫迪说,"毕竟——"

"万宝路确实能让你尽情享受。"斯蒂恩飞快地补充道。他当然有权再次打断卡莫迪的话,说到底,是他先开始说广告语的。

"那是自然。"卡莫迪说完,急忙将啤酒一饮而尽,然后喊道,"嘿,伙计,再来一杯!"他心里很清楚,有句该说的话一直没有说出来。到底是哪儿不对劲?在这个特定的时刻和场合,他本来有一段话非说不可,可现在似乎想不起来了……

斯蒂恩保持冷静,抢先说出了本该由卡莫迪说的那句话。"既然咱俩的老婆都不在,"他轻笑着说,"那我们只好自己洗衣服了。"他毛茸茸的腋下涂着秘密牌止汗剂,用的是改进后的淡蓝色新包装。

斯蒂恩先发制人了!卡莫迪没有别的办法,只好顺着对方的话头往下说。"是啊。"他假笑道,"还记得那句'我的衣服比你的白'吗?"

两个人同时发出一阵嘲弄的大笑。然后,斯蒂恩瞅了瞅自己的衬衫,又瞧了瞧卡莫迪的。他皱起眉头,再扬起眉毛,露出一副难以置信的惊愕表情:"嘿!我的衬衫确实比你的白!"

"天哪,还真是!"卡莫迪连看都懒得看一眼,"真有意思。我们明明用的是同一个型号的洗衣机,设定的也是同样的清洁模式,加入的漂白剂应该也一样……对吗?"

"我用的是高乐氏牌漂白剂。"斯蒂恩漫不经心地说。

"高乐氏……"卡莫迪若有所思地说,"对,肯定是这个原因!我用的漂白剂不够强劲!"他佯装恼怒,瞥见斯蒂恩摆出了一副得意扬扬的表情。

卡莫迪本想再点一杯啤酒，但感觉前几杯都没品出什么味道，于是只好作罢。他意识到自己不如斯蒂恩那般反应敏捷。

卡莫迪用美国运通信用卡付了酒钱，然后来到位于第五大道666号五十一楼的办公室。他装出一副平易近人的样子，友好地跟同事们打招呼。有几个人想拉他加入讨论，但被他无视了。卡莫迪明白自己的处境——就心理地位而言——已经到了绝望的地步。昨晚，他一直在考虑失业后的各种备选方案。担忧引发了急性偏头痛和腹痛，导致他险些错过查尔斯顿舞蹈比赛。好在太太海伦（她其实并没有去度假）用一片阿司匹林治愈了他的疼痛。于是，他们按计划参加了比赛，还得了一等奖。不过，卡莫迪担忧的问题依然没有得到解决。当海伦在凌晨三点告诉他，汤米和小叮当的蛀牙数量比去年减少了百分之三十二时，他回答道："我敢打赌，一定是佳洁士的功劳！"这句话是他在海伦的贴心提示下说出来的，但他的心思其实并没有放在这件事上面。

他知道，就算一位妻子提示得再多，也不足以给丈夫带来真正的改变。如果你想上调消费者评级，想证明自己配得上生命中那些重要的东西——无论是在缅因州荒野上建造的瑞士风格预制小木屋，还是自认为与众不同的人会购买的保时捷跑车，抑或是只买最上品的用户才会选择的安培牌录像机——就必须拥有那个资格。光有钱是不够的，光有社会地位也不够，单凭毅力更远远不够，你必须证明自己跟别人不同，因为那些商品本就是为这种人准备的。而且，为了得到这一切，你得甘于冒最终一无所有的风险。

"老天作证！"卡莫迪把右拳照着左手掌心一砸，自言自语道，"说干就干！"于是，他壮着胆子走到老板办公室的门口，猛地推开门。

房内无人。乌波曼先生还没到。

卡莫迪走进办公室，咬紧牙关，抿着嘴唇，眉间挤出了三条竖纹。乌波曼先生随时会到，他可以等。卡莫迪努力控制住自己的情绪，打算等老板一来就对他说："乌波曼先生，你有口臭。"他会略作停顿，然后重复一遍："你可以因此解雇我，但我还是要指出，你有口臭。"

只在脑海中幻想似乎轻松得很，但要付诸行动却难于登天！然而，生而为人就必须挺身而出，争取进步，为从内到外的清洁卫生而奋斗。卡莫迪知道，此时此刻，那些几近传奇的人物——即制造商们——正注视着自己，如果他们发觉他配得上更高的评级……

"早啊，卡莫迪！"乌波曼先生声音洪亮地说，大步走进了办公室。他面如鹰隼，相貌英俊，两鬓斑白——这是特权的标志。他的角质框架眼镜比卡莫迪的眼镜足足宽了三厘米。

"乌波曼先生，"卡莫迪用颤抖的声音开口道，"你有——"不同于老板的腹式呼吸，他用的是胸式呼吸，声音微弱。

"卡莫迪！"乌波曼先生直接打断他的话，就像用伯舒纳牌手术刀切开肥肉那样，"今天，我发现了世上最神奇的漱口水，叫作'斯科普'。我相信，用过以后，我的口腔一连好几个小时都会保持清新。"

卡莫迪尴尬地微微一笑。真是巧到家了！老板凑巧发现了卡莫迪原本打算推荐的同款品牌。这款漱口水确实有效！乌波曼先生嘴里的气味再也不像垃圾堆在雨后散发的臭味儿，而是犹如亲吻时才会闻到的芳香（当然是对女孩子而言。卡莫迪本人对亲吻这种事不感兴趣）。

"你听说过这个牌子吗？"乌波曼先生问道，然后不等对方回答便离开了办公室。

卡莫迪哭笑不得。他又失败了。然而，面对自己的失败，他却产生了一种确定无疑的解脱感。高端消费太考验人了，令他疲惫不堪。这种消费只适合某类特定人群，或许他不是其中一员。要是他刚才成功了会怎样？说不定现在十分后悔，因为丢掉工作将使他失去百分之五十八的消费品——罗利香烟优惠券、猪皮绒面革帽子、荧光圣诞领带、快旅牌高级商务皮革手提箱、KLH牌型号24立体声扬声器,以及雷克兰牌极品大衣。这件羊毛内衬麂皮大衣质地柔软,由从新西兰进口的原料制成,领口和翻领都有镶边。另外,他还得处理掉其他所有心爱之物。

卡莫迪自言自语道:"有时候,你以为出了差错,可事态的发展却是顺利的。"

"真的吗?你到底在说什么啊?"卡莫迪对自己说。

"哦,我的天哪!"卡莫迪喃喃道。

"对。"卡莫迪自问自答道,"你对新环境适应得有点儿太快了,不是吗?"

两个卡莫迪互相看着对方,交换了一下意见,然后得出结论:他俩合二为一了。

"西斯莱特!"卡莫迪喊道,"快把我弄走!"

言出必行的西斯莱特照办了。

26

西斯莱特如约把卡莫迪送到了另一个"何者"世界。这次跃迁一眨眼的工夫就结束了。事实上,由于跃迁的速度太快,时间甚至略微倒退了一瞬。于是,卡莫迪体验了一次怪异的经历,在受到必要的刺激之前就做出了反应。虽然这是一个非常微小的矛盾,只对时空连续体造成影响,但仍然违反了规则。因此,西斯莱特用标准清除程序进行了处理。所幸的是,没有多管闲事的人向相关部门举报,卡莫迪对此也根本不曾留意。

现在,卡莫迪身处一座小镇。粗略一看,他认出这里是(或者可能是)新泽西州的枫林镇。他从三岁开始就住在这里,直到十八岁才离开。倘若他在这世上还有家可回,枫林镇便是他的家乡,或者更确切地说,假如这里真的是他母星上的那座小镇的话。但这一点还有待证实。

他站在小镇的尽头,也就是杜兰德路和枫林大道的拐角处,正前方是购物中心,身后是郊区的街道,右手边是科学阅览室,左手边则是火车站。街道两侧长满了枫树、橡树、栗树、榆树和山茱萸树,一片郁郁葱葱的景象。

"旅行者,这回怎么样?"有个声音从卡莫迪的右下方传来。

他低头一看,发现自己正拎着一台挺大的晶体管收音机,立刻便认出那是奖品:"你回来了。"

"回来?我就没离开过。"

"在上一个'何者'世界里,我怎么没见到你?"

"那是因为你没认真寻找。"奖品说,"我变成了一枚伪造得不怎么样的银币,就待在你的衣兜里。"

"这我怎么知道?"卡莫迪问道。

"你只要开口一问便知。"奖品说,"我天生就会变形,但无法预测自己会变成什么样。这一点你是知道的。难道每次到了什么地方,我都要宣布一下自己的存在吗?"

卡莫迪说:"这样做会有所帮助。"

"我的自尊心不允许我做出这种容易引发焦虑的行为。"奖品坚定地说,"只有当你叫我的时候,我才会回应;要是没叫,我就当自己不存在。很明显,在上一个'何者'世界里,你并不需要我。因此,我利用这个空当到斯洛克洛尔餐厅吃了一顿像样的午餐,又在哈加尼西特统一体干洗了我的毛皮,然后去瓦里内尔太阳能信标酒吧喝了几杯,跟碰巧在附近的一个朋友聊了会儿,接着去了——"

"你怎么能干完那么多事情?"卡莫迪问,"我在那个世界只待了不到半小时。"

奖品回答道:"我跟你说过,我们的持续时间流并不一致。"

"对,你是说过……可是,你去的那些地方都在哪儿啊?"

"解释起来可得费点儿工夫。"奖品说,"直接带你去一趟其实更容易些,但那些地方都不适合你。"

"为什么?"

"嗯……有很多原因,比如,你可能不会喜欢那家酒吧供应的食物。"

卡莫迪提醒奖品:"你吃奥利希的样子我都见过了。"

"没错,但奥利希是难得一见的美味零食,这辈子只能吃上一两回。而在酒吧,我和其他奖品吃的是主食。"

"是什么?"

"你不会想知道的。"奖品警告他。

"我真的想知道。"

"我明白你的心情。不过,你一旦知道,就该后悔了。"

"有什么就说什么吧。"卡莫迪说,"你们的主食是什么?"

"好吧,爱管闲事先生。"奖品说,"记住了,是你逼我说的。主食是我自己。"

"什么?!"

"我自己。我说过了,你不会喜欢这个回答的。"

"你的主食就是你自己?你的意思是吃自个儿的身体吗?"

"正是。"

"真是混账!"卡莫迪说,"不光叫人恶心,而且难以置信。你没办法儿靠吃自己来维生!"

"当然可以,我就是这么活下来的。"奖品说,"我对此感到非常自豪。从道德层面讲,这是个人自由的杰出典范。"

"根本不可能!"卡莫迪说,"这么做违反了能量守恒定律,或者质量守恒定律,反正就是某个类似的定律,而且绝对违反了某种自然法则。"

"确实如此,但仅限于专业理论层面。"奖品说,"当你更仔细地审视这件事的时候,就会看出你说的这种不可能并非真实存在,而只是表面现象。"

"什么意思?"

"我也不知道。"奖品承认道,"这是我们的教科书上写的答案。在你之前,从未有人提出过质疑。"

"让我捋一捋。"卡莫迪说,"你真真正正地吃了自个儿身上的肉?"

"对。"奖品说,"但你不该把范围限定在肉上。我的肝脏也很好吃,尤其是在剁碎以后拌上煮鸡蛋和一点儿鸡油。我的排骨很适合用来做一顿简单的晚餐。用我做的火腿应该先腌制几个星期,然后再——"

"够了!"卡莫迪打断道。

"对不起。"奖品说。

"请解释一下,你的整个一生,你的身体怎么能为你的身体提供充足的营养?"卡莫迪觉得光是提出这个问题就足够荒唐了。

"好吧,"奖品若有所思地说,"首先,我吃得不是特别多。"

"我可能没表达清楚。"卡莫迪说,"我的意思是,如果你用这身肉来喂养自己,那怎么还能让身体长肉呢?"

"我恐怕没听明白。"奖品说。

"那我再换个说法。我是说,假如你吃了自己的肉——"

"我的确吃了自己的肉。"奖品插话道。

"假如你吃了自己的肉,并用这种食物产生的养分来滋养自己的身体……假设你的体重是四十五斤——"

"在我的母星上,我的体重恰好是四十五斤。"

"太棒了!嗯,好吧,假设你的体重是四十五斤,在一年的时间里,你消耗了身上三十五斤的肉来养活自己,那你还剩下几斤?"

"十斤?"奖品说。

"该死的,难道你听不出我真正的意思吗?不管是一年还是多长时间,你根本不可能靠吃自己来维生。"

"为什么不行?"奖品问道。

"根据边际收益递减规律,"卡莫迪感觉有点头昏脑涨,"吃到最后,你将没有足够的肉来养活你的身体,最终你会死的。"

"这一点我很清楚。"奖品说,"死亡是无法改变的事实,无论对自食者还是他食者而言,死亡都是真实且不可避免的。卡莫迪,不管以什么为食,万物都会死。"

"你一定是在骗我!"卡莫迪吼道,"你要是真的吃了自个儿的身体,那根本活不过一星期。"

"有些昆虫的寿命才一天而已。"奖品说,"实际上,我们奖品还挺长寿的。我们吃得越多,需要的营养就越少,剩下的食物就能维持越长的时间。而且,时间也是其中一个重要因素。多数奖品会在婴儿时期吃掉未来的自己,因此,在它们长大成熟之前,现实中的本体仍旧完好无损。"

"你们是怎么做到的?"卡莫迪问。

"我无法解释。"奖品说,"但我们就是这么做的。以我自己为例,我大口吃掉的是八十岁到九十二岁的身体,顺便说一句,反正我也不喜欢老年生活。如今,通过定量摄入自己的身体,我应该可以活到将近八十岁。"

"你让我觉得头疼,"卡莫迪说,"也让我觉得有点儿恶心。"

"真的?"奖品愤愤不平地说,"你竟然觉得恶心?!你这个残忍的屠夫,这辈子吃了多少块动物身上的肉?吞了多少颗手无寸铁的苹果?无情地扯下了多少棵莴苣头?当然,我偶尔也会吃一点儿奥利希,但也为此付出了代价。等到了审判日,你不得不面对被你吞噬的兽群,卡莫迪。它们会站在你的面前:成百上千头棕色眼睛的奶牛、成千上万只无力自保的母鸡、一眼望不到头的小羊羔,更不用说被你糟蹋过的果树林和踩躏过的大片菜园子。被你吃掉的那些动植物尖叫着堆成了山,你又该如何赎罪,卡莫迪?如何赎罪?"

"闭嘴!"卡莫迪说。

"哦，好得很。"奖品不高兴地说。

"我之所以吃掉那些动植物，是因为我非吃不可。这是我天性的一部分。就是这样。"

"随你怎么说吧。"

"该死的，我就这么说了，怎么着吧？现在你能闭嘴吗？让我专心思考一下。"

"我一个字也不会再说了。"奖品说，"除了问你在思考什么问题。"

"这里看着像我的家乡。"卡莫迪解释道，"我正在尝试进行判断。"

"那肯定没那么难吧？"奖品说，"毕竟，谁都认识自己的家乡，对不对？"

"不对。我住在这里的时候从未仔细观察过整座小镇，离开以后也没怎么回忆过。"

"要是你连自己的家乡都认不出来，"奖品说，"那谁都爱莫能助。希望你能明白这一点。"

"我明白。"卡莫迪说。他沿着枫林大道缓缓往前走，突然产生了一种可怕的感觉：无论他做出什么决定，都可能是错的。

27

卡莫迪一边走一边观察。这里似乎正是他设想中应有的模样。枫林电影院位于他的右手边，今天的主打影片是《象岛传奇》。这是一部意法合拍的冒险电影，导演是雅克·马拉。这位年轻导演才华横溢，曾向世界献上了感人至深的《吾伤歌》和节奏轻快的喜剧《十四倍巴黎》。一支声乐新组合"伊雅科能与真菌"正在舞台上表演，但上场时间有限。

"这部电影好像很有意思。"卡莫迪说。

"不合我的口味。"奖品说。

卡莫迪继续往前走,在马文男装店前止步。他朝橱窗里望去,看到了乐福鞋、马鞍鞋、千鸟格夹克、图案大胆的宽领带和翻领白衬衫。在男装店旁边的文具店里,他瞥了一眼最新出版的《科利尔》杂志,翻了翻《自由》杂志,留意了一下《芒西周刊》《黑猫》杂志和《间谍》杂志。他还注意到,《太阳报》的晨报才刚印刷出来。

"怎么样?"奖品问道,"这地方对吗?"

"我还在观察呢。"卡莫迪说,"不过截至目前,一切看着还挺不错。"

他穿过街道,对埃德加速食店打量了一番。店里一切如旧,有个漂亮的姑娘正坐在柜台后面喝苏打水。卡莫迪立刻认出了对方,"拉娜·特纳!嘿,你好吗?"

"还不错,卡莫迪。"拉娜说,"好久不见。"

"我高中那会儿跟她约会过。"卡莫迪一边继续往前走,一边向奖品解释道,"过去的日子又重现了,真有意思。"

"我想是吧。"奖品的语气里带着一丝怀疑。

在下一个路口,也就是枫林大道和南山路的交叉口,站着一名警察。他正忙着指挥交通,却仍偷空冲卡莫迪灿烂一笑。

"他是伯特·兰卡斯特,哥伦比亚高中有史以来最佳球队的全能后卫。"卡莫迪说,"看那儿!走进五金店朝我招手的那个人!他是克利夫顿·韦伯,我的高中校长。看见街区另一头的金发女郎了吗?她是珍·哈露,以前在枫林餐厅当服务生。"他压低了声音,"别人都说她勾搭对象的速度很快。"

"你好像认识很多人嘛。"奖品说。

"那是自然,我从小在这儿长大的!哈露小姐正走进皮埃尔的理发店。"

"你认识皮埃尔?"

135

"肯定啊。他是一名理发师,战争期间参加过法国抵抗运动。他的全名叫什么来着?对了,让-皮埃尔·奥蒙特!他娶了我们本地的一个姑娘卡罗尔·隆巴德。"

"有意思。"奖品的声音里透着厌烦。

"嗯,对我来说确实很有意思。又看见一个我认识的人……您好啊,市长先生。"

"你好,卡莫迪。"来者脱帽行礼,然后接着往前走。

"他是我们的市长弗雷德里克·马奇,真是个了不起的人!"卡莫迪说,"我还记得他跟本地激进分子保罗·穆尼展开的那场辩论。天哪,简直闻所未闻!"

"不过,"奖品说,"这一切都有点奇怪,卡莫迪。我觉得有点不可思议,甚至不对劲。你不觉得吗?"

"不,我没觉得。"卡莫迪说,"要知道,我跟这些人一起长大,比对自己还要了解他们。我好像看见了宝莲·高黛,她是图书管理员助理。嗨,宝莲!"

"嗨,卡莫迪。"女人说。

"我不喜欢这里。"奖品说。

"我跟她一直不太熟。"卡莫迪说,"她以前总跟一个叫亨弗莱·鲍嘉的男孩在一起。他来自米尔本,喜欢戴着领结,你能想象吗?他曾经跟学校的看门人朗·钱尼打了一架,最后轻松打败了对方。我之所以会记得这件事,是因为当时在跟琼·哈沃克约会。她最好的朋友是玛娜·洛伊,而玛娜又认识鲍嘉——"

"卡莫迪!"奖品急切地说,"小心点!你听说过'伪环境适应性'这个术语吗?"

"别说傻话了。"卡莫迪说,"我告诉你,这些人我都认识!我从小在这儿长大的。这座小镇真是个适合成长的好地方!那时候的人是独立的个体,拥有自己的主张,而不像现在这样都是面目模糊的一团!"

"你真的确定吗?你的捕食者——"

"瞎扯,别再提起那个家伙了。"卡莫迪说,"看!那是大卫·尼文!他父母都是英国人。"

"这些人正朝你走来呢。"奖品说。

"那是自然。"卡莫迪说,"他们已经很久没见过我了。"

他站在街角,看见上百个老朋友从铺子和商店里拥出,沿着人行道和街道朝自己走来,全都面带微笑。他看到了艾伦·拉德、多萝西·拉莫尔、拉里·巴斯特·克拉比。在另一侧,他看到了斯潘塞·特雷西、莱昂内尔·巴里摩尔、费雷迪·巴塞洛缪、约翰·韦恩、弗兰西丝·法默……

"不对劲。"奖品说。

"没什么不对劲。"卡莫迪仍然坚持己见。他的朋友们正朝他靠过来,还伸出了手。自从离开家乡,他从来没有这么高兴过。他惊讶地意识到自己忘记了当初是如何离开地球的,但他现在想起来了。

"卡莫迪!"奖品大叫道。

"怎么了?"

"你的世界里总是放着这种音乐吗?"

"你在说什么呢?"

"我说的是音乐声。"奖品说,"你没听见吗?"

卡莫迪这才留意到有一支交响乐团正在演奏某种音乐,但听不出声音来自何方。

"音乐声持续多久了?"

"从我们到这儿之后就有了。"奖品对他说,"当你顺着街道往前走的时候,一阵轻柔的鼓声响了起来;当你经过电影院时,小号吹奏出了活泼的乐曲;当你打量速食店的时候,音乐声变成了由几百把小提琴合奏的旋律,听起来甜得发腻,然后——"

"那是背景音乐。"卡莫迪木然地说,"我居然没有注意到有配乐。"

法兰奇·汤恩伸手抚摸着他的衣袖。加里·库珀把一只大手搭在了他的肩上。拉尔德·克雷加给了他一个深情的熊抱。秀兰·邓波儿抓住了他的右脚。其他人靠得更近了,个个都面带微笑。

"西斯莱特!"卡莫迪喊道,"看在上帝的分儿上,西斯莱特!"

随后,跃迁发生了。速度之快,有点超出了他所能理解的范畴。

28

卡莫迪置身于纽约市河滨大道与第99街的交会处。在西边的泽西海滩,夕阳从天际线大厦的后方徐徐落下。在他的右手边,"斯普里"的招牌已然亮起,看起来光彩夺目。河滨公园里树木葱郁,翠绿的叶片上覆盖着煤灰。从西边大道吹来的汽车尾气使树叶发出了微弱的沙沙声。卡莫迪听见周围传来孩子们的尖叫声,他们似乎因为没有得到满足而抓狂。同样有所不满、情绪激动的家长时不时发出吼叫,打断了孩子们的哭闹。

"这是你的家乡吗?"奖品问道。

卡莫迪循着声音低头一看,发现奖品又变了样。此时,它形如至尊神探[1]佩戴的手表,还配备了隐藏式立体声扬声器。

"看着很像。"卡莫迪说。

"这里似乎是个挺有意思的地方。"奖品说,"有活力。我喜欢。"

"是啊。"卡莫迪不情愿地承认道,完全拿不准自己对家乡有种怎样的感觉。

他开始往市郊的住宅区走去。华灯初上,母亲们推着婴儿车离开了河滨公园。很快,这座公园将会被警车和劫匪占领。雾气静悄悄

---

1. 《至尊神探》是1990年上映的一部美国动作电影,根据切斯特·古尔德创作的同名连载漫画小说改编,主角是警探迪克·特雷西。

地从四周扑来，在浓雾中的一栋栋建筑物就像是迷失了方向的巨人。在他两侧，下水道里的污水欢快地流入了哈德逊河，同样的，河水也欢快地流入了下水道。

"嘿，卡莫迪！"

卡莫迪停下脚步，转过身，看见一个男人正轻快地向自己走来。来者身穿西装，脚蹬运动鞋，头戴圆顶礼帽，脖子上系着白色帆布领巾。卡莫迪认出此人是乔治·马隆迪，一位与他相熟的潦倒艺术家。

"嘿，老兄。"马隆迪边说边跟他握手。

"哈哈。"卡莫迪笑道，像是跟对方狼狈为奸的同伙。

"最近怎么样？"马隆迪问。

"哎，你懂的。"卡莫迪说。

"我还真不懂！"马隆迪说，"海伦一直在打听你的消息。"

"真的吗？"卡莫迪问。

"千真万确。迪基·泰特下周六要举办一场派对。你想去吗？"

"当然。"卡莫迪说，"泰特还好吧？"

"哎，你懂的。"

"当然了，我懂。"卡莫迪的语气中充满深深的同情，"还是那样，嗯？"

"还能指望什么呢？"马隆迪说。

卡莫迪耸了耸肩。

"难道没人介绍一下我吗？"奖品问道。

"闭嘴！"卡莫迪说。

"嘿，你手上戴的是什么？"马隆迪弯下腰，盯着卡莫迪的手腕，"是小型录音机吗？这可是最棒的玩意儿。你调试过了吗？"

"不用调试。"奖品说，"我是全自动化的。"

"真迷人！"马隆迪说，"真的。喂，小家伙，你还有什么话想说吗？"

"滚吧！"奖品说。

"住口！"卡莫迪急切地小声说。

"好啊。"马隆迪眉开眼笑地说，"小家伙还挺有胆量，是吧？"

"没错。"卡莫迪说。

"你从哪儿弄来的？"

"我从……呃，我在离家这段时间弄到的。"

"你离家了？原来如此，难怪最近几个月都没见到你。"

"是的。"卡莫迪说。

"你去哪儿了？"马隆迪问。

卡莫迪差点想说迈阿密，但马上灵机一动，"我一直辗转在宇宙之中，亲身体验了一些经过挑选的电影短片，这些短片之后会被视为'现实'。"

马隆迪会意地点了点头，"你去旅行了，对吧？"

"确实如此。"

"在这趟旅程中，你从分子层面感知到万物皆为一体，还倾听了你体内能量发出的声音，是否如此？"

"不完全是这样。"卡莫迪说，"在这趟特别的旅程中，我格外清晰地观察到其他造物的自主能量，并超越了个人-分子层面，进入了外部-原子层面。也就是说，这趟旅程让我确信，除了我自己以外，还有别的生物是真实存在的。"

"你像是在胡言乱语。"马隆迪说。

"我这都是经验之谈。"卡莫迪说，"客观存在为许多人所向往，但却只有少数人所获得。"

马隆迪说："无所谓。这趟旅程我也能参加，而且还能做得更好。"

"我可不信。"

"我知道你不信，但没关系。你要去开幕式吗？"

"什么开幕式？"

马隆迪惊讶地看着对方，"老兄，你不但离开了家，而且还跟大家脱节了。当然是我们这个时代——或许乃至所有时代——最重要的艺术展的开幕式。"

"艺术展?"卡莫迪问。

"我正要去呢。"马隆迪说,"陪我一起吧。"

奖品不知嘀咕着什么,但卡莫迪装作没听见。他调整步伐,跟朋友并肩而行,朝市郊走去。马隆迪一边走,一边把最新的八卦讲给他听:众议院反美活动委员会因反美主义被判有罪,但获得了缓刑;非凡农庄品牌的"新冷冻人计划"取得了成功;NBC电视台正在播出一档大为火爆的节目,名为《自由放任的资本主义》。

他们聊着聊着便走到了第106街。这里的几栋房屋已被夷为平地,取而代之的是一座高高矗立的崭新建筑,外观看起来像城堡。卡莫迪从未见过这样的建筑,于是让兴致勃勃的马隆迪解释一下是怎么回事。

"德瓦努埃设计了你眼前这座宏伟的建筑,"马隆迪说,"他还设计了著名的'66号死亡陷阱'纽约收费公路。只要上了那条路,没人不会出事故。另外,这位建筑师为芝加哥的新贫民窟'燃点大厦'绘制了设计图。这是世界上唯一一个形式服从功能的贫民窟,也就是说,这是第一座公开宣称被设计成贫民窟的建筑,建筑师也引以为豪。美国都市艺术犯罪委员会将其认证为不可更新的项目。"

"真是非凡的成就。"卡莫迪说,"这座建筑叫什么?"

"这是德瓦努埃的杰作,叫作垃圾堡。"马隆迪说。

卡莫迪这才注意到,通往城堡的道路是用鸡蛋壳、橘子皮、鳄梨核和蛤蜊壳巧妙铺设而成的。宏伟的大门两侧是生锈的弹簧床垫。在大门上方,刷上油漆的鱼头拼凑出了一句格言:捍卫奢华的挥霍并非罪恶,过分宣扬的节俭亦非美德。

他们走进去,穿过用压扁的硬纸板铺成的走廊,最后来到一处露天庭院。凝固的汽油欢快地熊熊燃烧,形成了一道火焰喷泉。他们经过喷泉,走进一间由各种材料搭建而成的屋子,包括铝、钢、聚乙烯、硬塑胶、苯乙烯、酚醛塑料、混凝土、仿胡桃木、亚克力和塑胶。除此之外，房间还连接着其他走廊。

"你喜欢吗？"马隆迪问。

"我说不上来。"卡莫迪说，"这里到底是做什么的？"

"这是座博物馆。"马隆迪告诉他，"第一座人类垃圾博物馆。"

"我明白了。"卡莫迪说，"公众怎么看？"

"大家的热情十分高涨，令人大吃一惊。我的意思是，像我们这种艺术家或知识分子当然认为这里不错，但没想到普罗大众这么快就能领悟其奇妙之处。在这方面，他们表现出了与生俱来的好品位，意识到这才是我们这个时代唯一的、真正的艺术。"

"是吗？我个人觉得这里有点儿难以接受。"

马隆迪注视着他，目光中带着一丝悲哀："没想到所有人中，审美上的反动分子居然是你。那你想看什么？希腊雕塑还是拜占庭圣像？"

"当然不是。不过，为什么博物馆要建成这副模样呢？"

"因为这才是真实的当下，真实的艺术必须建立在该基础之上。人类一直不愿面对一个极其重要的事实：我消耗故我在！他们厌恶的垃圾正是享乐之后难以再分解的残渣。想想看，什么是垃圾？不就是用来纪念人类需求的东西吗？'勤俭节约，衣食无缺'是过分焦虑的古人给出的忠告。可是现在，这句错误的格言已经改头换面了。干吗要聊垃圾呢？没错！干吗要聊性、美德或者其他重要的事呢？"

"你的解释听起来很合理，"卡莫迪说，"但还是……"

"跟我来吧，看一看，了解一下。"马隆迪说，"你会慢慢喜欢上这个概念的，就像垃圾形成的过程一样。"

他们走进外部噪声室。在这里，卡莫迪听见了接连不断的马桶冲水声、交通噪声演奏的音乐盛会、事故发生时惊心动魄的尖叫、乌合之众的低沉咆哮，其间还夹杂着各种回溯的声音：活塞式飞机发出的轰鸣声、铆接枪的咔嗒声、手提钻的砰砰声。再往前走便是音爆室，卡莫迪急忙退了出来。

"做得对。"马隆迪说，"这里确实危险。但还是有很多人来到这儿，甚至会在房间里待上五六个小时。"

"啊？"卡莫迪说。

"差不多吧。"马隆迪说，"现在，请聆听这次展览的主题声音：一辆垃圾车嚼碎垃圾时发出的令人愉悦的咆哮声。好听吧？从这里穿过去，你会进入一品脱空酒瓶展。那边是一条地铁的复制品，还原了运行时的每一次颠簸，由西屋电气来调节空气状况。"

"是谁在大喊大叫？"卡莫迪问。

"那是从磁带里传出的英雄叫喊声。"马隆迪说，"第一个声音来自艾德·布龙，他是绿湾包装工球队的全美职业四分卫。接下来是纽约最新一任市长发出的尖厉哀鸣。再然后——"

"咱们接着往前走吧。"卡莫迪打断道。

"没问题。在我们的右手边是涂鸦展示厅，左手边是一间旧式公寓的复制品，在我看来，这是一种虚假的浪漫主义。在我们的正前方是一架英国产电视天线，年代大约在1960年。跟旁边那架1959年的柬埔寨产天线相比，它体现出了严肃感和克制感。看到那架来自东方的天线上华丽流畅的线条了吗？流行艺术正在以一种切实可行的方式来表达自身。"

马隆迪转身面向卡莫迪，恳切地说："我的朋友，瞧瞧吧，你要相信这就是未来的潮流。以前，人们不肯接受现实带来的启示。但那样的日子已经一去不复返。如今，我们明白艺术就是事物本身及其延伸出去的部分。我得补充一句，我不是指带有嘲讽意味的夸张的波普艺术，而是指就这样存在于世的流行艺术。在这个时代，我们无条件地接受不可接受的东西，从而宣告人造物所具备的自然性。"

"我不喜欢这里！"卡莫迪说，"西斯莱特！"

"你在嚷嚷什么呢？"马隆迪问他。

"西斯莱特！西斯莱特！快把我弄出去！"

"你疯了。"马隆迪说,"这里有医生吗?"

一个身穿连体裤、皮肤黝黑的矮小男人应声出现。他的手里拎了只小黑包,包上镶着银牌,牌子上写有"小黑包"三个字。

"我是医生。"医生说,"让我瞧瞧他的情况。"

"西斯莱特!你到底在哪儿?"

"嗯……我知道了。"医生说,"种种迹象表明他患上了急性幻觉匮乏症。没错。我对他的头部进行了检查,发现了一个坚硬的肿块,不过还算正常。除此之外……好吧,太惊人了。这个可怜的家伙急需幻觉的刺激。"

"医生,你能帮帮他吗?"马隆迪问。

"你呼唤我的时机恰到好处。"医生说,"他的病情可逆。我这里有灵丹妙药。"

"西斯莱特!"

医生从小黑包里取出一只匣子,将里面的东西组装成一支亮闪闪的皮下注射器。"这是普通加强剂。"他对卡莫迪说,"没什么可担心的。加强剂里含有巴比妥酸盐、镇静剂、精神提升剂、情绪刺激剂等各种药物。另外我还添加了一点砒霜,好让你头发富有光泽。现在别动……"

"混账,西斯莱特!把我弄走!"

"只有当疼痛存在的时候,你才会觉得痛。"医生安慰道,将皮下注射器扎进了卡莫迪的身体。

与此同时,或者说差不多恰在此刻,卡莫迪消失了。

垃圾堡里一片惊慌,直到医生给每个人都打了一针后才得以平息。于是,这起意外事件便在超然的镇静中不了了之。有位牧师为卡莫迪的消失吟出了这样的句子:"多余的人啊,你就到天上那伟大的王国去吧。那里与世无关,一切多余的东西都有容身之地。"

在信守诺言的西斯莱特的帮助下,卡莫迪在无尽的世界中穿行着。他朝着某个方向前进——用"向下"来形容最为合适——穿过无数可能性较大的"何者"世界，来到大量可能性较小的世界，最后进入了一连串密密麻麻的不可能世界。

奖品责备道："卡莫迪，你刚才抛弃的就是你自己的世界！知道吗？"

"对，我知道。"卡莫迪说。

"现在你没有回头路可走了。"

"这个我也知道。"

"我猜，你是不是以为自己还能找到某个华而不实的乌托邦世界？"奖品的语气里带着明显的讥讽。

"不，不完全是这样。"

"那是怎么回事？"

卡莫迪摇了摇头，不肯作答。

"不管你期待怎样的世界，都可以忘掉了。"奖品悻悻地说，"捕食者就在你身后不远的地方，一定会把你弄死的。"

"这一点我并不怀疑。"卡莫迪平静得出奇，"就长远规划而言，我从未指望活着离开这个宇宙。"

"你的规划毫无意义。"奖品说，"事实是，你已经失去了一切。"

"这话我不同意。"卡莫迪说，"请允许我指出一点：到目前为止我还活着。"

"没错，但仅仅是暂时而已。"

"我一直活在当下，"卡莫迪说，"再也不能指望更多了。我过去的错误就在于期盼太多。我相信，对于可能遇到的所有潜在状况而言，这一点都是正确的。"

"那你希望用当下这一刻来实现什么呢？"

"什么也实现不了。"卡莫迪说，"一切皆可以实现。"

"我再也听不明白你的话了。"奖品说，"你好像有哪里不一样了，卡莫迪。到底是哪里变了呢？"

"这都是无关紧要的小事。"卡莫迪说，"我只是放弃了寿命而已，反正自己也从未拥有过那些时间。我已经厌烦了众神在天国助兴节目中耍的骗局，也不再关心哪个壳底下藏着永生的豌豆。我不需要寿命了。我有属于我的当下时刻，这就足够了。"

"圣卡莫迪！"奖品的语气里带着深深的讽刺，"你和死神相隔不过寸步！那你打算如何度过这可怜的当下时刻呢？"

"我会继续像这样活下去。"卡莫迪说，"这便是当下时刻的意义所在。"

换身游戏

Mindswap

陈阳 译

由德拉科特出版社首次出版
1966 年 1 月

序章

在未来，对于大多数普通人而言，前往外星世界的星际旅行过于昂贵。对于像马文这样想过一个真正美好假期的人来说，确实如此。所以，他报名参加了自己负担得起的项目——心灵交换——在这个过程中，他的心灵会交换到某个外星生命的体内。但马文很不走运，他发现自己的心灵跟星际罪犯做了交换，必须尽快离开这具身体。然而，那个星际罪犯的心灵偷走了马文在地球上的身体。因此，马文不得不在黑市上寻找一具新的身体。我们将跟随马文从一个世界穿梭到另一个世界——这些世界一个比一个疯狂——不停在可怕的境遇中寻找并不理想的身体，只为了活下去。

1

马文·弗林在《斯坦霍普报》的分类广告栏里看到了这则广告：

来自火星的绅士，四十三岁，安静，好学，有教养，希望能与性格相仿的地球绅士交换身体。交换日期为八月一日至九月一日。互换推荐信。经纪人担保。

这则普通的广告足以使马文心跳加速。跟火星人交换身体……这个主意让人兴奋，但也令人反感。毕竟，没人愿意让一个挖沙子的老火星人钻进自己的脑袋，移动自己的手脚，用自己的眼睛去看，用自己的耳朵去听。不过，不愉快的感觉换回来的是他本人——马文·弗林——能去到火星。而且，他将借助当地人的感官，看到火星应有的样子。

正如有些人喜欢收集画作,有些人喜欢收集书籍,还有些人喜欢收集女人一样,马文·弗林想要通过旅行来获得这种所谓的快乐。但遗憾的是他这一大爱好得不到满足。他在斯坦霍普出生和长大,从地理位置来看,他的家乡距离纽约市大约三百英里[1];但从精神和情感上看,两地相差了约一百年。

斯坦霍普是一个怡人的乡村社区,坐落在阿迪朗达克山脉的山麓,周围遍布果园,连绵起伏的绿色牧场上点缀着成群的棕色奶牛。斯坦霍普有着无可匹敌的田园风光,坚持着古老的生活方式:亲切,却也带着一丝好斗。这座小城镇与南边那座冷酷的大都市保持着距离。IRT第七大道地铁线已经向北挖到了金斯敦,但没有再往前延伸。庞大的高速公路将混凝土"触角"伸向乡村,但无法占领斯坦霍普榆树林立的主干道。其他社区都保留了一个火箭发射井,可斯坦霍普却固守着过时的喷气式飞机发射场,满足于每三周一班的飞行服务。夜里马文常常躺在床上,听着正在消失的美国乡村的凄惨声音,那是喷气式飞机孤独的哀鸣。

斯坦霍普对自己很满意,世界上的其他地方似乎也对斯坦霍普很满意,任它成为一个不那么匆忙时代下的美梦。唯一不适应这种安排的人是马文·弗林。

他参加过寻常的旅行,看见过寻常的景色。跟其他人一样,他在欧洲各国的首都度过了许多周末。他凝视过伦敦的空中花园,曾在海法的巴哈伊圣地朝拜,还通过潜水探索了沉没之城迈阿密。在时间较长的假期里,他徒步穿越了南极洲玛丽·伯德地,探索了非洲伊图里雨林,骑着骆驼走过了中国新疆,并在世界艺术之都的中国拉萨住了几个星期。他的所作所为都与他的年龄和地位相符。

但是,这些旅行对他来说毫无意义,不过是普通的观光大杂烩,

---

1. 1英里约等于1.6公里。

任何游客都能参加。马文非但没有为他所拥有的东西感到高兴,反而抱怨他得不到的东西。他想来一场真正的旅行,而这意味着前往外星球。

这似乎并不是什么过分的要求;然而,他连月球都从未去过。

归根结底,这是一个经济问题。星际旅行价格高昂,在大多数情况下,只限于富人、移民或行政官员,对于一个普通人来说则根本不可能。当然,除非借助心灵交换。

怀着与生俱来的小镇保守主义思想的马文,一直没有跨出这合乎逻辑但令人不安的一步。直到现在。

马文努力让自己适应目前的生活地位,以及该地位提供的完全可接受的发展前途。毕竟,他自由、快活,而且已满三十一岁(实际上还要更大一点);他风度翩翩,是个宽肩膀、高个子的男人,留着修剪整齐的黑胡子,有一双温柔的棕色眼睛;他健康、聪明,善于交际,也不会被女性排斥;他接受过正常的教育——小学、初高中、大学和研究生。

他在雷克-彼得斯公司接受了良好的职业培训。在那里,他用荧光镜透视检查塑料玩具,对其进行应力分析,并检查材料的微观缩孔、孔隙率以及结构疲劳等情况。也许这不是世界上最重要的工作,但话说回来,我们不可能都成为国王或者宇宙飞船的驾驶员。这仍是一个肩负着责任的职位,尤其是考虑到玩具在这个世界上的重要性。这项至关重要的任务能尽量减少孩子在拿到劣质玩具后的沮丧感。

马文明白这些道理,但还是不满足。他去找过社区的心理咨询师,可没什么用。那个好心人尝试通过情境分析来帮助马文,但他并没有给出回应。他想去旅行,但拒绝诚实地看待这种欲望背后的真实意图,也不愿接受任何替代品。

而现在,马文读着这则普通却激动人心的广告,喉咙里有种奇怪的感觉。这则广告跟其他成千上万的广告没什么不同,却又有其独特之处(因为他正在读它)。跟火星人交换身体,去看看火星,去参观沙王的洞穴,去欣赏创伤之地的视听盛宴,去聆听干涸汪洋的半音阶沙粒……

他曾经幻想过这些场景,但这次不同,那种奇怪的感觉就快变成一个决定。马文很聪明,并没有压制这股冲动。相反,他戴上无檐便帽,走向了镇中心的斯坦霍普药房。

2

正如马文所料,他最好的朋友比利·哈克正坐在冷饮柜台旁的凳子上,喝着一种轻度致幻饮料。

"今天早上如何?"比利用当时流行的俚语问道。

"轻飘飘的。"马文给出了对应的回答。

"你来喝东西吗?"比利用西班牙语和南非荷兰语的混杂方言问道,这种语言是今年新流行的玩笑。

"是的,先生。"马文高声回答道,语速缓慢。他的心思根本不在巧妙地回答问题上。

比利察觉到对方不满的语气,疑惑地扬起眉毛,合上手里的《詹姆斯·乔伊斯漫画》,将一支基恩香烟塞进嘴里。他吸了一口香烟,吐出芬芳的绿色烟雾,问道:"你为什么要挖个洞?"这个问题带有一种挖苦的措辞,但显然并没有恶意。

马文在比利旁边坐了下来。他心情沉重,但又不愿向无忧无虑的朋友吐露自己的不快。于是,他举起双手,开始学着平原印第安人用手语说话。(许多聪明的年轻人仍受到去年轰动一时的电影《达科他对话》的影响,这部片子由比约恩·拉克拉迪什饰演疯马,米洛瓦·斯拉沃维茨饰演红云,所有对话都是通过手语完成的。)

马文一本正经地打出嘲讽的手语:"心碎了,马儿在游荡,太阳不再照耀,月亮不再升起。"

斯坦霍普药房的老板毕格罗先生打断了他们,对马文说:"喂,先生,你想把大杯饮料的雪顶做成圣代的形状吗?"毕格罗先生是一位七十四岁的中年人,有点儿秃顶,啤酒肚很显眼。

毕格罗先生这一代人尝试使用年轻人的俚语时总会过了头,以至于失去了所有喜剧效果。然而,可悲的是他无法意识到这一点。

"快点。"马文的回答毫不顾及对方,用年轻人的残忍方式羞辱了毕格罗先生。

"好吧,我从来就快不起来。"毕格罗先生说着,用他从《春风秋雨》里学到的做作步伐气鼓鼓地走开了。

比利察觉到了朋友的痛苦,这让他有些尴尬。比利今年三十四岁,比马文大一点,也算个大男人了。他有一份好工作,在彼得森包装厂的23号装配线当领班。他坚持像十多岁的少年一样生活,但也知道这个年纪需要承担一些责任。因此,他不再感到尴尬,改成正常语气跟他的老朋友说话。

"马文……你怎么了?"

马文耸了耸肩,撇了撇嘴,用手指漫无目的地敲打着桌面。他说:"你听,哥们,是不是很像弦乐小夜曲?你不敢触碰的死亡——"

"有话直说。"比利平静地打断道,带着一种超出年龄的威严。

"对不起。"马文也不再使用俚语,"只是……哦,比利,我真的非常想去旅行!"

比利点了点头。他了解朋友的执念。"当然,"他说,"我也是。"

"但也没那么想。比利……我要疯了。"

马文的圣代饮料来了。他没有搭理,而是继续向挚友吐露心声:"听我说,比利,对旅行的渴望让我喘不过气来。我的意思是,天哪,我总会忍不住想起火星和金星,还有像毕宿五和心宿二这样非常遥远的地方,甚至南河三IV型主序星上会说话的海洋,以及亚龙II型主序星上的三栖类人动物。如果我不亲眼去看看那些地方,我就会死掉。"

"当然，"比利说，"我也想去看看。"

"不，你没听明白。"马文说，"我不仅仅是为了看一眼……这就像……我的意思是，我不能一辈子都生活在斯坦霍普。虽然这里很有趣，我也有一份不错的工作，跟我约会的女孩们真的很漂亮，但是，该死，我不能就这样跟某个女孩结婚，然后生小孩……我不能局限在这种生活里！"

接着，马文陷入了孩子气的语无伦次中。但他的某种感受，已经从滔滔不绝的话语中流露了出来。

他的朋友明智地点了点头。"马文，"他温柔地说，"我非常明白你的意思，真的，我明白。但是，天啊，就算是行星间的旅行也要花很多钱，星际旅行就更不现实了。"

"完全有可能的。"马文说，"如果使用心灵交换的话。"

"马文！你在开玩笑吧?！"他的朋友震惊地喊道。

"我没有！"马文说，"就算耶稣升天了我也要去！"

这番话让他俩都震惊了，因为马文几乎从不说脏话。他的朋友可以看出，即使用词如此隐晦，马文承受的巨大压力也溢于言表。马文随即也意识到，自己的决心已经不可动摇。发泄完情绪之后，他发现自己得考虑下一步了，也就是真正采取行动。这件事对他来说已经没那么可怕了。

"但你不能去。"比利说，"心灵交换……唉，太肮脏了！"

"只有思想肮脏的人才会觉得肮脏，浑蛋。"

"不，我说真的，你不会想让火星人钻进你的脑子吧？还要操控你的手脚，用你的眼睛看东西，触摸你的身体，甚至可能——"

马文在比利还没说到真正恶心的事情之前打断了他的话："听我说，我也在火星人的身体里，所以对方会有同样的尴尬。"

"可火星人没有羞耻感。"比利说。

"并不是这样。"马文说。他虽然年轻，但在许多方面比他的朋友更成熟。马文在"比较星际伦理"这门课上学得很好。他对旅行的强烈渴望使他的思想没那么保守，比他的朋友更愿意了解外星生物。马文从识字开始，就研究起了银河系中许多不同种族的行为举止。他一直努力通过这些生物的视角来观察它们，并根据其独特的心理来了解它们的行为动机。此外，他在"投射移情"课程上的得分很高，说明他具备与外星人成功建立联系的原始潜力。总而言之，对于一个一辈子都生活在地球腹地小镇上的人来说，他已经做好了充分的旅行准备。

那天下午，马文一个人在阁楼房间里打开了他的百科全书。自从父母在他九岁时给他买了这本书以来，它就一直是他的伙伴和密友。现在，他把理解水平设为"简单"，把扫描速度设为"快速"，把他的问题打上去，然后在小灯闪烁时坐了下来。

"嗨，伙计们。"录音机用热情洋溢的声音说道，"今天，我们来谈谈心灵交换！"

接下来是历史部分，马文并没有仔细听。当录音机说到下一段内容时，他的注意力又回来了：

"所以，让我们把'心灵'看作一种电形态，或者是亚电形态实体。你们应该还记得我们之前讲过，心灵最初可被视为我们身体过程的投射，并进化成一个半独立的实体。你们知道这意味着什么，伙计们，这意味着你们的脑袋里有一个小人——但又不完全是这样。是不是差不多呢？"

录音机为自己讲的笑话腼腆地笑了笑，然后继续说道：

"那么，我们从这团混合物中得到了什么呢？喏，孩子们，我们使自己的心灵和身体处于共生状态，尽管心灵更倾向于寄生。但从理论上讲，两者都可以独立存在。或者说，至少那些大思想家就是这么认为的。"

马文撇了撇嘴。

"现在说说心灵投射……好吧，伙计们，想象扔一个球出去……

"精神转化为物质,反之亦然。归根结底,它们互为彼此的形态,就像物质和能量一样。当然,我们还没有发现……

"当然,我们对它只有一些实际的认识。我们可以稍微考虑一下范·沃尔斯的黏合改革概念,以及拉各斯大学的相对绝对理论。当然,这些理论提出的问题比回答的还要多……

"整个技术之所以能够实现,只是因为意外地没有出现排斥反应……

"心灵交换的实际操作会利用机械催眠技术,如诱导放松、精确定位,并使用对心智有益的物质——比如威拉米特——作为窄粒子流聚焦和增强器。反馈程序……

"当然,一旦掌握,你就可以不借助机械辅助进行交换,通常是用视觉作为焦点……"

马文关掉百科全书,开始思考太空、群星,以及这些行星上的外星居民。他思考着心灵交换,心想,明天我可能就在火星上,明天我可能就变成火星人了……

他一下子站了起来。"没错!"他右手握拳砸在左手掌心,"我要去!"

下定决心的神奇魔力改变了他。马文没有丝毫犹豫,收拾了一只轻便的行李箱,给父母留了张便条,然后坐上了去纽约的飞机。

3

到了纽约,马文直奔奥蒂斯、布兰德斯和克兰特的身体经纪公司。他被安排到布兰德斯先生的办公室。布兰德斯今年六十三岁,身材高大,体格健壮,是公司的正式合伙人。马文向这个人解释了他此行的目的。

"当然，"布兰德斯先生说，"你已经看到我们上周五刊登的广告。那位火星人的名字叫泽·克拉加什，东斯克恩大学的校长极力推荐他。"

"他长什么样？"马文问。

"你自己看吧。"布兰德斯说着，给马文看了一张照片，上面的人有着宽厚的胸膛，双腿细长，胳膊略粗，小小的脑袋上长着一个特别长的鼻子。照片显示，克拉加什站在齐膝深的泥里，朝着某人挥手。照片底部印着一行字：泥巴天堂的纪念品——火星年——圆形度假胜地，火星上含水量最高的地方！

"挺好看的小伙子。"布兰德斯先生评论道。马文点点头，尽管在他看来克拉加什跟其他火星人没什么两样。

"他的家，"布兰德斯继续说，"在瓦格姆斯塔克，也就是新南火星消失沙漠的边缘。那是一个非常受欢迎的旅游区，你可能听说过。和你一样，克拉加什先生也渴望旅行，希望找到一具合适的宿主身体。他把选择权完全交给了我们，只对精神和身体健康做了要求。"

"嗯，"马文说，"我不想自夸，但大家一直觉得我很健康。"

"我一眼就能看出来。"布兰德斯先生说，"当然，这只是一种感觉，或许是一种直觉，但在与人们打交道的三十年时间里，我逐渐相信自己的感觉。我纯粹凭自己的感觉，已经拒绝了在你之前三个申请这个交换项目的人。"

布兰德斯先生似乎为此感到非常自豪，马文不得不接上一句："真的吗？"

"当然了。你根本想象不到，干这一行，我必须经常找出和排除不合适的人，比如寻求恶心、非法刺激的神经病，希望逃脱当地法律管辖的罪犯，试图躲避内心精神压力、心态不稳定的人。诸如此类。我把他们都剔除了。"

"我希望自己不属于这几类人中的任何一个。"马文说着，不自然地笑了笑。

"我一眼就能看出你不是。"布兰德斯先生说,"我认为你是一个非常正常的年轻人,甚至可以说,正常过头了。旅行让你非常心痒,正适合你这个年纪,这就像是一场悸动,一段飞蛾扑火般的恋情,或者像打一场理想主义的仗,抑或对世界和其他人的立场感到幻灭。幸运的是,你要么天生聪明,要么运气好,找到了我们这家行业内最古老、最可靠的经纪公司,而不是去找一些不那么谨慎的竞争对手,或者最糟糕的是,去公开市场。"

马文对公开市场知之甚少,但他没有说话,不想因为问问题而暴露自己的无知。

"那么,"布兰德斯先生说,"在满足你的要求之前,我们必须办理一些手续。"

"手续?"马文问。

"肯定要办手续啊。首先,你必须接受全面的检查,以便我们对你的身体、精神和道德立场作出判断。这是相当必要的,因为身体需要在平等的基础上进行交换。如果你发现自己困在一具患有沙虫病或隧道综合征的火星人体内,你会非常不高兴,就像对方发现你患有佝偻病或妄想症一样。根据章程,我们必须尽可能全面地了解交换者的健康情况和稳定性,并告知他们真实情况和广告之间的所有差异。"

"我明白了。"马文说,"那之后呢?"

"接下来,你和火星人都要签署一份互惠损害条款。条款规定,如果对你的宿主身体造成任何损害,无论无意还是故意,甚至包括天灾在内,第一,对方将按照星际公约规定的比率得到补偿;第二,这种损害将按照'同态报复法'对你自己的身体索取对等的赔偿。"

"什么?"马文说。

"也就是以眼还眼,以牙还牙。"布兰德斯先生解释说,"这其实很简单。假设你在那具火星身体的最后一天摔断了一条腿,你肯定会觉得痛苦,但不会遭受之后的种种不便,因为你第二天就会回到自己完好无损的身体里。但这是不公平的。你为什么能逃避自己造成的事故？为什么要让别人承担这些后果呢？因此，为了公正，星际公约要求在回到你自己的身体后，你的腿要以尽可能科学和无痛的方式折断。"

"即使是意外骨折？"

"尤其是在意外骨折的情况下。我们发现互惠损害条款大大减少了这类事故的数量。"

"这听起来有点危险。"马文说。

"任何行动都包含危险的因素。"布兰德斯说，"但从统计学上看，心灵交换所涉及的风险并不大，假如不去'扭曲世界'的话。"

"我不太了解扭曲世界。"马文说。

"没人了解。"布兰德斯说，"这就是为什么你应该远离那里。这很合理，是不是？"

"我想是吧。"马文说，"还有什么？"

"没什么了，只是一些文书流程，放弃特殊权利和豁免权之类的。当然，我必须给你关于隐喻变形的标准警告。"

"好的。"马文说，"我想听听看。"

"我刚才已经警告过你了。"布兰德斯说，"但我还是要再讲一遍：小心隐喻变形。"

"好吧，"马文说，"但我不知道它是什么意思。"

"其实很简单。"布兰德斯说，"你可以认为这是一种情境导致的精神错乱。你看，我们承受不寻常事物的能力是有限的，而当我们去外星球旅行时，承受能力很快就会过载。我们会经历太多的新奇事物，以至于难以接受，而心灵会通过类比来缓冲。

"类比会让我们确信事情就是这样，在可接受的已知和不可接受的未知之间架起一座桥梁。它把两者连在一起，给无法接受的未知赋予一种令人舒适的熟悉感。

"然而，在未知事物持续不断的影响下，类比能力也会扭曲。由于无法通过正常的概念类比来处理大量数据,主体会受到感知类比的伤害。这种状态就是我们所说的'隐喻变形'。这个过程也被称为'潘沙[1]化'。明白了吗?"

"没有。"马文说,"什么叫'潘沙化'?"

"这个概念不言自明。"布兰德斯说,"堂吉诃德认为风车是一个巨人,而潘沙则认为巨人是一个风车。'堂吉诃德化'可被定义为将日常事物视为罕见实体。与之相反的就是'潘沙化',即把罕见实体视为日常事物。"

"你的意思是,"马文说,"我可能觉得自己在看一头牛,而实际上它是一个牛郎星人?"

"没错。"布兰德斯说,"只要你全身心投入,就很容易出现这种情况。你只需要在这里和这里签名,我们就可以开始检查了。"

接着便是数不清的测试和无尽的问题。马文被人又戳又捅,灯光在他脸上照来照去,各种声音猛地在耳边响起,奇怪的气味扑鼻而来。

他出色地通过了所有检查。几个小时后,他被带到交换室,坐在一张看起来活像老旧电椅的椅子上。技术人员同他讲一些过场玩笑:"当你醒来时,你会觉得自己像一个全新的人。"灯光在他眼前闪烁,他越来越困,越来越困,越来越困。

他为即将开始的旅行感到兴奋,但又为自己对斯坦霍普以外的世界一无所知而感到震惊。究竟什么是公开市场?扭曲世界在哪里,而他为什么要避开它?最后,隐喻变形有多危险,发生的频率有多高,恢复率又是多少?

很快,他就会找到这些问题的答案,以及其他许多未知问题的答案。灯光刺痛他的眼睛,他闭上了眼。当他再次睁开眼睛时,一切都改变了。

---

[1] 即桑丘·潘沙,西班牙名著《堂吉诃德》中的重要人物。

4

虽然火星人也是双足行走,但他们是银河系中最奇怪的生物之一。事实上,从感官的角度来看,毕宿五的克维人尽管有两个大脑和具有特殊功能的肢体,却比火星人更接近人类。因此,在没有入门学习的情况下,直接交换到火星人的身体中会让人忐忑。然而,现在做什么也无济于事。

马文·弗林发现自己在一个布置得很舒适的房间里。透过这里唯一一扇窗户,他用火星人的眼睛注视着火星的风景。

他什么也辨认不出来,只好闭上眼睛,感觉到一种令人沮丧的困惑。尽管布兰德斯先生给他打过预防针,但马文还是被文化冲击带来的恶心感所困扰。他不得不站在原地不动,直到不适的感觉消退。然后,他小心翼翼地睁开眼睛,再次打量起来。

他看见低矮平坦的沙丘呈现出一百种不同的灰色调。一股银蓝色的风从地平线上刮过,一股赭色的逆风似乎在向前者进攻。火星人的眼睛可以看到红外线,马文在红色的天空中看到了许多难以描述的色彩。他还在所有东西上看到了细长的光谱。大地和天空为他展示出十几种不同的配色,有些是互补色,更多的是对比色。在火星上,大自然的色彩并不和谐,到处都是混乱的搭配。

马文发现自己手上拿着一副眼镜,戴上之后,强烈的色彩冲突立刻降低到可接受的地步。当过度震惊而产生的麻木感消退后,他开始感知到其他东西。

首先,沉重的轰隆声传入他的耳朵,然后是一阵快速的响动,就像军鼓的敲击声。他四处寻找声音的来源,但除了大地和天空,什么也没发现。他又仔细地听了听,发现声音是从自己的胸腔里发出来的,来自他的肺和心脏。这是伴随所有火星人生活的声音。

现在，马文开始打量自己。他看了看又长又细的腿：没有膝关节，但脚踝、小腿、大腿中部和大腿上部都可以转动。他走了几步，欣赏着自己流畅的动作。他的手臂比腿略粗，双关节的手上有五根手指，包括两根相对的拇指。他能以各种各样的方式弯曲和扭转手指。

马文穿着黑色短裤和白色套头衫。他的胸托被摆得整整齐齐，上面套着一个绣花皮套。他惊讶地发现，这一切看起来是那么的自然。

然而，这没什么可惊讶的。心灵交换之所以能够实现，是因为智能生物拥有适应新环境的能力。不同于大自然中某些更反常的生物，火星人还是很容易让人类适应的，尽管在形态和感官上有一些惊人的差别。

马文正在思考这个问题的时候，听到身后有门打开的声音。他转过身，看见一个穿着绿灰条纹政府制服的火星人站在面前。对方反转双脚以示问候，马文很快也做出了同样的回应。

（心灵交换的一大优点是"自动教育"，或者用有趣的行话来说："当你接手了一栋房子，就可以使用里面的家具。"当然，这些"家具"指的是宿主大脑中可供使用的基本知识，如语言、习俗、风俗和道德等等，以及有关居住地的一般信息。这些是基本的环境信息，普适而客观，可以作为指南，但不一定可靠。除了某些例外，宿主的个人记忆和好恶，对占据者来说是无法获得的，或者得付出相当大的精神努力才能获得。同样，这个领域似乎存在一种免疫反应，只允许不同实体之间有表面接触。"常识"通常不包括在内，但信仰、偏见、愿望和恐惧等"个人知识"是神圣不可侵犯的。）

"柔和的风。"火星人用经典的老派问候方式说道。

"还有万里无云的天空。"马文回答道。（令他恼火的是，他的宿主说话有一点口齿不清。）

"我是旅游局的明格罗·奥利奇奇奇。欢迎来到火星，弗林先生。"

"谢谢。"马文说,"来到这里的感觉真是太好了。要知道,这是我第一次进行心灵交换。"

"是的,我能明白。"奥利奇奇奇说完,往地上吐了一口唾沫——这是紧张的表现——然后松开了他的大拇指。走廊里传来一阵低沉的说话声。奥利奇奇奇说:"那么,关于你在火星上的生活——"

"我想去看看沙王的洞穴。"马文说,"当然,还有会说话的干涸汪洋。"

"这两个都是非常棒的选择。"这位官员说,"不过首先你要办一两个小手续。"

"手续?"

"没什么复杂的。"奥利奇奇奇说着,鼻子歪向左边,露出火星人的微笑,"请你看一下这些文件并确认,好吗?"

马文接过文件,粗略地看了一眼,是他在地球上签署的那些表格的副本。他通读了一遍,发现所有信息都正确地传送过来了。

"这些是我在地球上签署的文件。"他说。

走廊里的说话声越来越大。马文勉强听到一句:"冻伤那树墩子,烫死那倒霉的下蛋崽子!爱好沙砾的败类!"全都是非常恶毒的辱骂。

马文疑惑地抬起鼻子。官员见状连忙解释:"都是误会,有人搞错了。即使是最好的政府旅游服务机构也会发生这种不幸。但我很确定,我们可以在短时间内解决这件事。请问——"

走廊里传来扭打声。紧接着,一个火星人冲进房间。一名警卫追上来抓住他的手臂,试图阻止他。

冲进来的这个火星人年龄很大,从他皮肤上发出的微弱磷光就可以看出来。他举起双臂,颤抖着指向马文·弗林。

"在这儿!"他喊道,"就是它,我对树墩子发誓现在就要得到它!"

马文说："先生，我不习惯被称呼为'它'。"

"我不是在跟你说话。"老火星人说，"我不知道你是谁还是什么东西，我也不在乎。我是在对你的身体说话，它不是你的。"

"你说什么？"马文问。

"这位先生，"官员说，"声称你占据了一具属于他的身体。"他朝地上吐了两口唾沫，"当然，这是个误会，我们可以马上弄清楚……"

"误会？！"那个老火星人吼道，"这是一场彻头彻尾的骗局！"

"先生，"马文保持着尊严，用冷酷的语气说，"你完全搞错了。要不然，你就是出于某种无法理解的原因，对我进行诽谤。先生，这具身体是我合法、合理地租来的。"

"皮肤长鳞片的癞蛤蟆！"老火星人喊道，"别拦着我！"他努力反抗紧紧抓着自己的警卫。

突然，一个一身白衣的威严身影出现在门口。当所有火星人的目光落在这位令人敬畏的南火星沙漠警察代表身上时，房间里顿时鸦雀无声。

"先生们，"警察说，"没必要相互指责。现在，所有人都跟我去警察局。在那里，在福尔西姆心灵感应者的帮助下，我们将查明真相，找到背后的动机。"警察骤然停住话头，盯着每个人的脸，咽了咽口水，表现出无比的冷静，然后说："这一点，我向你们保证。"

大家没有再多说什么，警察、官员、老火星人和马文·弗林向警察局走去。他们默默地走着，心情都一样忐忑。在文明的星系中，有一个众人皆知的真理：当你去找警察时，你的麻烦才真正开始。

5

到了警察局，马文·弗林和其他人被直接带到一个昏暗潮湿的房间，那里住着福尔西姆心灵感应者。就像福尔西姆星上的其他同类一样，这个三足生物也拥有第六感——也许是为了弥补其他五感的迟钝。

"好了。"当所有人都聚集到他面前时，福尔西姆心灵感应者说，"走上前来，朋友，告诉我你的故事。"他坚定地指向那个警察。

"先生！"警察尴尬地直起身子说，"我是警察。"

"有意思。"心灵感应者说，"可我看不出这跟你是否有罪存在什么关系。"

"我根本没有被指控有罪。"警察说。

心灵感应者沉思了一会儿，然后说："我明白了……被指控的是这两个人，对吗？"

"对。"警察说。

"我向你道歉。你内疚的神色使我给出了过于草率的判断。"

"内疚？"警察说，"我吗？"他的语气很平静，但他的皮肤却显示出代表焦虑的橙色条纹。

"没错，是你。"心灵感应者说，"你不必感到惊讶。大多数智慧生物都会为重大盗窃而感到内疚。"

"等一下！"警察打断道，"我没犯过什么重大盗窃罪！"

心灵感应者闭上眼睛，开始内省。最后他说："没错。我的意思，你未来将会犯罪。"

"预感可不能作为法庭上的证据。"警察说，"而且，预测未来直接违反了自由意志法律。"

"确实。"心灵感应者说，"我向你道歉。"

"没关系。"警察说，"我什么时候会犯下这起所谓的重大盗窃罪？"

"大约六个月后。"心灵感应者说。

"我会被逮捕吗？"

"不。你将逃离这颗星球，到一个没有引渡法律的地方去。"

"嗯，有意思。"警察说，"你能不能告诉我，如果……算了，我们可以晚点儿再讨论这个问题。现在，你必须听听这些人的故事，然后判断他们是否有罪。"

心灵感应者看着马文，对他摇了摇鳍状肢，说："你可以开始了。"

马文讲述了他的故事，从第一次看到那则广告开始，没有任何遗漏。

"谢谢你。"当马文说完后，心灵感应者说道，"现在，先生，说说你的故事吧。"他转向那个老火星人。

后者清了清嗓子，挠了挠胸口，吐了一两口唾沫，然后开始了讲述。

艾格勒·瑟鲁斯的故事

我甚至不知道从哪儿开始讲起，所以我觉得最好从我的名字说起，我叫艾格勒·瑟鲁斯，我的种族是尼穆西亚降临者。还有我的职业，我在阿切尔塞斯5号行星上经营一家服装店，呃，就是个小买卖，挣不了多少钱。我的商店位于南极冰冠的兰博萨，向金星移民劳工出售服装。他们是一群又大又绿、毛茸茸的家伙，非常无知，也非常容易激动，喜欢打架。不过我对他们没有偏见。

干我这门生意，得学会处变不惊。也许我并不富有，但至少很健康（感谢上天）。我的妻子阿卢拉也很健康，除了有轻微的触手纤维化。我有两个已经成年的儿子，其中一个在西德尼港做医生，另一个在克兰茨做培训师。我还有一个女儿，她已经结婚了，所以我自然还有一个女婿。

我一直不信任这个女婿，因为他喜欢穿得花里胡哨，挂着二十对胸托，而我的女儿甚至没有一套像样的抓挠器。但没办法，她自己挖的坑，现在不得不在坑里爬。不过，如果一个人领着水分推销员的工资（他自称是"水感工程师"），却对衣服和香喷喷的关节润滑油之类的奢侈品如此感兴趣，让人不禁有些怀疑。

他总是通过各种愚蠢的冒险来赚外快，而我必须用辛苦赚来的积蓄给他提供装备，这些积蓄是我卖货给那些绿色大个子赚来的。就像去年，他得到了一个新奇的玩意儿，是台后院造云机。我跟他说，谁会想要这种东西？但是，我妻子坚持要我资助他，果不其然，他破产了。今年，他又有了一个计划，这次是织女2号行星的彩虹色合成羊毛次品。不知道他怎么在赫利格港发现了这批货，想让我买下来。

我对他说："你想，我的金星大嘴巴顾客了解服装吗？如果他们买得起一条斜纹短裤或一件假日睡袍，那就很幸运了。"但我的女婿胸有成竹，对我说："听我说，爸爸，我研究过金星的风俗习惯。在我看来，这些人来自落后的边远地区，他们热爱仪式、舞蹈和鲜艳的色彩。所以这批货很适合他们，是不是？"

好吧，让我长话短说。我被他说服了，违背自己的正确判断，参与了这场冒险。当然，我必须亲自去看看那批彩虹色合成羊毛次品，因为我不相信女婿在布料上的眼光。这意味着我要穿越半个星系，到达火星的赫利格港。所以，我开始做安排。

没人愿意和我交换身体。这不能怪他们，因为没有人会特意跑到阿切尔塞斯5号行星这种地方来，除了那些无知的金星移民。这时，我看到了火星人泽·克拉加什的一则广告，他想把自己的身体租出去，因为他要把自己的心灵放到冷库里长期休息。费用是真的贵，但我又能怎么办呢？我把自己的身体租给一个朋友，拿到了一点钱。这个朋友曾是夸仑兹猎手，后来因肌肉萎缩而卧床不起。然后我去了交换局，投射到了火星上。

好吧，想象一下，当发现没有身体等候使用的时候，我是什么感觉？每个人都跑来跑去，想知道我的宿主身体发生了什么，他们甚至想把我送回阿切尔塞斯5号行星。但他们办不到，因为我的朋友已经带着我的身体去夸仑兹狩猎了。

最后，他们从特莱西恩施塔特的身体租赁公司给我弄到一具尸体，允许我租用的最长时间是十二个小时，因为整个夏天的短期租赁都被预订满了。这是一具相当老旧的身体，你们也看得出来，而且价格高昂。

于是我走出去，想弄清楚到底出了什么问题，结果发现这个来自地球的游客用我花钱买的身体随意地走来走去，而根据我的合同，此刻应该是由我来占用它。

这不仅不公平，而且对我的健康也极其不利。整个故事就是这样。

心灵感应者回到自己的房间，考虑如何决定。不到一个小时，他就回来了，说道：

"你们两个人通过心灵交换的方式获得了同一具身体。由于这具身体的主人与你们的交易直接违反了所有相关法律，因此，泽·克拉加什的行为无论从执行还是意图上都应被视为犯罪。在这种情况下，我已派人向地球发送信息，要求立即逮捕泽·克拉加什，并将他拘留起来，直到能够引渡为止。

"你们两个人租用泽·克拉加什身体的做法都是诚信的，然而合同显示，较早的购买者是艾格勒·瑟鲁斯先生，他比马文·弗林先生要早三十八个小时。因此，瑟鲁斯先生作为第一买家，拥有这具身体的保管权，弗林先生则需要按照规定停止非法占用，在六个标准格林尼治小时内执行完毕。"

心灵感应者递给马文一张没收通知书。马文很难过，但仍顺从地接了过来。"我想，"他说，"我最好回到地球上，回到我自己的身体里去。"

"这将是你最明智的选择。"心灵感应者说，"但不幸的是，目前不可能。"

"不可能？为什么？"

"因为我刚刚收到地球当局的心灵感应回复，"心灵感应者说，"根据他们的说法，你的身体被泽·克拉加什的心灵激活后，已不知所终。经过初步调查，我们担心泽·克拉加什已经带着你的身体和瑟鲁斯先生的钱，逃离了地球。"

过了好一会儿，马文·弗林才明白这句话的含义。他被困在火星上的一个外星人体内，还不得不放弃这具身体。再过六个小时，他就会变成一个没有身体的心灵，而且找到可用身体的机会也很渺茫。

没有身体，心灵就无法存在。马文·弗林不情愿地缓缓面对着死亡的逼近。

6

马文并没有让绝望压倒自己，相反，他把愤怒发泄了出来。这是一种更健康的情绪，尽管同样没什么用。他没有在法庭上大声哭诉，让自己出丑，而是在联邦大楼的走廊里大吵大闹，要求公平竞争这具身体，或者给他找一具好用的替补身体。

没有什么能阻止这个冲动的年轻人。有几位律师向他指出，如果公平真的存在，就不需要法律和立法者了，这样一来，人类最崇高的观念之一将被抹杀，整个职业群体都会失业。他们告诉他，法律因恶习和暴行而得以存在，因为这些差异证明了法律和公平本身的必要性。

这番清晰的论证是徒劳的，并没有给狂暴的马文带来平静。他看上去完全不为理智所动。当他咆哮着对火星的司法机制表示蔑视时，他的呼吸声刺耳尖厉。他的行为被视为可耻之举，之所以被火星人容忍，是因为他还年轻，并且没有完全适应当地文化。

但是愤怒并没有给他带来任何结果，甚至没有让他产生一种情绪得以宣泄的健康感觉。几名司法人员向他指出了这一点，但他们的努力也遭到了无情的冷落。

马文仍然没有意识到他给别人留下了糟糕的印象。过了一会儿，他的怒火平息了，只剩下愤愤不平。

带着这种心情，他来到一扇写着"星际侦察与逮捕局"的门前。

"啊哈！"马文咕哝着，走进了那间办公室。

这是一个小房间，看起来就像古老的历史小说中的场景。靠墙的地方高高摆放着一排排仍在运转的老式电子计算机。门边放着一台早期型号的"思想印刷"翻译机。扶手椅有着突兀的形状和浅色的塑料面料，让人联想到一个更悠闲的时代。房间里只缺一个笨重的固态莫拉尼，来完美地再现谢克里或其他早期诗人作品中的场景。

一个中年火星人坐在扶手椅里，向一个女人臀部造型的靶子投掷飞镖。

马文走进来时，他急忙转过身来，说道："差不多是时候了。我正等着你呢。"

"你真的在等我？"马文问道。

"好吧，不完全是。"火星人说，"但我发现这是一种有效的开场白，往往会营造出信任的氛围。"

"那你为什么又要告诉我实话，毁掉这种氛围？"

火星人耸耸肩说："听着，没有人是完美的。我只是个普通的侦探。我叫厄夫·厄尔道夫。坐吧。关于你丢失的那件毛皮大衣，我想已经有了线索。"

"什么毛皮大衣？"马文问。

"你不是昨晚在红沙酒店被抢的易装癖里佩尔·德·洛夫人吗？"

"当然不是。我是马文·弗林，我丢了我的身体。"

"没错，是的。"厄尔道夫说着，使劲点点头，"让我们一点一点来梳理。你是否记得当你第一次注意到身体丢失时，你在哪里？有没有可能是你的朋友在开玩笑?有没有可能是你把它放错了地方,或者把它送去度假了?"

"我并没有真的弄丢我的身体。"马文说,"实际上,它是被偷走的。"

"你一开始就应该说出来。"厄尔道夫说,"这往往会帮助我从另一个角度看这个问题。我只是一名侦探,从来没说过自己会读心术。"

"抱歉。"马文说。

"我也很抱歉。"厄尔道夫说,"我是说,关于你的身体,那一定是相当沉重的打击。"

"是的,确实。"

"我非常理解你的感受。"

"谢谢你。"马文说。

他们在友好的沉默中坐了好几分钟。然后马文说:"所以呢?"

"你说什么?"侦探问道。

"我说,'所以呢?'"

"哦。对不起,恐怕我刚才没听清你的话。"

"没关系。"

"谢谢你。"

"你真客气。"

又是一阵沉默。然后,马文再次说道:"所以呢?"

厄尔道夫问:"你说什么?"

马文说:"我想要回来。"

"什么?"

"我的身体。"

"你的什么?哦,是的,你的身体。嗯,我敢说你确实想要回来。"侦探带着赞赏的微笑说,"不过,当然没有那么容易,对吗?"

"我不知道。"马文说。

171

"是的,我想你也不知道。"厄尔道夫说,"但我可以向你保证,事情没那么简单。"

"我明白。"马文说。

"我倒希望你明白。"厄尔道夫说完就陷入了沉默。

沉默持续了大约二十五秒,可能有一两秒的误差。最后,马文耗尽了耐心,喊道:"该死的,你到底是想做点什么把我的身体弄回来,还是就坐在你那该死的肥屁股上,什么也不说?"

"我当然会把你的身体找到并还给你。"侦探说,"总之,无论如何,我都会试一试。而且你不必说脏话。我并不是什么填满表格答案的机器,我和你一样是智慧生物,有我自己的愿望和恐惧。更确切地说,我有自己的面谈方式。这种方法在你看来似乎没什么效果,但我发现它非常有用。"

"真的吗?"马文有些愧疚地问。

"啊,是的,真的。"侦探回答道,温和的声音里没有流露出一丝怨恨。

又一场沉默似乎即将开始,于是马文问:"你觉得我……我们……有多大概率找到我的身体?"

"很大概率。"厄尔道夫回答道,"我坚信我们很快就能找到你的身体。事实上,我觉得甚至可以说,我们肯定会成功找到的。我这样说并不是基于对你的具体案件的研究——因为现在我对你的案件知之甚少——而是根据对有关数据的简单调查得出的结论。"

"统计数据说我们会成功吗?"马文问道。

"当然了。想想看,我是一个训练有素的侦探,熟悉所有新方法,拥有AAA的最高效率评级。然而,尽管如此,我在警察局工作的五年里,从来没有破过一个案子。"

"一个也没有?"

"一个也没有。"厄尔道夫坚定地说,"很有意思,是不是?"

"是的,我想是的。"马文说,"但这是不是意味着……"

"这意味着,"侦探说,"从统计学上讲,我听过的最诡异的不走运纪录就要被打破了。"

马文感到不知所措,这在火星人身上是一种不寻常的感觉。他说:"但假如你的运气没有变好呢?"

"你一定不能迷信。"侦探回答说,"可能性是有的。只要稍微审视一下案情,你就会相信这一点。接连一百五十八个案子,我全都破不了。你是第一百五十九个。如果你是个赌徒,会怎么选择呢?"

"我会继续赌下去。"马文说。

"我也是。"侦探承认道,同时露出自嘲的微笑,"但我们可能会赌输,可能会基于我们的情感而不是机智的计算来下注。"厄尔道夫梦游般地看着天花板,"一百五十八次失败!一个奇妙的纪录,一个难以置信的纪录,特别是如果你认可我的廉洁、诚信和能力。一百五十八次!像这样的纪录肯定会中断的!说不定,我可以坐在我的办公室里什么也不做,就有罪犯自己找上门来。对我有利的可能性就是这么大。"

"是的,先生。"马文礼貌地说,"但我希望你不要试验这种特殊的方法。"

"不,当然不会。"厄尔道夫说,"那样很有趣,但有些人可能不理解。不,我会积极追查你的案子,尤其因为这是性犯罪,而这正是我感兴趣的事情。"

"不好意思,你说什么?"马文说。

"真的没必要道歉。"侦探安抚他,"一个人不应该因为自己是性犯罪的受害者而感到尴尬或内疚,尽管许多文化中最深刻的民间智慧给这样的受害者打上了耻辱的标签,认为受害者是有意或无意的同谋。"

"不,我不是在道歉。"马文说,"我只是——"

"我非常理解。"侦探说,"不过,你一定不要因为把这些稀奇古怪、令人生厌的细节都告诉我而感到羞愧。你必须把我看作一个客观的官方工作人员，而不是一个有性感觉、恐惧、冲动、怪癖和自己欲望的智慧生物。"

"我想告诉你的是，"马文说，"我的案子没有涉及性犯罪。"

"受害者都这么说。"侦探若有所思地说，"奇怪的是，人的头脑总是不愿意接受那些难以接受的东西。"

"听我说，"马文说，"如果你肯花点时间把案件详情通读一遍，就会发现这是一起彻头彻尾的诈骗。金钱和自我延续才是犯罪动机。"

"我知道。"侦探说，"如果我没有意识到这一点，我们可以就此打住。"

"你认为罪犯可能存在什么动机？"马文问道。

"他的动机很明显。"厄尔道夫说，"这是一种典型的综合征。你看，这个家伙是在一种特定的强迫状态下行动的，对此，我们有一个专门的术语：他是在一种高度的强迫性投射自恋状态下被迫做出的行为。"

"我不明白。"马文说。

"外行很少遇到这种事情。"侦探对他说。

"这是什么意思？"

"好吧，我没法儿讲清楚全部的病因，但从本质上讲，这种综合征的症状包括一种错位的自爱。也就是说，患者爱上了另一个人，但不是那个人本身。相反，他是把对方当作自己来爱。他把自己投射到对方的角色中，在所有方面把自己与对方等同起来，并且否定他真实的自我。而且，如果他能通过心灵交换或类似的方式占有对方，那么对方就会变成他自己，这样一来，他就会感觉到一种完全正常的自爱。"

"你的意思是，"马文问，"这个小偷爱我？"

"完全不是！或者说，他没有把你当作一个独立的人来爱，而是把你当作自己来爱，因此，他的神经质迫使自己成为你，这样他才能爱自己。"

"一旦他变成了我，"马文问，"他就能爱自己？"

"正是如此！这种特殊的现象被称为自我的增加。占有对方就等于占有原始的自我，占有变成了自我占有，强迫性投射变成了正常的内省。在达到目标后，患者的症状会有明显的缓解，患者会达到一种假性正常的状态。在这种状态下，他的问题只能通过推断来发现。当然，这是一个巨大的悲剧。"

"对受害者来说？"

"嗯，是的，当然。"厄尔道夫说，"但我是从患者的角度来看的，两种完全正常的冲动被结合在一起——或者说相互交叉——从而发生变态。自爱是正常的，也是必要的；占有欲和改造欲也是如此。不过，一旦两者结合在一起，真正的自我就会遭到破坏，被'镜像自我'所取代。你看，神经质的占有欲让患者无法认清客观现实。讽刺的是，这种看似真实的自我结合摧毁了真正恢复心理健康的希望。"

"好吧。"马文无可奈何地说，"这能帮我们找到偷我身体的人吗？"

"这能使我们更了解他。"侦探说，"知识就是力量。从一开始，我们就知道要找的人会表现得像个正常人。这扩展了我们的行动范围，使我们能够把他当作正常人来搜寻，并利用全部的现代调查技术。我可以向你保证，从这样一个前提开始，或者从任何一个前提开始，我们都有真正的优势。"

"你什么时候能开始工作？"马文问道。

"我已经开始了。"侦探回答道，"当然，我会派人去调取法庭记录，以及与这个案件有关的其他所有文件。我还将联系所有相关的行星当局以获取更多信息。我会竭尽全力，如果有必要，我甚至会走到宇宙的尽头。我会破了这个案子的！"

"我很高兴你这么想。"马文说。

"接连一百五十八次破案失败。"厄尔道夫若有所思地说，"你听说过这样连续不断的霉运吗？但它将在此结束。我的意思是，它不可能无限期地继续下去，对不对？"

"对，我想不可能。"

"希望我的上司也能这么想。"侦探沮丧地说，"我希望他们别再说我'笨手笨脚'了。这样的话语、讥笑甚至一个挑眉的动作都会动摇一个人的信心。幸运的是，我有坚定的意志和绝对的自信。或者说，至少在我最初的九十多次失败中，我确实有这样的自信。"

侦探暗自沉思了一会儿，然后对马文说："我希望你能完全、彻底地配合工作。"

"我会的。"马文说，"唯一的麻烦是，还有不到六个小时，我就要失去这具身体了。"

"太尴尬了。"厄尔道夫心不在焉地说。他显然正在思考案子，费了好大劲儿才把注意力转回马文身上，"失去身体吗？我想你已经另有安排了。没有吗？好吧，我想你会另做安排的。"

"我不知道另做什么安排。"马文沮丧地说。

"好吧，你总不能指望我帮你理顺整个人生吧。"侦探厉声说，"我受训做一项工作，尽管一直失败，但这并不能改变我接受训练就是为了工作的事实。所以，你必须为自己找到一具身体来解决这个问题。要知道，赌注非常大。"

"我知道。"马文说，"找到一具身体对我来说是生死攸关的事情。"

"哦，是的。"侦探说，"但我刚才想的是这个案子，因为你的死亡会对它产生不利影响。"

"你这话说得太难听了。"马文说。

"我没有考虑自己在这件事上的利害关系。"侦探说，"显然，我是牵涉其中的。但比我更重要的是正义的概念，以及相信善的存在，这是所有邪恶理论和概率统计理论的基础。这些重要概念都可能因为我第一百五十九次的破案失败而遭到破坏。我想，你会认同这些问题比我们狭隘的人生要重大得多。"

"不,我不认同。"马文说。

"好吧,没必要争论这个问题。"侦探说道,语气坚定而振奋,"再去找一具身体吧。最重要的是,活下去!我要你答应我,你会尽最大的努力活下去。"

"我答应你。"马文说。

"而我将继续处理你的案子,一旦有任何消息,我会立即与你联系。"

"可你要怎么找到我呢?"马文问道,"我不知道自己会在什么身体里,甚至不知道会在哪颗星球上。"

"你忘了我是名侦探。"厄尔道夫微微一笑,"也许我在寻找罪犯方面做得不好,但我在寻找受害者时从未遇到过丝毫困难。关于这一点,我有一个理论,很乐意在我们有时间的时候再讨论一下。不过现在,你只要记住:无论你在哪里,无论你变成什么样子,我一定会找到你的。所以振作起来,别失去勇气,最重要的是,活下去!"

马文同意活下去这一点,因为他本来也是这么打算的。他走到大街上,感觉宝贵的时间在流逝,但他仍然没有新的身体。

7

《火星太阳新闻》(三行星版)的头条:

交换丑闻!

火星和地球的警察今天披露了一桩心灵交换丑闻。通缉犯为泽·克拉加什,物种不详,被指控同时将自己的身体以出售、交换或其他方式与十二个人进行交易。对克拉加什的逮捕令已经发出,相信三行星地区的警察很快就能将他捉拿归案。这起案件让人想起九十年代初臭名昭著的"双头艾迪"丑闻,在那起事件中……

马文·弗林把报纸丢进了阴沟,看着流沙把它卷走。这份可怜的报纸似乎跟暂时拥有身体的他一样只有短暂的生命。他盯着自己的手,耷拉着头。

"哎呀,有什么烦心事吗,孩子?"

马文抬起头,看到一张厄兰人和蔼的蓝绿色面孔。

"我遇到麻烦了。"马文说。

"好吧,说说看。"厄兰人在马文身旁的路边蹲下了身子。就像他所有同类一样,厄兰人既能快速产生同情心,又有着粗鲁的举止。他们是出了名的粗犷、机智的种族,喜欢开欢快的玩笑和拉家常。厄兰二世一族是伟大的旅行家和商人,常常被要求结伴旅行。

马文讲述了他的故事,一直讲到令人惆怅的当前。残酷、饥饿的现在吞噬着他宝贵的分分秒秒,直到六个小时后,没有身体的他将被扔进那个被人们称为"死亡"的未知星系。

"咦?"厄兰人说,"你没有为自己感到半点难过吗?"

"你说得太对了,我为自己感到难过。"马文说,"我为即将在六个小时后死去的任何人感到难过。为什么不呢?"

"随你的便,老弟。"厄兰人说,"有些人可能会说这是不讲礼貌和胡说八道,但我坚持瓜若耶的教导。他曾说:'在你身边打喷嚏的是死亡吗?打它的鼻子!'"

马文尊重所有宗教,对广为传播的仪式没有偏见。但他不明白瓜若耶的教导对自己有什么帮助。

"振作起来!"厄兰人说,"你有头脑,还有六个小时的时间,是不是?"

"五个小时。"

"那行吧!站起来,拿出一点勇气,朋友!像个唠叨的老糊涂一样在这儿瞎逛对你没什么好处,对吧?"

"我想也是。"马文说,"但是我能做些什么呢?我没有身体,宿主又很昂贵。"

"太对了。你听说过公开市场吗?"

"那里应该很危险吧?"马文说着,为自己荒谬的想法感到脸红。

厄兰人勉强地咧嘴一笑。"你弄明白了吗?听着,事情没有你想得那么坏,只要你振作起来,抓紧时间。公开市场没那么糟糕,很多人都在谈论它,尤其是那些大型交换机构里的人,他们想继续收取过高的资本主义费用。但我认识一个在'快速短工'工作了二十年的家伙,他告诉我公开市场的大多数人都很正直。所以抬头挺胸,把你的胸托收好,选一个好的中间人。祝你好运,孩子。"

"等一下!"在厄兰人站起来的时候,马文喊道,"你的朋友叫什么名字?"

"詹姆斯·弗丘·麦克霍纳里。"厄兰人说,"他是一个强硬、顽固、心胸狭窄的小浑蛋,只要看到酒就忍不住,喝多了还容易失去理智。但他做买卖很爽快,你对圣克萨尔的要求也不过如此了。告诉他,是哑炮彭格尔派你来的。祝你好运。"

马文急忙谢过哑炮,倒让这位善良的绅士不好意思起来。马文站起身,起初是慢慢地,后来加快了脚步,朝奎因走去。在奎因的西北角,有许多铺子和露天市场的摊位。他的希望原本就要破灭了,现在又开始温柔而坚定地跳动起来。在附近的阴沟里,破烂的报纸顺着一股沙流,进入了永恒而神秘的沙漠。

"嘿呀!嘿呀!给年老的你找一具新的身体,享受服务吧……给年老的你找一具新的身体!"

马文听到古老的街头叫卖声,不禁颤抖起来。叫卖声原本没有恶意,却让人想起某些黑暗的睡前故事。他犹豫不决地走进由街道、小巷、死胡同和庭院构成的错综复杂的迷宫,这里就是古老的自由交换区。他穿梭其中，十多个叫卖声冲击着他的听觉感受器。

"招募收割者前往德罗赫达收割庄稼！我们将为你提供一具功能齐全的身体，配有完备的心灵感应！装备齐全，每个月五十个点，还有一个完整的C-3级娱乐清单！现在就可以签订为期两年的特别合同。来美丽的德罗赫达收割庄稼吧！"

"去奈格温军队服役吧！目前有二十名军士长的身体在售，外加一些初级军官级别的特殊身体。所有身体都装备了武术技能！"

"多少钱？"一个人问小贩。

"你的生活费，每月再加一个点。"

那人冷笑一声，转身离去。

"还有，"小贩说，"还有不受限的解雇权。"

"好吧，好像还可以。"那人勉强地说，"但奈格温人在这场战争中已经输了十年。伤亡率很高，而且没有多少身体可回收。"

"我们正在改变这一切。"小贩说，"你是个经验丰富的雇佣兵吗？"

"对。"那人说，"我叫肖恩·冯·阿尔丁，几乎参加过周边所有的重大战争，还有相当多的小型战争。"

"上一个军衔是什么？"

"加尼米德伯爵军队的杰瓦尔德。"冯·阿尔丁说，"但在那之前我是正式的克苏西斯。"

"好，好。"小贩似乎被打动了，"正式的克苏西斯？有证明文件吗？好吧，我可以给你一个奈格温的职位，做二等海牛队长。"

冯·阿尔丁皱起眉头，用手指计算着："让我想想，海牛队长，二等相当于半谷独眼巨人，比阿纳克索旗王稍低一点，比多里安老男孩低了大概半级。也就是说……嘿，如果我加入你们，就会差了整整一个校级！"

"啊，我还没有把话说完。"小贩接着说，"你会在这个军衔停留二十五天，来证明你不是别有用心，奈格温的领导人非常看重这一点。然后，我们会让你连跳三级，成为高级梅拉诺恩，这将为你提供一个临时担任兰斯-琼姆巴亚的绝佳机会，而且也许……我不能保证，但我想可以私下搞定……也许可以让你被任命为萨克迈斯特，负责埃里德斯沃格的战利品。"

"好吧。"冯·阿尔丁不禁有些惊讶地说，"这是一笔相当不错的交易……如果你能搞定的话。"

"来店里吧。"小贩说，"让我打个电话……"

马文继续走着，听见来自十几个种族的外星人与另外十几个种族的小贩争论。一百种叫卖声在他耳边喧哗。这地方的活力振奋了他的精神。这些吆喝虽然有时令人沮丧，但往往让人心生好奇：

"森提斯虫群招募蚜虫人。待遇丰厚，志同道合！"

"招募改写员编辑《卡文基的肮脏之书》！必须能够对米德里亚人的性爱文化产生共鸣！"

"大角星需要花园规划师！来吧，在星系中唯一能与蔬菜通感的群体里放松一下！"

"织女4号行星诚聘束缚专家！半熟练的束缚者也有机会！享受完整特权！"

星系里有那么多的机会！在马文看来，他的不幸也许是因祸得福。他曾去旅行，但他的保守让他只能扮演游客的角色。但是，如果可以为了某种目的而旅行，那该有多好，该多么令人满足啊！为奈格温人的军队打仗，体验蚜虫人的生活，学习成为一个束缚者……甚至重写《卡文基的肮脏之书》。

在他正前方，有一块牌子上面写着：詹姆斯·弗丘·麦克霍纳里，持照快速短工商。包你满意。

一个粗犷、冷酷的小个子男人站在齐腰高的柜台边，抽着雪茄，钴蓝色的眼睛炯炯有神。这不是别人，正是麦克霍纳里本人。小个子男人沉默不语，满脸不屑，双手交叉站在原地，看着马文走向摊位。

8

两人面对面站着,马文欲言又止,麦克霍纳里则一声不吭。几秒钟的沉默后,麦克霍纳里说:"听着,孩子,这不是什么该死的偷窥表演,我也不是什么该死的怪人。如果你有话要说,就说出来。否则,在我打断你的背之前,赶紧走人。"

马文一眼就能看出,对方不是阿谀奉承、甜言蜜语的身体推销员。他刺耳的嗓音里没有一丝讨好,下垂的嘴角也没有一点谄媚。这个人想说什么就说什么,根本不考虑后果。

"我……我是客户。"马文说。

"有什么了不起的。"麦克霍纳里厉声说,"我是不是应该高兴得翻个筋斗之类的?"

他尖酸的反问和发自内心的直率举止给了马文一种自信的感觉。当然,马文知道外表是会骗人的。但从来没有人告诉过他,除了外表之外,还应该用什么来对人做判断。他倾向于相信这个骄傲尖酸的家伙。

"再过几个小时,我就要失去这具身体了。"马文解释道,"由于我的身体被偷走了,所以现在急需一个替代品。我没有多少钱,但……我很愿意、也做好了工作的准备。"

麦克霍纳里盯着他,紧抿的嘴唇浮现出冷笑:"做好了工作的准备,是吗?这不是很好吗?!那么你准备干些什么呢?"

"我……干什么都行。"

"是吗?你能操作一台带有光敏开关和手动分拣装置的蒙卡姆金属车床吗?不能。你能给稀土新奇公司操作快基粒子分离器吗?不是你的专长,对吧?我在织女星有个外科医生朋友,他想找个人来操作神经脉冲抑制模拟器,有双踏板的老型号。不是你想要的?我们在波将金2号行星上有一支爵士乐队,需要一个肚号手。还有布特斯附近的一家餐厅需要会做科森西斯特色菜的快餐厨师。都不合适?也许你可以在莫里格里亚星采摘鲜花。当然,你得预测花期,而且不能有超过五秒钟的时间差。或者,如果你有胆量的话,可以做现场肉体焊接,或者领导一个叶脚目动物回收项目,抑或设计中级爬行生物系统……但我猜这些没有一个能让你感兴趣,是吧?"

马文摇了摇头,喃喃道:"我对这些工作一无所知,先生。"

"不知道为什么,"麦克霍纳里说,"我并不像你以为的那样吃惊。你会干什么?"

"好吧,我本来在大学里念书……"

"别跟我讲你那些狗屁人生故事!我感兴趣的是你的行业、技能、天赋、职业、能力,随便你怎么称呼,都是一个意思。具体来说,你会干什么?"

"好吧,"马文说,"既然你这么说了,那我得说,我什么也不会干。"

"我就知道。"麦克霍纳里叹了口气,"你没有一技之长。全都写在你脸上了。孩子,你要知道,没有技能的头脑就像泥土一样普通。市场上到处都是这样的普通人,宇宙里到处都是这样的普通人。你要知道,凡是你能做的,机器都能做得更好、更快,而且还欢乐得多。"

"这些话让我很难过,先生。"马文悲伤但不失尊严地说完,转身要走。

"等一下。"麦克霍纳里说,"我还以为你想工作呢。"

"但是你说……"

"我说你没有一技之长,确实如此。我还说凡是你能做的,机器都能做得更好、更快、更欢乐,但不会更便宜。"

"哦。"马文说。

"没错,在工资方面,你仍然比那些机器有优势。在今天这个时

183

代,这是一项了不起的成就。我一直认为这是人类的一项荣耀——付出了那么多努力,但从未完全使自己成为多余的存在。你看,孩子,我们的本能命令我们繁殖,我们的智慧则命令我们生存。我们就像一位父亲,生了许多儿子,却想方设法把所有儿子都赶走,只留下长子。我们说本能是盲目的,但智慧同样如此。智慧有激情,有爱,也有恨;如果一个逻辑学家高超的理性思维没有建立在原始感觉的坚实基础上,那就太糟糕了。如果没有这样一个基础,我们就说那个人没有理性!"

"我从来不知道这些。"马文说。

"哎,见鬼,这已经够显而易见的了。"麦克霍纳里说,"智慧的目的是让所有该死的人类失业。幸运的是,这永远不可能。人在任何时候都比机器干得好。在粗活和笨活方面,没人要的人类总是有机会的。"

"我想这算是一种安慰吧。"马文怀疑地说,"当然,很有意思。可是当哑炮彭格尔叫我来找你的时候,我以为……"

"怎么回事?"麦克霍纳里说,"你是哑炮的朋友?"

"可以这么说。"马文说道,这算不上完全说谎,因为任何人都可能说任何话,不管是真是假。

"你应该一开始就告诉我的。"麦克霍纳里说,"并不是说这能改变什么,因为事实与我所说的完全一样。但我会告诉你,没有一技之长并不可耻;见鬼,我们所有人都得这样起步,不是吗?如果你在快速短工干得不错,很快就会掌握技能的。"

"希望如此,先生。"马文说。现在,麦克霍纳里变得和蔼可亲,而他变得谨慎起来。"你想到什么活儿能给我干吗?"

"我确实想到了。"麦克霍纳里说,"这是一份为期一周的短工,就算你不喜欢,也可以倒立着干完。不是说你必须干,但这是一份快活儿、容易上手的工作,结合了温和的户外运动与适度的智力刺激,还拥有良好的工作环境、开明的管理模式和志同道合的工作团队。"

"听起来很不错。"马文说,"这份工作有什么缺点吗?"

"唉,干这种工作你是不可能发财的。"麦克霍纳里说,"事实上,薪水很低。但管他呢,你不可能什么都满意。这样干一个星期,你就有机会好好思考一下自己的事情,和你的工友聊一聊,为自己决定一个方向。"

"什么职位?"马文问。

"正式的工作头衔是'二等卵鞘调查员'。"

"听起来很厉害。"

"我很高兴你喜欢它。这份工作是让你去找蛋。"

"蛋?"

"蛋。或者更具体地说,寻找并收集甘泽蛋。你觉得自己干得来吗?"

"嗯,我想多了解一点收集蛋所需的技术,还有工作条件,以及……"他停了下来,因为麦克霍纳里正缓缓地、悲伤地摇着头。

"你到了那里就会知道了。我不会给你讲什么狗屁游记,你也不是自由行动。你到底想不想要这份工作?"

"还有别的活儿吗?"

"没有。"

"那我就接受这份工作。"

"你做了一个明智的决定。"麦克霍纳里说着,从口袋里掏出一张纸,"这是政府批准的标准合同,用梅尔德星的官方语言所写,其中包含了雇用公司的许可证。你能读懂梅尔德语吗?"

"恐怕不行。"

"那我就按照法律规定,给你翻译一下有关条款。让我看看……关于公司不对火灾、地震、核战争、太阳爆炸、神的行为等天灾负责的标准内容。本公司同意以每月一个点的金额外加前往梅尔德星的交通费雇用你;在那里,公司会给你提供一具梅尔德人的身体,还会给你一套衣服,并提供食宿,关心你的健康和福利。一旦发现超出能力范围，公司将不承担责任，损害由你自行承担。作为对这些服务和其他服务的回报，你将按照指示执行指定任务。在本合同中，这些任务特指寻找和收集甘泽蛋。愿上帝宽恕你的灵魂。"

"你说什么？"马文问。

"最后一句只是标准的祈祷语。让我看看，我想差不多就是这些了。当然，你要保证自己没有破坏、间谍、不敬、不服从等行为，还要避免在霍夫迈尔的《梅尔德星变态行为标准书》中定义的性变态行为。你也要保证不会发起战争，或者参加针对梅尔德星的战争，并且每两天洗一次澡，不得欠债，不酗酒不发疯，以及遵守其他各种各样符合常理的规矩。总结起来就是这些。如果你有什么重要的问题，我会尽力为你解答。"

"那么，"马文说，"关于那些我应该保证的事情……"

"那不重要。"麦克霍纳里说，"你到底想不想要这份工作？回答一个简单的想或不想就行了。"

马文有些疑惑，但不幸的是，他没有别的选择。这种无奈使他无法将自己的疑虑与处境联系起来。有一小会儿，他想起那个侦探，然后坚定地放下了这个念头。正如麦克霍纳里所说，一个星期的事情能有多糟糕呢？因此，他接受这份工作，并在页面底部的心灵感应通用签名器上签署了同意。麦克霍纳里立刻带他前往交换中心，在那里，心灵以比思维快好几倍的速度被运送到星系的另一边。

马文醒来后，发现自己已经进入一具梅尔德人的身体，来到了梅尔德星上。

9

梅尔德星的甘泽森林深邃广袤。一丝微风在高大的树木间低语，掠过交错的藤蔓，在边缘带刺钩的草丛中悄悄穿行。水滴汇聚在缠结的树叶上，痛苦地滑落，就像迷宫中奔跑得筋疲力尽的人，最后停留在了松软冷漠的土壤里。阴影交错跳跃，消失又出现，被灰绿色天空中两轮疲倦的太阳映照出虚无的动态。

在马文的头顶上空，一只凄凉的瑟伦戈鸟吹着口哨寻找伴侣，可听到的回应却是一只捕食的史宾格王犬急促不祥的咳嗽声。马文·弗林借助一具陌生的梅尔德人身体，在这片荒凉的林地中穿行。他垂着眼睛寻找甘泽蛋，但不知道它长什么样子。

一切都太匆忙了。从他来到梅尔德星的那一刻起，他几乎没有机会观察自己。他刚换上这具身体，就有人在耳边大声发号施令。马文只来得及匆匆看了看自己的四条胳膊、四条腿，试探着甩了甩尾巴，把耳朵折到背后。然后，他就被赶进一个工队，领到营房号码和一个食堂的位置，还有一件大两码的套头衫和两双除了左前部以外还算合脚的鞋子。他签完字，拿到新工作所需的工具：一只大塑料袋、一副墨镜、一个指南针、一张网、一把钳子、一支沉重的金属三脚架，还有一把爆破枪。

这时，他和同事们被召集到一起，听了一番仓促的说教。讲话的是经理，一个无趣、目空一切的阿特雷人。

马文了解到，他的新家在阿尔德伯兰附近只占了很小一块地。梅尔德星（以其主要种族梅尔德族命名）是一个彻底的二流世界。在赫里汉·查兹气候耐受度量表上，这里的气候被评为"无法忍受"，自然资源潜力被归为"低于耕种标准"，审美共鸣因素（未加权）被评为"不讨人喜欢"。

"这种地方，"经理说，"人们是不会选择来度假的，或者说，不会选择来这里做任何事，除非有人想进行极端的苦行。"

他的听众躁动地窃笑起来。

"尽管如此，"经理继续说，"这个不招人喜欢、不可爱的地方，这个太阳底下不幸的地方，这个宇宙里的平庸之所，却是梅尔德人的家，他们认为这里是宇宙中最好的地方。"

梅尔德人对他们唯一的有形资产感到无比自豪，并且对稀少的资源进行充分利用。带着永远不走运的勇敢决心，他们在森林的边缘耕种，从广袤炽热的沙漠中采集少得可怜的低产矿石。如果不是劳作太过乏味，他们顽强的毅力是振奋人心的；如果不是总以失败告终，他们的努力可能会被认为是对夸耀的生命精神的礼赞。尽管经历了这么多苦难，但除了目前缓慢到来的饥荒，以及未来种族退化和灭绝的前景之外，梅尔德人并没有取得更好的成果。

"这，就是梅尔德星。"经理说，"或者更确切地说，如果没有其他变数，这就是梅尔德星以后的样子。但现在有一个变数将决定成功还是失败。当然，我指的是甘泽蛋。

"甘泽蛋！"经理重复道，"没有任何其他星球拥有甘泽蛋，也没有任何其他星球如此迫切地需要它们。甘泽蛋！在已知的宇宙中，没有哪个物体能如此清楚地体现出渴望的分量。甘泽蛋！如果你们愿意的话，就让我们对它好好思考一番。"

甘泽蛋是梅尔德星唯一的出口产品。幸运的是，对梅尔德人来说，甘泽蛋一直被大量使用。在奥利柴兹星上，甘泽蛋被当成爱的对象；在蛇夫座2号行星上，它被碾碎，作为一种高效的催情剂来食用；在莫里柴兹星上，它被供奉，受到柯藤基人荒谬的崇拜。除此之外，甘泽蛋还有许多其他用途。

因此，甘泽蛋是一种重要的自然资源，也是梅尔德人唯一拥有的资源。有了它们，梅尔德人便可以维持一定程度的文明。否则，这个种族必将灭亡。

要得到一颗甘泽蛋，只需要把它捡起来就行了。但这有一些难度，因为甘泽肯定会反对这种做法。

甘泽是生活在森林里的动物，与蜥蜴有着远古的渊源。它们是毁灭者，善于隐蔽，狡诈凶残，完全无法驯服。这使得收集甘泽蛋极其危险。

"这是一种奇怪的情况。"经理指出，"而且也有些矛盾，因为在梅尔德星上,主要生命来源也是导致死亡的主要原因。当你们开始一天的工作时,这是一件值得你们思考的事情。所以我说,你们要小心,时刻保持警惕,凡事三思而后行,为你们签了合同的生命,以及委托给你们保管的昂贵身体尽可能采取防御措施。但除此之外,记住必须完成任务,因为只要一天的工作量没有达标,哪怕只少一颗蛋,都会再增加一个星期的工作时间作为惩罚。所以,要谨慎,但不可过分谨慎;要有毅力,但不可盲目坚持;要勇敢,但不可草率;要勤奋,但不可莽撞。遵循这些简单的箴言,你们就不会有任何困难。祝你们好运,伙计们!"

然后,马文和他的同事们被编成队伍,快步进入了森林。

不到一个小时,他们就到达了搜索区域。马文·弗林利用这个机会向工头征求指示。

"指示?"工头问,"什么样的指示?"(他是一个被驱逐出境的奥里纳西亚人,没有语言天赋。)

"我是说,"马文说,"我该怎么做?"

工头思考了一下这个问题,最后回答道:"你应该捡甘泽蛋。"(有趣的是,他把甘泽念成了"冈斯特"。)

"我知道。"马文说,"可我的意思是,我连甘泽蛋长什么样子都不知道。"

"不用担心。"工头回答说,"你一旦看到就会知道。不会错的。"

"好的,先生。"马文说,"如果我发现了一颗甘泽蛋,有什么特别的处理规则吗?我的意思是,如果蛋有破损,会有问题吗,还是说……"

"拿起来。"工头说,"你捡起蛋,放进袋子。听明白了吗?"

"当然了。"马文说,"但我还想知道每天的指标是多少。我的意思是,有没有指标系统,或者每个小时统计一次数量?我的意思是,我怎么知道什么时候达成指标了呢?"

"啊!"工头说着,那张宽大和善的脸上终于露出了理解的表情,

"这样算是完成：你拿起甘泽蛋，放进袋子，明白？"

"明白。"马文立刻说。

"这样一次又一次，直到袋子装满。明白？"

"我想我明白了。"马文说，"装满一袋就代表达成实际或理想的指标。让我再复习一遍步骤，好确定我完全明白了。首先，我要找到甘泽蛋，用地球人的思维去想象这个东西，识别起来应该没有困难；然后，一旦确定对象，我就'把它放进我的袋子'。假定这个步骤是让我用手把它拿起来，并继续执行与开始一致的操作；接着，将这个策略S重复x次，执行等式$Sx=B!$，其中，B代表袋子的容量，!表示满足B所需的x次操作的总和；最后，所有策略的总和完成后，我返回营地，上交袋子里的东西。我说得对吗，先生？"

工头用他的尾巴敲了敲牙齿，说："你在嘲笑我是吗，小子？"

"啊，先生，我只是想确定……"

"你跟老星球奥里纳西亚的乡巴佬开了个大玩笑，是的，当然，哼。你以为自己很聪明，其实你并不聪明。记住——没有人喜欢自作聪明的人。"

"对不起。"马文恭敬地甩着尾巴说。（但他并不感到抱歉。这是他经历了一系列倒霉事之后，第一次感觉精神抖擞，他很高兴自己能够打起精神来，不管是多么不合时宜，多么欠缺考虑。）

"总之，我认为你已经掌握了工作的入门要领，所以现在去好好干活儿，不要惹事，否则我就打断你六条甚至更多肢体，明白？"

"明白。"马文说着，推着车小跑进森林，开始寻找甘泽蛋。

10

马文·弗林边走边想甘泽蛋到底长什么样子。他很想知道自己的设备应该用来做什么。墨镜在森林的荫蔽里毫无用处，沉重的金属三脚架也让人摸不着头脑。

他静悄悄地穿行在森林里,鼻孔张开,眼睛睁大转动着,眨眼的频率降低。他金黄色的皮肤散发着淡淡的阿皮香,当壮硕的肌肉活动时,皮肤敏感地抽搐着,显然是放松了,但又准备好随时行动。

森林是一首绿色和灰色组成的交响乐,偶尔插入攀缘植物猩红色的主旋律,或是莉莉芭芭灌木盛开的紫红色,抑或更少见的、萦绕不散的橙色鞭刀的双簧管复调。然而,森林营造的基本上是一种忧郁阴暗、引人深思的氛围,就像在黎明前的寂静中看到了一座巨大的游乐园。

但是那里!就在那里!再往左一点!对,对,就在博库树下!那个是……会不会是……

马文用几只右手拨开树叶,弯下腰。在那里,在一个由草和树枝编成的窝里,他看到了一颗闪闪发光的蛋,就像是镶嵌着珍贵宝石的鸵鸟蛋。

工头说得对。你是绝对不会认错甘泽蛋的。

马文仔细凝视这个奇特的东西,评估着自己的印象,他看到成千上万的精灵火焰在五颜六色的甘泽蛋曲面熊熊燃烧。阴影从它上面飘过,仿佛半梦半醒的香气,像幽灵降临一样扭动旋转着。一阵感动涌上马文的心头,他想到了黄昏和晚祷,想到了在清澈的小溪边悠闲吃草的牛群,想到了白石路旁布满尘土、令人心碎的柏树。

尽管这样做让马文很痛心,但他还是弯下腰,伸出手,准备直接拿起甘泽蛋,把它装进大塑料袋。他的手爱恋地握住发光的球体。

随即,他迅速把手缩了回来。这个发光的球体比地狱还烫。

马文带着敬意重新看向甘泽蛋。现在他明白了配备的钳子的作用。他把钳子调整到合适的位置,轻轻地夹住了这颗梦幻之球。

梦幻之球如同橡皮球一般从他身边弹开。马文跟在后面飞奔,摸索着他的网。甘泽蛋扭动着,弹跳着,向浓密的灌木丛飞去。马文绝望地撒下网,命运之神牵住了他的手:那颗蛋被完全罩住了。它静

191

静地躺在原地，急速地搏动着。马文小心翼翼地走近它，准备好应付任何花招。

然而，甘泽蛋说话了。"嗨，先生。"它用低沉的声音说，"到底是什么在困扰着你？"

"你说什么？"马文说。

"你看，"甘泽蛋说，"我正坐在公园里做自己的事，突然你像疯子一样朝我扑过来，刮伤了我的肩膀，好像失去了理智一样。当然，我会有点生气。谁不会呢？所以我决定挪走，因为今天是我的休息日，我不想惹麻烦。结果，你在我的周围撒了张网……"

"好吧。"马文说，"你看，你可是一颗甘泽蛋。"

"我知道这一点。"甘泽蛋说，"我当然是一颗甘泽蛋。难道突然有法律禁止我这样做了吗？"

"当然没有。"马文说，"但碰巧的是，我在抓甘泽蛋。"

一阵短暂的沉默之后，甘泽蛋说："你介意再说一遍吗？"

马文又说了一遍。

甘泽蛋说："嗯，看来我没听错。"它无力地笑了笑，"你在开玩笑吧？"

"对不起，我没有开玩笑。"

"你当然没有。"甘泽蛋的声音里带着一丝绝望，"那好吧，你玩够了。现在放我出去吧。"

"对不起……"

"让我出去！"

"我不能。"

"为什么？"

"因为我在抓甘泽蛋。"

"天哪！"甘泽蛋说，"这是我这辈子听过的最离谱的事。你从没见过我，对吧？那你为什么要抓我？"

"有人雇我来抓甘泽蛋。"马文告诉它。

"听着，伙计，你是想告诉我，你只是在到处抓甘泽蛋，但并不在乎是哪一个？"

"是的。"

"而且你并不是真的在寻找某颗可能对你不利的甘泽蛋？"

"不，不。"马文说，"我之前从未看见过甘泽蛋。"

"你从来没有……但你却抓……我一定是疯了，我肯定是听错了。我的意思是，这样的事情是不可能发生的。这就像一个不可思议的噩梦……这是你在疯狂的噩梦中才会梦到的事情……一个看起来很疯狂的家伙平静地走过来，抓住你，用一种疯狂的不动声色的语气说：'我碰巧在抓甘泽蛋。'我的意思是……听着，伙计，你在逗我，是不是？"

马文感觉又尴尬又恼火，他希望甘泽蛋能闭嘴。他粗声粗气地说："我没有开玩笑。我的工作是收集甘泽蛋。"

"收集……甘泽蛋！"甘泽蛋嘟哝道，"哦，不，不，不！天哪，我不敢相信还有这种事，但它真的发生了，真的……"

"控制一下你自己。"马文说。甘泽蛋显然处于歇斯底里的边缘。

"谢谢你。"过了一会儿，甘泽蛋说，"我现在没事了。我并不想……失控。"

"没关系。"马文说，"你准备好被收集了吗？"

"我……正在努力适应这个想法。这太……太……听着，我能问你一个问题吗？"

"快点说。"马文说。

"我想问的是，"甘泽蛋说，"你能从这种事情中得到某种快感吗？我是说你是变态吗？我并不想侮辱你。"

"没关系。"马文说，"不，我不是一个变态，我可以向你保证，我不喜欢这样做。对我来说，这完全是一项工作。"

"完全是一项工作。"甘泽蛋重复道，"这项工作让你去绑架一颗你从未见过的甘泽蛋,就像捡起一块石头。但是我不是石头,我是甘泽蛋!"

"我知道。"马文说,"相信我。我觉得这一切都很怪异。"

"你觉得很怪异?!"甘泽蛋尖叫起来,"你以为我是什么感觉?你以为有个像噩梦中的人来抓我是很自然的事情吗?"

"稳住情绪。"马文说。

"对不起,"甘泽蛋说,"我现在没事了。"

"我真的非常非常抱歉。"马文说,"但你知道,我得到了这份工作,如果不完成指标,我的余生就得在这里度过了。"

"疯了。"甘泽蛋自言自语道,"绝对是彻底疯了。"

"所以我得抓你。"马文说完,伸出了手。

"等等!"甘泽蛋号叫着,声音非常惊慌。

马文停下了手。"又怎么了?"

"我可以……可以给我妻子留个便条吗?"

"没有时间了。"马文坚定地说。

"那么至少能让我做祷告吧?"

"念吧念吧。"马文说,"但你真的得动作快点。"

"哦,上帝啊。"甘泽蛋沉吟道,"我不知道自己身上发生了什么,也不知道为什么。我一直努力做一个好人,虽然没有经常做礼拜,但你肯定知道,真正的宗教是在心中。我这辈子也许做过一些坏事,我不否认。但主啊,为什么是这种惩罚?为什么不是其他人,一个真正的坏人,一个罪犯?为什么是我?而且为什么会是这样?有东西在收集我,好像我是某种物品一样……我不明白。但我知道你是全知全能的,我也知道你是善良的,所以我想一定有某种原因……即使我傻到看不出来。所以听着,上帝,如果真是这样,那好,就这样吧。但你能照顾我的妻子和孩子吗?你能不能特别照顾一下那个小的?"

甘泽蛋哽咽了,但它随后接着说,"我特别为那个小家伙请求你,上帝,因为它是瘸子,其他孩子都欺负它,它需要很多……很多关爱。

阿门。"

甘泽蛋抽泣着，它的声音突然变得坚强起来。

"好吧。"它对马文说，"我准备好了。去吧，尽你最大的努力，你这个讨厌的狗娘养的。"

但是，甘泽蛋的祈祷让马文完全失去了勇气。他眼睛湿润，双脚颤抖，打开了网，释放了他的俘虏。甘泽蛋滚出一段距离，然后停了下来，显然是害怕被骗。

"你……你是认真的吗？"它问。

"是的。"马文说，"我从来就不是做这种工作的料。我不知道回到营地后他们会对我做什么，但我永远也不会收集甘泽蛋了！"

"感谢上帝。"甘泽蛋轻声说，"我这辈子见过一些奇怪的事，但在我看来，上帝之手……"

甘泽蛋的假设（被称为"干涉主义谬论"）被灌木丛中突然传来的不祥撞击声打断了。马文转过身，想起了梅尔德星的危险。有人警告过他，但他忘了。此刻，他拼命摸索着被网缠住的爆破枪。他猛地一扯，把枪拽了出来，随后听到甘泽蛋发出一声尖锐的警报……

然后，他被猛地摔在地上，爆破枪打着转飞入灌木丛中。马文抬起头，凝视着面前粗糙坚硬的矮额头下那双狭长的黑眼。

无须多言，马文知道自己遇到了一只在捕食的成年甘泽，而且可能是在最糟糕的情况下遇到的。证据（如果需要证据的话）太明显了——那张该死的网近在咫尺，那副墨镜显而易见，那把钳子也暴露了身份。紧挨着他脖子的是那只巨大蜥蜴类动物的下排牙齿，近得可以看到三颗金色的臼齿和一颗种植的瓷牙。

马文试图挣脱。可这只甘泽用牦牛鞍那么大的爪子把他压了回去。每个恐怖的爪子都有冰钳那么大，残忍地撕扯着马文的金色皮肤。它滴着口水的血盆大口可怕地张开，凑近马文，就要把他的整个脑袋都吞下去……

11

突然，时间停止了！马文看到甘泽流着口水的下颚停在半空，充血的左眼半睁着不动，庞大的身躯以一种奇怪的、僵硬的姿态凝滞了。

旁边的甘泽蛋纹丝不动，就像雕刻的复制品一样。

吹到一半的微风也停止了。树木摆出紧张的姿势，一只梅里瑟鹰飞在半空中一动不动，就像一个用线吊起来的模型。

太阳也停止了无情的滚动！

在这个诡异的场景中，马文颤抖地盯着头顶上方，在三英尺高稍稍偏左的空中那个活动的物体。它最初是一团尘土，接着变宽、变大，逐渐清晰，底部增厚了，顶端凸出了。旋转的速度加快，那个身影也凝固了。

"厄尔道夫侦探！"马文高喊。确实是那个运气不太好的火星侦探，他曾承诺要给马文破案，并把他的合法身体还给他。

"很抱歉这样闯了进来。"厄尔道夫说着完全显形，重重地摔在地上。

"感谢上帝，你终于来了！"马文说，"你把我从一种极其惨烈的命运中拯救了出来，现在，如果你愿意帮助我从这个怪物手中……"马文仍然被甘泽的爪子钉在地上，爪子已经变得像钢铁一样坚硬，他在下面动弹不得。

"对不起。"侦探说着，站起来掸了掸身上的灰尘，"恐怕我不能那么做。"

"为什么不呢？"

"因为这是违反规定的。"厄尔道夫告诉他，"你看，在人工诱导的时间停止期间，任何身体的位移都可能导致悖论，这是被禁止的，因为它可能导致时间内部爆炸，扭曲我们连续体的结构线，从而摧毁宇宙。因此，任何位移都将被判处一年监禁和一千个点的罚款。"

"哦。我不知道。"马文说。

"嗯，恐怕事情就是这样。"侦探说。

"我明白了。"马文说。

"我倒希望你能明白。"侦探说。

一阵漫长而令人不安的沉默之后，马文说："所以呢？"

"你说什么？"

"我说……我的意思是，你为什么会到这儿来？"

"哦。"侦探说，"我想问你几个以前没有想到的问题，这将有助于我严格调查和解决这个案件。"

"问吧。"马文说。

"谢谢你。首先，你最喜欢什么颜色？"

"蓝色。"

"但究竟是什么样的蓝色呢？请尽量说得准确些。"

"知更鸟蛋那种蓝色。"

"嗯。"侦探在笔记本上做笔记，"现在，不要思考，请迅速告诉我，你脑海中首先想到的数字是多少？"

"87792.3。"马文不假思索地回答道。

"嗯。现在，不要思考，告诉我你能想到的第一首流行歌曲的名字。"

"《猩猩狂想曲》。"马文说。

"嗯……好的。"厄尔道夫说着，啪地合上了笔记本，"我想这就是所有问题了。"

"问这些问题的目的是什么？"马文问道。

"有了这些信息，我就能测试各种嫌疑人的身体残留反应。这是杜尔曼自我认同测验的一部分。"

"哦。"马文说，"你的运气怎么样了？"

"跟运气几乎没有关系。"厄尔道夫回答,"但我可以说,搜寻的进展令人满意。我们追踪小偷到了伊奥拉马2号行星,在那里,他把自己偷偷装进一车速冻牛肉里,运往了大戈埃拉。在大戈埃拉,他自称是黑格11号行星的逃犯,这为他赢得了许多民众的支持。他设法筹到了足够的钱去卡万西斯,并把钱暂时藏在了那里。在卡万西斯只待了不到一天,他就坐上了前往五十星自治区的慢车。"

"然后呢?"马文问道。

"然后我们暂时失去了他的踪迹。五十星自治区包含不少于四百三十二个行星系统,总人口数达三千亿。所以正如你所见,我们的工作中断了。"

"听起来没希望了。"马文说。

"恰恰相反,这对我们来说是一次很好的突破。外行人总是把复杂误认为复杂,但我们的罪犯在单纯的多样性中找不到安全感,因为多样性总是容易受到统计分析的影响。"

"那现在怎么办?"马文问道。

"我们会继续分析,然后根据概率做出一个预测,并发送到星系的另一边,看看它是否会变成新星……当然,我是在打比方。"

"当然。"马文说,"你真的认为你能抓住他吗?"

"我对结果充满信心。"厄尔道夫说,"但是你必须要有耐心。你必须记住,星系间犯罪仍然是一个相对较新的领域,因此星系间调查也并不成熟。曾经有许多刑事案件甚至连罪犯的存在都无法证明,更不用说破案了。所以在某些方面,我们是领先的。"

"我想现在只能相信你的话了。"马文说。

"别担心。在这种情况下,受害者最好尽可能正常地继续生活。活下去,不要向绝望屈服。我希望你记住这一点。"

"我会尽力的。"马文说,"但是关于我目前的处境……"

"这正是我告诉过你要避免的那种情况。"侦探严肃地说,"请记住这一点,希望你能设法活着摆脱目前的处境。祝你好运,我的朋友，活下去！"

厄尔道夫侦探在马文的眼前旋转着，越来越快，越来越暗，然后消失了。

时间解冻了。

马文再次抬头，凝视着甘泽细长的黑眼睛和粗糙坚硬的矮额头，看到那张可怕的血盆大口正凑过来，即将吞噬自己的脑袋……

12

"等等！"马文喊道。

"为什么？"甘泽问。

马文没想那么多。他听见甘泽蛋在远处嘀咕："风水轮流转啊。但是，他对我很好。可这关我什么事？一旦冒险救他，就会有人戳穿我的壳。不过……"

"我不想死。"马文说。

"我也认为你不想死。"甘泽用一种并不友好的语气说，"当然，你想和我讨论这件事，讨论伦理道德等等。但恐怕不行，因为我们被特别警告过，永远不要跟梅尔德人说话。我们被告知只需要完成工作就可以了，不要带有个人情绪。只管做，然后继续下一步工作。要保持精神卫生，真的。因此，如果你能闭上眼睛……"

血盆大口靠近了。但马文脑海中充满了疯狂的猜测，大喊道："你是说工作吗？"

"当然，这是一份工作。"甘泽说，"这里面没有个人因素。"它皱起眉头，显然为自己跟马文说话而感到恼火。

"一份工作！你的工作是猎杀梅尔德人，对吗？"

"对啊，很明显。要知道，甘泽的这颗星球没什么用，除了能在这里猎杀梅尔德人。"

"可是你为什么要猎杀他们呢?"马文问道。

"嗯,首先,甘泽蛋只能在成年梅尔德人的宿主肉体中发育成熟。"

"我说,"甘泽蛋窘迫地滚来滚去,"我们非得这么严肃地讨论生物学吗?我的意思是,你没有听我谈论过你的生理机能吧?"

"其次,"甘泽接着说,"我们唯一的出口物品是梅尔德皮革,经过加工和鞣制后,可以做成特里亚纳2号行星的皇家法衣、尼莫星的幸运护身符和克莱斯勒30号行星的椅套。追捕神秘而致命的梅尔德人,是我们维持最低限度文明程度的唯一手段,而且……"

"这正是他们跟我说的!"马文叫了起来,迅速地重复了经理对他说的话。

"我的老天爷啊!"甘泽说。

现在,双方都意识到了真实的情况:梅尔德人完全依赖于甘泽,而甘泽反过来也完全依赖于梅尔德人。这两个种族互相猎杀,为对方而生,为对方而死。出于无知或狡猾,双方忽略了彼此之间的共生关系,而且不承认这种关系。事实上,每个种族都假装自己是该星球的智慧生命,而另一个是野蛮、卑劣、无足轻重的生物。

这时,双方都明白了,他们在一定程度上是"人"这个一般概念的一分子。(当然,甘泽蛋也是其中的一部分。)

这一认识让人肃然起敬,但马文仍被甘泽沉重的爪子压在地上。

过了一会儿,甘泽说:"这让我有点尴尬。我的天性是想放了你,但我是按照合同在这颗星球上工作,合同规定……"

"所以你不是真正的甘泽?"

"不是。我和你一样是个心灵交换者,我来自地球!"

"我的母星!"马文大叫道。

"我也猜到了。"甘泽回答道,"过一段时间,人们就会对不同心灵的特质敏感起来,并学会通过思维和措辞上的小技巧来认识自己的同类。我猜你是美国人,可能来自东海岸,也可能来自康涅狄格州或佛蒙特州……"

"纽约州!"马文叫道,"我来自斯坦霍普!"

"我来自萨拉纳克湖。"甘泽说,"我叫奥蒂斯·达戈伯特,今年三十七岁。"说着,甘泽把爪子从马文的胸口抬了起来。"我们是老乡,"奥蒂斯平静地说,"所以我不能杀你,正如我有理由相信,如果你有机会也不会杀我一样。现在我们知道了真相,我觉得我们可能完成不了那些可怕的工作了。但发现这一点是很可悲的,因为这意味着我们注定要受到合同条款的约束。如果我们不服从,公司会给我们下达'终极辞退'。你知道这意味着什么吧?"

马文悲伤地点点头。他太清楚了。他低下头,沮丧地坐在新结识的朋友旁边,一言不发。

"我想不出有什么办法。"马文考虑了一下这个问题,说道,"也许我们可以在森林里躲上几天,但他们肯定会找到我们的。"

突然,甘泽蛋开口了:"好啦,也许事情并不像你们以为的那样没有希望!"

"你是什么意思?"马文问。

"现在,"甘泽蛋高兴地笑着说,"在我看来,好事连连。我可能会因此惹上很多麻烦……但让它见鬼去吧!我想,我能为你们找到离开这颗星球的办法。"

马文和奥蒂斯都爆发出了感激的吼叫。但甘泽蛋立刻阻止了他们。

"也许你们看到未来的情况,就不会感谢我了。"它不祥地说。

"没什么比现在更糟糕的了。"奥蒂斯说。

"你们会吃惊的。"甘泽蛋平静地说,"你们可能会大吃一惊……这边走,先生们。"

"可是我们要去哪儿呢?"马文问。

"我带你们去见隐士。"甘泽蛋答道。它不愿再多说,故意滚了出去。马文和奥蒂斯跟在后面。

13

一行人在没有甘泽（或梅尔德人，取决于你怎么看）的森林中行进、翻滚，时刻警惕着危险。但没有任何生物威胁他们。最终，他们来到森林里的一块空地，看见空地中央有一间简陋的小屋，一个衣衫褴褛的人形生物蹲在小屋前面。

"那就是隐士。"甘泽蛋说道，"他非常疯狂。"但两个地球人已没有时间考虑这个问题了。

隐士站起来喊道："站着，站住，别动！用我能听懂的话表明你们的身份！"

"我是马文·弗林。"马文说，"这是我的朋友奥蒂斯·达戈伯特。我们想逃离这颗星球。"

隐士似乎没有听见马文的话，抚摸着长胡须，若有所思地凝视着树梢。他用低沉、忧郁的声音说：

"在这一刻到来之前，一群大雁
从头顶的低空掠过，预示着悲哀；
寻求庇护的忧郁的猫头鹰已然经过
我这个隐蔽的地方，失去了
大自然无偿给予人类却被拒绝的东西！
星星照亮了我们的家园，却沉默不语。
树木本身也宣告着万王的飞行。"

"他的意思是，"甘泽蛋说，"他有预感你们会来这里。"

"他是疯了还是怎么了？"奥蒂斯问道，"他说话的样子……"

这时，隐士念道：

"现在对我诉说吧！我不想听见细碎的声音

匍匐在心灵的缝隙间

宣告背叛。"

"他不希望你们两个窃窃私语。"甘泽蛋翻译道,"这让他起了疑心。"

"我自己能听懂。"马文说。

"随便你。"甘泽蛋说,"我只是想帮忙。"

隐士往前走了几步,停下来,然后说:"你们来这里干什么?"

马文看着甘泽,后者倔强地不说话。于是,马文揣测着说:"先生,我们正试图逃离这颗星球,特来寻求你的帮助。"

隐士摇摇头说:

"这是什么粗野的话语?就连一头厚嘴唇的羊

都会用更清晰的声音来表达它的含义!"

"他是什么意思?"马文问。

"既然你这么聪明,自己琢磨吧。"甘泽蛋说。

"如果我羞辱了你,我向你道歉。"马文说。

"算了吧,算了吧。"

"真的对不起。如果你能为我们翻译,我将不胜感激。"

"好吧。"甘泽蛋还是有点生气,"他说他听不懂你的话。"

"听不懂?但我说得很清楚了。"

"不能光对他说。"甘泽蛋说,"如果你想跟他交流,说话最好要有韵律。"

"我?办不到!"马文说,就像所有聪明的地球男人一样,一想到诗歌就本能地感到厌恶,"我绝对办不到!奥蒂斯,也许你……"

"别叫我啊!"奥蒂斯惊恐地说,"你以为我是什么人?"

隐士再次开口了:

"沉默在涌动、滋生;然而诚实的人啊

请大胆说话,口齿清晰!我不喜欢

这种变化预示的消息。"

"他开始急躁了。"甘泽蛋说,"你最好试一试。"

"也许你可以替我们说。"奥蒂斯建议道。

甘泽蛋冷笑道:"如果你想说话,那就自己去说。"

"我唯一记得的在学校念过的诗是《鲁拜集》。"马文说。

"那就念啊。"甘泽蛋说。

马文想了想,抽搐了一下,紧张地说:

"看哪!一个来自种族之间

森林战争的朝圣者,他谦卑地恳求

你的救助和扶持,帮助和希望。

你能无视这谦卑诚恳的请求吗?"

"磕磕绊绊的。"甘泽蛋小声说,"但对于第一次的尝试来说,还不错。"(奥蒂斯咯咯地笑着,马文用尾巴抽打了他。)

隐士回答说:

"说得妙,陌生人!你将得到这个帮助。

不,不止于此!因为当人们相遇时,尽管他们形态各异,

他们必须相互帮助。"

马文现在回答得更快了:

"我希望,在这颗有着日出光辉

和日落混沌的梦想的古老行星上,

当一个可怜的朝圣者经过时

能从他目睹的恐怖中找到解脱之道。"

隐士说:

"请走上前来,我的朋友,我的君王,我的主人,

因为所有人都将

与生命的馈赠统一;最寻常的奴隶

也许有一天会成为远方的国王,

而这个人,

这个墨守成规的敌人,

即将成为国王的司酒官，假如他的言谈为人所知！"

马文走上前去，说道：

"感激万分！你那通向群星的大门
适合智者也适合愚人；但它仍然阻挡着
哑口难言的人，他那蠢笨的舌头从未用过
甚至走不到去往火星的一半路程。"

刚才一直在憋笑的奥蒂斯这时说道："嘿！你是在说我吗？"

"肯定是啊。"马文说，"如果你想离开这儿，最好开始吟诗。"

"胡扯。你替我一起说了就行。"

"不。隐士刚才说你必须为自己说。"

"天哪，我该怎么办？"奥蒂斯嘟囔道，"我不懂什么诗歌。"

"你最好想个办法。"甘泽蛋说。

"嗯……我只记得有一次，有个傻乎乎的姑娘跟我念过一首斯温伯恩的小诗。傻透了。"

"让我们听听。"马文说。

奥蒂斯满头大汗，最后吟诵道：

"当地球的宇宙飞船来到遥远的行星，
一个人的灵魂，无论身体是瘦小还是高大，
总是渴望他的家，因为它就像十块磁铁，
充斥着他的心，就像波涛填满了大厅。
那宏大的绿色感激之情
被一个英勇的隐士的热情所吸引，他用激荡的心情
拯救了那个宇航员，也同样拯救了自己。"

隐士说：

"我发现了你的机智，在这个萧条的时代，
言语也许不合时宜，而不善言辞的唇舌
会给它悲伤的主人迅速招致灾祸。"

马文说：

"来吧,把马文·弗林带走,就让
其余的人去争论!他若发现自己的身体
伤痕累累,他会伤心。
所以现在
他想离去,任凭其他人站在一旁欢呼。"
隐士说:
"那就走吧,先生们!怀着高昂的心绪,
双脚牢牢踩住马镫,抬头挺胸……"

他们吟诵着诗歌,来到隐士的小屋里,看到了一台藏在几张树皮底下的非法心灵传送器,上面有着古老而奇特的图案。马文立刻明白,即使是在最可怕的疯狂里也可能隐藏着办法。隐士在这颗星球上待了不到一年,就已经通过将难民偷运到星系不那么体面的劳动力市场而赚了一大笔钱。

这是不道德的,但正如隐士所说:
"你是否认为我的把戏卑鄙,
我的引擎可耻?那就这样吧!不,我不会质疑
你那枯燥、抽象却又真实的请求。
但请想一想,当你在沙漠中干渴欲死,
拒绝劣酒便是愚蠢。难道不是吗?那么为什么
要如此苛责你的救命恩人?
这是备受诅咒、最恣意妄为的忘恩负义——
竟然侮辱将你从死神掌中解救出来的那只手!"

14

一段时间过去了,隐士为奥蒂斯·达戈伯特找到一份工作并不难。尽管这个年轻人极力驳斥,但还是表现出了一丝藏得很深的受虐

倾向。因此，隐士把他交换到了普罗登达9号行星的一名牙医助理身上。如果你途经南河三，那颗行星就在南岭星的左边。一群对氟极度敏感的地球人曾定居在普罗登达9号行星上，他们鄙视氟这一化学元素，就好像它是魔鬼一样。在这里，他们可以在许多牙医的协助下过上无氟的生活。

甘泽蛋祝马文好运，然后滚进了森林。

"现在，"隐士说，"我们来谈谈你的情况。在客观考虑你的性格后，在我看来，你似乎有一种当受害者的天赋。"

"我?"马文问。

"是的，你。"隐士回答。

"受害者?"

"绝对是个受害者。"

"我不太确定。"马文答道。他是出于礼貌才这么说的。事实上，他很肯定隐士搞错了。

"嗯，我很确定。"隐士说，"我敢说，我在找工作方面的经验比你多。"

"我想你已经……我发现你不再用诗歌说话了。"

"当然不。"隐士说，"我为什么要那么做呢?"

"因为之前，"马文说，"你只用诗歌说话。"

"那是完全不同的情况。"隐士说，"那时我在外面，必须保护自己。"

"那现在呢?"

"现在我在自己家里，因此很安全。我不需要诗歌那种保护性的语言。"

"诗歌真的能在外面保护你吗?"马文问道。

"当然了。我在这颗星球上生活了一年多，被两个凶残的种族追杀。如果他们找到我，会当场杀死我。但在这段时间里，我没有受到任何伤害。你有什么看法?"

"嗯，这当然很好。但你怎么知道是诗歌在保护你呢？"

"我推断出来的。"隐士说，"这似乎是一个足够合理的假设。"

"是的，先生。"马文说，"但我看不出诗歌和你的安全有什么关系。"

"如果我能看出来就见鬼了。"隐士说，"我喜欢把自己当成一个理性的人，但诗歌的效力让我不得不相信它确实有用。我还能说什么呢？"

"你有没有想过做个实验？"马文问，"我是说，不用诗歌的方式在外面说话？你可能会发现自己并不需要它。"

"也许吧。"隐士回答道，"如果你试着在海底行走，可能会发现你不需要空气。"

"这可不是一回事儿。"马文说。

"这完全是一回事儿。"隐士对他说，"所有人的生活都依赖于无数未经检验的假设，我们只能冒着生命危险来判断其真假。可大多数人看重生命高于真理，所以我们把这种激烈的检验留给狂热者去做。"

"我不会尝试不可能的事情，"马文说，"因为我见过别人淹死。"

"而我之所以用诗歌说话，"隐士说，"是因为见过太多的人在外面说话时被杀死，但还未见过一个念诗的人死去。"

"好吧……各人有各人的想法。"

"'接受不确定性是智慧的开始。'"隐士引用道，"让我们重新回到你和受害者的问题。我再说一遍，你有天赋，这可能让你得到一个非常有趣的职位。"

"我不感兴趣。"马文说，"你还有什么别的职位吗？"

"没有别的了。"隐士说。

非常巧合的是，就在这时，马文听到外面的灌木丛里传来一声巨大的撞击声和轰鸣声。他推断要么是梅尔德人，要么是甘泽，或者双方都来追捕他了。

"我接受这项工作。"马文说,"可你一定是错的。"

马文说完最后一句话,感到心满意足,而隐士从做完最后一件事中得到了满足。他操作设备,调整刻度盘,拉下开关,把马文送到了塞尔苏斯5号行星上。马文的新事业开始了。

15

在塞尔苏斯5号行星上,赠送礼物和接受礼物是一种必不可少的文化。拒绝礼物是不可想象的,该行为在一个塞尔苏斯人身上引起的反应,堪比人类对乱伦的恐惧。通常情况下,礼物不会带来什么麻烦。大多数礼物都是白色的,意在表达不同程度的爱、感激、温柔等等,但也有代表警告的灰色礼物和代表死亡的黑色礼物。

某位官员从他的选民那里得到了一枚漂亮的鼻环。这枚鼻环被设计成需要佩戴两个星期。这件精美的物品挺不错的,只有一个缺点——它会发出叮当叮当的响声。

其他种族的生物可能会把鼻环扔进最近的排水沟里,但没有一个头脑正常的塞尔苏斯人会这么做。他甚至不愿让人检查这枚鼻环有没有问题。塞尔苏斯人的座右铭是:不要当面看礼物。此外,如果他对鼻环的怀疑被泄露出去,将引发无法挽回的公众丑闻。

因此,他必须把该死的鼻环戴上两个星期。

但这破玩意儿会叮当叮当地发出响声。

这位名叫马杜克·克拉斯的官员思考着这个问题。他想到了他的选民,想到了自己帮助他们的各种方式,又想到了辜负他们的各种情况。这枚鼻环充其量是个警告,这一点很明显,是一件灰色礼物。在最坏的情况下,它会是一件黑色礼物——一颗流行款式的小炸弹,在他度过焦虑不安的几天后,把他的头炸飞。

马杜克并没有自杀倾向,他知道自己不能戴那该死的鼻环,但也知道自己必须戴上它。因此,他发现自己面临一个经典的塞尔苏斯式困境。

"选民们会伤害我吗?"马杜克问自己,"就因为我把他们肮脏的旧住宅区重新规划为重工业区,并与地产协会达成协议,将租金提高百分之三百二十,以换取他们在五十年内修建新管道的承诺?我的意思是,天哪,我从来没有假装自己什么都知道,我承认自己可能在某些方面犯了错误。但是,这足以被视为严重反社会行为吗?"

鼻环欢快地叮当作响,使他的鼻子发痒,使他的感官不安。马杜克想到了被鲁莽的蠢货炸掉脑袋的其他官员。是的,这很有可能是黑色礼物。

"这些愚蠢的蜕壳人!"马杜克咆哮道,用一种他从来不敢在公众场合说出的辱骂来发泄自己的情绪。他感到非常委屈,自己尽心尽力地帮助那些皮肤松弛、鼻子长疣的白痴,而回报是什么?一颗戴在鼻子上的炸弹!

在混乱和紧张中,他考虑把鼻环扔到最近的氯气罐里。这会让那些人明白的!而且,这是有先例的。圣人沃里格不就拒绝了三幽灵的整体祭品吗?

是的……但根据共识,鬼魂的祭品是对送礼精神的微妙攻击,因此也是对社会核心的攻击。整体祭品意味着排除了未来再送礼物的可能性。

此外,第二王国的圣徒所推崇的东西,对于第十民主国家的小官员来说却是可恨的。圣人能做任何事,而普通人则必须做人们期望他们做的事情。

马杜克的肩膀垮了下来。他在脚上抹上暖和的泥土,但并没有减轻痛苦。他没有任何出路。一个塞尔苏斯人不可能独自对抗有组织的社会。他必须戴上鼻环,直到让他精神崩溃的叮当声停止的那一刻……

等等!有一个办法!是的,他现在明白了!这需要巧妙的安排,但如果成功了,他就会获得人身安全和社会认可。只要那该死的鼻环给他点时间……

马杜克·克拉斯打了几个紧急电话,然后安排自己奉命前往塔米2号行星(十星地区的"大溪地")处理紧急事务。当然,他的身体不会过去。没有哪个负责任的官员会花本地政府的资金把一具身体运送到一百光年之外,需要传送的只有他的心灵。节俭、可靠的马杜克选择了心灵交换,这符合塞尔苏斯人的习俗——如果精神上不行,那就采取形式上的,因为他会把身体留在这里,任凭鼻环欢快地叮当作响。

他必须找到一个心灵,在他离开的时候待在他的身体里。这并不困难,因为星系中存在太多心灵,而没有足够多的身体可以将他们全部容纳。(没有人真正知道为什么会这样。毕竟,每个人最初都有一具身体,但有些人似乎最终总是拥有超过他们所需的东西,无论财富、权力或身体,而另一些人则拥有得更少。)

于是,马杜克与一家能够满足任何身体需求的隐士企业取得了联系。隐士正好有这样一个心灵适合他:一个干净利落的年轻地球男人,面临着即将失去生命的危险,愿意跟一枚叮当作响的鼻环碰碰运气。

于是,马文·弗林来到了塞尔苏斯5号行星上。

这一次没有必要着急,到达后,马文遵循规定的交换程序,一动不动地躺着,慢慢适应新的身体。他测试了自己的四肢,检查了自己的感官,扫描了前脑的基础文化配置负载,寻找相似点和相似的因素。然后,他对后脑的情感末端结构因素进行了评估,确定了关键点、最低点和鞍点。所有过程几乎是自动进行的。

他发现这具塞尔苏斯人的身体非常适合,具有很高的连接度和出色的主序列随机分散模式。当然,也有一些问题:德尔塔曲线成了荒谬的椭圆形,通用Y点是镰刀形而不是梯形。但在一颗3B型行星上,你必须预料到这些事。在正常情况下,这不会给他带来任何麻烦。

总而言之,这是一个可以让他产生共鸣和认同的身体—环境—文化—角色集群。

"我感觉很不错。"马文对身体做了总结,"只要那枚该死的鼻环不爆炸。"

他站起来,打量着周围的环境,首先看到的是马杜克·克拉斯留给他的一张纸条。纸条被绑在了手腕上,这样就不会被他忽略,上面写着:

亲爱的交换者,

欢迎来到塞尔苏斯!我知道在这种情况下,你可能会觉得自己不是很自在,对此,我几乎和你一样感到抱歉。但我真诚地建议你把所有关于突发死亡的想法抛诸脑后,集中精力享受一个愉快的假期。可能会让你感到欣慰的是,从统计数据来看,如果你碰巧是一名钚矿工,那么死于黑色礼物的概率并不比死于钚矿事故的概率大。所以请放松,尽情享受。

我的公寓和里面的一切都供你享用。我的身体也一样,不过我相信,你不会让它过度劳累,不会让它待在外面太久,也不会让它喝太多酒精饮料。我的左手腕很脆弱,所以当你需要举起重物时要小心一些。祝你好运,尽量不要担心,因为焦虑从来不能解决问题。

另外,我知道你是个有礼貌的绅士,并不会摘掉鼻环。但我想还是应该告诉你,无论如何都不要动它,因为它被一个微型的杰弗格键合分子挂锁给锁住了。再见,请努力忘掉这些不愉快,好好享受在我们可爱的星球上的两个星期。

你真诚的朋友,
马杜克·克拉斯

一开始，这张纸条让马文很恼火。但后来他笑了，把它揉成了一团。马杜克无疑是一个混球，但他是一个可爱的混球，而且并不小气。马文决定好好利用这桩可疑的交易，忘掉嘴唇上方的潜在炸弹，好好享受在塞尔苏斯5号行星的时光。

马文探索了他的新家，对一切很满意。这是一个单身汉的洞穴，是为居住而不是繁殖设计的。洞穴的主要结构特征——五条分支系统——反映了马杜克的公职人员身份。不那么幸运的家庭只能靠三条或四条分支系统过活，而在北博格的贫民窟里，一家人都挤在可怜的一条或两条分支系统中。不过，政府承诺在不久的将来进行住房改革。

整洁现代的厨房装满了食物：几罐环节动物蜜饯，一碗奇异的疣冠形软珊瑚混合沙拉，用笙珊瑚、海笔、柳珊瑚和海肾做成的美味小食。此外，还有一罐轮虫兰花酱鹅藤壶，以及一盒速冻糖醋招潮蟹。但是——果然是单身汉的住所——厨房里没有主食，甚至没有腹足类面包或姜汁蜂蜜碳酸饮料。

马文沿着弯弯曲曲的长廊漫步，找到了音乐室。马杜克为这里花了一大笔钱。一台巨大的帝国扩音器占据了整个房间，两侧是两台暴君型扬声器。马杜克使用的是涡流半混合麦克风，带有一个40-bbc信道抑制器，一个扩展型感官区分选择器，以及一个浮动喉音狭槽被动型放大器。拾音器通过图像再生，但也有转变为衰减调制的措施。虽然没有达到专业级，但这也是一套非常好的业余设备。

整个音响系统的核心，当然是"昆虫馆"。这款特殊的设备属于"天赋者"，超大型号，配备自动和手动选曲、混合控制、可调节喂食和处理，以及各种最大化、最小化等功能。

马文选择了一首蚱蜢加沃特舞曲（克雷斯特，431B），听着令人兴奋的气管助奏和成对的马尔皮吉氏小管的微妙低音伴奏。虽然马文的欣赏很随意，但他很清楚这位表演者的精湛技艺——在昆虫馆的隔间里，有一只蓝纹蚱蜢，它的第二胸节微微颤动着。

马文弯下身子，点头表示赞赏。蓝纹蚱蜢点点下颌，然后继续演奏它的音乐。(这只蓝纹蚱蜢是专为高声部和表情类音乐而饲养的，是个浮夸的表演者，外表张扬甚于声音。但马文并不知道这些。)

马文关闭选曲，将开关从激活模式切换到休眠模式。于是蓝纹蚱蜢回去睡觉了。昆虫馆有很多存货，尤其是蜉蝣交响乐和奇特的切根虫新歌，但马文还要探索的东西太多了，现在没有时间听音乐。

在客厅里，马文钻进一个壮观古老的陶土堆（一个真正的蠕虫居所），把头靠在磨损的花岗岩枕头上，想放松一下。可是，他的鼻环叮当作响，不停干扰着他的愉悦心情。他伸手从一张矮桌上的一堆东西里随便拿起一根速读棒。他用触角摸索着凹槽，但没有用。他无法把注意力集中在阅读小说上。他不耐烦地把速读棒扔到一边，开始计划一些事情。

然而，他被一种无法抵抗的冲动控制住了。他不得不承认，生命中的重要瞬间是非常有限的，而时间正在消逝。他想做点什么来纪念自己最后的时光。但他能做些什么呢？

他从蠕虫居所里钻了出来，在长廊上踱来踱去，爪子发出令人烦躁的咔嗒声。然后，他突然做出了一个决定，走进了更衣室。他挑了一副新的金青铜外壳，小心翼翼地把它安在肩上。他给脸上的鬃毛涂上香水胶，然后把它们竖在脸颊上。他给自己的触角加了一点温和的硬化剂，让它们形成精神抖擞的六十度夹角，以迷人的自然曲线下垂。最后，他在腹部抹上薰衣草沙，并在肩膀关节处涂上炭黑粉。

马文对着镜子打量了自己，觉得效果不错。他穿得很得体，但不华丽。他尽可能客观地做出判断，认为自己是一个体面、看起来相当有学问的年轻人。不管怎么说，他不是什么帅气的大明星，但也绝对不是什么邋遢鬼。

他从主入口离开洞穴，并更换了洞口的塞子。

外面是黄昏时分，星星在头顶上空闪烁。跟构成这座城市跳动心脏的无数商业或私人洞穴入口的灯光相比,星星似乎并不多。这一幕使马文激动不已。在这座宏伟城市纵横交错的长廊中的某个地方,一定有能给他带来快乐的东西。或者,至少是一种温柔、忘我的安宁。

于是,马文痛苦地怀揣着一丝微弱的希望,走向繁忙而令人神往的城市中心,去寻找他的机遇,或是命运的安排。

16

马文·弗林迈着摇摇晃晃的步子,踩着嘎吱作响的皮靴,大步走在木制人行道上。他隐约闻到了山艾树和灌木丛的混合气味。在他的两边,城镇的土坯墙在月光下散发出暗淡的墨西哥银器一样的亮光。附近的一家酒馆里传来了班卓琴刺耳的声音。

马文深深皱着眉头,在半路上停住了脚步。山艾树?酒馆?这是怎么回事?

"有什么不对劲吗,陌生人?"一个粗哑的声音说。

马文转过身,看见一个身影从杂货店附近的阴影里走了出来。那是一个游牧人,一个鼻子哼哧哼哧、肩膀耷拉的流浪汉。一顶布满灰尘的黑帽子滑稽地压在他脏兮兮的额头上。

"是的,有些不对劲。"马文说,"一切似乎都……很奇怪。"

"没什么好惊慌的。"游牧人安慰道,"你只是改变了你的隐喻参考系统。上帝知道这并不是犯罪。事实上,你应该很高兴放弃那些无聊的动物和昆虫间的类比。"

"我的类比没有出问题。"马文说,"毕竟,我在塞尔苏斯5号行星上,而且确实住在一个洞穴里。"

"那又怎样?"游牧人说,"你就没有一点儿想象力吗?"

"我有丰富的想象力!"马文愤愤不平地说,"但这不是重点。我只是想说,当你是塞尔苏斯上鼹鼠似的生物时,像地球上的牛仔一样思考是不合适的。"

"这是没办法的事。"游牧人说,"实际情况是,你已经让你的类比能力超负荷了,于是烧断了'保险丝'。相应地,你的知觉承担了体验正常化的任务。这种状态被称为'隐喻变形'。"

这时,马文想起了布兰德斯先生关于这种状态的警告。隐喻变形这种星际旅行者的疾病,突然毫无征兆地袭击了他。

他知道自己应该感到惊慌,但却只感到轻微的惊讶。他的情绪和感知是一致的,因为如果注意不到某个变化,就不会感觉到这个变化。

"什么时候,"马文问,"我才能看到事物的真实面目?"

"最后一个问题得由哲学家来回答。"游牧人告诉他,"但勉强来说,如果你回到地球,这种特殊的综合征就会消失;但如果你继续旅行,知觉类比的程度就会增加。不过,在你的重要情境感知环境中,偶尔会出现短暂的缓解。"

马文觉得这很有趣,并不吓人。他提了提牛仔裤说:"我觉得吧,一个人总得把他手里的牌打完,我可不打算整晚站在这儿念叨这件事。不过你是谁,陌生人?"

"我,"游牧人带着几分得意,"就是实现你对话的那个人。我是必然性的化身。如果没有我,你只能靠自己想起隐喻变形理论,而我怀疑你不一定能想得到。你可以付钱让我给你算命。"

"那是吉卜赛人的工作。"马文轻蔑地说。

"抱歉。"游牧人说,没有表现出丝毫尴尬,"有适合我的吗?"

"有。"马文说着,把一袋达拉谟公牛肉抛给他。马文打量了一会儿新伙伴,然后说:"喏,你看起来像一只赖皮的小动物。在我看来,你一半是驴,一半是草原犬鼠。但我觉得不管你是谁,我都要跟着你。"

"好极了。"游牧人严肃地说,"你征服了环境的变化,就像猿猴征服了香蕉那般自信。"

"我觉得你讲得夸张了。"马文平静地说,"下一步怎么办,教授?"

"我们继续走。"游牧人说,"到那家臭名昭著的酒馆去。"

"真棒。"马文说着,歪着屁股大步走进酒馆的大门。

在酒馆里,一个女人挽住了马文的胳膊。她抬头望着他,脸上露出朱红色浅浮雕造型一般的微笑。她那双没有聚焦的眼睛被铅笔画出快活的神情,松弛的脸上涂写着说谎的象形文字。

"跟我上楼吧,孩子。"面目狰狞的老女人喊道,"欢乐多着呢!"

"这很可笑。"游牧人说,"风俗规定了这位女士的行为,要求那些出售快乐的人必须表现出快乐的模样。这是一项苛刻的要求,朋友们,而其他职业都没有被强加这一要求。请注意:渔夫可以讨厌鲱鱼,菜农可以对萝卜过敏,甚至报童也可以不识字,即使是接受祝福的圣徒也不需要神圣的殉道。只有像坦塔罗斯[1]那样的卑微享乐者,才永远期待一顿触不可及的盛宴。"

"你的朋友还挺爱开玩笑的,是不是?"那个悍妇说,"但我最喜欢你,宝贝,因为你让我心乱如麻。"

悍妇的脖子上挂着一个小吊坠,上面有一个小骷髅头、一架钢琴、一支箭、一只婴儿鞋和一颗发黄的牙齿。

"那些是什么?"马文问道。

"象征。"她说。

"什么的象征?"

"上楼来,我给你看看,小可爱。"

"因此,"游牧人沉吟道,"我们感知到了真实而直接的对抗,它来自被唤起的女人天性。与之相比,男性化的幻想只不过就像婴儿的玩具。"

---

1. 古希腊神话中主神宙斯之子,因在宴会上犯下罪行而触怒宙斯,最终受到了严惩。

"来吧!"鹰身女妖扭动着粗野的身子叫喊着,做出一副激情澎湃的样子,而恰恰因为这种真实,她显得更加可怕。"上楼来睡觉!"她大喊着,把蒙古人空鞍袋一样结实硕大的胸部紧靠在马文身上,"我真的有东西要给你看看!"她一边叫,一边用一条又粗又白的腿缠着马文的身体,那条腿脏兮兮的,还有严重的静脉曲张。"当你被我爱抚的时候,"她号叫道,"你就会知道你是被爱着的!"她用下体淫荡地抵着他,那里粗糙坚硬得就像霸王龙的额头一样。

"啊,无论如何,非常感谢你。"马文说,"但我不认为此刻我……"

"你不想要爱吗?"女人难以置信地问。

"啊,实际上,我不能说我真的想要。"

那个女人把拳头像鼓槌一样竖在鼓一般的屁股上,说:"我居然能碰到这种事!"但随后,她的态度软了下来,说:"不要离开维纳斯甜美芳香的快乐之家!你必须努力,先生,克服这种丢脸的没有男子气概的模样。来吧,我的主人!号角吹响了,它现在正等着你骑上马,发动猛烈的攻击!"

"噢,我觉得还是不要了吧。"马文心虚地笑道。

女人用一只智利斗篷般的大手掐住了他的喉咙:"现在就给我上楼,你这个可恶、懦弱、内向、该死、自恋的浑蛋,否则我以阿瑞斯的名义发誓,把你细小的气管像米迦勒节的鸡一样拧断!"

一场悲剧似乎正在酝酿,那个女人的激情使她无法理智地控制自己的行为,而马文著名的大长枪也缩成了一粒豌豆大小。(盲目的天性在保护他不受攻击的同时,却招致了另一次挑衅。)

游牧人尽管不喜欢这样做,但还是听从自己的智慧,从马文枪带里扯出一把扇子,假笑着凑上前去,拍了拍那个被激怒女人的犀牛一样粗壮的上臂。

"你敢伤他试试!"游牧人的声音听起来像是刺耳的女低音。

马文不算机智,但也反应迅速地回答道:"是的,叫她别再对我动手动脚了！我的意思是，这简直太过分了，一个人在晚上走出家门还要碰上这么不光彩的事……"

"别哭了，看在上帝的分儿上，别哭了！"游牧人说，"你知道的，我可受不了你哭！"

"我没有哭！"马文抽着鼻子说，"只是她把这件衬衫给毁了。是你送我的礼物！"

"我再给你买一件！"游牧人说，"可我不能忍受再看到这样的事情！"

女人瞠目结舌地盯着他们。马文趁她不注意，从工具箱里拿出一根撬棍，放在她红肿的手指下，把脖子从她的手掌中撬了出来。马文和游牧人抓住这个转瞬即逝的机会，冲出门，越过街角，跨过马路，纵身一跃，奔向了自由。

17

摆脱眼前的危险之后，马文立刻恢复了知觉。隐喻变形的影响暂时消失了，他经历了一种知觉上的缓解体验。这时，他非常痛苦地发现，游牧人其实是一只大型寄生甲虫，属于超级克苏鲁物种。这一点不会有错，因为克苏鲁甲虫的特征是位于食管下神经节下方略偏左的第二条唾液管。

这类甲虫以借来的情感为食，因为它们的情感早就萎缩了。通常，它们会潜伏在阴暗的地方，等待一个粗心的塞尔苏斯人从它们分节上颌骨的范围内经过。这就是发生在马文身上的事情。

意识到这一点后，马文对它爆发了强烈的愤怒。克苏鲁甲虫受到自身超敏锐情绪受体的伤害，倒在路上不省人事。之后，马文重新调整他的金青铜外壳，加强了他的触角，继续上路。

他来到一座横跨一条流沙大河的桥上。他站在桥中间，凝视着下方黑色的深渊。流沙无情地向前滚动,直至汇入神秘的沙海。他迷迷糊糊地凝视着,鼻环急速跳动起来,那死亡的节奏比他的心跳还要快三倍。他想:

桥梁是对立思想的容器,其水平距离诉说着我们的卓越,其垂直倾角总是提醒我们失败的迫近和死亡的必然性。我们越过障碍向前推进,但最初的跌倒却永远在我们脚下。我们建造、构造、制造,但死亡是最高级的建筑师,它塑造高度只是为了有深度。

啊,塞尔苏斯人,你们精心建造的桥梁横跨一千条河流,把这颗星球上迥然不同的陆地连接在一起。你们的掌控是徒劳的,因为土地仍然在你脚下,仍然在等待,仍然在忍耐。塞尔苏斯人,你们有一条路要走,但这条路肯定会通向死亡。塞尔苏斯人,尽管你们很狡猾,但还有一门课要学习:心脏的作用是接受被长矛刺穿,其他效用都无关紧要。

这便是马文站在桥上时产生的想法。一种强烈的渴望压倒了他,渴望用欲望来结束生命,渴望放弃快乐和痛苦,渴望放弃成就和失败的琐碎模式,渴望摆脱分心的事情——那就是死亡。

他慢慢爬上栏杆,站在扭曲的流沙上方,一动不动。这时,从眼角的余光里,他看见一道影子从一根柱子上脱离出来,试探着移到栏杆边,直立起来,在深渊上方站好,然后摇摇欲坠地向下倒去……

"停下!等等!"马文大叫道,自我毁灭的欲望突然终止了。他只看到一个身处险境的同伴。

那道黑影吸了一大口气,猛地向下面那条张着大嘴的流沙大河冲去。马文及时抓住了对方的一只脚踝。

随之而来的拉扯几乎把马文从栏杆这一侧拽出去。但他反应很快,把吸盘贴在多孔的石头人行道上,张开下肢,获取最大程度的抓力,同时把两条上肢缠在一根灯柱上,用剩下的两只手牢牢抓着对方的脚踝。

他小心翼翼地保持住此刻的平衡。接着,马文的力量超过了自杀者的重量。他慢慢地、小心翼翼地拉着，把他的手挪到对方的胫骨上，一刻也不敢松懈，直到把那个人拉到大桥路基上的一个安全点。

所有自我毁灭的欲望都离他而去。他大步向前，抓住自杀者的肩膀，猛烈地摇晃着。"你这个该死的傻瓜！"马文喊道，"你是有多怯懦？只有白痴或疯子才会这么做。你就没有一点儿勇气吗？你这该死的……"

他骂到一半停了下来。那个想要自杀的人面朝着他，浑身颤抖，目光闪躲。这时，马文才意识到，他救下了一个女人。

18

在大桥边一家餐厅的包厢里，马文为自己刚才的粗鲁言辞道歉，声称他说脏话是出于震惊，而不是真的那么想。他救下的女人优雅地敲了敲自己的爪子，拒绝接受他的道歉。

"因为你说得对。"她说，"我尝试自杀就像是白痴或疯子的行为，或者两者都是。恐怕你的分析是正确的。你应该让我跳下去。"

马文发觉她很漂亮。她是一个小巧玲珑的女人，身高勉强到他的胸部上方，但她的身材很匀称。她的身体中部有着甜美至极的圆柱形曲线，高傲的脑袋微微朝前探，与垂直方向呈叫人心碎的五度夹角。从优美隆起的前额到棱角分明的下颌，她的五官完美无瑕。她的一对产卵器恰到好处地藏在白色丝缎腰带后面，露出了下面闪亮诱人的绿色肌肤。腰带的造型是公主风格的。全部缠着橘色带子的腿垂下来，露出柔美的关节部分。

她可能是一个会自杀的女人，但也是马文在塞尔苏斯5号行星上见过的最迷人的美女。一看到她，马文就喉咙发干，脉搏也开始加速。他发现自己正盯着那条白色丝缎腰带，高高突起的产卵器在腰带下半遮半露。他移开目光，发现自己看到的是一具长长的、分节的肢体,一种性感的奇迹。他涨红了脸,强迫自己去看她额头上那道皱巴巴的漂亮伤疤。

女人似乎没有意识到他热切的注视。她大方地说:"也许我们应该自我介绍一下——在这种情况下!"说完俏皮话,两个人同时放声大笑。

"我叫马文·弗林。"马文说。

"我叫菲西斯提娅·海尔德。"年轻女人说。

"如果你不介意的话,我就叫你凯西吧。"马文说。

他俩又笑了。然后凯西严肃起来,她发现时间过得太快了,便说道:"我必须再次感谢你。可现在我得走了。"

"当然。"马文说着站了起来,"我什么时候能再见到你?"

"永远也不再见。"她低声说。

"但是我必须见到你!"马文说,"我的意思是,既然我遇见了你,就绝对不能让你走了。"

她悲伤地摇了摇头。"你能不能,"她喃喃地说,"稍微为我考虑一下?"

"我们绝不能说再见!"马文说。

"哦,你会放下的。"她的回答并不冷酷。

"我再也不会笑了。"马文告诉她。

"会有其他人取代我的位置。"她回答道。

"你太迷人了!"他急躁地喊道。

"我们就像黑夜中错过的两艘船。"她纠正道。

"我们再也不会见面了吗?"马文问。

"只有时间能解答。"

"我的祈祷就是和你在一起。"马文满怀希望地说。

"太阳之东,月亮之西。"她沉吟道。

"你对我太残忍了。"马文噘着嘴说。

"我不知道下次见面是什么时候。"她说,"但我知道现在是什么时候!"说着,她转身冲出了门。

马文目送她离去,然后在酒吧坐了下来。"一杯敬我的姑娘,一杯敬这条路。"他对酒保说。

"那个女人是两面派。"酒保同情地说,倒了一杯酒。

"我患上了因她而疯狂、没有她而忧伤的忧郁症。" 马文回答道。

"男孩总是会需要一个女孩。"酒保告诉他。

马文喝完了他的酒,举起杯子:"一杯粉色鸡尾酒敬忧郁女士。"他又点了一杯。

"她可能是累了。"酒保说。

"我不知道自己为什么这么爱她。"马文说,"但至少我知道为什么天空中没有太阳。在我孤独的时候,她就像隔壁公寓里叮当作响的钢琴声萦绕在我耳旁。但不管她现在怎么对我,我都会伴她左右。也许这只是其中一件事。但我会记得四月和她,记得晚风轻抚树木,但不是为了我,还有……"

有个声音在他左边两英尺[1]高的地方低声说:"嘿,先生。"如果没被打断,马文的哀叹不知道还会持续多久。

马文转过身,看见旁边的凳子上坐着一个衣衫褴褛、矮小肥胖的塞尔苏斯人。

"什么事?"马文粗声粗气地问。

"你也许想有机会再见到那么漂亮的小妞?"

"是的,我想。可你能……"

"我是私家侦探,负责追踪失踪人员。包你满意,否则不收一分钱。"

"你这是什么口音?"马文问道。

"兰布罗比亚口音。"侦探说,"我的名字叫胡安·巴尔迪兹,来自

---

1. 2英尺约等于0.6米。

边境南边的嘉年华地区，来到北方的大城市里发财。"

"沙背。"酒保骂道。

"你叫我什么？"小兰布罗比亚人用温和的语气质问道。

"我叫你沙背，你这个讨厌的小沙背。"酒保接着骂道。

"我猜也是。"巴尔迪兹说。他把手伸进腰带，拿出一把长长的双刃刀，刺进了酒保的心脏，当场杀死了对方。

"我是个好脾气的人，先生。"巴尔迪兹对马文说，"我不是一个容易生气的人。事实上，在我的家乡三峰山，大家都觉得我是一个无害的人。我唯一的要求就是能在兰布罗比亚的高山上，在那棵被称为'太阳帽'的大树下培育我的佩奥特掌芽，因为它是世界上最好的佩奥特掌芽。"

"我能理解。"马文说。

"然而，"巴尔迪兹的语气变得愈加严肃，"当一个北方的剥削者侮辱我，并暗自诽谤那些生我养我的人……那么，一团炫目的红色薄雾便笼罩在我的视野中，我的刀不由自主地弹到手里，并且势不可当地冲向那个背叛穷人孩子的人的心脏。"

"这种事在任何人身上都可能发生。"马文说。

"然而，"巴尔迪兹说，"尽管我有强烈的自尊心，但本质上还是像个孩子，单纯、随和。"

"事实上，我已经注意到了。"马文说。

"可是……算了，不说了。现在，你想雇我调查那个女人吗？不过当然了，方舟里的布料总有人买[1]，对不对？"

"对，伙计。"马文笑着回答道，"而且欲望会战胜恐惧。"

"那就走吧！"于是，两个人手拉手走了出去，就像一支强大军队的长矛尖，朝着群星灿烂的黑夜走去。

---

1. 西班牙谚语，意思是好东西总能卖出去，不需要大力推销。

19

一出餐厅,巴尔迪兹就把留着小胡子的棕色面孔朝向天际,找到了因维迪乌斯星座。在北纬地区,它准确地指向东北偏北。以此为基准,他利用吹向脸颊的风(以五英里/时的速度向西)和树上的苔藓(以一毫米/天的速度在落叶树干的北侧生长)建立了交叉参照。他允许西风有一英尺/英里的误差(缓慢移动的情况),南风有五英寸/百码的误差(综合向性效应)。然后,结合所有因素,他开始向西南偏南方向走去。

马文跟了上去。不到一个小时,他们就离开这座城市,穿过了一个留有农作物残茬的农业区。又过了一个小时,他们跨过最后一片存有文明迹象的区域,来到了一片由杂乱的花岗岩和油腻的长石组成的荒野。

巴尔迪兹没有要停下来的意思,马文开始隐约感到怀疑。

"我们……到底……要去哪里?"他终于问道。

"去找你的凯西。"巴尔迪兹回答道,他的牙齿在那张和善、灼红的脸上闪着白光。

"她真的住在离城市这么远的地方吗?"

"我不知道她住在哪里。"巴尔迪兹耸耸肩,回答道。

"你不知道?"

"对,我不知道。"

马文顿时停下脚步,"可你之前说你知道!"

"我从来没有说过或暗示过这一点。"巴尔迪兹皱起棕色的额头,"我只说过我会帮你找到她。"

"可是,如果你不知道她住在哪儿……"

"这一点也不重要。"巴尔迪兹说着,严厉地举起一根形似鼬科动物的食指,"我们要找的不是凯西的住址。我们的任务很简单纯粹,就是找到凯西。至少我是这么认为的。"

"是的,当然。"马文说,"可如果我们不去她住的地方,那要去哪里?"

"去她会在的地方。"巴尔迪兹平静地回答。

"哦。"马文说。

他们继续走着,穿过高耸的奇特矿物景观,最后来到灌木丛生的山麓。这些山麓看起来就像一群疲惫的海象,围绕着高耸的山脉中闪闪发光的蓝鲸。又过了一个小时,马文又开始不安起来。但这一次,他以一种委婉的方式表达了自己的焦虑,希望能巧妙地套出一些信息。

"你认识凯西很久了吗?"他问。

"我从未有幸见过她。"巴尔迪兹回答说。

"那么你是在餐厅里第一次看到她跟我在一起?"

"不幸的是,我在那里也没有看到她,因为你们谈话的时候,我正在男厕所排出肾结石。她从你身边转身离开时,我也许瞥了她一眼,但更有可能的是,我只看到了那扇摇晃的红门所产生的多普勒效应。"

"所以你对凯西一无所知?"

"只有从你那里听到的一点儿内容,老实说,几乎等于什么也没有。"

"那么,"马文问道,"你怎么可能带我去她会在的地方?"

"这很简单。"巴尔迪兹说,"你稍微想一想就明白了。"

马文想了一会儿,但还是想不明白。

"用逻辑去思考这件事。"巴尔迪兹说,"我们的问题是什么?找到凯西。我们对凯西了解多少?什么都不了解。"

"听起来不太妙。"马文说。

"但这只是问题的一半。就算我们对凯西一无所知,那对'寻找'又知道些什么呢?"

"什么?"马文问道。

"恰好我知道关于'寻找'的一切。"巴尔迪兹得意地说,优雅的赤褐色双手比画着,"因为我恰好是搜寻理论方面的专家!"

"什么?"马文问道。

"搜寻理论!"巴尔迪兹的语气没那么得意了。

"我明白了。"马文不以为然地说,"嗯……这很棒,我相信这是一个很好的理论。但如果你对凯西一无所知,我看什么理论也帮不上忙。"

巴尔迪兹不咸不淡地叹了口气,用一只紫红色的手摸了摸小胡子。"我的朋友,如果你了解凯西的一切——她的习惯、朋友、欲望、厌恶、希望、恐惧、梦想、目的等等——你认为你能找到她吗?"

"我肯定能。"马文说。

"即使不知道搜寻理论?"

"是的。"

"那么,"巴尔迪兹说,"把同样的推理应用到相反的条件上。我知道关于搜寻理论的所有知识,因此我不需要知道关于凯西的任何事。"

"你确定这是同一码事吗?"马文问道。

"一定是。毕竟,方程就是方程,从一端求解可能比从另一端求解需要更长时间,但不会影响最终的结果。事实上,我们很幸运,对凯西一无所知。具体的数据有时反而会干扰理论,使其无法良好运作。不过,在这种情况下,我们不会遭受这种挫折的。"

他们稳步向上爬,穿越陡峭的山坡。刺骨的寒风呼啸着,猛烈地吹打着他们。一片片白霜开始在他们脚下出现。巴尔迪兹谈到了他对搜寻理论的研究,并列举了以下典型案例:赫克托尔寻找莱山德,亚当寻找夏娃,加拉哈德寻找圣杯,弗雷德·C.多布斯寻找马德雷山脉的宝藏,埃德温·阿林顿·罗宾逊在典型的美国环境中探究口语的自我表达,戈登·斯莱对奈亚德·麦卡锡的调查,能量对熵的追逐,上帝搜寻人类,阳追逐阴。

"从这些具体事件中,"巴尔迪兹说,"我们可以得出'搜寻'的一般概念及其最重要的推论。"

马文难过得无法接话。他突然想到,人会死在这片寒冷干涸的荒原上。

"有趣的是,"巴尔迪兹接着说,"搜寻理论直接迫使我们得出一个结论:没有什么东西会真正(或完美地)丢失。想想看,要丢失一件东西,就需要一处丢失的地方。但是,这样的地方无法找到,因为单纯的多样性并不意味着性质的差异。在'搜寻'的术语中,每个地方都和其他地方一样。因此,我们用'不确定的位置'这个概念替换'丢失'这个概念,当然,前者很容易受到逻辑数学分析的影响。"

"但如果凯西不是真的丢失,"马文说,"那我们就不能真的找到她。"

"就其本身而言,这种说法没错。"巴尔迪兹说,"当然,这只是一种理想的概念,在目前的情况下没什么价值。为了可行的目的,我们必须修改搜寻理论。事实上,我们必须颠倒理论的大前提,重新接受失物招领的初始概念。"

"听起来很复杂。"马文说。

"只是表面上复杂。"巴尔迪兹安慰他,"分析问题就会得出结果。我们接受了这个命题:马文在寻找凯西。这似乎如实地描述了我们的处境,是不是?"

"我想是的。"马文谨慎地说。

"那么,这句话意味着什么呢?"

"这意味着……我在寻找凯西。"

巴尔迪兹生气地摇了摇棕色的脑袋:"再仔细想想,我不耐烦的年轻朋友!恒等式不是推理!这句话表达了你搜寻的主动性,因此暗示了凯西丢失状态的被动性。但这不可能是真的。她的被动性是令人无法接受的。一个人最终寻找的只有自己,没有人例外。我们必须接受凯西寻找你(她自己),就像我们接受你寻找她(你自己)一样。这样一来,我们就实现了基本置换:马文寻找凯西,即凯西寻找马文。"

"你真的认为她在找我吗?"马文问道。

"她当然在找你,不管她知道与否。毕竟,她本身是人,不能被视为一个物体,一个丢失的物体。我们必须给她自主权,并且认识到,如果你能找到她,那么同样的,她也会找到你。"

"我从来没有想过这一点。"马文说。

"喏,一旦你理解了这个理论,一切就很简单了。"巴尔迪兹说,"现在,为了确保成功,我们必须决定搜寻的最佳形式。显然,如果你们双方都积极展开寻找,那找到对方的概率就会大大降低。假设有一家大型百货公司,两个人在无限拥挤的过道里来回寻找对方;或者,一个人寻找而另一个人站在固定的位置等待被找到。对比这两种策略,由于数学运算有点复杂,你只能相信我的结论了:找到对方的最好策略是一个人去找,另一个人也让对方来找自己。当然,我们最深的民间智慧一直都知道这一点。"

"那我们该怎么办?"

"我刚才已经告诉你了!"巴尔迪兹大叫道,"一个人必须寻找,另一个人必须等待。既然我们无法控制凯西的行为,那就假设她正遵循她的本能寻找你。因此,你必须压制住自己的本能等待着,这样才能让她找到你。"

"我要做的就是等待?"

"就是这样。"

"你真的认为她会找到我吗?"

"我敢拿生命担保。"

"嗯……好吧。可那样的话,我们现在去哪儿呢?"

"去一个你要等待的地方。讲得专业一点,它被称为位置点。"

马文看起来很困惑。于是,巴尔迪兹进一步解释道:"从数学上来讲,就她找到你的概率而言,所有地点的可能性都是一样的。因此,我们可以选择任意一个地点。"

"你选了什么地点?"马文问道。

"既然所有地点没有什么真正的区别,"巴尔迪兹说,"我选择了兰布罗比亚的三峰山。"

"那是你的家乡,对吗?"马文问。

"对,确实是。"巴尔迪兹说着,有点惊讶,也有点开心,"我想,这就是为什么我这么快就想到了那里。"

"兰布罗比亚不是很远吗?"

"相当远。"巴尔迪兹承认道,"但我们的时间不会浪费,因为我会教你逻辑,还会教你我们国家的民歌。"

"这不公平。"马文咕哝道。

"我的朋友,"巴尔迪兹告诉他,"当你接受帮助时,必须准备好接受别人能够给予的东西,而不是你希望得到的东西。我从来没有否认过我的局限性,可如果你提到这一点,那就是不懂得感恩。"

马文只好选择接受,因为他不认为自己能在无人帮助的情况下找到回家的路。所以,他们继续在山间前进,唱了很多民歌。但天太冷了,教不了逻辑。

20

他们继续前进,爬上一座光滑如镜的大山。风呼啸着、尖叫着,一边撕扯他们的衣服,一边拉扯他们绷紧的手指。当他们挣扎着寻找立足点时,危险的蜂窝状冰层在脚下塌陷,他们遍体鳞伤的身体贴在冰冷的山壁上,像水蛭一样在炫目的冰面上挪动。

巴尔迪兹以一种圣人般平和的心态忍受着这一切。"这很艰难,"

他笑道,"可是……因为你对那女人的爱……这一切都是值得的,不是吗?"

"是的,当然。"马文发出含糊的声音,"我想是的。"但事实上,他开始怀疑这一点了。毕竟,他认识凯西还不到一个小时。

一场雪崩轰隆隆地从他们身边经过。成吨的白雪呼啸而过,死亡离他们紧绷着趴在地上的身体只有几英寸。巴尔迪兹平静地笑了。马文焦虑地皱起眉头。

"越过所有障碍,"巴尔迪兹长吟道,"就会抵达成功的顶峰,那是心爱之人的容颜和身姿。"

"是的,当然。"马文说。

冰凌从高高的山崖上松动,闪着光在他们身边飞速落下。马文想着凯西,发现自己想不起她长什么样了。他突然觉得,一见钟情被人高估了。

一道高高的悬崖在他们面前赫然出现。马文看了看悬崖,又看了看远处闪闪发光的一片冰原,得出的结论是:这场旅行真的不值得一试。

"我觉得,"马文说,"我们应该回头。"

巴尔迪兹微微一笑,在叫人头晕的下坡路边缘停了下来。下面是寒冰地狱一般要命的雪坡。

"我的朋友,"他说,"我知道你为什么会这么说。"

"你知道?"马文问道。

"当然。很明显,你不希望我冒着生命危险继续那愚蠢而宏大的探索之旅。同样明显的是,你打算一个人走下去。"

"很明显吗?"马文问。

"当然,最不经意的旁观者都会发现你的意图。不屈不挠的个性驱使你冒着所有危险去寻找你的爱。同样明显的是,一想到要把一个你认为是亲密朋友和知心伙伴的人卷入这样一场危险的冒险,你那慷慨乐观的心就会感到不安。"

"呃，"马文说，"我不确定……"

"但我确定。"巴尔迪兹说，"对于你没有说出口的问题，我的回答是：友谊和爱情有相似之处——它超越一切限制。"

"哈。"马文说。

"因此，"巴尔迪兹说，"我不会抛弃你。为了你心爱的凯西，我们要一起走下去，如果有必要的话，共赴死亡的深渊。"

"好吧，你真是太好了。"马文盯着前面的悬崖，"可我真的不太了解凯西，也不知道我俩是否合适。所以，总而言之，我们最好还是离开这里……"

"你的话缺乏说服力，我年轻的朋友。"巴尔迪兹笑着说，"我请求你不要担心我的安全。"

"事实上，"马文说，"我在担心我自己的安全。"

"没用的！"巴尔迪兹欢乐地大喊，"炽热的激情暴露了你言语中刻意的冷静。前进吧，我的朋友！"

巴尔迪兹似乎下定决心要把马文逼到凯西身边，不管他愿不愿意。唯一的解决办法似乎是朝巴尔迪兹的下巴猛击一拳，然后拖着对方回到文明世界。于是，马文慢慢向前挪动。

巴尔迪兹向后退了一步。

"啊，不，我的朋友！"他大声喊道，"再一次，傲慢的爱情暴露了你的动机。你想把我打晕，不是吗？然后，在确保我安全舒适、食物充足的情况下，你会独自投身白色的荒野。但我拒绝遵从。我们一起走吧，朋友！"

巴尔迪兹扛着他们所有的供给，开始从悬崖上往下走。马文别无他法，只能跟了过去。

为了不让读者觉得无聊，我们不打算讲述这场穿越摩里斯库山脉的伟大行军，也不打算讲述被爱情冲昏头脑的年轻马文和他坚定的伙伴所遭受的痛苦。我们也不会描述困扰旅行者的奇异幻觉，不会描述巴尔迪兹遭受的暂时的精神错乱——他以为自己是一只鸟，能够飞越几千英尺的落差。除了搞学术的人，不会有人对马文的心理变化过程感兴趣。他先是反思了自己的牺牲，然后质疑了对那位年轻女士的喜爱，进而是强烈的好感，接着是爱的感觉，最后是超越爱的激情。

我们只想说，所有这些事情都发生了，穿越山脉的旅程花了许多天，引发了许多情绪。终于，旅途结束了。

到达最后一座山峰时，马文低头看去，看见的不是冰原，而是夏日阳光下绿色的牧场和连绵起伏的森林，还有坐落在一条平缓小河拐角处的一座小村庄。

"那是……是……"马文开口了。

"是的，"巴尔迪兹平静地说，"那是三峰山，位于阿德兰特省，兰布罗比亚国，蓝月山谷。"

马文感谢了他的老导师——因为没有别的名字可以形容狡猾而神圣的巴尔迪兹所扮演的角色——并下山向等待凯西的位置点走去。

21

三峰山！清澈的湖泊和高山环绕四周，淳朴善良的农民们在天鹅颈一样的棕榈树下悠闲地劳作着。中午和午夜，人们可以听到哀伤的吉他音调回荡在古老城堡的垛口墙上。栗色皮肤的少女清洁着布满灰尘的葡萄藤，一个留着胡子的酋长在一旁看着，他的鞭子懒懒地卷在毛茸茸的手腕上。

在忠实的巴尔迪兹的带领下，马文来到了这片古朴之地。

就在村子外面，在一块平缓的高地上有一家客栈，西班牙语中它叫波萨达。巴尔迪兹把马文带到了这里。

"但这里真的是等待的最佳位置点吗？"马文问道。

"不,不是。"巴尔迪兹说着,会心一笑,"但选择这里而不是尘土飞扬的城镇广场,我们就避免了'最佳'的谬误。而且,这里更舒适。"

马文被小胡子的智慧所折服,在客栈里舒舒服服地安顿了下来。他在户外的一张桌子旁坐下,从那里可以清楚地看到院子和院子外面的道路。他喝了一壶酒以补充体力,然后开始履行搜寻理论要求的职责,也就是等待。

不到一个小时,马文看到一道小小的黑影在明亮的白色宽阔道路上慢慢移动。黑影越来越近,是一个不再年轻的男人的身影,他被一个沉重的圆柱形物体压弯了腰。最后,那人抬起憔悴的头,直直地盯着马文的眼睛。

"麦克斯叔叔!"马文哭了。

"咦?你好啊,马文。"麦克斯叔叔回答道,"你能给我倒杯酒吗?这条路的灰尘很大。"

马文倒了一杯酒,几乎不敢相信自己的感觉,因为麦克斯叔叔在大约十年前莫名其妙地失踪了。人们最后一次看到他,是他在费尔黑文乡村俱乐部打高尔夫球。

"发生了什么?"马文问。

"我在打第十二杆的时候跌入了一条时空隧道。"麦克斯叔叔说,"如果你回到地球,马文,可以和俱乐部经理谈谈这件事。我对此从没抱怨过,但在我看来,应该让果岭委员会知道这件事,没准儿他们会建一个小围栏或其他围护结构。我自己倒不在乎,不过要是孩子掉进去了,可能会闹出一桩大丑闻。"

"我一定会告诉他们的。"马文说,"可是麦克斯叔叔,你现在要去哪儿?"

"我要去萨马拉见一个人。"麦克斯叔叔说,"谢谢你的酒,孩子,好好照顾自己。顺便说一下,你知道你的鼻环在叮当作响吗?"

"我知道。"马文说,"这是一枚炸弹。"

"我想你知道自己在做什么。"麦克斯叔叔说,"再见,马文。"

麦克斯叔叔步伐沉重地走在路上,他的高尔夫球袋在背上晃动,手里还拿着一根二号铁杆当手杖。

马文坐回原处继续等待。

半个小时后,马文发现一个女人的身影沿路匆匆而来。他产生了一种越来越强烈的期待,但随后又丧气地瘫坐在椅子里。那个女人终究不是凯西,而是他的母亲。

"你离家真远啊,妈妈。"他轻声说。

"我知道,马文。"他母亲说,"但你看,我被白人奴隶贩子抓了。"

"天啊,妈妈!这是怎么回事?"

"马文,"他的母亲说,"我只是把一只圣诞篮子拿给扒手巷的一个贫困家庭,然后发生了一次警察突袭,还有其他各种事情。我被下了药,在布宜诺斯艾利斯的一个豪华房间里醒来,一个男人站在我身边,淫笑着用蹩脚的英语问我想不想找点乐子。当我拒绝后,他弯下身子,把我紧紧地搂在怀里,那个拥抱充满了色情的意味。"

"天哪!然后发生了什么事?"

"喏,"他母亲说,"我很幸运,想起了贾斯佩森夫人告诉我的一个小把戏。你知道你可以通过强行击打一个人的鼻子下方来杀死他吗?好吧,这么做确实有用。不过,我不是真心想要杀人,马文,虽然在当时似乎是个好主意。接着,我来到了布宜诺斯艾利斯的大街上,然后事情一件接一件地发生,最终我就来到了这里。"

"你想喝点儿酒吗?"马文问。

"你真体贴。"他母亲说,"但我真的得走了。"

"去哪里?"

"去哈瓦那。"他母亲说,"我有话要带给加西亚。马文,你感冒了吗?"

"没有,我可能是因为鼻子里有枚炸弹,所以声音听起来有点滑稽。"

"照顾好你自己,马文。"他母亲说完,便匆匆走了。

时间过去了。马文坐在门廊上,就着一壶三十六年的"人类之血"吃了晚饭,然后又躺在白色的守护神雕像投下的深深阴影中。太阳金色的光芒伸向山峰。沿着这个方向,可以看到一个男人的身影匆匆从客栈旁边经过……

"爸爸!"马文大喊道。

"下午好,马文。"他的父亲说,看起来很吃惊,但掩饰得很好,"我得说,你在一些意想不到的地方出现了。"

"我也想对你说同样的话。"马文说。

父亲皱了皱眉头,整了整领带,把公文包换到另一只手上。"我在这里没什么奇怪的。"他对儿子说,"通常你妈妈会开车从车站接我回家,但今天她有事耽搁了,所以我自己走回来。因为是步行,所以我决定抄高尔夫球场一侧的近路。"

"我明白了。"马文说。

"我得承认,"他的父亲继续说,"这条近路好像变成了一条'远路',大家应该会这么说吧,因为我估计自己至少已经在这个乡下地方走了一个小时。"

"爸爸,"马文说,"我不知道该怎么跟你说,但事实是,你已经不在地球上了。"

"我觉得这样的话一点也不幽默。"他父亲说,"毫无疑问,我已经走错了路,这里的建筑风格也不是我在纽约州通常看到的那种。但我敢肯定,如果我沿着这条路再走一百米左右,就会进入安南戴尔大道,然后到达枫树街和云杉巷的交叉路口。当然,从那里我可以很容易地找到回家的路。"

"我觉得你说得对。"马文说。他从来没能从父亲那里赢过一场辩论。

"我得走了。"他的父亲说,"顺便问一下,马文,你知不知道你的鼻子里有个东西堵着?"

"我知道。"马文说,"那是一枚炸弹。"

父亲深深地皱起眉头,瞪了他一眼,然后遗憾地摇了摇头,再次上路了。

"我不明白。"马文后来对巴尔迪兹说,"为什么这些人都会来找我?这似乎不太对劲。"

"是不对劲。"巴尔迪兹宽慰他,"但这是不可避免的,这一点更为重要。"

"也许是不可避免的,"马文说,"但也是极不可能发生的。"

"没错。"巴尔迪兹同意道,"不过我更愿意称之为强迫概率,也就是说,它是搜寻理论的一种不确定伴随物。"

"恐怕我不能完全理解。"马文说。

"好吧,这很简单。搜寻理论是一个纯粹的理论,也就是说,从字面上讲,它每次都是有效的,你想不出任何反驳的理由。但是,一旦把纯粹理想的东西付诸实践,我们就会遇到困难,其中最重要的就是不确定性现象。简单来说,发生的情况是这样的:理论的存在干扰了理论的工作。你看,理论无法考虑到它的存在对自身的影响。理想情况下,搜寻理论存在于一个没有搜寻理论的宇宙中。但实际上——这是我们此刻关注的问题——搜寻理论存在于一个有搜寻理论的世界中,而它本身具有所谓的'镜像'或'倍增'效应。根据一些思想家的观点,即存在一种'无限重复'的真正的危险,理论不断根据之前对理论的修正来修正自己,最终达到一种熵的状态。在这种状态下,所有的可能性都是相同的。这个论点被称为冯·格鲁曼谬误,这个谬误把因果关系暗示为单纯的序列是错误的,这一点显而易见。这样说有没有更清楚一些?"

"我觉得有。"马文说,"我唯一不明白的是,理论的存在对理论究竟有什么影响?"

"我想我已经解释过了。"巴尔迪兹说,"搜寻理论对自身的主要或'自然'影响当然是增加拉姆达-希[1]的值。"

"嗯……"马文说。

"当然,拉姆达-希这个符号代表的是,所有可能的搜寻与所有可能的找到之间的反比。因此,当拉姆达-希通过不确定性或其他因素增长时,搜寻失败的可能性迅速降低,直至接近0,而搜寻成功的可能性迅速提高到1。这就是所谓的'集合扩展因子'。"

"这是否意味着,"马文问,"搜寻理论对自身的影响产生了集合扩展因子,因此,所有搜寻都会成功?"

"完全正确。"巴尔迪兹说,"你表达得很好,虽然也许不够严谨。在集合扩展因子的时间或持续时段内,所有可能的搜寻都会成功。"

"我现在明白了。"马文说,"根据搜寻理论,我一定会找到凯西。"

"是的。"巴尔迪兹说,"你一定会找到凯西。事实上,你一定会找到所有人。唯一的限制是集合扩展因子,或简称集扩。"

"哦?"马文发出疑问。

"嗯,当然,所有搜寻只能在集扩的时间内成功。但集扩的持续时段是一个变量——不低于6.3微秒,不超过1 005.345 43年。"

"像我这种情况,集扩会持续多久?"马文问道。

"我们很多人都想知道这个问题的答案。"巴尔迪兹说着,不由得大笑起来。

"你是说你不知道?"

"我的意思是,仅仅是发现集合扩展因子的存在,我们就已经付出了好几辈子的努力。我想,如果集扩是一个单纯的变量,那么在所有可能的情况下,确定一个精确的数值解是可以办到的。但它碰巧是一个偶然变量,那么情况就完全不同了。你看,偶然事件的微积分学是一个比较新的数学分支,谁也不能假装精通。"

---

1. 拉姆达,希腊字母表的第11个字母。希,希腊字母表的第22个字母。

"我很怕这个。"马文说。

"科学是一个残酷的工头。"巴尔迪兹表示赞同,然后高兴地眨了眨眼睛说,"当然,即使是最残酷的工头也能被规避。"

"你的意思是还有解决办法?"马文叫起来。

"可惜不合法。"巴尔迪兹说,"这是我们搜寻理论家所说的'不法解决方案'。也就是说,它是一个公式的实际应用,从统计学上看,它与所需的解决方案具有高度的相关性。但作为一种理论,还没有合理的理由来假定它的有效性。"

"不过,"马文说,"如果管用,我们就试一试。"

"我真的不愿意。"巴尔迪兹说,"不合理的公式,无论表面上多么成功,我都不喜欢,因为它包含着令人苦恼的暗示,即数学的最高逻辑最终可能建立在谬论之上。"

"我坚持要试一试。"马文说,"毕竟,我才是那个在搜寻的人。"

"从数学上讲,这与它无关。"巴尔迪兹说,"但我想,除非我放任你自由,否则你是不会让我安生的。"

巴尔迪兹不高兴地叹了口气,从他的长围巾里拿出一张纸和一个铅笔头,问:"你口袋里有多少枚硬币?"

马文看了看,答道:"八枚。"

巴尔迪兹写下这个结果,然后询问了马文的出生日期、社保号码、鞋码和身高。对此,他给出了一个数值,并让马文在一到十四之间随机选一个数字。接着,他又加上几个自己选的数字,然后龙飞凤舞地计算了几分钟。

"怎么样?"马文问。

"记住,这个结果只是统计学上的可能性。"巴尔迪兹说,"没有其他证据可以证明。"

马文点了点头。

巴尔迪兹说:"在你的这种特定情况下,集合扩展因子的持续时段将在一分四十八秒后结束,误差为正负五微秒。"

马文正要强烈抗议这种情况的不公平，并质问巴尔迪兹为什么不早点做这个至关重要的计算。但随后他低头看了看道路，在傍晚浓郁蓝天的映衬下，路面闪着奇异的白光。紧接着，他看到一个人影慢慢地朝客栈走来。

"凯西！"马文大喊道。因为来人正是她。

"在集合扩展因子还剩四十三秒时搜寻完毕。"巴尔迪兹记着笔记，"搜寻理论得到了又一次实验验证。"

但马文没有听到巴尔迪兹的话，因为他已经冲到路上，在那里紧紧地抱住了失散已久的心爱之人。而巴尔迪兹，这位老谋深算的朋友、长征路上沉默寡言的伙伴，坚定地笑了笑，又点了一瓶酒。

22

就这样，他们终于在一起了！美丽的凯西命运多舛，一路坎坷，被位置点的神奇魔力所吸引；马文年轻力壮，一张晒得黝黑的好脾气的脸上挂着灿烂的微笑。马文以年轻人的胆识和轻松的自信，征服了一项古老而复杂的宇宙挑战。凯西在他身边，年龄比他小，但在女人所继承的直觉智慧方面却远远超过他。可爱的凯西，那双漂亮的黑眼睛似乎蕴含着一种忧伤，一道难以捉摸的悲伤阴影。马文只觉得有一种巨大的、几乎压倒性的欲望，想要去保护和珍惜这个看起来脆弱的女孩。她有她的秘密，但不能透露。她终于来到马文身边，一个没有秘密可以透露的男人身边。

他们的幸福是有缺陷的，也是高尚的。马文的鼻子里有一枚炸弹，在他命运里不可阻挡的分秒流逝中叮当作响，为他们的爱情之舞提供了精准的节拍。但这种宿命感使他们截然相反的命运更加紧密地结合在一起，并给他们的关系增添了优雅和意义。

他用晨露为她创造了瀑布，用草地旁边溪流下的彩色卵石，做了一条比翡翠更美丽、比珍珠更凄美的项链。她用丝一般的头发网住了他，带着他一直往下，往下，跨过湮灭，进入了深沉寂静的水中。他让她看见冰冻的星星和融化的太阳，她给了他长长的、缠绕的影子和黑丝绒般的声音。他向她伸出手，摸到了苔藓、青草、古树和斑斓的岩石；她的指尖努力向上，抚摸着古老的行星、银色的月光、闪耀的彗星和哭泣的太阳。

他们玩着游戏，游戏中他死了，她老了；他们这样做是为了获得欢乐的重生。他们用爱来分解时间，然后把它重新组合在一起，使其更久、更好、更慢。他们用群山、平原、湖泊、峡谷来创造玩具。他们的灵魂如同健康的皮毛一样闪闪发光。

他们是恋人，除了爱情，他们想不到别的事情。但有些东西讨厌他们。枯死的树桩、秃鹰、死水塘……这些东西怨恨着他们的幸福。某些紧迫的变化无视他们的宣言，对人类的意图漠不关心，满足于继续破坏宇宙的工作。某些对变化有抵触情绪的结论，急于遵从写在骨头上、印在血液里、文在皮肤内侧的古老指令。

有一枚炸弹需要爆炸，有一个秘密需要背叛。恐惧产生了知识，也产生了悲伤。

某天早上，凯西走了，就好像她从没来过一样。

23

走了！凯西走了！这怎么可能？生活，这个爱开玩笑的冷面人，是不是搞了一次惨烈的恶作剧？

马文拒绝相信这一事实。他在客栈周围搜寻，然后去小村庄耐心地打探了一圈。凯西走了。他继续在附近的圣拉蒙寻找，询问女服务员、房东、店主、妓女、警察、皮条客、乞丐和其他居民，问他们有没有见过一位像黎明一样美丽的姑娘，有着无法形容的美丽头发、前所未有的匀称肢体、与之相称的优美五官等等。他问的那些人都悲伤地回答道："唉，先生，我们从未见过这样的女人，现在没有，这辈子也见不到。"

马文平静下来，给出了一个连贯的描述。一名修路工说他看到一个像凯西的女人和一个身材魁梧、抽着雪茄的男人坐在一辆大汽车里，向西离开了。还有一个扫烟囱的人看到她拎着金蓝相间的小手提包离开了这座小村庄。她的步伐很坚定。她没有回头。

然后，一名加油站的工作人员给了他一张凯西匆忙写下的便条，上面写着：亲爱的马文，请试着理解和原谅我。正如我多次试图告诉你的那样，我有必要……

便条剩余的部分已无法辨认。在一位密码专家的帮助下，马文破译了结尾处的几句话：但我将永远爱你，希望你能偶尔带着善意想起我。爱你的凯西。

便条的中间部分因悲伤而变得神秘莫测，无法被分析出来。

如果要描述马文的情绪，就要像描述苍鹭在黎明时分的飞行一样，但两者都不可言说。我们只想说，马文考虑过自杀，但最后决定不这么做，因为这种姿态似乎太过肤浅。

什么都没用。醉酒只是一种悲哀，而逃离世界似乎只是脾气暴躁的孩子行为。由于凯西的态度含糊不清，马文没有采取任何行动。他没有流眼泪，没有行尸走肉般度过日日夜夜。他走路，说话，甚至微笑。他一直彬彬有礼。但在他亲爱的朋友巴尔迪兹看来，真正的马文早已在悲伤的瞬间爆发中消失了，取而代之的是一个拙劣的模仿者。马文消失了，代替他的人看起来就像在不停模仿人类，随时都可能因为紧张而崩溃。

巴尔迪兹感到既困惑又沮丧。这位狡猾的老搜寻大师从未见过如此棘手的案例。他竭尽全力想把他的朋友从半死不活的状态中解救出来。他试着表示同情说："我完全了解你的感受，我不幸的伙伴。曾经，在我还很年轻的时候，我也有过类似的经历，发现……"

这并没有起到什么作用，所以，巴尔迪兹尝试改用粗暴的话语说："去你的！你还在为那个女人抛弃你而抱怨吗？现在，我以上帝的痛苦发誓，在我们这个世界里，女人多得数也数不清，而一个男人不会在面对美好的爱情时，只蜷缩在角落里……"

还是没有回应。巴尔迪兹只好试着以古怪的方式分散马文的注意力："看，看那边，我看到三只鸟站在一根树枝上，其中一只的喉咙里插着一把刀，爪子里抓着一根权杖，然而它唱得比其他两只都要欢快！你对此怎么看，嗯？"

马文仍然毫无反应。但巴尔迪兹并不气馁，试图通过讲述自己的悲惨遭遇来唤醒他的朋友。

"好吧，马文，小伙子，医生检查了我的皮疹，好像是流行性脓疱病。他们让我在外面待了十二个小时，之后我就把筹码兑现了，把桌子让给了另一个人。但在我最后的十二个小时里，我想做的是……"

依旧没有反应。巴尔迪兹又试图用农民的哲学来打动他的朋友："纯朴的农民知道得最清楚，马文。你知道他们是怎么说的吗？他们说，一把断了的刀不能当拐杖。我觉得你应该记住这一点，马文……"

但是马文心不在焉，并没有把话听进去。于是，巴尔迪兹转向了《提莫马查安卷轴》里讲述的超自我伦理学。"所以你觉得自己受伤了？但考虑一下：自我是不可言喻的、单一的、不受外界影响的。因此，它仅仅是一种被伤害了的创伤。这对人来说是外在的，与内在的洞悉无关，不构成痛苦的原因……"

马文没有被这个论点所动摇。巴尔迪兹转向了心理学："根据施泰因梅泽的说法，失去'爱人'是对失去'糟粕自我'的一种例行重演。因此，有趣的是，当我们以为自己在哀悼逝去的亲人时，实际上是在哀悼不可挽回的糟粕损失。"

但这也无法穿透马文被动的封闭自我。他疏离所有人类价值的忧郁态度，似乎是不可改变的。在一个安静的下午，他的鼻环停止了叮当作响，这更加深了这种感觉。鼻环根本不是炸弹，只是马杜克·克拉斯的选民发出的一个警告。于是，马文不再面临脑袋被炸飞的危险。

但即使是这样的好运，也没能改变他那灰暗得如同机器人一般的精神状态。他面对自己得救的事实，就像人们看到一片云从太阳表面飘过一样，完全不为所动。

似乎什么都对他不起作用。就连耐心的巴尔迪兹最终也不得不说："马文，你真是个该死的浑蛋！"

然而，马文还是无动于衷。在巴尔迪兹和圣拉蒙的善良村民们看来，谁也召唤不回他了。

不过，我们对人类思想的迂回曲折知之甚少！因为就在第二天，一件完全超出预料的事终于打破了马文的沉默，无意中打开了他一直隐藏在内心深处的闸门。

这是一起单独的事件！（尽管它本身是另一条因果关系链的开始——宇宙中难以计数的戏剧里又一个无声的开端。）

荒诞的是，它始于一个男人向马文询问时间。

24

这一事件发生在亡灵节广场的北侧，在露天晚会结束后不久，离祷告还有整整十五分钟。马文像往常一样散步，经过何塞·格里穆乔的雕像，路过聚集在十五世纪锡栏杆附近的一排擦鞋工，来到了阴森的小公园东角的圣布里欧斯喷泉。他走到失足者之墓的位置，一个男人走到他的面前，傲慢地举起了一只手。

"请原谅。"那人说，"我不请自来打扰了你的独处，对此我深感抱歉，也许对你来说是一种冒犯。不过，我还是有必要问一下，你能不能告诉我准确的时间?"

表面上看,这是一个无害的请求。然而,这个人的外表与他平平无奇的话语并不相符。他的身材中等偏瘦,脸上蓄着过时的胡子,就像莫尔卡维奥·雷东多国王画像上的那种胡子。他的衣服很破旧,但非常干净,熨烫得整整齐齐,开裂的鞋子也擦得很亮。他的右手食指上戴着一枚华丽的大金戒指。他看起来惯于指挥人,有一双冷酷犀利的眼睛。

如果不是广场周围有钟,而且它们各自的显示结果相差不超过三分钟,那个男人提出的关于时间的问题本来是很平常的。

马文瞥了一眼踝关节上的表,像往常一样彬彬有礼地告诉对方时间刚过五点。

"谢谢你,先生,你真是太贴心了。"那人说,"已经过五点了吗?时间吞噬了我们脆弱的生命,只留下记忆的酸涩残余。"

马文点点头,回答道:"然而,这个不可言喻、无法掌握、没人能拥有的时间,实际上是我们唯一的财产。"

那人点了点头,仿佛马文说了什么高深的道理,而不仅仅是客气的老生常谈。陌生人向前弯腰,深深地鞠了一躬(这种行为在过去的日子里,比在我们这个平民时代更常见)。正因为如此,他失去了平衡,要不是被马文用力抓住并扶起来,他就要摔倒了。

"非常感谢。"那人说,一刻也没有失去他的风度,"你对时间和人的把握非常可靠。我不会忘记的。"说完,他转身走进了人群中。

马文目送他离去,感到有点困惑。这家伙有些地方不太对劲:也许是那簇明显的假胡子,或者浓密的眉毛,抑或左脸颊上的人造疣;也许是那双让他的身高增加了三英寸的鞋,或者那件加了衬垫的斗篷,增宽了原本狭窄的肩膀。不管是因为什么,马文都感到困惑,但并没有马上产生怀疑。因为在那个人的漫不经心之下,有一种不容小觑的愉快而坚定的精神。

就在马文想着这些事情的时候,他碰巧低头瞥了一眼自己的右手。他仔细一看,发现手掌里有一张纸条。它肯定不是通过自然途径来到他手上的。马文意识到,那个披着斗篷的陌生人一定是在绊倒时(或者正如马文现在反应过来,对方是假装绊了一跤)把纸条塞给了他。

过去几分钟发生的事情立刻变得完全不同。马文微微皱起眉头,打开纸条读道:

> 如果先生你愿意听一些跟自己和宇宙都有关且有益的事情,"无论在当前还是遥远的未来,其重要性怎么强调都不为过。而且由于明显和充分的原因,这张纸条也不能将其详细阐述,但假设有共同的利益和道德方面的考虑,这些事情将在适当的时候被揭示出来。"那么,请你在九点钟前往绞刑犯客栈,在最左边角落靠近一对刺绣装饰的那张桌子旁坐下,在翻领上戴一朵白玫瑰花蕾,右手拿一份《塞尔苏斯日报》(四星版),用右手的小拇指随意敲击桌面。
>
> 遵循这些指示后,有一个人会来到你身边,让你了解我们认为你想听到的事情。
>
> (落款)祝你万事顺利的人

马文对这张纸条和它的含义沉思了很长时间。他发觉,有一堆他至今还不了解却相互关联的生活和问题,以一种难以想象的方式与他的命运相交了。

但现在是他做出选择的时刻。他真的愿意参与任何人的计划吗,不管这个计划多么引人注目?避免介入任何事,在隐喻变形中追求自己的孤独道路,难道不是最好的选择吗?

也许吧……然而,这件事还是引起了他的兴趣,并提供了一种看上去无足轻重的消遣,帮助他忘记失去凯西的痛苦。(行动可以当做止痛药,而沉思则是最直接的干预形式,因而经常被人们回避。)

马文按照神秘人在纸条上给的指示行动起来，买了一份《塞尔苏斯日报》(四星版)，还为自己的翻领买了一朵白玫瑰花蕾。九点整，他去了绞刑犯客栈，在最左边角落靠近那对刺绣装饰的桌子旁坐下。他的心跳得有些快。这种感觉并非完全不愉快。

25

绞刑犯客栈是一个低级却欢乐的地方，顾客大多是下层社会里精力充沛的人。身材魁梧的鱼贩叫嚣着要喝酒；激动的煽动者对政府破口大骂，被身强力壮的铁匠们轰了下来；大壁炉里烤着一只六条腿的胸甲虫，烤得酥脆的躯体上涂抹着蜂蜜果汁；一位小提琴手站在桌子上演奏吉格舞曲，他的一条木头假腿随着古老的旋律欢快地嘎吱作响；一个眼皮上装饰着宝石、填充了人造鼻中隔的醉醺醺的妓女，在角落里自怨自艾地哭泣着。

一个满身香水味儿的花花公子用一块蕾丝手帕擦了擦鼻子，轻蔑地向走钢索的摔跤手扔了一枚硬币。再往左一点，在一张普通的桌子旁，一个擦鞋匠伸出手，想捞一点锅里的羊颈肉，结果一只手被人用匕首钉在了桌子上。这一壮举引发了全场欢呼。

"上帝保佑你，先生，你要喝点什么？"

马文抬起头，看见一名面颊红润、胸部丰满的女服务员正在等他点餐。

"一杯蜂蜜酒，麻烦你了。"马文轻声回答。

"好的，我们有蜂蜜酒。"女服务员回答道。她弯下腰去调整她的吊袜带，小声地对马文说："天哪，先生，在这个地方你可要小心啊，这里真的不适合像你这样的年轻绅士。"

"谢谢你的提醒。"马文回答道，"但如果遇到困难，我希望自己不是完全没用的废物。"

"哎，你不了解这里的人。"说完，女服务员急忙走开了，因为一个全身黑衣的高大男人走到了马文的桌子前。

"感谢全能上帝甜美流血的伤口，这些是什么人啊？"他大喊道。

客栈里顿时一片寂静。马文镇定地看着眼前这个人，从那宽阔的胸脯和异常的臂长认出对方是布莱克·丹尼斯。他记得这个人的鼎鼎大名：开膛手、撕碎者、恶霸和破坏者。

马文假装没有注意到这个汗津津的男人离自己很近，相反，他拿出一把扇子，在鼻子前轻轻地扇着。

客栈里的人群发出粗野的笑声。布莱克·丹尼斯走近半步，当他的手指紧紧握住剑柄时，手臂上的肌肉像痛苦的眼镜蛇一样扭动着。

"该死的，我真是瞎了眼！"布莱克·丹尼斯喊道，"但我觉得最不可思议的是，在我们中间有一个人看上去特别像国王的密探！"

马文怀疑丹尼斯想激怒自己，因此他没有理会对方的挑衅，而是用一把小银锉磨着自己的指甲。

"好吧，从中间砍我一刀，把我的内脏绑成腰带！"布莱克·丹尼斯咒骂道，"看来某位所谓的绅士根本就不是绅士，因为他不承认另一位绅士在对他说话。不过，也许他的耳朵听不见，这一点我需要检查一下他的左耳才能知道——等我有空的时候。"

"你是在跟我说话吗？"马文用怀疑的语气温和地问道。

"确实是跟你说话。"布莱克·丹尼斯说，"因为我突然觉得，我不喜欢你的脸。"

"真的吗？"马文嘟哝道。

"对！"布莱克·丹尼斯吼道，"我也不喜欢你的举止，不喜欢你的香水味儿，不喜欢你脚的形状还有你手臂的曲线。"

马文眯起眼睛。这一刻充斥着紧张的杀意，除了布莱克·丹尼斯急促的呼吸声以外，听不见任何声音。可是，在马文还没来得及回答的时候，一个人跑到了布莱克·丹尼斯的身边。那是一个小个子驼背，皮肤蜡黄，留着大白胡子，站起来不足一米，身后拖着一只畸形足。

"啊，得了。"驼背对布莱克·丹尼斯说，"在圣奥利金前夜见血，难道不值得阁下注意吗？真可耻，布莱克·丹尼斯！"

"只要我愿意，我会以圣红山的溃烂起誓，让这里血流成河！"恶霸咒骂道。

"对，把他的肠子都掏出来！"人群中一个骨瘦如柴、鼻子很长的家伙喊道，他眨着一只蓝色眼睛，眯着一只棕色眼睛。

"对，挖出来！"另外十几个人也跟着叫喊起来。

"先生们，别闹了！"胖胖的客栈老板握紧双手说。

"他又没碍着你们！"邋遢的女服务员说道，手上的酒杯托盘在颤抖。

"行了，让这位绅士喝他的酒吧。"驼背说着拉了拉布莱克·丹尼斯的袖子，一侧的嘴角流着口水。

"放开我，你这个罗锅！"布莱克·丹尼斯大吼一声，挥出右拳，拳头如同拳击手套一般大，正好打在驼背的胸口。恶霸将驼背推到客栈的另一边，又把他推到吧台那头，直到让他撞上架子，把玻璃撞得稀里哗啦。

"现在，以永恒的蛆虫名义起誓！"这位斗士转向了马文。

马文仍然扇着扇子，放松地靠在椅子上，但眼睛略微眯了起来。善于观察的人可能会注意到，马文的大腿有微弱的震颤，手腕有轻微的弯曲。

现在，他终于屈尊看了看骚扰自己的恶霸。"还不走吗？"他问道，"伙计，你的纠缠越来越让人厌烦，也让我感到无聊。"

"是吗？"布莱克·丹尼斯大吼道。

"是的。"马文讽刺地回答，"虚伪的人总是反复强调，但我不喜欢这样做。所以，你走吧，伙计，把你那具过于兴奋的躯体带到别的地方去，免得被我放血冷却，让外科医生见了都要嫉妒。"

布莱克·丹尼斯目瞪口呆地面对这种致命、安静、侮辱性的傲慢态度。接着,他以一种与粗壮体型不相称的速度飞快地拔出剑,把沉重的橡木桌劈成了两半。要不是马文敏捷地闪开了,准会被砍死。

丹尼斯怒吼着冲了上来,挥舞着剑,就像一架发了疯的风车。马文轻巧地向后一跳,折起扇子,把它塞进腰带里,然后卷起袖子,弯腰躲过又一次攻击。他向后翻过一张雪松桌,拾起了一把切肉刀。他把刀柄轻轻地握在手里,滑步向前,投入战斗。

"快跑,先生!"那个女服务员叫道,"他会把你劈成两半的,而你手里只有一把没有开刃的小钢刀!"

"小心点,年轻人!"驼背躲在悬挂的酒桶下面喊道。

"把他的肠子掏出来!"那个骨瘦如柴、鼻子很长、花眼睛的家伙叫道。

"先生们,住手!"不乐意的客栈老板喊道。

两个战士在大厅的中央狭路相逢。布莱克·丹尼斯激动得脸都扭曲了,他挥舞着剑虚晃一枪,力气大得足以劈开一棵橡木树。马文胸有成竹地躲过一击,用切肉刀在四分之一处挡住对方的剑,并立即用五分之一处反击。这一敏捷的进攻被丹尼斯异常迅速的回击所阻挡,否则马文的刀一定会把这个家伙的喉咙切断。

布莱克·丹尼斯重新开始防守,看向对手的眼神里多了几分敬意。然后,他发出狂暴的怒吼,向前冲去,迫使马文在烟雾弥漫的屋子里节节后退。

"两枚拿破仑金币压大个子!"喷香水的花花公子叫道。

"买定离手!"驼背喊道,"那个瘦长的小伙子步法不错,瞧好了。"

"步法永远抵挡不了挥舞的长剑。"花花公子嘟哝道,"你愿意用自己的钱袋来支持你的判断吗?"

"愿意!我要加五枚金路易!"驼背说着,摸索起了钱袋。

现在,人群中的其他人也被押注的热情所感染。"十卢比压丹尼斯！"那个长鼻子的家伙喊道。

"不，我愿意出三比一的赔率！"

"四比一！"一贯谨慎的客栈老板叫道，"七比五压第一滴血！"说着，他掏出一袋金币。

"买定离手！"那个长鼻子的家伙大叫着，拿出三枚银塔兰和半枚古罗马银钱，"我以布莱克母亲的名义起誓，我愿意出八比六的赔率压胸口受伤！"

"我也加入！"女服务员大喊着，从怀里掏出一袋玛丽亚·特蕾莎泰勒钱币，"我出六比五的赔率压砍掉第一条胳膊！"

"我跟了！"喷香水的花花公子尖声说，"我出九比四的赔率压这个弱不禁风的小伙子，他会在第三滴血之前像一只烤焦的灰狗一样从这里跑出去！"

"我跟你赌。"马文·弗林说着，开心地笑了笑。他一边躲开丹尼斯笨拙的攻击，一边从腰带里抽出一袋弗罗林钱币，丢给了那个花花公子，然后继续认真地投入战斗。

就这短短几个动作，马文的击剑技巧就可见一斑。然而，他面对的是一个强大而坚定的对手。丹尼斯挥舞的剑比马文那把不太合适的切肉刀大了很多倍，而且他的决心似乎到了疯狂的地步。

进攻开始了。人群中除了驼背，其他所有人都屏住了呼吸。布莱克·丹尼斯像红坦克[1]的化身一样冲了过来。面对暴躁的冲刺，马文被迫躲闪，向后退去，翻过一张桌子，发现自己被卡在了角落里。他高高跃起，抓住吊灯，荡过屋子，轻飘飘地落在了地上。

布莱克·丹尼斯看上去有些困惑，也许是对自己有点不自信，于是耍了个花招。当双方再次互相攻击时，丹尼斯挥动长胳膊，将一把椅子扔向马文。就在马文躲闪的时候，丹尼斯从桌子上抓起一簇黑色的伊格纳辣椒，扔向马文的脸⋯⋯

---

1. 美国漫威漫画旗下超级反派。

但是马文已经不在原地了。他转了个身，伸出左脚，避开了那个阴险的招式。他持刀佯攻下路，又用眼睛做了假动作，完成了一个完美的交叉退步。

布莱克·丹尼斯呆呆地眨着眼睛，低头看到马文的刀柄插在他的胸口上。他惊讶地睁大眼睛，拿剑的手挥舞起来，准备回击。

然而，马文只是平静地转过身，慢慢地走开了，把自己没有保护的后背暴露在那把闪闪发光的长剑之下！

布莱克·丹尼斯向下挥剑，但他的眼睛已经蒙上了一层薄薄的灰雾。马文对伤口的严重程度判断得非常准确，因为就在这时，丹尼斯的剑砰的一声掉在了地上。不久之后，这名斗士庞大的身躯也倒了下去。

马文头也不回地穿过屋子中央，重新坐回椅子上。他打开扇子，皱着眉头从口袋里掏出一块蕾丝手帕，然后擦了擦额头。两三滴汗珠玷污了大理石般完美的手帕。马文擦去汗水后，扔掉了手帕。

屋子里鸦雀无声。就连那个长鼻子的家伙也停止了急促的呼吸。

这也许是顾客们见过的最令人惊叹的剑术表演。他们喜欢打架，谁也不服谁，但都被眼前的一幕震惊了。

片刻之后，人群爆发出欢呼声，所有人都挤在马文周围赞叹着，对他用切肉刀展示的技术表示惊叹。走钢索的摔跤手（兄弟俩，天生聋哑）发出尖叫，翻着筋斗。驼背咧嘴一笑，用满是泡沫的嘴唇数着他赢的钱。女服务员用一种过分热情的目光望着马文，令人尴尬。客栈老板粗暴地招待顾客们喝酒。那个花眼睛的男人抽着他的长鼻子，谈论着马文运气好。就连喷香水的花花公子也表示了敷衍的祝贺。

慢慢地，屋子里恢复了正常。两个公牛脖子仆人把布莱克·丹尼斯的尸体拖了出去，善变的人群向尸体扔着橘子皮。烤肉在烤架上转动起来，除了独腿的小提琴手的演奏声外，还可以听到掷骰子和打牌的声响。

那位花花公子溜达到马文的桌子前，双手叉腰，戴着羽毛帽，低头看着他。"我以名誉担保，先生。"花花公子说，"你确实有一些击剑的资质。而且在我看来，你的技术可以为马丘奇主教效劳，他一直在寻找身手敏捷的人。"

"我不给别人打工。"马文平静地说。

"我很高兴听到你这么说。"花花公子说。

这时，马文更仔细地看了看这个人，发现他的纽扣孔里插着一朵白玫瑰花蕾，手里拿着一份《塞尔苏斯日报》（四星版）。

花花公子的眼睛里闪过一丝警告的神色。他用极为柔弱的声音说："那么，先生，我再次祝贺你。也许，如果你想运动一下，可以到我在殉道者大街的房子里来。我们可以讨论一下剑术的精妙之处，喝一杯在我家族的地窖里放了一百零三年的好酒，或许还可以再讨论一两个彼此都感兴趣的话题。"

这时，马文终于认出，在花花公子的伪装之下，是那个早些时候塞给他纸条的人。

"先生，"马文说，"你的邀请使我感到荣幸。"

"别客气，先生。你能接受我的邀请，也是我的荣幸。"

"不，先生。"马文坚持道。他本想进一步探讨这个问题，但被对方打断了话。

花花公子低声说："那么我们马上离开吧。布莱克·丹尼斯不过是一个预兆——一根告诉我们风向的稻草。我非常担心，如果我们不赶快离开这里，可能会刮来一场飓风。"

"那太不幸了。"马文微笑着说。

"老板！把这位先生的酒钱记在我的账上！"

"好的，古尔斯爵士。"客栈老板回答道，深深地鞠了一躬。

于是，他们一起走进了雾气迷蒙的夜色中。

26

  他们穿过城市中心弯弯曲曲的小巷，经过特尔克堡垒阴森的铁灰色城墙，路过了臭名昭著的斯波德尼精神病院，在那里，被虐待的疯子发出尖叫，声音与战斗之墓里巨大水车的吱吱声诡异地混杂在一起；他们经过低矮、不祥的月之城楼，听见了囚犯们的号叫，然后走过散发着恶臭的高城垛，那里有一排可怕的带刺的躯干雕像。

  马文和古尔斯爵士都了解这个时期和年代，并没有留意那些声音和景象。他们无动于衷地经过垃圾池塘，在那里，前摄政王曾满足过自己疯狂的夜间幻想；他们目不斜视地走过狮子的棋局，在那里，小额负债人和小罪犯头朝下被埋在快速凝固的水泥里，以儆效尤。

  这是一个艰难的时代，有些人可能也认为这是一个残酷的时代。人们举止考究，但激情不受约束。人们遵守最严格的规定，但大多数人都被折磨致死。在这个时代，七分之六的妇女死于分娩，其中，婴儿死亡率高达令人震惊的百分之八十七；儿童平均预期寿命不超过十二点三岁；瘟疫每年都在中心城市肆虐，带走大约三分之二人口的生命；持续不断的宗教战争使健全的男性人口每年减半，以至于一些军团不得不让盲人担当炮手。

  然而，这不能算是一个不幸的时代。尽管困难重重，人口数量每年还是飙升到新的高度，人们渴望大胆的新极限。如果说生活是不确定的，那它至少是有趣的。机器还没有从种族中培养出个体的主动性。尽管阶级差异令人震惊，封建特权至高无上，社会由国王的可质疑权力和神职人员的邪恶存在所制约，但这仍然可以被称为一个民主的时代，一个人人都有机会的时代。

  当马文和古尔斯爵士走进一栋狭窄的老房子时，他们谁都没有想到关于时代的这些事情。这栋房子的百叶窗都拉上了，门边拴着两匹马。马文和古尔斯爵士并没有考虑自己的事业,虽然他们确实在从事某项工作;他们也没有考虑过死亡,虽然死亡一直在他们身边。他们的时代并没有自我意识。

"进来吧。"古尔斯爵士说着,带领他的客人走过铺着地毯的地板,经过沉默的男仆,来到一间装着高高的护墙板的房间,欢腾的炉火在巨大的玛瑙壁炉里噼里啪啦地燃烧。

马文没有作声,他正在观察房间的每一处细节:那只雕花大衣橱肯定是十世纪的,西墙上的画像被镀金画框半掩着,是穆索特的真品。

"来吧,请坐。"古尔斯爵士说着,优雅地坐到一张大卫·奥格尔维半睡椅上,那张睡椅装饰着当年流行的阿富汗织锦缎。

"谢谢你。"马文说着,坐在一张八腿的约翰四世椅上,椅子的把手是红木的,靠背是用棕榈芯做的。

"来点儿酒吗?"古尔斯爵士带着漫不经心的敬意,捧起一只青铜酒壶,上面装饰着由霍伊斯的达戈贝尔雕刻的金饰。

"现在不用,谢谢你。"马文答道,从他那件巴蒂斯特绿色绒毛外衣上拂去一丝灰尘。衣服是由帕尔平巷的杰弗里为他量身定做的,用莱尔线缝上了纺锤形纽扣。

"那么,要不要来点儿鼻烟?"古尔斯爵士问道,递上了他的小铂金鼻烟盒,那是由斯奈登的杜尔制作的,上面用钢尖画着一幅莱什橙子树林的狩猎场景。

"也许待会儿吧。"马文眯起眼睛,看着他自己舞鞋上的双卷银线鞋带。

"我请你到这里来,"古尔斯爵士突然说道,"是想询问你愿不愿意帮助一项既善良又正当的事业,而且我相信你对这一事业并不完全陌生。这项事业关乎蓝普利·海特·奥古斯丁先生,他更广为人知的名字是'开明者'。"

"奥古斯丁先生!"马文喊道,"哎呀,我还是个孩子的时候就认识他了,那是在零二年或零三年,斑点鼠疫那年!哎呀,他过去常来我们的小木屋!我还记得他经常给我带杏仁糖苹果!"

"我就知道你记得他。"古尔斯平静地说道,"我们都记得。"

"所以那位伟大善良的绅士怎么样了?"

"挺好的吧……我们希望如此。"

马文立刻警觉起来:"先生,你什么意思?"

"去年,奥古斯丁先生在位于杜凡内莫尔的乡间庄园里工作,就在桑格雷拉山脚下的艾伦肯村那边。"

"我知道那个地方。"马文说。

"他正在给自己的杰作《优柔寡断的伦理学》收尾,二十年来,他一直在为这本书而努力写作。突然有一天,一群全副武装的人制伏他的仆人,贿赂他的私人保镖,冲进了他工作的如尼文书房。除了他的女儿之外,没有其他人在场,他女儿也无能为力。这些不知名的家伙抓住并绑走了奥古斯丁,还烧毁了他的著作的所有副本。"

"太无耻了!"马文喊道。

"他的女儿看到这样可怕的情景,像死了一样昏倒了。因此,凭借一种无意的假象,她幸免于难。"

"真令人震惊!"马文嘟囔道,"但是,谁会对一个被许多人称为当代杰出哲学家的无辜文人施以暴力呢?"

"无辜文人,你是这么认为的?"古尔斯爵士问道,他的嘴唇拧成痛苦的怪相,"你了解奥古斯丁的工作,所以才这么说的吗?"

"我没那么幸运能够了解他的工作。"马文回答道,"老实说,我的生活让我没什么机会了解这些事情,因为我已经连续旅行了很长一段时间。但是我想,像他这样一位文雅、受人尊敬的人,其作品一定会……"

"恕我不敢苟同。"古尔斯爵士说,"我们正在讨论的这位善良正直的老人,通过一个不可逆转的逻辑归纳过程,提出了某种学说。如果这种学说被大众所知,很可能引起流血革命。"

"这似乎不是什么好事。"马文冷冷地回答,"他的学说具有可怕的煽动性吗?"

"不,别急,别急!令人震惊的并不是奥古斯丁宣扬的这种学说本身,而是其造成的后果。也就是说,它具有道德真实性的色彩,并不比月亮的盈亏更具有真正的煽动性。"

"好吧……给我举个例子。"马文说。

"奥古斯丁宣称,人生来自由。"古尔斯爵士轻声说。

马文想了想。"一种新奇的观念。"他最终说道,"但也不无道理。再多讲讲。"

"他宣称,正直的行为在上帝眼中是值得称颂的,是令人喜悦的。"

"一种看待事物的奇特方式。"马文这么评价道,"不过……嗯……"

"他还认为,未经审视的人生不值得度过。"

"相当激进的观点。"马文说,"当然,如果这些言论落入广大民众的手中,会发生什么显而易见。国王和教会的权威将不可避免地遭到削弱……然而……"

"然而什么?"古尔斯轻声问道。

"然而,"马文恍惚地凝视着陶土天花板,上面雕刻着交错的守护神像,"接踵而至的混乱中,难道不会产生一种新的秩序吗?难道不会诞生一个新的世界吗?在这个世界上,贵族的狂妄自大难道不会被个人价值观所抑制和改善吗?一个已经没落、政治化的教会发出的雷鸣般的威胁,难道不会被人与上帝之间的新关系所抵制,而没有肥胖的牧师或者盗窃的修士介入吗?"

"你真的相信这是可能的吗?"古尔斯的声音听起来好像丝绸在天鹅绒上滑动。

"是的。"马文说,"是的,上帝作证,我确实相信!我将帮助你拯救奥古斯丁,并传播这种新奇的、革命性的新学说!"

"谢谢你。"古尔斯简短地说完,打了个手势。一个人影从马文的椅子后面溜了出来,是那个驼背。当那个家伙把刀插进刀鞘里时,马文看到钢刀寒光一闪。

"我们没有要侮辱你的意思。"古尔斯认真地说,"当然,我们对你很有信心。但是,如果你反感我们的计划,我们就有责任把错误的人藏在一座无名的坟墓里。"

"这种预防措施使你的故事更加可信。"马文冷冷地说,"但我不喜欢这样热忱的欣赏。"

"这种谈话方式在生活中很常见。"驼背说,"其实,希腊人不就认为死在朋友手里比死在敌人的魔爪里更好吗?在这个世界上,我们的角色是由无情的命运来严酷决定的。许多本想在人生舞台上扮演皇帝的人,却发现自己只能扮演一具尸体。"

"先生,"马文说,"在我听来,你像是一个也经历过选角问题的人。"

"可以这么说。"驼背干脆地回答道,"如果不是超出预料的紧急情况迫使我这样做,我是不会自愿选择这个卑微的角色的。"

说完,驼背俯下身,解开绑着的大腿,然后站了起来,现在足足有一米八五高。他解开背上的假驼峰,擦去脸上的油彩和口水,梳理头发,拆下胡子和畸形足,然后转向马文,露出一丝苦笑。

马文盯着这个变形的人,接着深深鞠了一躬,感叹道:"神圣的英格努克大人,海军部第一大臣,首相的亲信,国王的特别顾问,猖獗教会的打击者,大议会的召唤官!"

"我就是那个人。"英格努克回答道,"我扮演驼背是出于政治的原因:如果我的对手布莱克莫尔·德·莫德温勋爵怀疑我在这里,那么,皇家池塘的青蛙有机会在太阳神的第一道光芒中呱呱叫之前,我们所有人都会丧命!"

"阴谋的藤蔓在高塔上生长。"马文评价道,"我一定会为您效力,上帝将给我力量,除非某个酒馆里的斗士用一柄钢剑刺进我的肚子。"

"如果你指的是布莱克·丹尼斯那件事,"古尔斯爵士解释道,"我可以向你保证,这是为了让布莱克莫尔勋爵派来监视我们的间谍看到而策划的。其实,布莱克·丹尼斯是我们中的一员。"

"惊喜连连!"马文高呼,"看来布莱克莫尔勋爵有很多耳目。但先生们,我很好奇,在我们这个王国里有那么多了不起的绅士,你们为什么要找一个没有特权、没有地位、没有财富的人?他只有上帝赋予的绅士之名、自己的荣誉头衔以及延续千年的姓氏。"

"你太过谦虚了!"英格努克勋爵笑了,"大家都知道,你的剑术无与伦比,也许除了可恶的布莱克莫尔的狡猾剑术。"

"我只是一个学习钢铁艺术的学生。"马文满不在乎地回答,"不过,如果我这可怜的天赋对您有用的话,那就如您所愿。现在,先生们,你们想让我做什么?"

"我们的计划,"英格努克慢吞吞地说,"优点是大胆无畏,缺点是无比危险。掷一次骰子就能赢得一切,或者输掉我们生命的赌注。这是一场沉重的赌博!可是,我觉得你不会愿意去冒这个险。"

马文微笑着揣摩这个句子,然后说:"速战速决的游戏永远充满活力。"

"太好了!"古尔斯喘着气站了起来,"我们现在必须去罗曼谷的加特城堡。在去那里的路上,我们会把计划的细节告诉你。"

就这样,三个人披着大斗篷,从屋顶的楼梯井离开了那栋又高又窄的房子,经过锚链舱,来到西边老墙的后门。一辆四驱马车等候在这里,两名全副武装的卫兵牵着缰绳。

马文向马车走去,看见里面已经坐着一个人。那是个女孩,再仔细一看,竟然是……

"凯西!"他大喊道。

对方不解地望着马文,用冷酷无情的声音回答说:"先生,我是卡塔琳娜·奥古斯丁。我既不认识你的面孔,也不喜欢你那种自以为熟悉的样子。"

她美丽的灰色眼睛里没有丝毫认出马文的意思。没有时间继续询问了，因为就在古尔斯爵士匆忙介绍时，他们身后传来一声喊叫。

"你，马车里那个！以国王的名义，不许动！"

马文回过头，看见了一名龙骑兵上尉和他身后的十个骑兵。

"叛徒！"英格努克喊道，"快，车夫，带我们走！"

随着马蹄的咔嗒声和马车的嘎吱声，四匹马两两一对拉着马车，沿狭窄的小巷朝九石镇和海边大道的方向驶去。

"他们会追上我们吗？"马文问。

"有可能。"英格努克说，"他们看起来骑得不错，可恶的蓝色水泡屁股！对不起，女士……"

有那么一会儿，英格努克看着那些骑兵在马车后面不到二十米的位置追赶着，他们的军刀在昏暗的灯光下闪闪发光。然后他耸了耸肩，转过身来。

"请容我问一下，"英格努克说，"你是否熟悉这里和旧帝国其他地方最近的政治发展情况？因为有了这方面的知识，你才能明白我们的计划在特定形式和特定时刻上的必要性。"

"恐怕我的政治知识贫乏得可怜。"马文说。

"那么，请允许我向你讲述一些背景的细节，这样可以使情报人员更容易掌握目前的情况及其重要性。"

马文向后靠了靠，耳边传来龙骑兵的马蹄声。卡塔琳娜坐在他对面稍稍靠右的地方，冷冷地盯着古尔斯爵士帽子上摆动的流苏。于是，英格努克勋爵的讲述开始了。

27

"老国王在不到十年前去世了，当时正值苏埃斯异端全面泛滥，因此没有给穆尔瓦维亚的王位留下明确的继承人。这片动荡大陆的激情沸腾了起来。

"有三位竞争者在争夺蝴蝶王座,其中,莫罗威王子拥有明显的合法权利。该权利是由官方选举委员会授予莫罗威王子的,虽然他们接受了贿赂。如果这还不够的话,他还信奉王室宗族的教义,因为他是挪威男爵公开承认的(也是唯一在世的)私生子,也是强大的莫特乔伊家族的亲戚——挪威男爵是老国王之妹的同父异母的兄弟。

"在不那么混乱的时代,这些条件可能就足够了。但是,对于一个处于内战和宗教战争边缘的大陆来说,这样的继承声明存在缺陷,而声明者本人甚至有更大的缺陷。

"因为莫罗威王子只有八岁,从未开口说过一句话。根据画像上的形象,他有一颗异常肿胀的头颅、松垮的下巴和一双无神呆滞的眼睛。他唯一已知的乐趣就是收集蠕虫(大陆上最好的蠕虫)。

"莫罗威王子的主要反对者是梅拉公爵、帝国边缘地带的常备继承人戈特利布·霍斯特拉特,后者可疑的血统得到了分裂主义的苏埃斯异端的支持,尤其是衰弱的多德萨大主教的支持。

"第三位反对者是来自瓦尔斯的罗姆鲁戈,如果没有南部瓦斯克公国的五万名久经沙场的士兵来支持他的请愿,可能没人理他。年轻力壮的罗姆鲁戈以古怪著称。他与自己心爱的母马奥西拉的婚姻,遭到了正统派欧文斯教士的谴责。在这位教士看来,罗姆鲁戈并非真心拥护自己。他也没有赢得金特·洛赛因居民的好感,反而下令将这座骄傲的城市埋在二十英尺深的地下,'作为送给未来考古学家的礼物'。然而,如果有足够的资金来支付给士兵们,他对穆尔瓦维亚王位的继承请愿可能很快就会合法化。

"不幸的是,罗姆鲁戈没有个人财产(那些钱都花费在购买莱瑟提亚卷轴上了)。因此,为了提高军队的工资,他提议与富有但无能的蒂胡鲁自由城结盟,后者控制着锡杜海峡。

"这一轻率的举动招致了普尔斯公国的愤怒,该国的西部边境长期以来一直保护着旧帝国暴露的侧翼,使其不受异教摩诺哥特人的掠夺。年轻的普尔斯大公坚决而执着,立即与霍斯特拉特联合起来——这无疑是大陆有史以来最奇怪的联盟——从而直接威胁到了莫罗威王子和支持他的莫特乔伊家族。因此,罗姆鲁戈意外地发现自己被苏埃斯异端和其盟友三面包围,而第四面则是不安分的摩诺哥特人。于是,罗姆鲁戈开始拼命四处寻找新的联盟。

"他跟特普伦德岛的领主——神秘的达克茅斯男爵——结成了联盟。高大深沉的男爵立刻带着一支由二十五艘大帆船组成的战斗舰队出海。当这支可怕的舰队驶入埃舍尔海时,所有穆尔瓦维亚人都屏住了呼吸。

"都到这个时候了,还能维持平衡吗?也许吧,如果莫罗威王子坚守了他以前对马尔凯城的承诺;或者,年迈的多德萨大主教考虑到必须同霍斯特拉特和解,最终没有选择在那个不合适的时机死去,从而把权力转交给患有癫痫病的亨弗特茅斯的默维;抑或,如果摩诺哥特人的首领——红手埃里克茅斯——没有选择在那个时候驱逐普尔斯大公的妹妹普罗佩亚,后者被称为凶狠的'反对异端的铁锤'(异端指的是所有不认同狭隘正统的德隆加主义的人)。

"但命运之手介入了,阻止了这不可避免的时刻。达克茅斯男爵的大帆船遇到了零三年的大风暴,不得不转到蒂胡鲁自由城去避难。他们洗劫了城市,因而罗姆鲁戈的联盟在还没有完全展开时就瓦解了。与此同时,军队中没有领到薪水的瓦斯基骑兵发生了叛乱,他们被兵团逐出,加入了离行军路线最近的霍斯特拉特的领地。

"所以,霍斯特拉特是最不情愿的皇家继承请愿人。他已经听天由命,却发现自己又回到了竞争中。星光在高处闪烁的莫罗威王子发现,当东部的隘口被坚定的敌人占领时,埃奇利德斯山脉并没有起到什么保护作用。

"当然,受这一切影响最大的人是罗姆鲁戈。他的处境很尴尬:既被自己的军队抛弃,又被盟友达克茅斯男爵抛弃(彼时,他正忙着守住蒂胡鲁自由城，以抵御鲁尔海岸海盗的猛烈进攻），甚至在他的领地瓦尔斯，也受到了莫特乔伊家族长驱直入的致命阴谋威胁，而马尔凯城则在一旁虎视眈眈。他的母马奥西拉，为他的厄运压上了最后一根稻草，也选择在这个时候抛弃了罗姆鲁戈。

"然而，即使在逆境中，自信的罗姆鲁戈也没有动摇。母马的背弃受到欧文斯教士的大力赞赏，他为这个可疑的拥护者授予了绝对的离婚权，然后又惊恐地得知，玩世不恭的罗姆鲁戈打算利用他的自由之身与普罗佩亚结婚，从而与心存感激的普尔斯大公结盟……

"以上都是在那个至关重要的一年里，激发人们激情的因素。整个大陆处于灾难的边缘。农民们把庄稼埋在地下，磨尖镰刀。军队严阵以待，准备朝任何方向进军。骚动的摩诺哥特人被更加骚动的食人族阿拉胡特人从后方压制，聚集在旧帝国的边界，形成了威胁。

"达克茅斯男爵赶忙重新武装他的战舰。霍斯特拉特给瓦斯基骑兵发了薪水，训练他们应对新的战争。罗姆鲁戈巩固了他与普尔斯公国的新联盟，与红手埃里克茅斯的关系得到了缓和，并考虑到了莫特乔伊家族和患有癫痫病但沉着干练的默维之间的新竞争。莫罗威王子不经意间成为鲁尔海岸海盗的盟友，不情愿地拥护起了苏埃斯异端邪说，又不自觉地成为红手埃里克茅斯的同谋，他望着埃奇利德斯山脉险峻的东坡，战战兢兢地等待着。

"正是在这种至关重要、人人紧张的局势下，奥古斯丁先生无意中宣布他的哲学作品即将完成……"

英格努克勋爵结束讲述，声音慢慢低了下去。有好一会儿，除了沉重的马蹄声，什么声音也听不到。

然后，马文平静地说："我现在明白了。"

"我就知道你会明白的。"英格努克热情地回答，"鉴于此，你就能理解我们的计划，赶到加特城堡集合，然后立即发动袭击。"

马文点点头："在这种情况下，不可能有别的办法。"

"但首先，"英格努克说，"我们必须摆脱这些龙骑兵的追击。"

"关于这一点,"马文说,"我有一个计划……"

28

马文和他的同伴们使了个伎俩,躲过穷追不舍的龙骑兵,毫发无伤地赶到加特城堡,进入了围着护城河的大骑士比武场。当十二点的钟声响起的时候,阴谋者聚集在一起进行最后的部署,并在当天晚上出发,大胆地尝试把奥古斯丁从布莱克莫尔勋爵的强大控制中解救出来。

马文回到了他在城堡高处东翼的房间,坚持要一盆水来洗手,这让他的侍从大吃一惊。在这个时代,就连最高贵的宫女也习惯把污垢藏在香熏过的纱布下面,因此马文的行为看起来很奇怪。但是,他在南雷穆埃夫与快活的异教徒特斯克人相处时,学会了这种习俗,他们的肥皂喷泉和海绵雕塑对自负和肮脏的北方贵族来说,是奇观中的奇观。马文不顾同伴们的嘲笑和神职人员的皱眉,固执且坚持认为,只要水不接触其他部位,偶尔洗一下手并无大碍。

他洗漱完毕,只穿着黑色缎面半截裤、白色蕾丝衬衫、骑兵靴和埃雷兹软皮及肩手套,带着他那把在家族中代代相传了五百年的"刺客之剑"。他听到身后有一点声响,立刻转过身,握紧了剑柄。

"啊,先生,你要用那把可怕的长剑刺穿我吗?"卡塔琳娜小姐——正是她——站在通往内室的镶板门洞里揶揄道。

"说真的,小姐你吓了我一跳。"马文说,"至于刺穿你,那确实是我想做的事,不过不是长剑,而是另一件更可靠的武器,而我恰恰拥有这种武器。"

"呸,先生。"卡塔琳娜小姐嘲弄说,"你要对一位女士施暴?"

"是快乐的暴力。"马文大胆地回答。

"你太油嘴滑舌了。"卡塔琳娜小姐说,"我相信人们都注意到,最长、最狡猾的舌头是为了掩盖最短、最没用的武器。"

"小姐这么说,对我可太不公平了。"马文说,"因为我敢说,我的武器绝对能够满足一切可能遇到的场景,锋利得足以穿透世界上最好的防御,持久得足以反复刺穿。而且,除了这些实用的用途外,武器还从我这儿学到了一些无懈可击的技巧,我很荣幸将这些技巧展示给小姐你看。"

"别,还是把你的武器留在剑鞘里吧。"卡塔琳娜小姐不悦地说道,但眼睛却闪闪发光,"我不喜欢它的声音,因为吹牛大师的钢铁永远是柔韧的锡,看起来闪闪发光,摸起来却软趴趴的。"

"我请求你摸一下它的边缘和尖端,"马文说,"让你的嘲弄接受'用途'的考验。"

她摇了摇漂亮的头颅:"你要知道,先生,这套说辞只能给眼睛患风湿的白胡子哲学家听一听。一位女士会依靠她的直觉。"

"女士,我崇拜你的直觉。"马文答道。

"为什么,先生?你这个拥有一件长短不定、脾气善变的可疑武器的人,怎么会了解一个女人的直觉呢?"

"小姐,我的心告诉我,它精美绝伦、不可言喻,有着赏心悦目的形状和微妙的香味,而且——"

"够了,先生!"卡塔琳娜小姐大吼道,脸色通红。她用一把日本扇子使劲扇着风,波纹状的扇面上画着一场授勋仪式。

两人都陷入了沉默。他们刚才一直在用古老的宫廷爱情语言交谈,在这种语言里,具有象征意义的撇号起着非常重要的作用。在那些日子里,即使是最有教养、最端庄的年轻小姐,进行这样的交谈也不会被认为违反礼节。他们的时代并不是一个让人受惊吓的时代。

但现在,严肃的阴影笼罩着两位对话者。马文怒目而视,用手指拨弄着白色蕾丝衬衫上的灰色钢扣。卡塔琳娜小姐则看起来很不安,她穿了一件镶边的鸽子灰郁金香礼服,上面有着铬红色的装饰性开衩;而且按照惯例,礼服的领口剪得很低很时髦,露出了她那坚实突起的玫瑰色小腹。她的脚上穿着象牙色的锦缎凉鞋。她的头发高高地绾在一根玉制的发簪上，上面装饰着一个由春天的枝条编成的花环。马文一生中从未见过如此美丽的画面。

"我们就不能停止这种没完没了的文字游戏吗？"马文悄声问，"我们能不能说说心里话，别再这么无情地唇枪舌剑了？"

"我不敢！"卡塔琳娜小姐喃喃地说。

"可你是凯西啊，你曾经在另一个时空里爱着我。"马文忍不住说道，"现在却把我当成了不认识的豪侠。"

"你千万不能提起过去的事。"卡塔琳娜小姐惊恐地低声说。

"可是你曾经爱过我！"马文激动地喊道，"你若是否认这一点，就是在说假话！"

"是，"她用虚弱的声音说，"我曾经爱过你。"

"那现在呢？"

"唉！"

"请说话，告诉我原因！"

"不，我不能！"

"不如说是不愿意。"

"随你怎么说。选择是心灵的仆人。"她轻声说，"我不愿让你相信。"

"不愿意？那么，愿望当然是意图的父亲。"马文的脸变得冷酷无情，"在这样的家族关系中，即使是最聪明的人也不会否认，'爱'与它同父异母的姐妹'冷漠'紧密相连，而'忠诚'则是残忍的继母'痛苦'的奴隶。"

"你是这样看待我的吗？"她有气无力地喊道。

"怎么了，小姐？是你让我别无选择。"马文用青铜一般铿锵的声音回答，"于是，我的激情之船被遗弃在记忆之海上，被无常的冷漠之风吹离了正确的航线，被无情的人事之潮推向了礁石嶙峋的痛苦海岸。"

"可是，这不是我的本意。"卡塔琳娜说。

马文听见了他以为再也找不回来的肯定回答，不禁激动不已，即使这番肯定是如此的微弱。"凯西……"

"不，不行。"她大叫着，因明显的痛苦而退缩，她的脸色涨得通红，她的腹部随着内心的感情上下起伏，"你不知道我的处境有多么悲惨。"

"我想知道！"马文喊道，随即转过身，手飞快地伸向剑柄。他房间的橡木大门已经悄无声息地打开了，有一个人站在门口，漫不经心地靠在门廊上，双臂交叉放在胸前，蓄着胡须的薄嘴唇上露出一丝微笑。

"真的完了！我们要完了！"卡塔琳娜用手捂住颤抖的腹部尖叫道。

"先生，你想做什么？"马文激动地问道，"我要求知道你的名字，以及你接受这最不绅士、最不体面的任务的原因！"

"一切很快就会揭示。"门口的那个人说，口齿不清的声音里透着一丝威胁的语气，"我的名字，先生，是布莱克莫尔·德·莫德温勋爵，你那幼稚的计划就是针对我的。我之所以能够走进这间屋子，是因为我有这个特权，而且想要尽职尽责地结识自己妻子的年轻朋友。"

"妻子？"马文问道。

"这位女士，"布莱克莫尔说道，"虽然不太习惯直接介绍自己，但她实为最高贵的卡塔琳娜·莫德温，是鄙人最心爱的妻子。"

说完，布莱克莫尔脱下帽子，鞠了一躬，然后又摆出他在门口的优美姿势。

马文从凯西充满泪水的眼睛和颤抖的腹部读出了真相。凯西，他心爱的凯西，竟然是布莱克莫尔的妻子，而此人是凯西的亲生父亲奥古斯丁的拥护者们最痛恨之敌！

可是，他没有时间去考虑这些怪异的亲缘关系，因为首先要考虑的是布莱克莫尔。对方奇迹般地站在马文和他的同伴们把持的城堡里，而且对这个本应该极端危险的位置没有显露出一丝一毫的紧张。

这无疑意味着，情况并不像马文想象的那样，命运的线索已经纠缠在一起，超出了他此时的理解能力。

布莱克莫尔在加特城堡？马文思考着其中的含义，一股寒意袭上他的心头，仿佛死亡天使带着幽深的翅膀从他身边掠过。

这间屋子里潜伏着杀意——但是要杀谁呢？马文害怕最坏的情况，但他沉着地转过身，神色如同黑曜石一般冷酷，直面他心爱之人的丈夫，也就是俘虏了奥古斯丁的那个人。

29

布莱克莫尔勋爵静静地站着，神情自若。他的身高中等偏上，身材极其消瘦，最突出的是那簇细密黑亮的胡须、深入头顶的鬓角和毛刷一样的头发。几缕卷发在他的前额垂下。然而，在宽厚的肩膀以及半身斗篷下，隐约可见强壮有力的剑客的手臂，抵消了他给人的瘦弱之感。他戴着帽子，身上的新潮服饰穿插着梅斯迪姆条纹，只点缀了三排银色绉纱刺绣。他的脸庞冷酷而英俊，一道皱巴巴的疤痕从右太阳穴一直延伸到左嘴角。他大胆地把它涂成了火红色，使刻薄的面容显得既阴险又可笑。

"看来，"布莱克莫尔慢吞吞地说，"这场闹剧演得够久了，已经接近结局了。"

"那么，大人准备开启第三幕了吗？"马文镇定地问道。

"演员们已经看到上场提示了。"布莱克莫尔说着，漫不经心地打了个响指。

随即走进房间的是英格努克勋爵，后面跟着古尔斯爵士和一排脸色阴沉的图林根卫兵。他们身穿浅黄色半身夹克，手持剑斧，跃跃欲试。

"这是什么该死的圈套?"马文问道。

"告诉他吧……兄弟。"布莱克莫尔嘲笑道。

"是的,这是真的。"英格努克勋爵脸色苍白地说,"布莱克莫尔和我是同母异父的兄弟。我们共同的母亲是罗莎塔侯爵,她是布兰迪斯候选人的女儿,也是长剑西弗布莱恩——红手埃里克茅斯的父亲——的小姨子。而她的第一任丈夫,马尔凯城的马奎雷,就是我的父亲。在我父亲死后,她又嫁给了克莱夫的皇家私生子、埃莱克提克保护区的王位觊觎者亨特弗德。"

"英格努克勋爵过时的荣誉感使他明白了我的计划,也同样理解了我的建议。"布莱克莫尔冷笑道。

"真是奇怪。"马文若有所思地说,"一个人的荣誉会使他自己蒙羞。"

英格努克低下头,什么也没说。

"可是你呢,我的小姐。"马文对凯西说,"我真搞不懂你为什么要选择嫁给俘虏你父亲的人。"

"唉。"凯西说,"这是一个非常复杂和险恶的故事,因为他用威胁和冷漠来追求我,并用他所拥有的无人能敌的黑暗力量来吸引我。而且,他用可恶的药物、双刃剑一样的语言,以及手上狡猾灵巧的动作,迷惑了我的理智,使我陷入虚假的情欲之中。在这种状态下,我似乎只要触碰他那可恶的身体,啃咬他那可恨的嘴唇就会神魂颠倒。在此期间,我被剥夺了宗教的慰藉,因此无法区分真相和诱惑。我确实屈服了,也不想为自己的软弱找任何借口。"

马文转向他最后的希望。"古尔斯爵士!"他大喊道,"拔出你的剑,我们将开辟通往自由的道路!"

布莱克莫尔冷冷地笑了:"你觉得他会拔剑吗?也许吧。不过,他只会用剑来削苹果皮,至少我是这么认为的!"

马文凝视着他朋友的脸,看到了比钢铁更深刻、比毒药更致命的耻辱表情。

"是真的。"古尔斯爵士努力使自己的声音保持平稳,"我不能帮助你,尽管你的困境使我心碎。"

"布莱克莫尔对你施了什么可恶的魔法?!"马文大吼道。

"唉,我的好朋友。"古尔斯可怜地说,"这是一个如此清晰、如此合乎逻辑而无可辩驳的骗局。然而,这个诡计执行得如此狡诈,相比之下,小人物的阴谋显得非常愚蠢……你知不知道我是一个名为神圣地下灰骑士的秘密组织成员?"

"我不知道。"马文说,"然而,灰骑士一直是学识的朋友和虔诚的伙伴,尤其是他们支持奥古斯丁对抗皇室的事业。"

"不错,非常正确。"古尔斯凄惨地说,惨淡的英俊面容扭曲成痛苦的表情,"我也是这样认为的。但就在上个星期的最后一天,我得知我们的宗师爱尔维斯去世了……"

"死于刺入肝脏的一把钢剑。"布莱克莫尔说。

"现在的我跟过去一样,完全服从新一代的宗师,因为我们的誓言是效忠于组织,而不是个人。"

"那新的宗师是谁?"马文问道。

"正是在下!"布莱克莫尔喊道。这时,马文看到他的手指上戴着灰骑士组织的大图章戒指。

"是的,事情就是如此。"布莱克莫尔的左嘴角嘲讽地扭曲着,"我霸占了那个古老的组织,因为它是一件很顺手也很适合我的工具。因此,我成了新的宗师,成了政体和决策层唯一的仲裁者,除了地狱,我不惧怕任何力量;除了从我灵魂最深处回响的声音,我不回应任何声音!"

那一刻,布莱克莫尔让人感到肃然起敬。尽管他可恶、残忍、反动、自私、奢侈、不在乎别人,但他仍是一个顶天立地的人。马文不得不怀着敬意这样想。当他转身面对自己的对手时,他紧抿双唇,一脸战斗之态。

"现在,"布莱克莫尔说,"主角都上台了,我们只差一位演员来完成戏剧,给它一个圆满的结局。最后这位演员已经在后台耐心等待了很久,悄悄地观察着跌宕起伏的情节,等待着他的上场提示,迎接短暂的辉煌时刻……小声点,他来了!"

走廊里传来沉重的脚步声。屋子里的人倾听着,等待着,不安地拖着步子。这时,门缓缓打开了。

一个蒙面人走了进来,从头到脚都穿着黑衣,肩上扛着一把巨大的双刃斧头。他站在门口,似乎不确定自己是否受到欢迎。

"你好,刽子手。"布莱克莫尔拖长声音说,"现在一切都完成了,这场闹剧可以上演最后一幕了。前进,卫兵!"

卫兵们收起武器,紧紧地按住马文,把他的头往前拉扯,露出了脖子。

"刽子手!"布莱克莫尔高喊道,"履行你的职责!"

刽子手走上前,摸了摸那把大斧头的刀刃。他把武器高举过头顶,站了一会儿,然后向下挥去。

凯西尖叫起来!

她扑向那个可怕的蒙面人,用指甲挠他。沉重的斧头落在花岗岩地板上,迸出一阵火花。刽子手愤怒地推开凯西,但她的手指紧紧抓着他的黑色丝绸面具。

刽子手发觉面具快要被扯掉了,便咆哮起来。他惊慌地叫了一声,想遮住自己的脸。然而,房间里的所有人此刻都清楚地看到了那张脸。

马文起初无法相信自己的眼睛,因为在面具下面,他看到了一张似乎有些熟悉的面孔。他到底在哪儿见过那脸颊和额头的线条、那双微微倾斜的棕色眼睛,以及坚实的下巴?

然后,他想起来了。在很久以前,他在镜子里看见过。

这个刽子手有着马文的脸、马文的身体……

"泽·克拉加什!"马文惊呼。

"很荣幸为您效劳。"那个偷走马文身体的人嘲弄地鞠了一躬,用马文的脸对着马文笑了起来。

30

布莱克莫尔勋爵第一个打破了局面。他娴熟地摘掉帽子和假发,松开衣领,往脖子下面摸了摸,解开了几个看不见的固定器。然后,他一下子就把紧绷的皮肤面具从脸上撕了下来。

"厄尔道夫侦探!"马文高呼。

"没错,是我。"火星侦探说,"很抱歉让你经历了这些,马文,但这是我们迅速并成功了结你的案子的最好机会。我和我的同事们决定——"

"同事们?"马文问。

"我忘记介绍了。"厄尔道夫侦探苦笑道,"马文,认识一下欧瑞中尉和弗拉夫中士。"

伪装成英格努克勋爵和古尔斯爵士的两个人此时脱下面具,露出了银河星际西北警察部队的制服。他们友好地笑着跟马文握手。

"还有这些先生,"厄尔道夫指着图林根卫兵说,"也为我们提供了相当大的帮助。"

卫兵们脱下浅黄色半身夹克,露出了卡塞姆市交通巡警的橙色制服。

马文转向凯西,看见她已经在胸前别上了红蓝相间的星际警戒协会特工徽章。

"我……我想我明白了。"马文说。

"这其实很简单。"厄尔道夫侦探说,"在处理你的案子时,我像往常一样,得到了其他执法机构的协助并和他们合作。有三次,我们差一点儿就抓住了那个人,但他总能躲开我们。如果我们没有尝试这个诱捕计划,失手的情况可能会无限期持续下去。这样的推论很合理,因为如果克拉加什成功地摧毁了你,他就可以把你的身体彻底据为己有,而不必担心再有人提出反诉。然而,只要你还活着,你就会继续寻找他。

"因此,我们引诱你加入这个计划,希望克拉加什会注意到。他一旦亲自参与进来,就能确保把你毁掉。剩下的事你都知道了。"

厄尔道夫侦探转向暴露身份的刽子手说:"克拉加什,你还有什么要补充的吗?"

那个戴着马文脸的小偷优雅地靠在墙边,双臂交叉,镇定自若。"我想冒险发表一两句评论。"克拉加什说,"首先,我得指出,你们的计划既笨拙又明显。我从一开始就认为这是一个骗局,只是因为它有很小概率是真的,所以才加入的。因此,我对这样的结果并不感到惊讶。"

"这是一个有趣的合理解释。"厄尔道夫说。

克拉加什耸耸肩:"其次,我想告诉你,我对自己所谓的罪行丝毫没有道德上的内疚。如果一个人不能控制自己的身体,那他就活该失去它。我在漫长而多变的一生中观察到,人们会把身体交给任何一个对他们提出要求的流氓,让第一个命令他们服从的声音来奴役他们的思想。这就是为什么绝大多数人甚至不能保留他们与生俱来的思想和身体的权利,而是选择摆脱那些令人尴尬的自由象征。"

"这,"厄尔道夫侦探说,"是典型的罪犯辩解。"

克拉加什说:"一个人做这样的事情,你们称之为犯罪;许多人做这样的事情,你们称之为政府行为。就我个人而言,我看不出其中的区别。既然看不出,我就拒绝遵照它来生活。"

"我们可以站在这里争论不休一整年。"厄尔道夫说,"可是我没有时间来消遣。你大可去找监狱牧师谈论你的观点,克拉加什。在此,我以非法心灵交换、谋杀未遂和重大盗窃罪逮捕你。这样我就破获了我的第一百五十九个案子,打破了我的厄运之链。"

"真的吗?"克拉加什冷冷地说,"你真以为事情会这么简单吗?你考虑过狐狸可能还有另一个巢穴吗?"

"抓住他!"厄尔道夫喊道。四名警察迅速向克拉加什走去。但就在他们行动的时候,罪犯举起手在空中迅速画了一个圈。

这个圆圈发出了火光!

克拉加什把一条腿伸进火圈,他的腿随即消失了。"如果想抓住我,"他嘲弄地说,"你们知道上哪儿去找我。"

当警察们冲过去时,克拉加什钻进火圈,头以下的身体都消失了。他朝马文眨了眨眼睛,然后头也不见了,除了那个火圈,什么都没留下。

"行动起来!"马文喊道,"我们去抓住他!"他转向厄尔道夫,惊讶地发现侦探的肩膀耷拉下来,脸色因抓捕失败而变得灰暗。

"快啊!"马文大叫道。

"没用的。"厄尔道夫说,"我以为自己能应对任何诡计……但没准备好应付这种情况。这个人显然是疯了。"

"那我们该怎么办?"马文喊道。

"我们什么也做不了。"厄尔道夫说,"他进入了'扭曲世界'。我的第一百五十九个案子已经失败了。"

"但我们还是可以跟着他!"马文说着,向火圈走去。

"不!千万别!"厄尔道夫大声说,"你不明白……扭曲世界意味着死亡,或者发疯……或者两者都有!你挺过去的概率如此渺茫……"

"我的概率和克拉加什的一样好!"马文喊道,然后钻进了火圈。

"等等,你还是不明白!"厄尔道夫喊道,"克拉加什已经不行了!"

但是,马文并没有听到最后那句话。他穿过燃烧的火圈消失了,不可阻挡地进入了陌生的、未经探索的扭曲世界。

31

有关扭曲世界的一些说明：

……因此，通过黎曼—哈克方程，我们终于从数学上论证了扭曲者逻辑变形空间区域的理论必要性。这个区域被称为扭曲世界，但其实它既不是扭曲的，也不是一个世界。最后，具有讽刺意味的是，扭曲者最重要的第三个定义（即该区域可以被视为在宇宙中实现了主要现实结构逻辑稳定性的混沌平衡）被证明是多余的。
（关于"扭曲世界"的文章，摘自《银河系通用知识百科全书》第483版）

……因此，"镜像变形"这一术语承载了我们思想的感觉（如果不是实质的话）。事实上，正如我们所看到的，扭曲世界（原文如此）执行着既必要又可憎的工作，使所有实体和过程都变得不确定，从而使宇宙在理论上和实际上都成了必然。
（摘自埃德加·霍普·格里夫的《一位数学家的沉思》，欧几里得市自由出版社）

……尽管如此，还是要为前往扭曲世界自杀的旅行者提出一些暂定规则：

记住，在扭曲世界里，所有规则都可能是谎言，包括这条指出例外的规则，以及这条使例外失效的修饰性条款……以此无限类推。

但也要记住，没有哪条规则一定是谎言。任何规则都可能是真的，包括本规则及其例外。

在扭曲世界里，时间不需要遵循你先入为主的观念。事件可能会迅速发生变化（这似乎是正常情况），也可能缓慢变化（这感觉更好），或者根本没有变化（这很讨厌）。

可以想象，在扭曲世界里，你身上什么也不会发生。期待这一点是不明智的，同样，对此毫无准备也是不明智的。

在扭曲世界所设定的各种王国中，有一个王国必须与我们的世界一模一样；另一个王国必须与我们的世界一模一样，除了一处细节；还有一个王国必须与我们的世界一模一样，除了两处细节……以此类推。而且，要有一个王国必须完全不同于我们的世界，除了一处细节……以此类推。

问题始终在于预测：如何在扭曲世界向你揭示其灾难性之前，分辨出你在哪个世界。

就像在其他任何世界一样，你很容易认识自我。但恰好在扭曲世界，这一行为是致命的。

在扭曲世界里，这种认识会滋生震惊。

扭曲世界可以方便地（但不正确地）被视为一个颠倒的玛雅世界，或称幻觉世界。你可能会发现，你周围的形状是真实的，而你——审视的意识——却是幻象。这一发现虽然令人尴尬，但也颇具启发性。

一位智者曾问："如果我能不带先入为主的想法进入扭曲世界，会发生什么？"他的问题不可能有终极答案，但我们可以假设，他从扭曲世界出来的时候已经有了一些先入为主的想法。没有想法并不意味着穿上了盔甲。

有些人认为，智慧的最高境界是发现一切事物都可以颠倒，从而成为它们的对立面。许多聪明的游戏都可以使用这个命题，但我们不提倡在扭曲世界里使用它。在那里，所有学说都同样专断，包括关于学说的专断性等学说。

不要指望凭借机智打败扭曲世界。它既比你大，也比你小，既比你长,也比你短。它不需要证明这一点。它就是如此。

存在的东西从不需要证明。所有证明都是尝试使其存在。一个证明只对它自己为真,除了证明的存在,它没有其他含义,而这什么也证明不了。

任何存在的事物都是不可信的,因为一切都是不相关、不必要的,是对理性的威胁。

关于扭曲世界的三条评论可能与扭曲世界无关。旅行者请注意。

(摘自泽·克拉加什的《似是而非的必然性》,马文·弗林纪念收藏品)

32

跨越世界的转变很突然,完全不是马文想象的那样。他听过一些关于扭曲世界的故事,隐约以为自己会看到一个有着融化的形状、变幻的颜色,光怪陆离的地方。但此刻,他意识到自己的想法过于浪漫和狭隘了。

他在一间小等候室里。空气中充斥着汗水和蒸汽的闷热,他和其他几十个人一起坐在一条长木凳上。看上去很无聊的职员们来回走动,查阅文件,偶尔叫走一个等候的人,然后开一场小声会议。有时会有人失去耐心而离开,有时会有一位新的申请者到来。

马文等待着,观察着,空想着。时间慢慢过去,房间变得昏暗起来,有人打开了头顶的灯。仍然没有人叫马文的名字。与其说他是好奇,不如说是无聊地瞥了一眼两边的人。

坐在马文左边的人个子很高,形容枯槁,脖子上被衣领摩擦的地方有个发炎的疖子。坐在马文右边的人又矮又胖,满脸通红,每次呼吸都喘着粗气。

"你觉得还需要多长时间?"马文问那个胖子,与其说是想认真了解情况,不如说是为了消磨时间。

"多长?多长时间?"胖子说,"长得要命,这就是要花的时间。在汽车管理局,你不能催促这些该死的少爷,就算你只是想更新一张非常普通的驾驶执照。我来这里就是为了获得许可。"

那个朽木一般的人笑了,笑声仿佛一根木棍敲打着空的汽油罐。他说:"那你得等上好长一段时间了,宝贝,因为你正好排在小额账户部的福利室。"

马文若有所思地往满是灰尘的地板上吐了口唾沫,说道:"碰巧你们两位先生都错了。我们坐在部门的接待室里,准确地说,是渔业部。在我看来,一个纳税公民如果不花半天甚至更多的时间去申请许可证,那么想在一处由税收支持的水域里钓鱼都不行,这是一种相当糟糕的状况。"

三个人互相怒目而视。(在扭曲世界里没有英雄,几乎没有可恶的承诺,有的只是零星的观点,就算人再多也得不出一个结论。)

他们面面相觑,没有什么特别疯狂的猜测。面色苍白的男人的指尖开始微微流血。马文和那个胖子尴尬地皱起了眉头,假装没有注意到。那个尸体一般干瘪的男人轻快地把那只冒失的手伸进防水口袋。这时,一名办事职员向他们走来。

"你们谁是詹姆斯·格林内尔·斯塔马赫?"办事职员问。

"是我。"马文回答,"我已经在这里等了很久,我觉得这个部门的运作效率相当低。"

"是啊。"办事职员说,"那是因为我们还没有装上机器。"他扫了一眼文件,"你要申请一具身体?"

"没错。"马文说。

"你确认这具身体不会被用于不道德的目的?"

"我确认。"

"请说明你申请这具身体的原因。"

"我纯粹想用它来做装饰。"

"你的资质呢?"

"我学过室内装饰。"

"请说出你最近获取的身体的名字和识别码。"

"蟑螂。"马文答道,"育种号3/32/A45345。"

"被谁杀死的?"

"被我自己。我被允许杀死所有不属于我的亚种的生物,除了某些例外,比如金鹰和海牛。"

"你最后一次杀死生物的目的是什么?"

"仪式净化。"

"申请已批准。"办事职员说,"选择你的身体。"

胖子和形容枯槁的男人同时用湿漉漉的、充满希望的眼睛看着马文。虽然有点忍不住,但马文还是克制住了。他转身对办事职员说:"我选择你。"

"那就照此记录下来。"办事职员一边说,一边在纸上龙飞凤舞。突然,他的脸变成了假马文的脸。马文从那个面色苍白的干瘪男人手里借了一把横切锯,费了好大劲才把那个办事职员的右臂从身上切了下来。办事职员假惺惺地死去了,他的脸又一次变回了自己的脸。

胖子面对马文的狼狈,大笑起来。"轻微的变体就起了很大的作用。"他讥笑道,"但还不够,是不是?欲望塑造肉体,但死亡才是最终的雕塑家。"

马文哭了。那个面色苍白的男人亲切地抚摸着他的手臂,"别这么难过,孩子。象征性的报复总比没有报复好。你的计划很好,它的缺陷不在于你。我是詹姆斯·格林内尔·斯塔马赫。"

"我是一具身体。"办事职员的身体说,"颠倒的复仇总比没有复仇强。"

"我是来更新我的驾驶执照的。"胖子说,"你们这些深刻的思想家见鬼去吧!能不能办点正事儿?"

"当然可以，先生。"办事职员的身体说，"可是就我目前的情况，我只能帮你获得钓死鱼的许可。"

"是死是活，有什么区别？"胖子说，"钓鱼才是重点，钓到什么并不重要。"

胖子转向马文，也许是想进一步解释这句话。但是，马文已经离开了。

在一次平淡无奇的过渡之后，他发现自己进入了一间方形的大房间。里面很空旷，墙壁是用钢板做的，天花板在他头顶上方三十米高的位置，顶上亮着泛光灯。还有一间四周被玻璃围住的控制室。透过玻璃盯着马文的那个人，是克拉加什。

"342号实验。"克拉加什清晰地念道，"主题：死亡。命题：一个人能被杀死吗？备注：这个关于人类可能死亡的问题，长期困扰着我们最出色的思想家。围绕着死亡的话题，出现了相当多的民间传说，各个时代都有未经证实的关于杀戮的报道。此外，经常出现显然已经死亡的尸体，被当作人类的遗骸。尽管这些尸体无处不在，但没有任何因果关系证明它们曾经存在过，更不用说它们曾经是人类了。因此，为了一劳永逸地解决这个问题，我们建立了以下实验。第一步……"

墙上的一块钢板被铰链拉动。马文转过身，正好看到一支长矛从开口处向他刺来。他笨拙地拖着瘸腿侧身一闪，避开了攻击。紧接着，更多块钢板被拉开。刀、箭、棍棒从各个角度向马文掷来。

一台毒气机从一处开口被推了进来；一堆眼镜蛇被扔进了房间；一头狮子和一辆坦克向前冲去；一支吹箭筒发出嘶嘶声；能源武器噼啪作响；火焰喷射器发出咳嗽般的声音；一枚迫击炮清了清嗓子；水位迅速上升，淹没了整个房间；挥发油被火焰点燃，从天花板上倾泻下来。

然而，火烧到狮子，狮子吃了蛇，蛇堵住迫击炮，迫击炮压碎长矛，长矛堵住毒气机，毒气溶解在水中，而水扑灭了火。

马文奇迹般地站了起来，毫发无损。他朝克拉加什挥拳，结果在钢板上滑倒，摔断了脖子。

他得到了最高礼节的军事葬礼。他的遗孀在燃烧的柴火堆上陪葬。克拉加什想跟着一起，但他的娑提[1]式殉情被拒绝了。

马文在坟墓里躺了三天三夜，在这期间，他的鼻子一直在滴水。他的一生像慢镜头一样在眼前滑过。结束之后，他站起来，继续向前走。

在一处没有任何品质值得一提的地方，有五个实体，他们拥有不可否认有限的知觉。其中一个实体大概是马文，其他四个则都是小人物，为了装饰基本场景而随意勾勒出的老套形象。这五个实体面临的问题是，他们之中到底哪个是马文，哪几个是不重要的背景人物？

首先是命名。五个实体中有三个希望立刻被称为马文，另一个则希望被称为埃德加·弗洛伊德·莫里森，还有一个希望被称为"无足轻重的背景人物"。

由于倾向性太明显，他们只好从一到四给自己编号，但五号却固执地坚持要叫凯利。

"好了，行了。"一号说，他已经摆出一副爱发号施令的样子，"先生们，我们能不能别再废话了，好好开会行不行？"

"犹太人的口音在这儿可帮不了你。"三号幽幽地说。

"听着，"一号说，"一个波兰人怎么会了解犹太人的口音？我碰巧只有我父亲那边的犹太血统，不过我尊重——"

"我在哪儿？"二号说，"我的天，我发生了什么？自从离开斯坦霍普以后……"

"闭嘴，意大利人！"四号说。

"我的名字不叫意大利人，我叫路易吉。"二号生气地答道，"从

---

[1]. 娑提原为印度教司婚姻幸福的女神达刹约尼的别名之一，传说她为了恋人投火自尽。

我还是意大利杂菜汤村的小孩子起,我已经在你们伟大的国家生活了两年,不是吗?"

"该死的,伙计!"三号幽幽地说,"你现在根本就不是什么大人物,什么也不是,只是一个普通的、灵活性有限的临时背景人物。所以在我动手之前,你先闭上你的嘴,好吗?"

"听着,"一号说,"我这个人要求很简单,如果这样做有帮助的话,我愿意放弃成为马文的身份权利。"

"回忆,回忆。"二号喃喃自语,"我出了什么事?这些幽灵、这些会说话的影子是谁?"

"哎,我说!"凯利说,"这太不礼貌了,老头儿!"

"这太不真实了。"路易吉喃喃说。

"召唤可不是召集。"三号说。

"可我真的不记得了。"二号说。

"我也不太记得了。"一号说,"可你听见我小题大做了吗?我甚至没声称自己是人类。虽然我能背诵《利未记》,但并不能证明什么。"

"太对了!"路易吉喊道,"反驳也证明不了任何愤怒。"

"我还以为你是意大利人呢。"凯利对路易吉说。

"我是意大利人,但我在澳大利亚长大。这是一个相当神奇的故事……"

"不会比我的更神奇。"凯利说,"你得叫我爱尔兰黑人。但很少有人知道,我加入加拿大军队是为了躲避法国人的迫害,因为我帮助了毛里塔尼亚的戴高乐主义者。这就是为什么——"

"可恶!"四号叫道,"不能再保持沉默了!质疑我的资历是一回事,诽谤我的国家是另一回事!"

"你的愤怒并不能证明什么!"三号大喊道,"倒不是说我真的在乎,而是我选择不再成为马文了。"

"消极抵抗是一种侵略。"四号回应道。

"不被采纳的证据也是一种证据。"三号反驳道。

"我不知道你们在说些什么。"二号大声说。

"无知不会给你带来任何好处。"四号咆哮道,"我拒绝成为马文!"

"你不能放弃你还没有得到的东西。"凯利阴阳怪气地说。

"我他妈的想放弃什么就放弃什么!"四号激动地吼道,"我不仅放弃了我的马文身份,还要从西班牙的王位上退下来,屈服于内部星系的独裁统治,放弃我在巴哈伊的救赎。"

"现在感觉好点了吗,孩子?"路易吉讥刺地问道。

"是的……太难受了。简化符合我复杂的天性。"四号说,"你们谁是凯利?"

"我是。"凯利说。

"你有没有意识到,"路易吉问他,"只有你和我有名字?"

"没错。"凯利回答,"你和我是与众不同的!"

"停,先等一下!"一号说。

"时间,先生们,请注意时间!"

"坚守阵地!"

"别喝水!"

"别挂电话!"

"就像我所说的,"路易吉说,"我们!你和我!推理证明中拥有姓名的人!凯利……如果我能成为克拉加什,那你就能成为马文!"

"同意!"凯利大吼道,声音盖过了其他小人物的抗议。

马文和克拉加什陶醉于身份中,在欣喜的瞬间互相笑了笑。然后,他们扑向彼此,紧接着用双手掐住对方的喉咙。另外三个带编号的实体被剥夺了他们从未拥有的本应与生俱来的权利,摆出了程式化、模棱两可的传统姿势。与此同时,这两个有名字的家伙被赋予了他们无论如何都要抓住的身份,互相撕咬,唱着挑衅的咏叹调攻击对方,被致命的宣叙调吓得连连退却。一号实体一直在旁边看着,直到感觉无聊,然后才开始玩转场画面的淡入淡出。

就这样了,整个拍摄过程就像一头涂了油的猪穿着旱冰鞋,从坚实的玻璃山上滑下来,只是速度稍微快了一点。

白天取代了黑夜,黑夜成功让自己完全出丑了。

柏拉图写道:"关键不在于你做了什么,而在于你怎么做。"然后,他认为这个世界还没有准备好接受这句话,便把它擦掉了。

汉谟拉比写道:"未经审视的生活是不值得过的。"但他不确定自己的观点是不是真的,所以把句子划掉了。

大自然讨厌真空,我也不太喜欢。风格非常马文!他悄悄地走来,炫耀着自己膨胀的身份。他告诉我们,所有人都是凡人,但有些人比其他人更平凡。他在后院玩耍,用泥巴做出价值判断。他毫无敬意地成了他自己的父亲。上周,我们撤销了他的神性,因为我们抓到他未经许可经营生活。

(但是,我经常警告你们,我的朋友,小心原生质的危险。它爬过天际,熄灭了星星;它无耻地存活和流动,将行星连根拔起,使恒星窒息。它带着可恶的坚持,堆积着自己的憎恨。)

他又来了,那个米黄色皮肤的邋遢的杂耍人,那个可怕的带着痛苦微笑的乐观主义者!杀手,杀你自己!小偷,偷你自己!渔夫,捕你自己!农民,收割你自己!

现在,我们来听听特别调查员的报告。

"谢谢你,嗯哼。我发现,当你有不止一个孩子的时候,一定要有马文。群星落在了马文·弗林的身上,人应该赞美上帝,而不是赞美马文·弗林。我还注意到,亲爱的,既然你还没睡,给我拿个马文·弗林。实际上,马文·弗林比更高的差价要好。答应她任何事,但把马文·弗林给她。你在马文·弗林有个朋友。让你的马文去查一下黄页。喝下马文——它能让人满足!这周为什么不去你选的马文·弗林那儿做礼拜呢?一起祈祷的马文·弗林会永远在一起。"

……庞大的战斗一发生，便不可避免地将人困住。马文重击克拉加什的胸骨，然后狠狠地打了他的鼻骨。克拉加什迅速变成了爱尔兰。马文以半个丹麦狂暴战士军团的形式入侵了爱尔兰，迫使克拉加什尝试发动王翼的卒子风暴。不过，面对低潮，他毫无胜算。马文伸手去抓对手，但没有抓住。亚特兰蒂斯被摧毁了。克拉加什反手一挥，屠杀了一只小虫子。

这场激烈的战斗在中新世的热气腾腾的沼泽地上肆虐。当克拉加什无助地像彗星一样落入马文的太阳，最后分裂成无数好战的孢子时，一群白蚁在为它们的蚁后哀悼。马文从闪闪发光的玻璃中准确地挑出了钻石。克拉加什落到了直布罗陀。

当马文绑架巴巴里的猿猴时，他的堡垒在一夜之间沦陷了。克拉加什把自己的身体装在手提箱里，迅速穿越色雷斯南部，在菲西斯提娅的边境被抓住。这个国家是马文即兴创造的，对欧洲历史产生了重大影响。

克拉加什日渐虚弱，变得愈发邪恶；又因为日渐邪恶，而变得愈发虚弱。他发明了魔鬼崇拜，但没有用。马文派的追随者不会向邪神下跪，而会向象征跪拜。邪恶的克拉加什变得令人厌恶，他的指甲里长出污垢，他的灵魂上出现了一团团有毒的毛发。

最后，邪恶的化身克拉加什无助地躺了下来，魔爪攥着马文的身体。驱魔仪式引发了他最后的痛苦。一把伪装成转经筒的电锯肢解了克拉加什，一支伪装成香炉的狼牙棒砸烂了他的脑袋。和蔼的老马文神父对着他吟唱出最后一句话："一颗肉丸是得不到面包的。[1]"克拉加什被放进一座从活生生的克拉加什身上凿出的坟墓。他的墓碑上雕刻了恰到好处的涂鸦，坟墓周围种上了开花的克拉加什。

---

1. 这句歌词出自《一颗肉丸》(*One Meat Ball*)，此曲为20世纪40年代民谣复兴中最受欢迎的歌曲之一。

这是一个安静的地方，左边是一片克拉加什树林，右边是炼油厂。这里有一只空的啤酒罐，那里有一只吉卜赛飞蛾。在不远处，马文打开手提箱，取出了他失散已久的身体。

他吹去身上的灰尘，梳理自己的头发，擦了擦自己的鼻子，拉直了脖子上的领带。然后，他怀着敬畏的心，穿上了自己的身体。

33

就这样，马文·弗林回到了自己的身体里，回到了地球上。他回到家乡斯坦霍普，发现一切都没有变。从地理位置上看，这座城镇距离纽约市仍然是大约三百英里；但从精神和情感上看，感觉有几百年的距离。跟以前一样，周围遍布着果园，连绵起伏的绿色牧场上点缀着成群的棕色奶牛。

榆树林立的主干道和深夜喷气式飞机孤独的哀鸣永恒不变。

没有人问马文去了哪里，就连他最好的朋友比利·哈克也没问。比利以为马文去了一个常见的旅游景点，比如中国新疆或更南边的伊图里雨林。

一开始，马文发现这种不可战胜的稳定性，就像他发现心灵交换的转换过程或扭曲世界的变形谜题一样让人心烦意乱。稳定性对他来说似乎变得陌生怪异。他一直在等待这种感觉消失。

但是，像斯坦霍普这样的地方不会消失，而像马文这样的人会逐渐丧失他们的魅力和崇高目标感。

深夜，马文独自一人在阁楼房间里时，常常梦见凯西。他仍然觉得自己很难想象她是星际警戒协会特工。然而，她的举止中流露出一丝乐于助人的意味，那双美丽的眼睛里闪烁着正义的光芒。

他爱她，并将永远为她的离去而悲伤；但他更满足于为她哀伤而不是占有她。如果必须说实话的话，马文的眼睛其实已经被玛莎·贝克吸引住了，或者说重新被对方吸引住了。玛莎·贝克是斯坦霍普的主要房地产经纪人埃德温·马什·贝克的年轻女儿，端庄而迷人。

斯坦霍普，即使在所有可能的世界中不是最好的，但仍然是马文见过的最好的世界。生活在这个地方，不会有东西突然跳出来扑向你，你也不会突然跳出去扑向别的东西。在斯坦霍普，不可能存在任何隐喻变形——一头牛看起来完全就是一头牛，把它称为其他东西都是毫无根据的诗歌的破格[1]。

因此，毫无疑问，金窝银窝，都不如自己的狗窝。马文给自己定下的任务是享受熟悉的事物。多愁善感的智者说这是人类智慧的顶峰。

马文的生活中只有一两个小小的疑问。首先，也是最重要的问题是：他是如何从扭曲世界回到地球的？

他对这个问题做了大量研究，结果比最初看起来更不妙。他意识到，在扭曲世界里，没有什么是不可能的，甚至没有什么是未必会发生的。在扭曲世界里，既有因果关系，也有非因果关系。没有什么是必须的，也没有什么是必要的。因此，很有可能是扭曲世界把马文扔回了地球——通过放弃对马文的控制，反而彰显了它的力量。

看来事情确实是这样。但还有另一种不那么令人愉快的可能性。

关于扭曲世界的一个理论认为，在扭曲世界所设定的各种王国中，有一个王国必须与我们的世界一模一样；另一个王国必须与我们的世界一模一样，除了一处细节；还有一个王国必须与我们的世界一模一样，除了两处细节……以此类推。

这意味着，马文可能仍然处于扭曲世界，而他感知到的这个地球

---

1. 诗人为取得特殊文学效果，从各方面违背日常规范及文字、历史上真实性的自由，包括韵律韵脚的使用和求助于文学惯例、在线虚构人物和事件的自由。

可能只是一闪而过的幻象，是基本混乱中一个短暂的秩序时刻，注定会随时解散，回到扭曲世界的基本无意义中。

从某种程度上来说，这个地球和原地球并没有什么区别。除了我们的幻想以外，没有什么是永恒的。但谁也不喜欢让自己的幻想受到威胁，而马文想知道自己究竟身在何处。

他是在地球上，还是在地球的复制品上？

是否有某处重要的细节与他离开的那个地球不一致？是否有好几处细节不一致？为了让自己安心，马文试图找出答案。他探索了斯坦霍普和周边地区，观察、测试并检查了那里的动植物。

似乎并没有什么不对劲。生活照常进行。他的父亲照料着他的鼠群，他的母亲平静地继续下着蛋。

马文向北走到波士顿和纽约，然后再向南走到广阔的费城－洛杉矶地区，一切似乎都井然有序。他考虑沿着宽阔的特拉华河穿越美国大陆，然后在加利福尼亚州的斯克内克塔迪[1]、密尔沃基[2]和上海等城市继续寻找。

然而，马文最后改变了主意，因为他意识到，用自己的人生去探索他是否有人生可言，是没有意义的。

此外，还有一种可能性：地球发生了变化，他的记忆和感知也可能发生了变化，所以他不可能探索成功。

他躺在斯坦霍普熟悉的绿色天空下，考虑着以上各种可能性。这似乎不太可能，因为巨大的橡树不是每年都向南方迁移吗？巨大的红日不是仍在天空中移动，被它黑暗的伙伴追逐着吗？那三轮月亮不是每个月都带着新积攒的彗星回来吗？

这些熟悉的景象让马文放心了。一切似乎都和以前一样。于是，马文欣然接受了他的世界，和玛莎·贝克结了婚，从此永远生活在一起。

---

1. 位于美国纽约州中东部的一座城市。
2. 美国威斯康星州最大城市和湖港。

怪兽迷宫

Minotaur Maze

陈 阳 译

由艾克索罗出版社首次出版
1990 年 1 月

引言

鲁迪·拉克

三十年前，我念高中二年级。我和哥哥在一架旧秋千上比试，想要看看谁能荡得更高。我决心超过哥哥，就在我把秋千荡到令人眩晕的高度时，生锈的链条咔的一声断了。在失重的那一瞬间，我挣扎了一下，却还是歪着身子摔倒在地，导致脾脏破裂，最终不得不在当天接受了外科手术将其切除。

为了让我在康复期过得开心些，母亲为我带来了罗伯特·谢克里早期的短篇集《人手难及》。那是我人生中读的第一本谢克里的书，我对它的喜爱胜过了之前读过的任何一本。

我最好的朋友（也是我最亲密的邻居）汉克·拉森，也和我一样喜欢谢克里。我永远不会忘记他看过《永生公司》之后，如何用一种充满敬畏的语气向我描述这本书："它讲的是你死后会发生的事情！"这本书奇妙地融合了科学与神话，教会了我和汉克去思考以前从未想过的事情。

在接下来的几年里，每次圣诞节妈妈都会给我买一本谢克里的书。每一本都是一座充满奇思妙想的宝库。这些书大部分我都还保留着，每年都会重读一两遍。

谢克里的作品之所以出类拔萃，是因为他的文字纯净而精炼，尤其是词句的抑扬顿挫把握得恰到好处。在我看来，谢克里那感情丰富却又条理清晰的行文，正源于他作为一名作家所体现出的优秀的道德品质——他是一个热爱写作，以及生活中简单美好事物的人。

在谢克里笔耕不辍的作家生涯中，他塑造的角色都有着各自极为真切的需求，而这会让大家觉得他们都是谢克里本人的化身。他笔下的那些男男女女渴望的并非权力或知识，而是简单直接的生活需求：食物、伴侣、假期和冒险。谢克里让这些角色陷入令人难以置信的困境，然后又巧妙地通过一些出人意料的转折让他们摆脱困境。这些角色和作者之间的紧密联系显而易见——谢克里写作的动机同样简单而直接：赚钱、逃避"真正的工作"以及去冒险。当谢克里笔下的角色一筹莫展时，我们会感觉，谢克里在书写那一段故事时，他本人同样一筹莫展。他的故事的神奇之处就在于，一切往往都是以一种看似命中注定的方式展开。

成为科幻作家是件奇特的事。和其他领域的作家一样，你会想写一写你自己和你眼中真实的世界，不过你的故事里却注定要充斥着幻想出来的机器人、宇宙飞船和外星人，很难让读者代入其中，产生共鸣。而谢克里的独到之处在于，他能用一种仿佛自己真的置身其中的笔触来书写科幻宇宙。比如，在他的笔下，上班族可能会驾驶飞碟而不是汽车，但他仍然是一个上班族。谢克里巧妙地将我们的现实世界和科幻世界相融合，具体的融合方式则因故事而异——为了达到讽刺效果，许多概念常常以一种荒诞滑稽的方式混搭在一起。这方面的一个经典例子就是他的小说《狩猎问题》(*Hunting Problem*)，在这个故事里，小男孩被描绘成外星童子军，而成年男人则被描绘成野生猎物。我想仔细地讲一遍这个故事，让你们看看它展现出的谢克里写作中的一些特点。故事是这样的：

这是童子军大会召开前的最后一次集结会战，所有小队都出动了。22号小队"翱翔猎鹰队"找了一个阴暗的山谷扎营，队员之间触手拉着触手。"勇敢野牛队"正在一边练习饮用液体的技巧，一边因其产生的奇怪感觉而兴奋地大笑。

而19号小队"向米拉什冲锋队"正在等待童子军卓戈，他像往常一样又迟到了。

卓戈是一个十几岁的小外星人,"除了会滞留在五千英尺高的云端做白日梦,没有什么特别的技能"。他是"向米拉什冲锋队"中唯一一个还没拿过一等功或成就奖的队员。队长把卓戈拉到一边,告诉他在聚集地以北五百英里[1]的乡下,发现了三个雄性米拉什,要卓戈利用"森林和山地"知识来追踪它们。

"我要你把一个米拉什的皮毛带回来。"队长说。

像卓戈这样的男孩子,恰恰会是这种科幻故事的读者——假如他有谢克里的本事,也一定会写这样的故事。

在人类童子军的训练项目中,承袭一项前工业时代的传统技能是必不可少的,例如生火。对于卓戈这些外星童子军来说,传统技能的承袭同样是必不可少的,只不过,在卓戈的星球上,"现代世界从亚分子控制时代开始,随后便是当前的直接控制时代",所以这些高度进化的埃尔博奈童子军需要学习的,反而是地面行走、饮用液体这类"原始而神秘"的技能。

谢克里喜欢直截了当地将科幻套路插进故事当中。他引用"亚分子控制"的概念相当自然,堪比莎士比亚在《仲夏夜之梦》中塑造的仙女形象。毕竟,谢克里是一位二十世纪中叶的科幻作家。

卓戈飘浮至正确的行星坐标点,然后将视线转移到他的猎物身上:三个分别名叫帕克斯顿、赫雷拉和斯特尔曼的人类勘探者。他们就是"米拉什"。帕克斯顿是个任性、浪漫、腰缠万贯的青年,赫雷拉是经验丰富的银河系流浪汉,而斯特尔曼则是有飞行执照的终身学习者。他们三个是谢克里自身的写照。卓戈伪装成一棵树接近这三人。(在谢克里的其他几个故事中,外星人也把自己伪装成树。谢克里很乐于用最简单、最直接的手段来让故事情节变得清晰易懂。)当帕克斯顿说看到那棵树在移动时,赫雷拉毫不迟疑,随即出手就把那棵树炸了。片刻之后,卓戈恢复了知觉——没有任何的不祥预兆,没有鼻息声,

---

1. 1英里=1.609千米

没有咆哮声,没有任何警告……他等待着,直到三个米拉什的马蹄声渐渐消失在远方。

卓戈决定使用"诱饵和陷阱"。于是,当帕克斯顿、赫雷拉和斯特尔曼回到他们的山洞,就发生了这个精妙的喜剧段落:

离洞口几英尺远的地上放着一小块还在冒着热气的烤肉,还有四颗大钻石和一瓶威士忌。

"十分可疑,"斯特尔曼说,"而且有点令人不安。"

帕克斯顿弯下腰去查看其中的一颗钻石。赫雷拉把他拉了回来,"可能是陷阱。"

"没有看到引线。"帕克斯顿说。

赫雷拉盯着烤肉、钻石和那瓶威士忌,脸色很难看。"应该有诈。"他说道。

"也许这里有土著人。"斯特尔曼说,"他们非常胆怯。这可能是他们在示好。"

"是吗?"赫雷拉说,"他们派人到地球上,就是为了给我们送一瓶'太空游骑老兵'威士忌?"

……

突然,脚下的长草紧紧地缠住赫雷拉的脚踝,地面开始起伏,裂成一个直径十五英尺的整齐圆盘,拖曳着植物的根茎,升向空中。赫雷拉尝试挣脱,但那些长草像无数只触手一样抓住了他。

烤肉、钻石和威士忌——这是现实世界里普通人都喜欢的东西,而草地突然发动野蛮袭击则是科幻世界里才会出现的情节,谢克里在这篇小说里完成了现实世界和科幻世界的重叠融合。大家可以试着设想一下,如果你家的草坪突然活了过来,开始攻击你,你会如何应对?谁能保证这一幕永远不会在现实发生呢?科幻小说里的场景,或许有朝一日也会变成现实。

凡是节奏紧凑的故事,肯定会出现多次冲突,所以赫雷拉理所当然地逃离了那块草盘:就在他锯着缠绕的草触须时,帕克斯顿抓住了猛烈倾斜但仍然在升腾的圆盘。正当帕克斯顿的脚已经离地八英尺时,斯特尔曼抓住了他的脚踝,再次阻止了圆盘飞行。与此同时,赫雷拉把缠住自己的草完全锯断,三个冒险家齐齐摔落在地。圆盘没有管他们三个,自顾自继续上升,最后消失不见。

在接下来的一幕中,心灰意冷、穷途末路的卓戈渴望回到五千英尺的高空中继续飘浮,但一闪而过的顿悟让他意识到自己为什么必须狩猎:

的确,埃尔博奈星人已经在竞争中脱颖而出,无惧一切对手的威胁。但是宇宙广阔无际,意外随处可见。谁能预见将来会发生什么,自己的种族会面对什么样的新危险?如果失去了狩猎的本能,又应当如何应对危险呢?

……
他决定要么剥下一个米拉什的皮,要么就在狩猎中死去!
……
他迅速而娴熟地造了个米拉什号角。

这当然是人们常常用来为狩猎辩护的借口。这里的讽刺在于,它清楚地表明,猎杀的高尚理由实际上是在为杀害无辜者的行为辩护。尽管写明了这一点,这里却并没有沉重或说教性的内容。事实上,鉴于他对单纯的写作抱有万般热情,谢克里让此处关于狩猎的论点听起来很有说服力。接下来便是那个简短而巧妙的句子:"他迅速而娴熟地造了个米拉什号角。"你还没搞懂这句话的意思,句子就已经结束了,几秒钟之后,你才意识到"号角"是指"狩猎的号角",而你是一个米拉什。

米拉什号角的声音是什么样?如果你追捕的是一个雄性米拉什,

号角就会发出雌性米拉什哭喊的声音:"来人啊,救命啊,我再也挺不住了!有没有人能帮帮我?"

也许我们真的和野兽没有什么不同。不管怎样,帕克斯顿上当了,但斯特尔曼和赫雷拉拦着不让他冲出去。赫雷拉用柴火棍一棒子打在他的耳朵后面,斯特尔曼在他摔倒前接住了他。

下一幕是黎明。"为什么米拉什号角没起作用?"卓戈很纳闷,"《童子军手册》上说,用这种方法吸引雄性米拉什万无一失。也许,现在不是交配的季节?"卓戈考虑"裂杀"米拉什,但最终决定采取"雾杀"的方式。"裂杀""雾杀"当然是杜撰的科幻词汇,却让读者一看见便肃然起敬。

三个冒险家朝他们自己的飞船走去时,被一片浓雾围在了当中。斯特尔曼发现自己搂着某个人的肩膀——但不是赫雷拉或帕克斯顿的。空气中弥漫着一股甜酸的气味,卓戈孑然一身站在那里,露出了胜利的微笑,他掏出一把长刃剥皮刀,向最近的那个米拉什弯下腰。

恐怖吗?不,因为接下来的故事是,赫雷拉、斯特尔曼和奄奄一息的帕克斯顿回到了他们的飞船上。惊讶吗?别着急,故事的结局当然会发生转折——骄傲的卓戈现在是一名荣获一等功的童子军,而且他正举着代表荣誉的队旗,每个人看到这面旗都欢呼起来。因为在旗杆上骄傲地飘舞着的,正是成年米拉什质地精致、结实而独特的皮肤,他的拉链、导管、仪表、纽扣和皮套在阳光下熠熠生辉。

多么美妙的结局啊!故事充满希望,寓意生活美好,堪称艺术的语句无处不在。卓戈是我们每个人心中的十四岁;帕克斯顿、赫雷拉和斯特尔曼共同组成了我们都想成为的那个完美的成年人。最重要的是,这四个人物都是罗伯特·谢克里。

在从事写作的第三十个年头,谢克里坐下来,开始创作《怪兽迷宫》。在这个故事的第一页,我们就看到了他扮演的忒修斯:"跟往常一样,他身无分文,是个失业英雄,除了杀怪兽和欠情债,什么都干不了。"

然而，这位作家不仅猎杀怪兽，还设计迷宫，所以我们看到的还有一个"谢克里·代达罗斯[1]"。

"先生们，让我们面对现实吧。"代达罗斯说，"如你们所知，我们将迷宫设计成了纯粹的娱乐项目，没有任何道德色彩，也不带任何弥补社会不足的功能。"

如果把《怪兽迷宫》的三十个章节分别印在大卡牌上，让读者按照不同的顺序排列组合，应该会很有意思。这个故事是非线性的，是一座没有开头也没有结尾的迷宫，里面住着四五个反复出现的角色，有着真实而严肃的需求——佳肴满桌，佳人起舞，开怀畅饮，纵情欢乐；或是能在不可捉摸的生命之风里捕获些微的意义。

这个故事充满了迷人的语言和深刻、真诚的思考，并以一种迷宫般的方式徐徐展开。在小说的结尾处这样写道：

他看到故事的基座在动摇，听见修辞性的回响，瞥见了作者，一个幽灵般、具有不可思议的美貌和智慧的人物，尽管有着许多个人问题，却还是在拼命地把一切重新维系在一起。

多么深刻的结束语啊——它将语言规则与物理原理巧妙地结合在一起，就像超现实主义那样荒诞不经；谢克里对自己的描述夸张而梦幻，仿佛在讲述一个遥远的梦；他毫不掩饰自己的绝望，这种坦率令人动容；而在这所有的背后，是他不断努力，想要把一切重新维系在一起。

---

[1] 代达罗斯是希腊神话中的著名工匠，建造了关押牛头人怪兽弥诺陶洛斯的迷宫。

1.忒修斯如何得到了第一份斩杀弥诺陶洛斯的工作

据说，忒修斯经过科林斯佩科斯以西的小镇德尔斐，走进一家酒馆，喝了杯啤酒，吃了个汉堡。他注意到一份被遗落在红木柜台上的报纸，于是漫不经心地翻看起来。

跟往常一样，他身无分文，是个失业英雄，除了杀怪兽和欠情债，什么都干不了。他一直沿着古老的多利安小径，在高地上游荡着，食不果腹，寝不能安。他离家很远，也不打算回去，英雄们就是应该这样在路上尽着自己最大的努力，这是他的使命。然而，到目前为止，他毫无进展，实现梦想的希望越来越渺茫。忒修斯把目光转向分类广告，他看到上面写着：

"招募英雄，执行神话般的危险工作。胜任者，将享有永恒的荣耀。"

"这样的话……"忒修斯盘算着，用一根手指轻轻摩挲着没刮胡子的左下巴。

忒修斯去了报纸上写的地方。那是一座位于城市边缘的高大、阴暗的红砖办公楼。忒修斯被带到二楼的一间办公室。他看到那里有几个档案柜、一盏鹅颈灯、一只咖啡壶、一个秃顶男人和一个红发女人，整齐地列成一队。

"请坐。"那个男人说，"你是来应征广告的吧？很好，我们在瑞格纳II号星和弗提斯小行星上需要合格的销售人员，虽说我们的舒适调控型流体静力平衡羊毛外套可以自卖自销，不过还是需要有人拿货收钱。你做过推销吗，这位……先生？"

"我叫忒修斯。"忒修斯解释道，"我想这里面有些误会。我应聘的这个广告招募的是英雄，不是推销员。"

"哦,当然了,招募英雄的广告。"男人说道,"你有什么证书吗,忒修斯先生?"

忒修斯出示了他在新泽西州枫树林著名英雄学校的毕业证书,还有能证明他跟着阿喀琉斯做了六个月学徒的推荐信,以及其他一些证件、表扬信、偏好档案、承诺书、劝勉声明等等。

"是的,我们的英雄岗位确实有空缺。"男人告诉他,"我们有个客户,拉达曼提斯先生,他是这一带非常重要的人物,是地狱最高法院的法官,也是米诺斯国王的兄弟。我们叫他'拉达',他在附近有一个很大的牧场,在那儿培育菲力牛排。当然,这些菲力牛排是包裹在活生生的动物体内的,而且要把它们取出来涉及很多工序。但是拉达发明了一种工艺,漂亮地解决了这个问题,他将之称为'屠宰'。拉达的生意一直很好,直到最近,突然出现了一只弥诺陶洛斯,开始在牛排还是'奶牛'的初级阶段搞破坏。"

"我明白了。"忒修斯说,"但什么是弥诺陶洛斯?"

男人解释说,弥诺陶洛斯是一种半兽人或者半人兽,它们曾经和真正的人类一同在地球上生活,后来雅典城邦的执政官梭伦通过了《自由镇压法案》,允许人类把它们除掉。

忒修斯后来了解到,这一切都始于杂交怪兽时代,那是一个社会很宽松的时代,就算你在公共场合看到一个半羊半熊的家伙,甚至还额外长了一对老鹰翅膀,也不会感到大惊小怪。那是黄金时代,人们根本没有标准,认为一切都很美好,因为他们不知道还有什么更美好的情形。那是一个人人都愉快的时代,但后来,无差别美好时代的锅釜中诞生了美学精神,人们开始羞于与长毛的生物对话,转而吃它们的肉,或者穿它们的皮毛。

于是,"最后的大围捕"开始了,兽人被抓了起来,送到动物矫正旅馆,在那里被转化为原子和分子,并被送出去重新锤炼。但弥诺陶洛斯和其他一些怪兽逃了出来,逃到了森林、山区和偏僻之地。弥诺陶洛斯就生活在这样的地方,计划着向人类复仇。他是怪兽卡列班的雏形，阴险、兽性、狡猾、野蛮、奸诈、不忠，仿佛童子军形象的镜像反转。而现在，这个生物来到了人类的居住地，对菲力牛排动起了歪脑筋，让牛儿们异想天开、胡作非为，甚至对肉类包装厂发动了突袭，那儿正是菲力牛排被装进纸板箱的地方。

"情况就是这样。"那人说，"你觉得你能行吗？"

忒修斯知道，这个时候他应该表达对弥诺陶洛斯的厌恶，以及他对弥诺陶洛斯所代表的破坏规则的野蛮兽性的憎恨，并进一步表达他对被授予崇高荣誉的极大喜悦。他，一个普通的英雄，竟能得到这样难得的机会，为地球除去一个邪恶之源的化身，确实无比荣幸。每个人都对这些邪恶之源避之唯恐不及，比如，每当谈及它们时，希腊人便会讳莫如深地说："嘘！别提那个木柴堆里的阿尔巴尼亚人。"因为邪恶之源让我们的生命变得残缺、平淡、陈腐、无味，它阻碍我们成为完整的人。

但事实上，忒修斯对这个怪兽还心存一丝柔软。这是不可避免的，英雄和怪兽之间天生有一种特殊的相互理解，因为他们是同行。英雄和怪兽还有一个共同点，那就是他们本质上都无法靠收入生活。

"噢，我能行。"忒修斯说，"弥诺陶洛斯，这帮讨厌的东西！我从没应付过这种怪兽。我对付奇美拉更拿手，但管他呢，不都是怪兽吗，我觉得我可以搞定。我记得那只奇美拉是我追踪到帕奥尼亚湾附近的阿帕奇乡——"

"我们还是改天再听这个故事吧。"一直在旁的那个女人说道，"现在我们需要一个答案。"

"噢，我会顺利完成任务的。"忒修斯说。

"你什么时候可以开始？"

"现在的话……"忒修斯说着，坐回蝙蝠翼椅上，抬腿把他的一只约西亚·斯塔克手工皮革高跟靴踩在旁边的栏杆上，"我想，在我出去开始寻踪之前，我们应该先喝上一杯。"

"寻踪？"男人问道。他转向红头发的女人，"亲爱的，你知道他在说什么吗?"

"嘻,没什么。"忒修斯说,"寻找踪迹,不是什么特别的事情,但是当你和印第安人,尤其是那些弥诺陶印第安人打交道时,必须有一些悟性,或者能快速进入状态。"

"忒修斯,"女人说,"我觉得你扯远了。"

"他们那些弥诺陶印第安人,"忒修斯一边说,一边吹掉啤酒上的泡沫,"可以在光秃秃的岩石上移动,除了软皮鞋的摩擦声,不发出任何声响。在行军时,他们可以给软皮鞋装上消音设备。"

"嘿,清醒一点吧。"男人说。

忒修斯茫然地抬起头来。英雄们经常梦想着能够改变英雄和怪兽游戏的一些基本规则,比如改变故事背景,把观众送走,合力攻击爱的城堡。英雄和怪兽一旦联合,将成为所向无敌的组合。但这永远不可能发生,宇宙的硬性规定不允许这样的事情。所以,如果你不能去爱怪兽,那么退而求其次,最好的办法就是杀死怪兽。

"不好意思。"忒修斯说,"一时糊涂了。"

"你不会精神有什么问题吧?"红发女人问。

"作为一个英雄,我很正常。"忒修斯回答,"做这份工作,得有点怪异才行。"

忒修斯签了份临时合同,将在他的代理人阅读、批准之后正式生效。按照惯例,他收到了此次怪兽猎杀任务的预付款支票。预备工作完成后,大家都饿了,是时候去吃午饭了。签完合同后与经理人共进午餐通常是怪兽猎杀行动最精彩的部分。

2.曼·T.去追踪弥诺陶洛斯了

午餐后,他们直接去了指挥所。那个红发女人没有和他们一起去。就在刚才,她收到一封电报,说她赢得了"阿比林小姐"选美比赛，而且她家在佛罗里达州苏尔克城的房产发现了石油。就这样，一个板着脸、不合作的角色走了。就把这作为对其他人的警告吧。

指挥所里充斥着畅销小说里常见的紧张感和大难临头的气氛。电视屏幕上闪烁着弥诺陶洛斯的偏好档案和最新的位置信息。技术人员拿着写满方程式的写字板来回奔走，仿佛正在上演科幻小说里的场景。电器发出低沉的嗡嗡声，二期合成器也发出断断续续的奇怪声音，播报着它的情绪预测。不过，忒修斯还是注意到了那个黑发女孩，她手里拿着一小摞电脑打印资料，装作有事可忙的样子。她很可爱，穿着短裙、高跟鞋，神情高傲。他们俩相互打量了一下，算不上完整的打量，更像是一瞥，或者说瞄了一眼。然而，就是这心动的一眼，让那份叫人躁动的未知魔咒得到揭示，告诉你她已经注意到你，而且正在想要不要考虑你。

但忒修斯当时并没来得及意识到这些。因为他刚才正好发现，弥诺陶洛斯扫描搜索指示仪上的绿色和红色指示灯已经交叉并锁定。找到弥诺陶洛斯了！

技术抄写部门的大祭司穿着绿橙相间的制服，戴着喇叭口的手套，披着打褶的斗篷，把数字写在一张纸上，交给了他。

"坐标，这些是。"大祭司说道，怪异的句法和嘶嘶作响的说话声表明，他是来自涅吉主星的阿斯珀徒劳族人。

忒修斯端详着这些数字，把它们记在了脑子里。忒修斯的记性不太好，东西在头脑里不会停留太久。他背起背包，里面装满了搜寻和猎杀弥诺陶洛斯的工具，向小镇的郊区走去。弥诺陶洛斯的足迹就是从那里开始的。出城的路上，忒修斯只在一家杂货店停留过，兑现猎杀怪兽的预付款。那是一家希腊杂货店，你想象得出来。

3. 我不愿把一切都归咎于代达罗斯

我不愿把一切都归咎于代达罗斯，但目前这种复杂的局面，很大程度上是他的过错。在他引入"不确定性"，并赋予我们一个与所有空间和时间同步的迷宫之前，我们希腊人，一直过得顺顺当当。我们的历史有点复杂，虽然人们对此做了很多研究，但它其实是很直观的。不过，在代达罗斯拓宽了我们的视野之后，就出现了高度的混乱。在他之前，那只是普通的混乱而已。

如今，我碰巧选择了忒修斯这个角色，成了一个忒修斯。我被忒修斯的剧情操控了，但我不太喜欢这样。然而在过去，在代达罗斯赞同休谟的理论之前，序列并不意味着因果关系。

忒修斯的历史，同样是我的历史：我的父亲叫埃勾斯，他是潘狄翁的儿子，雅典国王厄瑞克透斯[1]的孙子。厄瑞克透斯被波塞冬杀死后，他的儿子们为继承权发生了争执。刻克洛普斯本来被选为国王，但是被迫逃到墨伽拉，后来又去了优卑亚岛，在那里，他的另一个兄弟潘达罗斯加入了他的阵营。我的祖父潘狄翁继承了王位，却无力对抗自己的兄弟墨提翁。墨提翁死后，他同样无法与墨提翁的儿子们抗衡。

祖父不得不逃离雅典，去了墨伽拉。在那里，他娶了国王皮拉斯的女儿皮利亚。在皮拉斯需要暂时离开几年的时候，他终于继承了王位。

祖父潘狄翁死后，他的四个儿子进军雅典，赶走了墨提翁的儿子们。他们四人抽签分配城邦的归属，而我的父亲赢得了最重要的区

---

1. 厄瑞克透斯在荷马的叙事史诗《伊利亚特》中被提及，他是一位伟大的君王，在古风时期统治着雅典。厄瑞克透斯和英雄厄里克托尼俄斯经常被混为一人。

域，也就是雅典。其他人则继承了边远地区。

当然，我小时候并不知道这些。我从小就不知道我的父亲是谁。

剧作家们通常会着笔于我的童年经历，和那著名的"宝剑与巨石"的故事。但为了言简意赅，我要讲的是故事的另一部分，你们通常不会听到的那个部分，即我的父亲埃勾斯究竟是如何走到了无法与我相认的地步。

父亲之前尝试过两次婚姻，但都没有生下儿子。他的第一任妻子墨利忒很迷人，但不能生育；而他的第二任妻子卡尔喀俄珀，尽管嗓音富有磁性，举止迷人，也还是不能生育。

这让人万分担忧，于是我父亲去请示了德尔斐神谕。他得知，在到达雅典最高处之前，他绝不能松开酒囊的绑绳，否则会死于悲伤。可惜埃勾斯不明白这是什么意思。

在从德尔斐回来的路上，他在科林斯停了下来。接下来便是和美狄亚相关的名场面。

后来，他又在特罗曾逗留，他的老朋友庇透斯是那里的国王。庇透斯的兄弟特罗曾也在那儿。他俩都是珀罗普斯的儿子，最近刚从比萨来到这里，与国王埃提乌斯共享一个王国。

庇透斯有个难题，是关于他女儿埃特拉的，也就是我的母亲。如果埃特拉按照计划与柏勒洛丰结婚，我的故事就会完全不同。但是柏勒洛丰遇到了麻烦，不得不被送走。这让我的母亲很为难。她必须诞下一个孩子来完成自己的使命，这是她神圣的命运，但眼前没有合适的配偶。我父亲的到来是天赐良机。虽然我的父亲未必会这么认为。

庇透斯成功把我父亲灌醉，弄到了埃特拉的床上。根据传说，在那之后，海神波塞冬和我母亲发生了关系。这里就出现了有趣的一点，如果我真是波塞冬的儿子，我就会是半神——在古希腊，这是一件美事。

不管怎样，波塞冬并未对我或者我的母亲负责。提这件事只是因为记录里是这么写的。

父亲告诉母亲，如果她想要孩子，就要对孩子的身世闭口不谈。他想保护母亲免受帕拉斯的五十个孩子的伤害。帕拉斯是父亲宿敌墨提翁的好兄弟。假如他得知母亲怀了埃勾斯的孩子，母亲就危险了，因为这个孩子天生就是雅典王权的继承人。

就这样，我在特罗曾长大，不知道自己的父母是谁，但暗自猜想自己是一个被寄予厚望的人。在代达罗斯建造他的迷宫、引入不确定性，并让我的生活有了许多不同的可能之前，我的人生就是这样开始的。

4. 代达罗斯

代达罗斯在为亚特兰蒂斯克里特岛的米诺斯国王建造那座庞大的迷宫时，遇到了许多复杂情况。

古典时期维持了很长一段时间。那是雅典的黄金时代，拥有众神、荷马、柏拉图等等。但有那么一个人，也处于黄金时代中，却在某一刻，突然明白这种古典的生活方式正在逐渐消逝。他就是代达罗斯。代达罗斯有能力做出改变，他完全可以称得上是第一个现代人。

代达罗斯通过计算机研究得知，克里特岛的克诺索斯，乃至整个亚特兰蒂斯文明，将由于不可避免的自然灾难，很快走向衰亡。这项研究结果被泄露了出去，整个王国都动荡不安。所有人觉得不能再继续这样惶惶不安下去了。

米诺斯同意了，并与希腊七贤成立了智囊团。

希腊七贤们提出建造迷宫的想法，推荐代达罗斯来负责这项工作。

5. 关于迷宫

这一天，忒修斯在迷宫中寻找着弥诺陶洛斯。这座建于伟大的亚特兰蒂斯文明时代的迷宫，是代达罗斯为米诺斯国王建造的。

这一天，是平淡无奇的一天，就跟迷宫里的许多其他日子一样。

迷宫，或称迷阵，是一项神奇的创造，是英雄们的试炼场，是多重现实和反复事件同时存在的地方。迷宫是亚特兰蒂斯科学炼金术的最高成就，是这一文明的最高纪念碑。虽然这个文明已经衰落，很快就会毁于自然灾难，但它注定会通过代达罗斯的艺术永存。

基本情况足够简单：忒修斯必须找到并杀死半人半兽的弥诺陶洛斯，然后找到回归日常世界的路。

这种情况已经上演了很多次，有很多不同的结局，也有不同的人扮演主角。我不是迄今为止唯一的忒修斯，也不是未来唯一的忒修斯。我只是现在的这一个忒修斯，站在叙述者的位置上，尽管实际上并非整个故事的叙述者。我等一下会解释这一点。现在我是忒修斯，一个职业的弥诺陶洛斯杀手，或者说，是一长串忒修斯中的一个。自从代达罗斯将"重现"引入这个比它所模拟的世界还要复杂的迷宫工程后，忒修斯们就一直以令人厌恶的规律反复出现。

6. 迷宫：代达罗斯的成就

忒修斯根本不确定自己能否完成猎杀弥诺陶洛斯的任务。根据古老的传说，这事儿似乎相当简单直接，但它们只是供公众消费的通俗故事，现实又是另一番景象。就算抛开弥诺陶洛斯的本质和属性不谈，忽略他洋洋洒洒的获胜纪录，只考虑迷宫的广阔无际和错综复杂，人们也会认为忒修斯的任务是没有希望的。他怎么可能在迷宫里找得到弥诺陶洛斯呢？

代达罗斯的成就，是建造一座比它所模拟的世界更复杂的迷宫。过去和现在同时存在于代达罗斯的迷宫中，所有的时间和地点都可以在它的迂回曲折中找到。你可以在迷宫里找到任何东西，但最好还是不要抱有任何具体的期待；你永远无法预测到下一秒会出现什么人或者什么东西，因为迷宫里模拟的世界实在已经够复杂了。事实上，在迷宫里，你还会遇到自然界中的根本不存在的生物——喷火怪奇美拉与鹰身女妖哈耳庇厄、巨人泰坦、拉皮斯人和半人马、尼米亚猛狮、斯廷法利斯湖怪鸟等等。奇迹总会在拐角处不期而至，你真正想要的东西出现的概率却微乎其微——你可能会在代达罗斯扑朔迷离的迷宫中永远徘徊，却找不到任何一个见过弥诺陶洛斯的人。

此时此刻，忒修斯饥肠辘辘。他有一只背包，里面装满了在搜寻过程中可能有用的东西，但没有一样是可以吃的，至少目前是这样。眼前也没有任何食物。什么也看不见，忒修斯正身处一片死气沉沉、单调乏味的地狱边境中。代达罗斯还在对迷宫进行后期完善，忒修斯所处的这块地方凑巧还没完全搭建好。

忒修斯在背包里翻来翻去，找到一个"造境地图"。这种地图拥有神奇的力量，一旦打开，就能将人带入地图中的世界。忒修斯拿的这个造境地图里存入的是米诺斯的都城克诺索斯的部分区域，这座都城本身也是迷宫的一部分。

忒修斯打开了地图，随即敏锐地捕捉到，周围正在发生不可思议的神奇变化，等他再抬头看时，发现地狱边境已经消失，也许是消失在了另一个地狱边境里，而他正站在一条狭窄的鹅卵石街道上。两边是又高又窄的房子，屋顶很陡，窗户向外凸出。他面前是一家餐厅，楼上是一家旅馆，卷轴在这里标记了两颗红星。开朗的餐厅老板穿着衬衫站在温暖的春光里，面带微笑，显然是个懂得如何照顾饥饿英雄的人。

事情就是这样发展的。不管是生活，还是代达罗斯或其他什么力量的安排——忒修斯们和牛头怪们就是这样参与其中的。你没有办法找到要找的东西，也无法开展任何计划，但有时事情就这样自然而然发生了，所以忒修斯发现自己闪现到这里时并不惊讶。在迷宫中，描述可能变成被描述的内容，地图有时就是领土。忒修斯走进了餐厅。

餐厅老板把他领到窗边一张阳光充足的桌子旁。忒修斯把地图折好，放回背包里，把背包靠在墙上，解开牛仔夹克的纽扣，点上一根香烟，让自己喘了口气。

菜单是用一种难懂的当地方言写成的，但忒修斯凭直觉就能看懂菜单，就像所有到遥远地方旅行的英雄那样，他迅速点了菜，要了杯啤酒。一名穿着白色刺绣衬衫和黑色裙子的漂亮金发女服务生把酒端了过来。他啜了一口啤酒，用欣赏的目光看着她走开。很快她又送来了食物，忒修斯饱餐一顿后，松开腰带，惬意地靠在椅背上，一边喝着咖啡，一边抽着烟。

迷宫给了他一些这样的愉快时刻。此时危险似乎离他很远，弥诺陶洛斯被他抛在脑后，过去与阿里阿德涅的纠葛和未来与淮德拉的矛盾都被遗忘。他甚至可以忘记自己之所以在迷宫中是出于职业的安排；他正在进行的未知冒险，是为米诺斯的宫廷提供消遣，那些人在球形电视机里观看他和其他英雄的一举一动，满足他们的兴趣是他努力的真正动机。

这已经不是他第一次考虑退缩并放弃对弥诺陶洛斯的追寻了。为了这个任务，他远离雅典，放弃了迷宫中反复出现的欢愉，离开了阿里阿德涅和孩子们。他不介意就住在这间舒适的旅馆里，住进楼上的某个房间，再认识一下那名金发女服务生，参观参观附近的景点，比如博物馆、美术馆和摇滚俱乐部。

他的确不会说当地的语言，但这并不是什么严重的障碍。忒修斯在旅行中发现，他只需要会说几句当地的行话就能轻松解决大部分问题，再者他还有读菜单的能力，这对他在任何世界生存下来都至关重要。他发现自己不懂当地语言，其实是有好处的，因为这样就不必与外国人进行政治探讨或更糟糕的文化争论。而且，缺乏共同语言从未妨碍他拥有迷人的外国小女友，她们仅用微笑和手势就能表达她们的喜悦。

忒修斯喜欢外国女人，喜欢她们的容貌、气味、异国服饰和陌生的举止。但他也喜欢自己家乡那些活泼可爱的希腊女人。事实上，他对女人有着英雄般的欲望和诗人般的欣赏。但他的感情似乎从来不长久，总是刚开始不久就出现令人不悦的内疚和难以忍受的矛盾。他清楚这一点，知道明智的做法就是远离情债、继续工作、履行合同、找到弥诺陶洛斯并杀死他。但智慧从来就不是英雄的美德，而且这名金发女服务生身上有一种……

忒修斯注视着她。她穿着女招待的小衣服和黑色的长袜，低垂着眼睛，端着摆有食物和饮料的托盘在桌子间穿行。看起来是那么端庄，还透着一股甜美的天真和无邪的性感！她意识到他不仅仅是一个顾客、一个"在器具环境中"使用的物品——这是海德格尔的不朽名言，他本不应该知道这个短语，但通过代达罗斯的阴谋，他现在已经了解得非常透彻，同时还知道了很多其他更符合时间旅行者而非古代探险英雄的知识。不管怎么说，她似乎对他很感兴趣。他对此很确信，因为英雄都是能分辨出来的。

她走到他的桌前，用蹩脚的希腊语同他说话。忒修斯喜欢她用他的母语磕磕绊绊讲话时清脆的嗓音。她仅仅是在问要不要再来点咖啡，他就已经有点爱上她了。

如果能和这位用微笑和点头来表达自己的迷人姑娘定居下来，该有多好啊；如果能在这样的鹅卵石街上，住进一间带有落地窗的顶层公寓该有多好啊；如果能和这么个温暖、芬芳、赏心悦目的人儿一起醒来该有多好啊。他还坚信，她会马上起床，因为她会尽职地为他倒上一杯咖啡。即使是大清早，她也会面带微笑……

是的,他当然要再来点儿咖啡!她去拿咖啡了,而老谋深算的忒修斯靠在椅背上,再次想到,是不是又要开始一场比猎杀弥诺陶洛斯这样的旧差事更有趣的冒险了。

7. 阿里阿德涅来电话了

忒修斯原本来自斯基泰人[1]领土附近的特罗曾。理所当然的,当阿里阿德涅发现这位英雄把她遗弃在了纳克索斯岛,她最先想到的就是打电话到特罗曾。

对她来说,这事并不意外,她和大家一样熟悉古老的传说。令她无法相信的是,忒修斯会把她遗弃在纳克索斯这样的地方。然而,现在他的确就这样一走了之了。

她联系不上忒修斯,唯一能联系上的就是忒修斯的代理人麦克斯。

"他在执行任务。"麦克斯告诉她,"终于有猎杀弥诺陶洛斯的新任务了。"

可怜的阿里阿德涅,泪水划过她的脸颊。

"你能给他带个口信吗?告诉他,纳克索斯现在是早上,一直在下雨。告诉他,他没有权利这么做,但还是不要告诉他吧,他只会生气。告诉他,我已经把他的蓝色英雄外套寄过去了,假如他跟着弥诺陶洛斯进入迷宫的北部地区,他会需要的。告诉他,这个古老传说有一个版本是这样的,忒修斯和阿里阿德涅在纳克索斯定居,并在那儿生活了一辈子。告诉他,那是我们认定的真实版本,以免他忘了。

"告诉他,酒神狄俄尼索斯上周乘着他的帆船来了这儿,并明确告诉我,尽管传说中他会爱上我并娶我为妻,从此与我在纳克索斯岛

---

1. 斯基泰人是古代在东欧大草原至中亚一带居住与活动的游牧民族或半游牧民族。

幸福地生活，但他对我没有责任。事情的结果很可能会像传说中那样，他也确实认为我很可爱，但在那之前，他还有几件事要做。他得找到自己那辆被人借走的摩托车，还要把强占了他位于纳克索斯市中心公寓的几个泰坦巨人给赶走。而在他处理完这些事情之前，我只能靠自己。

"告诉忒修斯，为了维持生计，我不得不卖掉他那套橙色的盔甲、细条纹盾牌、配套的宝剑和其他一些东西。

"告诉他，我想不出自己做错了什么事，会让他这样抛下我。我承认，离开克里特岛前的最后几周，我们忙得焦头烂额，在岛上到处找人清洗他找回来的美杜莎的头，还给它做了个带观察镜的橄榄木展示盒，这样看的人就不会被变成石头了。但一直在下雨也不是我的错啊，我能控制天气吗？还有，狄俄尼索斯让我转告，他已经把忒修斯要的苏摩酒[1]弄到手了，会找个时间、地方给他。

"告诉他，我觉得狄俄尼索斯开始对我越来越感兴趣了，虽说态度比较粗暴。我不知道该怎么回应狄俄尼索斯，该遵循哪个古老传说的哪个版本？告诉忒修斯，请让我多少知道一点他的消息。我真的需要一些答案，我是挚爱他的阿里阿德涅。"

"你什么都不用担心。"麦克斯说，"我会告诉他的。"

8. 弥诺陶洛斯

弥诺陶洛斯身材魁梧，有着锋利的蹄子、鞭子似的黑色牛尾巴、食肉公牛那噩梦般的尖锐牙齿、针尖一样的犄角和令人眩目的速度。他无懈可击地战胜了尼米亚猛狮和萨巴泰飞羊。尽管如此，与他天生

---

1. 苏摩酒是早期印度婆罗门教仪式中饮用的一种饮料，被认为是灵丹妙药，是某种植物的发酵枝叶。

的牛性相一致，他是个胆小怯懦而生性多疑的家伙，他的内心充满了悔恨与不安。

弥诺陶洛斯并没有在他的巢穴里待很久。窝在巢穴里会让他在受到突袭时不堪一击。他知道，移动是最好的防御，所以他到处游荡，在代达罗斯的迷宫里上蹿下跳，进进出出。

他对失去最初那个的迷宫感到遗憾，那是他们在克诺索斯的宫殿底下为他建造的迷宫。那时候，每年都有人送来供他享用的漂亮小斗牛士。他当时对此嗤之以鼻，而这一年一次的晚餐，如今在何方？现在他愿意付出一切，只要能重新拥有那些东西——那些因为太过眼熟而使他烦躁却又令他安心的石墙，那些于他而言最熟悉的千回百转的通道。是的，那时的他是个无聊又简单的怪兽。

现在不一样了。旧迷宫已经消失了，或者说，迷宫变得无处不在。旧世界正在分崩离析，全靠代达罗斯凭借纯粹的意志力和魔法布局维系着它。这无疑是值得赞扬的，但它把弥诺陶洛斯置于何地呢？当他在野外睡觉时，成群的小鸟守护着他，它们以住在他毛茸茸的耳朵里的寄生虫为食，通过轮流保持清醒、警戒外在危险，来为晚餐买单。"看，那里，有一片叶子动了，有一根树枝晃了，有一道影子划过了月亮。"

其中大多数都是虚惊。弥诺陶洛斯曾多次请求小鸟们："就算帮我个忙，请对你们的危险感知进行一定程度的辨别，让我睡个安稳觉，不用再为你们草率的警报每天晚上蹦起来二十次，却发现那可疑的影子原来是猫头鹰，那奇怪的声音原来是老鼠发出的。"小鸟们愤怒地扇动着色彩斑斓的翅膀，叽叽喳喳地反驳着："我们竖着耳朵警惕危险，整夜为你服务，这还不够？我们是你的早期预警系统，噢，弥诺陶洛斯啊，我们虽然对预警不加辨别，但非常敏锐，对你来说却还是不够吗？你要我们这些可怜无脑、长着羽毛的小东西，尝试逻辑分析计算，不仅要监测，还要诠释，不仅要判断有哪些声响或者动作应该提醒你，还要判断哪些不应该？你可真不讲道理啊，弥诺陶洛斯，你可真不仁慈。既然你如此聪明，也许更希望我们去拜访我们的亲戚蜂鸟，留你独自在黑夜中琢磨每一处微小的声音意味着什么。"

弥诺陶洛斯道歉了："再差的预警系统也比没有好，对不起，我的要求太多了。"就算不制造新的敌人或失去老朋友，牛头人的麻烦也已经够多了。"对不起，请留在我身边。"他知道这些小鸟无论如何也不会离开他，何况谁见过它们所说的蜂鸟呢？但是，他还是做了做样子，请求它们留下来，像之前一样继续下去。最后它们同意了，一开始还挺勉强，后来一副宽宏大量的样子，像一圈昏暗的尘埃一样绕着他的头飞舞。

既然无法回到以前的石头迷宫，弥诺陶洛斯觉得在森林里是最安全的。在森林深处，大树一棵紧挨着一棵，钩状的树叶沙沙作响，与茂密的灌木连接在一起。在这种迷宫式的地形里，怪兽可以毫不费力地穿过，但对于人而言，即使是像忒修斯这样的英雄，走起来也会觉得很困难、很吵闹。

而且，森林里到处都是好吃的东西。弥诺陶洛斯的感官运作与人类相似。如果人看到的是橡树果、腐朽的原木和腐烂的麝鼠，在弥诺陶洛斯眼里则可能是橄榄、比萨和焖兔肉。森林是个好地方，它那斑驳的绿色和灰色，是最原始的迷彩伪装。

弥诺陶洛斯原想在这里欢度余生，但事实并不会如此。当你置身其中，森林看起来是无限的，但很快你就会来到开垦过的土地、人类的居住地，看见篝火上空升起的袅袅炊烟，听见孩子们的玩耍声，于是你知道，你又回到了这里，回到了文明社会。你甚至想原路返回，回到可爱的森林里去，但是还未等你回头，就从远处传来了猎人的号角声和猎狗的狂吠，而你除了继续往前走、往前走，别无他法。

但当弥诺陶洛斯来到人类占据的领土时，他绝非一无所有。你可能会认为，一个七英尺高、肤色乌黑、口吐白沫的牛头人会相当引人注目，但事实并非如此。人们"不善观察"。而且，弥诺陶洛斯擅长好几种伪装，它们在过去颇有成效。他的其中一个花招是把自己打扮成一辆雷诺警车，涂成深蓝色，车窗位置上贴上警察的标志。弥诺陶洛斯从喉咙深处发出马达的轰鸣，警车沿着街道前行，轮胎低声着可怕的痛苦和毫无意义的报复。当他披上警车的伪装时，人们往往选择避开，就连看穿伪装的人也会走开，只专心做自己的事，因为大家都知道，警察也会把他们的警车伪装成假装警车的牛头人。狡诈的伎俩一环扣一环，聪明人才不会去管这种事。

那个该死的、难以捉摸的弥诺陶洛斯！他那么偏爱逃跑，又善于伪装。你可能会觉得，就连英雄，甚至是神，都不能指望在这方面赢过他，比如说，企图在一家印度餐馆里找到正在安静吃晚餐的他。不过，有群人做到了，还说着："就是他，快去捉，哈，哈，拿着这个，还有那个，看啊小伙子们，我们找到了个弥诺陶洛斯，或是叫别的什么的可怜家伙。奥蒂斯，你和查理把他弄死，布鲁用链锯把他的头锯下来，然后我们去马塔图姆餐馆，好好消遣一下，犒劳犒劳自己。"听起来不太可能，但确实发生了。

不过，这次不会这样。这地方看起来不错，感觉很安全——弥诺陶洛斯作为一个时常被围困的怪兽，对于危险有敏锐的判断力。前面，在一条铺满鹅卵石的街道中间，有一家不错的餐馆。如果能进去享用惬意的饭菜换换口味，再来杯酒，那就太美了。这个怪兽有钱，或者说，有旅行支票，在宇宙的任何地方都可以用。有旅行支票的怪兽总是受人欢迎。事实上，弥诺陶洛斯发现，金钱是最好的伪装。如果你有足够的钱，没人会怀疑你是一个怪兽，他们只会把你当作一个古怪的外国人。

是的，一顿美餐会让他精神百倍。弥诺陶洛斯朝餐厅走去，他的蹄子在鹅卵石上咔咔作响。

9. 比世界还要大的迷宫

在很长一段时间里，任何事情都得不到确定。这是因为"不确定性"统治着迷宫世界。除了代达罗斯，没有人喜欢这样。居民们厌恶这样。他们说，代达罗斯，你过分了，这样做不会有什么好结果，你让自己被区区一个命题诱惑了。来吧，理智一点，规定些硬性事实，再公布几条操作规范，或者至少给我们一些默认值。我们需要这里有一点秩序，我们只要求一点秩序而已，代达罗斯。这能让一切都好起来，求你了，就当是为了我们，好吗？

可代达罗斯就是不听。他认为批评他的人无足轻重，都是些迷恋过时思想的旧世界悲观派。他们梦想的旧秩序从未存在过，也不会再出现。

尽管代达罗斯设立了不确定性法则，迷宫中的人们还是为自己定了一些规矩，从而避免混乱，且争取到一些行为主动权。

就拿狩猎弥诺陶洛斯这事来说吧。因为许多忒修斯来到这里寻找传说中的野兽，所以一个正规的行业应运而生，负责专门为他们提供相关保障。你可以在任何一个报摊前停下来，买一本带有拇指索引孔和便捷图表的《弥诺陶洛斯狩猎指南》；你也可以试着读一读赫尔墨斯对毕达哥拉斯负推理系统的改进，以提高自己的追踪能力。还有许多方法都对狩猎弥诺陶洛斯有效，但这些方法之所以管用，并不是因为它们在理论上多么完美。而是由于一些尚未完全弄清楚的原因，迷宫根据玩家们的意愿塑造出了它那无穷无尽的拓扑结构。因此，尽管你不能指望自己随心行动、有计划地找到目标，但你也注定逃不开它。

10.线团

一团线在戏剧里充当核心角色，这并不常见，但事实就是如此。我们故事的主要组成部分是忒修斯、迷宫、弥诺陶洛斯、代达罗斯、阿里阿德涅和线团。那团线是代达罗斯给阿里阿德涅的，是与外部世界的重要联系，而阿里阿德涅把它拿给了忒修斯。忒修斯顺着那个魔法线团七拐八拐，找到在迷宫深处睡觉的弥诺陶洛斯，杀死了他，然后又找到了出去的路。至少大家熟知的传说是这样讲的。

实际上，这是在代达罗斯的高端技术失落于古代世界的大灾难中之后，向那些后亚特兰蒂斯文明的野蛮多利安人提供的简化解释。

那团线其实是归航装置，是一只通过视觉、听觉和嗅觉来追踪弥诺陶洛斯的"机械猎犬"。

就像代达罗斯迷宫中的其他东西一样，这团线是一个准生命实体，易于变形。呈现为线的形态时，它是一种线控飞行导弹，速度可通过操控者的思维脉冲来调整。但它也有可能为了应对某些刁钻难解的魔法工程，而在毫无预兆的情况下改变形态。

例如现在，当忒修斯正坐在餐厅的椅子上，与女服务生悠哉地调情时，他听到自己背包里发出了吱吱的声音。忒修斯掀开背包翻盖，一只老鼠爬了出来。那是一只相当漂亮的老鼠，个头不大，但体型匀称，是黄绿色的。

"嗨，你好啊，小老鼠。"忒修斯说，"你一直躲在我的背包里吗？"

"别把我当小孩了。"老鼠说，"你上次看到我的时候，我是一团线。"

"你为什么变成了一只老鼠？"忒修斯问道。

"形势所迫。"老鼠回答。

"我明白了。"忒修斯没有再多问,因为他从回答中就知道,这只老鼠跟许多神奇的造物一样,都是回避辩证法的高手。但忒修斯心想,这只老鼠可能正象征着电脑屏幕上那只四处探索的鼠标。

"我们该走了。"老鼠说。

"现在?"忒修斯问道,"这家餐厅真的很舒服,而且这次的任务也并不着急,不是吗?我的意思是,我和弥诺陶洛斯,有无尽的时间,或者至少有很长的时间来找到彼此。不如我给你弄一碗牛奶和一块好吃的奶酪,我们过一个星期左右再动身吧?"

"那可不行。"老鼠说,"我自己并不着急。我完成这个任务,马上就会被派去执行另一个任务。猎捕弥诺陶洛斯或是求直角三角形的斜边长度,对我来说都一样。这就是归航装置的生活。但在这里,事情总是发生得很突然。弥诺陶洛斯正在移动,如果我们不同步行动,我很容易失去他的踪迹。那时候你就真的需要更多的时间,甚至无尽的时间去找它了。"

"噢,好吧。"忒修斯说着,站了起来,"老板,买单!你们这儿能刷VISA卡吧?"

"啊,能!"老板说,"所有常见的信用卡在迷宫里都能用。"忒修斯签了字,四处张望,想跟那个女服务生说声再见,但老鼠告诉他:"没关系,你会再见到她的。"

"你怎么知道?"忒修斯问。

"因为你毫无运气可言。"老鼠窃笑着说,"现在,我的大英雄,我们出发吧。"

老鼠爬进他的背包,然后又把头探了出来。"对了,我的名字叫老鼠小姐。不过你可以叫我小姑娘。"她钻进背包,舒服地躺在了他的一双登山袜里。

忒修斯离开餐馆,沿着大路出发了。这是一个大晴天。太阳正升到最顶上——并不是真正的太阳,而是代达罗斯找到的替代品,看起来跟真的一样,只是颜色更漂亮——已经到中午了!忒修斯体会到一股熟悉的感觉：是的，忒修斯又饿了。这就是在幻境餐馆吃饭的问题：满足感总是持续得如此短暂。

11. 泰奥波伯斯，领先的控制论专家

泰奥波伯斯就职于帕纳索斯山计算机公司。他抬起头来，一张中年人的面孔上鹰钩鼻挺立，不安的神色掠过英俊的面庞，就像蝙蝠的翅膀在新发现的马奈画作表面颤动，又像某些音乐在耳洞里反弹，那深藏的魅力势不可当，让我们甚至会庆幸音乐不必为此而背负道德责任。是的，这一点毋庸置疑。他拥有世界上最大最好的计算设备。他不得不承认，代达罗斯真是个能为手下人提供所需之物的人。更妙的是，代达罗斯做到了用直觉取代科技，他的机器由直觉操控，他让直觉变得准确无误、当机立断。代达罗斯的机器真的棒极了，他的程序也很精妙，而这一切的结果——这么多智力劳动的成果，这些科学能带来的最高成就——就是让你知道，这个世界还剩十年半左右的时间可以正常运转，在那之后，它会湮灭。

当头一棒，是不是？没有人愿意听到他们的生命就只剩下十年。可消息最终还是走漏了，人们得知这个晴天霹雳时，他们的时间只剩四年半了，而且倒计时还在继续。代达罗斯意识到，如果他不做点什么，就必将面临一群疯狂的民众。

代达罗斯立刻采取了行动。他创造了自封闭的弥诺陶洛斯迷宫，这个迷宫比包含它的空间更广阔，这个迷宫包含了正在观察它的整个宇宙。

这是一个巧妙的解决方法。正如任何一个高等数学家理解的那样，亚特兰蒂斯文明并不会在现实时间中被拯救，而是将在代达罗斯自己发明的迷宫时间[®]中被拯救。米诺斯、他的皇室贵族，还有他的

文明，可以永远延续下去了。

代达罗斯创造的迷宫比它所处的文明世界要复杂得多。它是一个拥有自己时空的宇宙，有内置的观测者和高度的自洽性。造价高昂，却很值得。

当然，迷宫并不是客观存在的。就连代达罗斯也无法解决这件事。但这并不重要。米诺斯和他的皇室所体验到的，与真实无异。

在代达罗斯的迷宫里，希腊人的所有传说和神话都可以上演。这里有创世神话、奥林匹亚诸神的故事、《奥德赛》和《伊利亚特》，不管是阿伽门农和克吕泰涅斯特拉、俄瑞斯忒斯和伊莱克特拉，还是伊菲吉妮娅，几乎所有的重要人物都包含其中。

亚特兰蒂斯的人们可以围坐在一起，通过他们的小型球形电视机观看。

而那些重要人物，也就是米诺斯的亲信，则拥有非常大的球形电视机，可以坐在里面观看。

在巨大的球形电视机内部，观众甚至可以参与到表演中来。当某个主角需要休假时，这就很有用。

戏剧的素材并不缺乏。希腊人的故事是相互联系和重叠的。所有神话故事的循环往复之间都存在着联系。每个神话都是一个充满可能性的世界，并在许多地点与其他神话世界相连。重大的神话事件可以上演很多次，每次都可以有不同的结果。

由此诞生了博彩，并加以税收，这也成为维护迷宫的主要收入来源之一。

被全希腊称为"大橄榄"的克诺索斯都城，也被纳入了迷宫。由于迷宫的增强特性，克诺索斯与所有的空间和时间都是同步的，于是米诺斯发现，自己成了宇宙中最大城市的统治者。

米诺斯和他的朋友们也因此获得永生，这是个重要优势。

由于迷宫是一个完全被自身内容所填满的空间，它无法容纳任何新的东西。

至少从理论上讲，能在迷宫中找到的所有东西，都是已经包含其中的各种可能形式的变体。

但这并不是那么局限，因为迷宫是如此之大，如此之错综复杂，不会漏掉任何原创的可能。它只是被看似偶然的事情巧妙地取代了。

迷宫里唯一让代达罗斯感到烦恼的是，他在里面永远也遇不到新的人。但老朋友才是最好的朋友，考虑到他的所得，这只是一个小小的代价。

12. 米诺斯国王

米诺斯国王住在代达罗斯在迷宫内为他建造的新宫殿里。这座建筑是如此宏伟壮观，用尽周围数百万英里范围内，以及几千年来所有的素材，才能把它描述出来。

不幸的是，米诺斯并没有像他原先计划的那样独享这个地方。宙斯来拜访米诺斯，说自己决定离开奥林匹斯山后，就住进米诺斯的宫殿里。他问米诺斯，是否可以在其中的某个地方拥有一套公寓，甚至提出要付房租。米诺斯不好拒绝。

"我可能会时不时带几个朋友来。"宙斯说。

"哦，当然可以。"米诺斯回答，"你随意。""谢谢。"宙斯说道。

宙斯就在米诺斯居住的公寓楼上要了一套房。那里俯瞰着纯真之泉、古罗马广场、博堡，还有圣丹尼路上的情趣用品商店。宙斯亲自装修，在房子里划出了一块鸡尾酒吧区和一块保龄球区。裸露着上身的仙女在乡村摇滚乐声中为大家端来库尔斯啤酒和苗条吉姆牌香肠。在米诺斯看来，宙斯的房间毫无品位可言。

有一面墙上甚至挂了个发霉的鹿头，鹿眼俯视着台球桌。那是哈迪斯送的，他寻遍了地狱所有的礼品店才找到这么合适的礼物。

哈迪斯是宙斯的兄弟。米诺斯也不喜欢他。哈迪斯是个阴郁的家伙，特别喜欢说教，而且很残忍，非常残忍。作为地狱的统治者，这很合适，但作为兄弟就很没劲了。

米诺斯坐在他的王座室里。他的头顶传来一阵低沉的雷声，是宙斯，他刚刚打出了二击全倒。随之而来的是一阵阵放声大笑。米诺斯叹了口气，咬了咬牙，走到窗前，凌高望去。外面，人群沿着宽阔的柏油路走来走去，有吞火表演者、哑剧演员、小丑、魔术师、演说家和音乐家。米诺斯曾认为他们很有趣，此刻却希望他们全都离开。

当然，这些演艺人和观众不会离开，因为他们就住在附近。米诺斯被他们缠住了，而这都怪他自己。

13. 克诺索斯是怎样热闹起来的

米诺斯在他的宫殿建成后不久，就开口要求代达罗斯弄来一些居民。他原本的子民在亚特兰蒂斯那场大灾难中丧生了。米诺斯觉得周围有人很重要，因为他们能给城市增添一些活力和色彩。代达罗斯则是一如既往地忙碌，脑子里还有很多其他的事情要考虑，于是他随手带来了第一批居民——二十世纪的巴黎人。米诺斯心里想要的其实是截然不同的人群。他曾希望拥有安第斯山脉的印第安人，或巴厘岛人，又或是因纽特人，但他从来没有提起过这些。他也并不想让代达罗斯把巴黎人都带回去，毕竟这位建筑大师为了弄来这些人已经费了不少周折。

二十世纪的地球上，巴黎人口突然减少这件事，并非悄无声息，而在法国则更是引人注目。法国新政府不得不迅速采取行动。他们发布了一份声明，宣称这些巴黎人是被某种神秘现象带走的，同时保证这种事件肯定不会再次发生，毕竟稀有性是神秘事件的核心特征。除了沉迷于阴谋论的极端分子，其他人都对此感到满意。巴黎的人口很快就得到了补充，人们从法国其他地区、非洲、加勒比海和东南亚来此定居。没多久，一切又恢复如常。

至于那些被绑架到克诺索斯的巴黎人，他们轻轻松松就适应了新的环境。首先，克诺索斯看起来很像巴黎，大多数人都这样认为，只有那些常被当作美国人的亚述游客不这样看。此外，米诺斯邀请所有居民前往巴比伦空中花园，到附近的豪华酒店里免费度假，这无疑证明开明的君主制度是多么喜得民心。

14. 在并列的迷宫中

在代达罗斯的迷宫中，生活是疯狂的。忒修斯发现自己站在一棵孤零零的橄榄树下，前方是一条尘土飞扬的乡间小路，左边有一片低矮的山脉。他仔细研究了一会儿，意识到这些山脉有些不寻常。

紧接着他发现，这些山正在慢慢朝他移动。或许，是他在慢慢朝山移动。又或许，是山和他都在朝对方移动。

橄榄树逐渐远离他和崩塌的山脉。

一座小山已经逼近到他的面前。他观察了一下，打算躲开。但是，当一座山在追赶你，你又能跑去哪里？就像一群滑坡的大象，你已无处可逃。所以忒修斯在原地一动不动。反正人死了，逞英雄就没价值了。再说，你又能做什么呢？

然而，令忒修斯惊讶的是，那座山如同巨大的海浪一般从他脚下流淌了过去，丝毫没有倾泻在他身上、将他压得粉碎。还有，他竟然能够穿着运动鞋在上面冲浪，只不过，由于山体满是岩块、碎石、沙子、海贝壳、化石、旧烟头之类的东西，他的鞋底快被磨光了。他完好地从已经完全崩塌的小山上走下来时，无比庆幸自己脚上还穿着鞋子。

忒修斯立马意识到，他正在代达罗斯的一个实验区里。位于这个时空点上的迷宫,可以看作一连串自动传送通道。山、树、湖和忒修斯本人,都被放置在了可移动的区块上,它们彼此靠近、远离、旋转,相互交织或者环绕,按照代达罗斯发明但并未阐明的规律或进或退。正如一句古老的格言所说:神秘给人愉快而深邃的感觉,而解释往往带着平庸的味道。

在这幅由移动区块组成的拼贴画中,没有任何东西发生过碰撞。交互被中止了,只可能有短暂的并行。这部分并置的迷宫神奇而迷人。忒修斯喜欢看那些事物突然出现的样子,它们向他移动了一会儿,然后又消失了。一整座城堡就这样从旁边经过,城垛上的人就像随处可见的游客那样朝他挥手致意。然后,毫无征兆地,他掉进了一个沼泽里。

沼泽里很暗,有点像黄昏的天色,长长的树干斜映出交错的树影。四周一片寂静,只有远处翅膀扇动的声音打破了这片寂静。随着夜色逐渐黯淡,水面似乎在上升。有那么一会儿,眼前是一个苍白的世界,到处是一些模糊的线条,就像一幅精巧的日式素描,有些人会觉得它太过精致。接着,远处传来一只海鸟凄凉的长鸣——翅膀远远地在天空上留下剪影,耳边则是蚊虫嗡嗡的叫嚣声。

这片沼泽很古老,非常古老,在其地下深处塞满淤泥的海洞里,堆满了瞎眼骷髅。它们坐在长廊的椅子上,曾经的手如今蜷曲成团,保持着为眼前景象鼓掌的模样。而这片沼泽最为特别的,就是它激发了一种高级语言,也就是所谓的沼泽谈话。这是一种高级的对话形式,能为即将发生的事情定好基调。

像是被一股猛烈的吸力拉起来一样,忒修斯冲破黏泥的束缚,爬到了安全的地面上。他松了一口气。可就在这时,由于建筑偷工减料,周围开始坍塌。所幸忒修斯发现自己依然走在路上而不是趴在路面上,那些山也停止了移动。

路走到了头。忒修斯穿过荆棘丛生的灌木,没有太注意周围的环境。但他依然很警觉,当一个又长又细、蓝灰色的东西伸出手来抓他时，他立马就弹开了。

15.弥诺陶洛斯的哀伤

跟我们很多人一样，弥诺陶洛斯的怪兽之名名过其实。

弥诺陶洛斯并不觉得自己像怪兽。那副不寻常的外表并不是他的错。他不杀人，除非是出于自卫，比如疯狂的忒修斯一直追着他，想对他造成严重的身体伤害。

如果可以的话，弥诺陶洛斯其实非常乐意跟他握手言和，忘掉这件事。

他提出了自己的想法和提议，但都被忽视了。显然，除了继续在代达罗斯愚蠢的迷宫中奔走，他别无他法。除非他能设下埋伏，打忒修斯一个措手不及，一劳永逸地解决对方，或者跟对方讲讲道理。

但所有关于他的传说都不支持这个结果。

弥诺陶洛斯为此颇为沮丧。但是，作为一个信佛的生物，他知道没有完全的绝境。

他越发感觉到，自己在这种弥诺陶洛斯式的处境下，继续当这个怪兽会越发荒谬。因为在内心深处，他根本不认为自己是一个牛头怪。弥诺陶洛斯坚信，尽管外表像牛头怪，可实际上他是一只独角兽。

弥诺陶洛斯这么想的原因是，自有记忆以来，他就有个愿望：把自己的头枕在处女的膝盖上。

弥诺陶洛斯有着牛头怪的身体和独角兽的灵魂。

到目前为止，他一直隐藏着自己的真实本性。他甚至没有告诉自己最亲密的朋友忒修斯。他不告诉任何人，并不是因为人们知道了会对他有看法。毕竟，在迷宫中工作的人都是演艺界人士，他们现代而宽容，因观念自由而著称。事实上，弥诺陶洛斯才是老派人士。也不算是老派，只能说是很注重隐私的人，或者说怪兽。弥诺陶洛斯不想让自己的性取向尽人皆知，不想在自己知道却被排除在外的聚会上被人津津乐道。

他很挑剔，这是独角兽的典型特征，它们是害羞、骄傲的生物，一点儿也不像牛头怪；牛头怪通常是胸毛茂盛的怪兽，干着色情、暴力的勾当，丝毫不在意有谁知道这些事。

把头枕在一个处女的膝盖上——那简直就是天堂！但弥诺陶洛斯似乎从来没有遇到过活的处女，只遇到过死的。这并不是他的错，而且不管怎样，即使他能遇到活的处女，也不会感兴趣了，因为他爱上了阿里阿德涅。她是他唯一想要的人。独角兽是不会滥交的，而且他确信自己就是独角兽。

确实，阿里阿德涅可能不是处女。或者说，弥诺陶洛斯是这么认为的，他从来没问过。毕竟，她已经嫁给了忒修斯，这件事带有强烈的性暗示。

但是，尽管她嫁给了忒修斯，尽管她现在和狄俄尼索斯生活在一起，阿里阿德涅身上仍有一种鲜明的处女气质，独角兽对此非常敏感。独角兽知道这些事情的真相，因为他们内心鉴别处女的本领从来不会出错。

忒修斯和阿里阿德涅完全有可能还没结合。不管出于什么原因，这可能就是忒修斯把她遗弃在纳克索斯的真正原因。因为像忒修斯这样一位希腊运动健将，一个希腊猛男，绝不会容忍他的女人不跟自己上床。英雄是不会容忍这种事的。如果失败了，忒修斯就有充分的理由抛弃这个女人。忒修斯事后也不太可能谈论这件事，因为这会有损他至关重要的男子汉气概。

弥诺陶洛斯知道这一切是多么的不现实。不过，那又怎样？也许她对其他人来说不够纯洁，但对他来说，她足够纯洁。在这个世界上，他最想要的就是跟她亲密地待在一起，把头枕在她的膝盖上。

他曾多次想象过这种情景。他甚至打算找时间把一只角砍掉，这样会更加方便,不会戳到她柔软的大腿。他还没有完全想好要牺牲哪只角,但只要找到优秀的外科医生,就会决定的。他想让阿斯克勒庇俄斯来操刀。他是外科医生之王,收费跟名气一样高,总是拎着他的小黑袋子在迷宫各处游荡。

弥诺陶洛斯会找到阿斯克勒庇俄斯并安排手术。独角切除术,一种简单的手术,最容易的变性手术。

接着,弥诺陶洛斯打算为他的挚爱做点什么。他要绑架阿里阿德涅,把她夹在一条前腿下,喷着鼻息飞奔而去。这是成功的唯一方法,没时间开展劝说,只能留到后面。等把她带到安全的地方,弥诺陶洛斯就会给她自由,或者部分的自由,要限制在他的控制范围内。因为在他们有机会说话之前,绝不能让她从自己身边跑掉。不管阿里阿德涅做什么决定,他都不会违背她的意愿。但至少得先让他有机会陈述自己的情况,告诉阿里阿德涅他真正想要的是什么——他想要满足她的一切需求,想每晚把头枕在她的膝盖上睡觉。谁都说不准,她也许会答应试试呢。

16. 虽然米诺斯是国王,但代达罗斯

虽然米诺斯是国王,但代达罗斯是亚特兰蒂斯克里特岛最伟大的人,继弥达斯之后古代世界最富有的人,最受人尊敬的人,与诸神平起平坐的人。

这自然可喜可贺,但代达罗斯对自己的处境并不完全满意。

诚然,他的迷宫是人类或诸神所知的最伟大的创造,但建造它已经是很久以前的事了。最近他都做了些什么?这个问题困扰着他。

代达罗斯花了大量时间来做迷宫的日常维护和维修,以及填充空白部分。总是有东西坏掉,这让他很恼火,因为迷宫本应是完美的。很明显,迷宫缺少了某种东西,而代达罗斯知道是什么。

他的迷宫缺乏一个统一场论。

因为忙于其他事情，代达罗斯最初并没在这方面费心。现在，迷宫或多或少在按预期运行，但某些部分一直在无缘无故地崩溃，而且总有发生致命异常的危险，而这一切都是因为缺乏统一场论。

代达罗斯没有告诉米诺斯这件事。国王不会懂的，因为外行永远不会真正理解这些事情。米诺斯只会紧张起来，询问会不会全盘搞砸。而没有那该死的缺失的统一场论，代达罗斯甚至无法回答这个显而易见的问题。

他从维护和保养工作中抽出时间来处理这个问题，还派了一支科学家团队来做研究。他们是从各时各地挑选出来的最优秀的人。其中有些人不相信代达罗斯能找到想要的东西。他们引用哥德尔的定理，笑得意味深长。

代达罗斯把他的一生都献给了"一切皆可量化"的命题。他能够建造一个比它所处的世界更复杂的迷宫，这一成就将载入宇宙史册。从任何标准来看，他都做得非常出色，但他并没有真的感到开心。

让代达罗斯烦恼的是，他的迷宫里不可能出现新奇的东西。意料之外的事情确实经常发生，但它们之所以出人意料，只是因为缺乏一个统一场论来进行预测。

有时，代达罗斯只想抛弃这一切，去别的地方，做别的事情。

可问题是，他不知道自己能去哪里，还能做些什么。

当你主宰着一个缺少统一场论来解释自我，但在其他方面都应有尽有的迷宫时，就会陷入这样的困境。

代达罗斯在努力解决这个问题。

17. 切角手术

弥诺陶洛斯决定迈出这一大步,进行切角手术,将自己从牛头怪变成独角兽。他会去找迷宫里的外科大师阿斯克勒庇俄斯,通过外科手术切除自己的一只角。虽然剩下那只角的位置不在正中间,但他还是可以冒充成角位置不对称或向一侧歪斜的独角兽。

不过,确实有一个难题。弥诺陶洛斯支付不起高额的整形手术费。他要从哪里弄到钱呢?他的朋友都没有钱。而且迷宫里没有工作,只有要扮演的角色。而这些角色获得的报酬只能是长点儿名气,或者让自己稍微不那么臭名昭著而已。

18. 弥达斯之触

迷宫中存在的大部分金钱通常聚集在少数人身边,因为人物原型的缘故,他们需要大量财富。例如,弥达斯国王非常富有,因为他可以自己制造金器。但弥达斯并不是什么轻浮的人。他深知,自己象征着永远无法满足的贪婪,是个重要角色,他也在认真对待这份工作。

众所周知,弥达斯有一项能力,只要碰一下,就可以把任何东西变成黄金。但这并不像古老传说中所说的那样瞬间就能完成。把小鹅卵石、树枝、橡子拿在手里或放在腋下,过一晚上就能变成金子。它们为弥达斯提供了大量零钱,以及无穷无尽、可以当作生日或成人礼礼物的小玩意儿。大一些的东西,则需要弥达斯给予它们持续几个月,有时甚至几年的独特触碰。这种礼物价值不菲,但弥达斯得把几乎所有的时间都用来抓着或者靠着他想变成金子的东西,尽管他可以同时阅读或者看电视,但这样还是很枯燥。

弥达斯时不时会放贷。尽管他不愿意减少自己的财富库存,哪怕是暂时地减少。不过由于他这个角色的驱动力,也不愿放弃任何收取利息的机会。这就是为什么他被称为"众神的高利贷者",甚至一辈子都被公认为以利益驱动的代表。

弥达斯还能利用自己的本领收获一些小红利。他用蜡来填满牙齿的所有缝隙,只需一天左右的时间,它们就会自动变成黄金。这虽不是赚大钱的把戏,但如果想累积起一座真正令人惊叹的宝库,每一克黄金都有用。

有些人问,既然生活和冒险的必需品都是免费提供的,为什么在迷宫中还需要钱呢?这是一个天真的问题。你也可以问,为什么迷宫里需要爱或者名望呢?金钱、爱情和名誉的相似之处在于,它们都能提供低级的快乐,并为高级的伟大事业提供动力。

弥达斯的母亲是伟大的伊达女神,父亲是某个到处播种的不知名森林之神。关于弥达斯,涌现出了许多传说故事。事实上,他把黄金的事儿处理得很好。

19. 利益驱动

代达罗斯在把迷宫当作世界上第一个福利国家来建造时,从未考虑过营利。他认为利润并不重要。他为每个人提供食物、住所、衣服、武器,提供生活和杀敌所需的一切。他认为这样就够了。事实上,绰绰有余。他认为无需开展商业活动。购物使他厌烦。他无法理解消费的乐趣。在建造迷宫的时代,商业还没有成为一种体面、惯常、最终不可缺少的行为。

在代达罗斯还是孩子的时候,如果有人想要毛皮大衣,就会到森林里去打猎,而不是像现代人那样更为人道地去商店里购买。

但时代在变化，由于迷宫与所有的空间和时间都是同步的，它很容易受到新思想的影响。起初，购买是一种新风尚，但很快它就取代了制造，变成了获取物品的标准方式。

谁也阻挡不了时机成熟的新思潮。

代达罗斯通过了一项法律，禁止大部分物品的买卖，但其效果可能就跟发布公告禁止麻疹差不多。

人们通过卖东西给弥达斯和其他中间人来获得金钱，这些中间人是合法的，而且其实是受人物原型的驱使去购买迷宫中的雕像、金杯、象牙梳子、琥珀护身符、刺绣挂毯等等。弥达斯用金币和银币买下它们，并转卖给二十世纪的博物馆以及私人收藏家，赚了一大笔钱。

这种模式并不完美，但至少它为每个人提供了收入来源。

很快，每个人都有了钱。但在很长一段时间里，钱买不到任何东西。那时没有书店，没有电影，没有精品店或超市。更为重要的是，没有娱乐活动。

代达罗斯曾试着解决娱乐活动的缺失。他让露天剧院演出古典戏剧。大家看戏都是免费的，而且演出的有趣程度不亚于政府赞助的艺术项目。

然而，迷宫里的人并不满足于古典的消遣。这是代达罗斯的错。他为每个人都提供了球形电视机，这样就可以互相进行免费而及时的电子通信，因为代达罗斯宣称，保障交流自由是国家的责任。"好啊，"迷宫的居民说，"那我们什么时候可以装有线电视？你说过去和未来都在我们身边，那我们调到那些频道需要多久？"

代达罗斯徒劳地宣扬着过时的娱乐，星期五晚上大家聚在一起，围着七弦琴唱着古老的歌曲。但根本没有用，民间的有线电视台冒了出来，并开始录制和播放未来世界的片段。代达罗斯试图禁止他的人民了解这些东西，说这种知识是反常的，肯定会带来灾难。他还下令严惩那些被抓到利用商业主义玷污了迷宫哲学纯洁性的家伙。

当然，这同样毫无用处。代达罗斯积极地维护他的迷宫，但他不可能同时出现在所有地方。秘密集团四处兴起，通常由留着黑胡子的鬼鬼祟祟之人经营；他们在旅行车的后面进行销售，当然，这些旅行车根本就不应该出现在古希腊，天知道这些狡猾的家伙是如何利用了政府的官方机密，像普罗米修斯从天上偷火种一样，把旅行车带到了这里。一旦听说代达罗斯在附近出现，这些无证的非法集团就会迅速转移。

而预测代达罗斯下一次出现的地点就成了一个重要的产业，一个元产业，因为所有其他商业活动的生存都以此为基础。预测代达罗斯出现的时间和地点成了一种职业，形成了代达罗斯学，一门研究代达罗斯在任何时间所处位置的科学。人们建立了不少预测系统，其中大部分是基于这位建筑大师之前的访问数据，当然还有代达罗斯的心理侧写。但是无法建立任何启发法[1]，一切都是杂乱无章的，没有科学依据，也不可靠，而且由此产生的焦虑有可能造成严重的社会后果，特别是只要代达罗斯发现企业活动就会就地消灭，这也进一步造成了社会的不稳定和土地所有权的不确定。人类迟迟无法迈出下一个大步，建造购物中心。

重大突破出现于毕达哥拉斯发表"位置定理"的时候。他指出，由于商业活动的不确定性，我们不可能预测代达罗斯下一次出现在哪里，但我们可以非常准确地预测他最不可能出现在哪里，以及持续时间有多久。

毕达哥拉斯这种否定推理的方程式非常优雅，但我们现在还不能深入研究。我只想说，这个强大的推理工具使人们终于能够建起购物中心，从而结束了地下商业活动的时代。

---

[1] 启发法，依据有限的知识在短时间内找到问题解决方案的一种技术。

20.自怜草的攻击

"啊,不,别过来!"忒修斯大叫起来,因为他及时认出了那标志性的三瓣叶片,上面有深色的匙形斑点,那是"盛开的情绪垃圾场"的特征。这种植物俗称自怜草,是一种小型、低矮、会移动的灌木,善于隐藏、难以被人识别。

自怜草用它的钩状叶尖抓住路人,将自我嘲讽的卷须插入受害者体内。这个初步阶段,人们通常很难发现。毒素在血液中立刻起效,沿着动脉管壁爬行,仿佛在头上披上斗篷,伪装成体内的家庭成员。通过这种方式,它欺骗了抗体,让抗体接着消遣打牌,就像什么都没发生过一样。

毒素到达中枢神经系统后,就开始传播"多隆"。这是一种鲱鱼状的小生物,能产生超自然的怀疑酶。一旦到达这个阶段,你就会感到头痛欲裂,这一天就算是没救了。

虽然自怜草灌木的毒素通常不会致命,但在某些情况下,它会让人产生妄想,以为自己是索伦·克尔凯郭尔[1]。

忒修斯躲过了灌木丛的第一次疯狂冲撞,但他仍处于危险之中。这株植物把他逼到了陡峭的花岗岩悬崖底,崖壁仿佛直冲无情的蔚蓝天空,看不到尽头。花岗岩壁上凿有浅浅的台阶,忒修斯急忙往上爬,自怜草就在后面追赶。

他设法与那株植物保持一段距离,却被一个能停三辆车的车库挡住去路,他只好停下了脚步。"盛开的情绪垃圾场"朝他走来,发出怪异的尖叫:"你看看,难道是我想要这样吗?"据说这种尖叫能让

---

1. 索伦·克尔凯郭尔(1813年—1855年),丹麦宗教哲学心理学家、诗人,现代存在主义哲学的创始人,后现代主义的先驱,也是现代人本心理学的先驱。

坚强的人都感到恐惧，让人类控制哀怨的脆弱器官颤抖不已。

看来忒修斯的好心情就要结束了。突然，在他右边出现了一辆单轨车，这条单轨穿过越发陡峭的恐怖网链，向下延伸到了难以穿透的云层之下某个神秘的地方。他琢磨着，该不该赌一把，走那条路？但现在想这些已经太晚，没那么多时间了。

忒修斯钻进车里，松开了刹车。这是一种老式制动器，配备了防止意外超速的前轮内倾装置。当车子一头扎进前面描述的景色中时，忒修斯又怀疑起了自己的决定是否正确。

"盛开的情绪垃圾场"顿时愣住了。出人意料的是，随后它迅速而果断地跳到一个路过的滑板男的背上，用它短小的四肢缠绕摩挲着那人的脖子，催眠他去追赶忒修斯。

忒修斯回头一看，发现滑板手和单轨车的路线会在前面某个点交会。事实上，马上就要交会了。他必须尽快采取行动，因为这株发怒的植物现在能使他陷入最讨厌、最恶毒的自我批评。

忒修斯把手伸进背包，希望能找到有用的东西。他随手扔掉一只没用的鞋拔，把两张通往幻境的通行证放在一边，毕竟现在还用不上。然后，他掏出了归航装置。

"帮帮忙，求你了！"忒修斯说道。

归航装置恼怒地看着他。它还有自己的问题要处理。

它之所以爬进忒修斯的背包，是因为觉得这样做很好玩，而且也能满足自己的学术爱好。但它发现，忒修斯并没有给它提供鼠食，甚至连一点儿吃的都没给。毕竟大家都知道，英雄是贫穷的施舍者；但在大家眼里，他们倒是经常能把自己照顾得很好。

所以，这只老鼠的处境很微妙。它必须马上吃东西，否则就会变成一架立式钢琴。这很荒谬，但这就是规则。

还剩下最后一根救命稻草。老鼠拿出一直绑在他左腋下的那颗速比涛胶囊，像往常一样吞了下去。这是一种禁药，但很有效，一下子就起作用了。一波又一波的力量冲击着老鼠。他随着精神冲击波直上顶峰，然后把自己变成了一只猫。

在速比涛的药力作用下，他这只猫抓住自己曾经的老鼠化身并吃了下去，从而在还没人来得及制定禁止这样做的规则之前，使自己免于变成立式钢琴的命运。

"你的问题显而易见。"猫说道，"但这与我无关。我是来帮你找弥诺陶洛斯的，没人说要帮你对付自怜草。忒修斯，我建议你向游戏管理员或者负责这里的人反映。"

"来不及了。"忒修斯说。单轨车犹如过山车般驶来，离轨道尽头越来越近，自怜草就在那儿等着他。它刚才用某种来自摩尼教的罕见方法感染了那个倒霉的滑板手，然后把他当作无用的傻大个一样抛弃了。

交会点原本就很肮脏，但忒修斯保持着冷静。即使在这种极端情况下，他也能注意到轨道的一侧有个奇异的小孔。他毫不犹豫地从车旁边跳下去，钻进孔隙里。

转变的那一瞬间真的难以形容。接着，忒修斯发现自己正处在一张大网的中心。那是一张蜘蛛网，由某种黑乎乎的黏稠物质织成，就像很多老电影里播的那样，非常大，而忒修斯正卡在那里动弹不得。这时，他注意到不远处的自怜草，它戴着一顶蜘蛛帽，迅速从蛛网表面爬向这位不幸的英雄。

"为什么它可以在蛛网上跑，而我一根手指都动不了？"忒修斯问归航装置猫。

"我觉得这跟欧姆定律有关。"归航装置说，"尽量别把那些黏糊糊的东西弄到我身上。"它像猫一样爬到忒修斯的胸口。

自怜草露出瘆人的微笑，蜘蛛帽松垮垮地歪戴在一只眼睛上，继续往前走。

"我现在该怎么办？"忒修斯问道——这是修辞性疑问句，代达罗斯用他的智慧给出了答案，或者至少给出了找到答案的可能性。因为在忒修斯头顶的空中，在一片玫瑰色的迷人光晕中，出现了一名身着华服、美丽动人的年轻女子。

"阿里阿德涅！"忒修斯喊道。

"你太不小心了。"阿里阿德涅说，"我应该让你自生自灭，尤其是考虑到你把我丢在了纳克索斯，甚至连一张有效的信用卡都没留下。"

忒修斯顿时吃了一惊。然后他想起，在迷宫里，时间顺序仅仅是一种象征，就像古罗马人看到红绿灯一样，没有任何指示意义。所以，你很可能会在还没有犯错之前，就承受未来所犯错误的后果。

"但如果我不救你，"阿里阿德涅说，"就会失去未来与狄俄尼索斯的一场热恋戏。所以拿着吧，这是你需要的东西，忒修斯。"

她把一小瓶透明的东西放在他的手里，忒修斯立刻认出这是奥林匹斯制造的、货真价实的苏摩酒，绿色的液体，瓶身两侧刻着符文。

"是苏摩酒！"忒修斯认出了上面的符文标记，高喊道，"众神护佑的苏摩酒啊，如果没有它，即便是英雄，也只能无可奈何地沦为自怜草的猎物，根本指望不上坐在他的胸口上，不愿弄脏爪子的归航装置猫。"

忒修斯拿出他一直随身携带的小工具，相当于古代世界的瑞士军刀，撬开了蜡塞。他喝光了瓶子里的液体，把剩下的沉淀物也嚼碎吞了下去。

就这样，忒修斯感受到了力量！他想要发声狂笑，但还是把笑憋了回去，因为那只归航装置猫用暴躁的声音对他说："哦，你继续吧，请继续！"

凭借众神的苏摩酒赋予他的力量，忒修斯展示出了自宇宙诞生以来最强烈的意志力。他用人类纯粹疯狂的执念，硬生生地创造出一家中餐馆。

餐馆不稳定地摇晃了一会儿，一座红橙相间的宝塔诡异地出现在蛛网上，压住了正在往前爬的戴着黑色蜘蛛帽的自怜草。接着，灾难降临，事情有了新的变化，自怜草、蜘蛛网、被抛弃的滑板男和蜘蛛帽都从此处消失，回到了不现实、不合理、不存在的缥缈世界。

忒修斯小心翼翼地走向餐厅，因为这种创造物很容易突然消失，只留你喉咙刺痛，感觉像睡错床了似的。

然而，这家中餐馆正如通常期待的那般平凡无奇。他走进门，一脸冷淡的东方服务员给他安排了张桌子。

忒修斯要了各式各样的点心。"哦，再给我的归航装置来一碗汤。"一只小尖爪子戳了戳他的肩膀，忒修斯补充道。

21. 弥诺陶洛斯和弥达斯

弥诺陶洛斯来找弥达斯，希望能给他的切角手术要到一笔资助贷款。弥达斯的宫殿富丽堂皇，弥诺陶洛斯穿过景观优美的草坪和人工湖，走过英雄雕塑、观景台和破败的修道院，最终来到主楼。身穿制服的管家领着他走进去，穿过望不到头的昏暗走廊，两边墙上挂着冷漠的古典油画。他们穿过树叶繁茂的庭院，终于来到宫殿内部深处的谒见厅。

弥达斯是古代最富有的人——一名身材矮胖、留着灰色山羊胡的君主。他坐在一张铺满羊皮纸卷和蜡板的长桌旁。他有一台能够在泥板上刻下楔形文字的打字机。一台自动收报机在角落里咯咯作响，旁边是电脑终端。弥达斯虽热爱传统，但他发现没有这些东西就过不下去。

弥达斯国王是位好客的主人。他给弥诺陶洛斯上了一盘稻草冰激凌，然后是精心准备的特色菜，一碗配有面包酱的轻灼少女心脏。

他听了弥诺陶洛斯的要求，立刻开始摇头。弥诺陶洛斯来得不是时候，货币市场下跌，利率上升——或者情况恰好相反。无论如何，目前资金紧张，个人贷款是不可能的。弥达斯对此表示遗憾，他很想帮助牛头怪。国王是非常尊重神话的人,他知道弥诺陶洛斯对古希腊神话体系的贡献,知道他在神话历史上有不可动摇的地位。弥达斯对弥诺陶洛斯及其代表的一切都怀有深深的敬意,现在不得不拒绝对方的请求,让他十分痛苦,因为他真的想贷款给弥诺陶洛斯。如果由他一个人说了算,他会马上那样做——弥达斯是出了名的软心肠——但他要对董事会负责,董事会的管理很严。在这些事情上,他没有自由裁量权,唉!

弥达斯滔滔不绝地讲述着那些讨厌的规定,它们使他处境艰难,限制他发放自己热切渴望下放的贷款,连弥诺陶洛斯都开始为他感到难过。可怜的国王拥有传说中的宝藏,拥有点石成金的手指和3A信用评级,却无法支持自己最关心的事业。

弥诺陶洛斯说他理解,正要恭敬地离开,弥达斯却在门口把他叫了回来,说道:"噢,顺便问一下,你贷款要做什么?"

弥诺陶洛斯解释了一番将自己变成独角兽的独角切除手术。弥达斯想了一会儿,然后打了个电话,用弗里吉亚[1]方言低声交谈着,弥诺陶洛斯即使听得清,也听不懂。弥达斯放下电话,示意弥诺陶洛斯重新坐下来。

"亲爱的朋友,你应该一开始就告诉我这个手术。我本来不知道,以为你跟许多英雄和怪兽一样,是想把钱花在一些无聊的事情上。但这个切角术,是具有神话性质的业务,这正是我们想要鼓励发展的。我的意思是,毕竟,神话,就是代达罗斯迷宫的主旨,不是吗?顺便问一下,你打算怎么处理切下来的角?"

"我还真没想过这个问题。"弥诺陶洛斯说,"或许,把它放在壁炉上留作纪念吧。"

"那么,是否可以这么说,一旦角从你身上切下来了,你就不会介意跟它分开了?"

---

[1]. 弗里吉亚是弥达斯国王统治下的王国。

"我觉得应该不会。"弥诺陶洛斯回答,"可是我没明白——"

"我可以安排贷款。"弥达斯说道。

"但是货币市场怎么办?利率怎么办?还有你的董事会?"

"这些都交给我吧。"弥达斯说,"我只需要你把那只角签给我做抵押。"

"我的角?"弥诺陶洛斯抬起蹄子护住自己的前额。

"不是因为它有多值钱。"弥达斯向他保证,"但是有了它,我就有东西可以展示给银行业三巨头了。"

弥诺陶洛斯虽对那只要切下来的角没有任何计划,但不免觉得把它交给别人有些奇怪。

"所以,没有什么异议吧?"弥达斯问。弥诺陶洛斯不情愿地点点头。"很好,这里有一张标准贷款申请表。我这就给你填写详情。"

弥达斯拿起一张羊皮纸,挑了一支笔,龙飞凤舞起来。

"我想你还不知道要切哪只角吧?好吧,没关系,我们就写上:一只牛头人的角,无论是左侧角还是右侧角,交付时间都不晚于……"他瞥了眼自己的日历表,"就定在手术后的第三天吧。"

"我觉得没问题。"弥诺陶洛斯说,"但你知道迷宫里的情况,没法量化从一个地方到另一个地方需要多长时间。"

事实上,这也是迷宫里的居民经常抱怨的事情之一。即使是一次简单穿越城镇的旅行,也可能需要很长时间。如果你不得不出门,最好带上护照、所有的钱、一本平装书和一套换洗的袜子和内衣。

"我甚至不知道要去哪里找阿斯克勒庇俄斯。"弥诺陶洛斯说。

"我已经查过了。"弥达斯说,"阿斯克勒庇俄斯目前在迈阿密的杰克逊纪念医院,给赫拉做鼻子整形以及脸部提拉手术。"

"迈阿密?在哪里?马略卡岛[1]附近吗?"

"在精神上算是靠近吧。"弥达斯窃笑着说,"别管它在哪儿。

---

1. 马略卡岛位于地中海。

339

我可以安排你过去。至于回来,就有点棘手了,但我们会找到办法的。"

他翻了翻办公桌抽屉,找到一张卡片,递给了弥诺陶洛斯。

"这是一张瞬移卡,价值不菲。手术后使用它,就能以最快的方式回到这里。这是给阿斯克勒庇俄斯的凭证,保证会支付他的手术费用。"

他把卡片和凭证交给了弥诺陶洛斯。弥诺陶洛斯在羊皮纸的底部签上了自己的名字。

"完事儿。"弥达斯说,"祝你好运,我亲爱的朋友。哦,我差点忘了。最后一个手续。"

他又在抽屉里找了找,翻到一个朴素的金环,在弥诺陶洛斯还没反应过来之前,夹进了他的鼻子。

"你在干什么?"牛头人惊愕地问。

"别介意。"弥达斯说,"这只是保险公司要求的一种标准保险装置。你交出牛角后,我们就会把它取下来。不要试图自己拆除——它有一个防止未授权干预的爆炸装置。其实,你戴着它挺好看。再见,弥诺陶洛斯,祝你好运。期待早日再见。"

"但是我什么时候做手术呢?"

"哦,我觉得,你问外星观察者会比问我这样的时空旅行新手要有用。"

"什么外星观察者?你在说什么呢?"

但弥达斯不愿再多说了,他花在弥诺陶洛斯身上的时间已经够多了。现在,他还有其他事情要做,要赚钱,要把物品变成黄金。弥达斯不喜欢长时间脱离工作。他真正的工作,是把东西变成金子。他的腋窝已经开始发痒了,因为太久没有夹着小墨水瓶或镇纸之类的东西,他想快些通过接触把它们变成黄金。

他们握了握手,弥诺陶洛斯便离开了。他很生气,觉得弥达斯太专横了。不过没关系,现在他可以做手术了,这才是最重要的。他终于有机会参观迷宫中叫作"迈阿密"的地方了,这也挺好的。

22. 代达罗斯取消了因果关系

得知代达罗斯决定在他的迷宫中取消因果关系时,大家都很惊愕。他们通常愿意让这位建筑大师在这类事务上随心所欲,但此事似乎需要一些解释。市长领导的迷宫委员会召开了一次特别会议,要求代达罗斯解释为什么要采取这种前所未有的措施。

"先生们,让我们面对现实吧。"代达罗斯说,"如你们所知,我们将迷宫设计成了一个纯粹的娱乐项目,没有任何道德色彩,也不包含任何弥补社会不足的内容。"

"这样处理也很得当啊。"委员们嘀咕着,他们和市长任命的大多数人一样,都是不折不扣的教条主义美学大师。

"然而,尽管做出了种种努力,我们还是注意到,'意义'已经污染了迷宫的某些部分,就像真菌般猛长,给迷宫纯粹无意义的结构蒙上了一层阴影。正是因为如此,先生们,我才取消了迷宫中的因果关系。"

"我看不出其中的关联。"委员会的一名成员说道。

"我原以为这些都显而易见。道德目的以因果关系的方式附着于对象。通过取消因果关系,我就瓦解了道德目的,也就是人们预先设定的需要遵循或不遵循的规则,以及用此规则对自己进行严厉批判。我们正是要不惜一切代价避免这种情况发生。先生们,我们的计划不亚于征服罪恶本身。"

这一大胆的目标陈述受到了委员会的欢迎,只有一位长着分叉白胡须的老绅士除外。他说道:"但这不都是大惊小怪吗?在我看来,为了避免内疚而取消因果关系是一种不必要的英雄主义。为什么人们不像我一样把负罪感自体消化掉呢?"

代达罗斯说道:"我必须提醒你,大多数人都没有自体消化腺,只有虚构小说里的生物才有。"

"没错,没错。"老先生应道。

"记住,我们正在努力为人类提供幸福,在人类短暂而悲惨的历史中,幸福一直是稀缺的东西。"

"如果我没理解错的话,"另一个委员说道,"代达罗斯,你认为刺激人类向上进化,不必通过战争、饥荒、社会不平所带来的持续痛苦,以及自我批判、自我怀疑的残酷代价来实现?这是一个相当激进的观点。你就不怕他们天生的懒惰占了上风,然后再次长出尾巴,爬回树上去吗?"

"没关系。"代达罗斯说,"我们有什么资格去评判进化的目标甚至是方向?从我们的角度来看,吃香蕉和创造哥德尔定理没有什么区别。"

"这有点伤人了。"说话的是哥德尔的代表,他当时作为观察员在现场。

代达罗斯耸耸肩。"宇宙的饼干就是这样碎掉的。我们不能再允许利用不足为信的道德观来进行评判,通过因果报应、行为产生的内化结果,以及自动的因果偿还这些手段,来惩罚道德迷宫中自定义的所有偏差了。"

"嗯,好吧,接着说。"一个高大英俊的男人说道,他是作家代表,正匆忙写着笔记。

"通过取消因果机制,"代达罗斯继续道,"我们便从决策中移除了偿还因素,从而使因果报应破产,允许未来的迷宫运行者在追寻自己的道路时不受内部道德后果影响。"

"你的意思是,就算杀了人也可以逍遥法外。"留着分叉胡子的委员说。

"过去就跟现在一样。"代达罗斯说,"以你说的谋杀为例,那不会有任何必要的因果后果。我们消除了因果关系,只是将事物置于其真实的基础之上。谋杀的实际结果可能与我们想象的完全不同：比如可能是一床盛开的紫罗兰。在我们的迷宫中，不会有硬性的联系，也不会有必然的结果，只有因偶然或计划产生的并列关系，没有什么区别。所有这一切都将被赋予纯粹的情境意义，除此之外没有其他意义。在我们的迷宫里，先生们，任何东西都可以在任何时候变成任何东西，而我认为，这是唯一名副其实的自由。"

说完这些话，全场爆发出一阵热烈的掌声，还有人喊道："无因果宇宙万岁！"委员们簇拥着代达罗斯，其中一些渴望给他提供高品质的性爱，另一些则期望在代达罗斯喜欢的任何价值体系中提供等同的东西。但是，建筑大师谢绝了所有邀请："我只是在尽自己的职责，女士。"

23.东方服务员——忒修斯和弥诺陶洛斯

"我在找弥诺陶洛斯。"忒修斯说。

"啊。"东方服务员微笑着应道，给他端上了一盘姜汁葱豉蟹，这道菜通常只有在克诺索斯市中心，绿女神街的帕特农神庙中餐厅才有，"你在找尼莫陶罗斯？"

"弥诺陶洛斯。"忒修斯特意让自己注意发音。

"发音。"东方服务员说道。

"你要读的应该是我的唇语，"忒修斯说，"而不是我的内心。弥诺陶洛斯。短短的牛角，牛皮色，龇牙咧嘴的，典型的牛头怪造型。"

东方服务员的脸上露出故作不动声色的表情，反而暴露出了内心的不安。"也许你可以到后面的房间跟智者谈谈，好吗？"

忒修斯跟着服务员穿过前厅和后厅之间的玻璃珠帘，走过一条装饰着黄色波纹的走廊，一个没有牙齿的东方男人正坐在那儿，把虾雕成石像鬼的模样,去装饰为某个地方权贵准备的龙虾城堡。他穿过厨房区,几个叽叽喳喳的小厨工正把嘶嘶作响的炸虾片扔进大肚盖碗。他走过粮食储藏室,三名中国厨师正用猪肚当筹码玩着番摊[1]。最后,他来到了一间装饰着红色天鹅绒、挂着复古彩色玻璃灯的小公寓。

"我去给你的螃蟹保温。"东方服务员轻声说着,然后离开了。

忒修斯不禁注意到房间里还有个人,是个年轻人,看上去异常面熟。

"嗨,爸爸。"年轻人开口了。

"伊阿宋!"忒修斯大喊道。这不是别人,正是忒修斯的儿子,夺取金羊毛的伊阿宋,他们的关系在其他希腊神话中从来没有提到过,在这里是第一次被揭露出来。

"你在迷宫的这块地方做什么?"忒修斯问道,"我还以为你要去拿金羊毛呢。"

"我只是还没空去。"伊阿宋说,"而且话说回来,这里有好多羊毛可以薅。"

"你住在这儿?"忒修斯问。

"我有一套房。这儿的老板精明先生雇我的时候给的。"

"希望你不是在做厨师。"

伊阿宋看起来很痛心。父亲对他厨艺的批评,尤其是对他做的糖醋酱的批评,是伊阿宋时常都会想起的童年创伤。

"其实,"他说道,"精明先生雇我当常驻英雄。"

"他要英雄干什么?"

"保护他。他一直在未经许可的情况下卖海鲜酱,担心宙斯会知道,然后派阿瑞斯来叫他关门。"

"阿瑞斯会那样做吗?"

---

[1]. 番摊是一种赌博游戏,以前在中国两广一带的民间流行。

"当然不会。阿瑞斯是战神,不是来搞扣押的。你大可以试试去告诉精明先生。但我还是在做这份工作,这是个谋生手段,让我有足够的时间去扮演一些特殊角色,比如像现在这样,当有人需要智者提供建议,但没有其他人可以帮忙的时候。"

"你?"忒修斯问道,"智者?"

"那正是我的职能。"

"好吧,那就说说,点拨点拨我,我听着呢。"

伊阿宋的智慧之言原本保存在亚特兰蒂斯大图书馆的一只青铜公文包中,供后人和他者借鉴。可地震摧毁了图书馆,记录也就遗失了。

而就在刚才那一刻,弥诺陶洛斯出现在窗口。他嘴边挂着一缕女人的血肉,看起来很傻。

"打扰一下。"弥诺陶洛斯说,"这附近有药店吗?我昨晚吃了太多献祭的少女,现在需要消食片或同类的古代产品。"

"我有你需要的东西。"忒修斯拔出剑。

弥诺陶洛斯猛地向后一跳,想转身逃跑,却被自己的蹄子绊了一跤,重重摔在地上。忒修斯从窗户跳出来,挥舞着剑喊道:"呔嗬!"

眼看没有其他出路,弥诺陶洛斯不得不打出一直藏起来的瞬移牌来应对这种紧急情况。他用了那张牌。顿时,一个巨大的、灰色的、半液态的旋风包围了他,颤抖了一会儿,然后以惊人的速度飞了出去。忒修斯追在后面,想抓住它的尾巴,但旋风与他拉开了距离,飞快加速到人眼看不见的红外范围,直到来到它的下一个停靠站时,才放慢速度、变得可见。

"可恶!"忒修斯大叫道,"下一趟旋风什么时候到?"

伊阿宋查了查时刻表:"这是今天最后一趟了。牛奶列车旋风明天早上才到。"

忒修斯感谢了伊阿宋的款待和他的智慧之言,随后步行出发了,他的归航装置发出吱吱的声响,显示识别到旋风的残留痕迹。

345

24.弥诺陶洛斯遇见了密涅瓦

弥诺陶洛斯心想,至少,我有同情心,而且招人喜欢,不像那个拿着剑的希腊浑蛋。

至少,我想我是有同情心的,甚至算得上有魅力。

虽然可能不是每个人都喜欢牛头。

但它还是能让有些人兴奋起来。

弥诺陶洛斯看了看腕表,早到了半小时。他本来打算迟到半小时的,因为那样会显得自己有档次。弥诺陶洛斯总是很在意档次,因为他坚信自己很上档次,只是没有表现出来。都是他那愚蠢的牛头的错,总让人想到模糊而甜美的田园乡村,完全没有档次可言。

弥诺陶洛斯因为太紧张,反而没有迟到。不过,他想要迟到。他幻想着自己迟到了三刻钟,气喘吁吁地到达时,约会对象非常恼火,正要气冲冲地离开,去来上一杯。而正是在那个时候,弥诺陶洛斯上气不接下气、满怀歉意地赶到,把蹄子搭在约会对象的肩膀上说:"真的很抱歉,今天早上堵车堵得难以想象,我们去喝一杯吧……"

弥诺陶洛斯幻想着能有这样一番讲话,很有档次的讲话。但在赴约的那天早上,他起得很早,刮了胡子,穿了衣服,却还有好几个小时要打发。他坐下来,试着读读杂志,但没有用,他无法集中注意力。他不停看表,最后踱来踱去,蹄子哒哒地踩着公寓的抛光木地板。他调整领带,扯了扯夹克,擦了擦鞋,最后再也受不了,走出了房门。

不过,因为他已经决定不能早到,所以走的是穿越阿尔卑斯山的那条远路,即使不能迟到半小时,肯定也能迟到十五分钟。但是,他其实早到了半个小时,而约会对象当然也还没来。

在现实世界中,这种情况没什么大不了。但在代达罗斯的迷宫中,如果你到得太早,很可能会完全错过约会。

因为在迷宫中，提前达到会让你进入一个其他人无法进入的特殊时间段。你前进时被包裹在早到的特殊气泡里，而其他人要么迟到，要么准时，所以你永远也见不到他们。你必须清除身边多余的时间。有时你可以用一块能吸收时间的石头把它吸掉，有时可以卖掉它，但有时连把它送走都很难。人们会质疑你给出的多余的时间，他们会觉得这肯定有什么问题，不然你为什么要把它送掉呢？而在一座小镇或城市里，很难找到能吸收时间的岩石。

弥诺陶洛斯是在昨天遇见自己的约会对象的。他像往常一样鬼鬼祟祟地穿过小镇，突然听到一个女人的声音："弥诺陶洛斯！我能跟你说句话吗？"

弥诺陶洛斯还是跟往常一样反应过度，他飞快地转过身，一下子失去平衡，一屁股摔在地上。这种摔法是弥诺陶洛斯最害怕的，甚至比死在希腊屠夫忒修斯的手里更让人害怕。

"我扶你起来。"女人说道。透过委屈的泪水，弥诺陶洛斯不禁注意到她是位年轻的女子，朴素的衣服更显得棱角突出；她的头发向后梳成一个知性的发髻，尖尖的鼻子上架着副角质框眼镜。她绝对是个处女，弥诺陶洛斯对这种事很敏感。他感受到爱情萌芽的第一次悸动，任凭对方扶着他站起，为他掸去身上的尘土。

年轻女子解释说，在弥诺陶洛斯穿过小镇时就注意到了他，并发现他是个牛头怪。她只是在陈述事实，并没有进行道德判断。她希望弥诺陶洛斯不要误解自己的观察，想跟他谈谈，因为他其实是受害者，而这个年轻女子和她的一些朋友正在努力改革迷宫中普遍存在的各种性别歧视、种族主义和其他歧视性的法律。

弥诺陶洛斯礼貌地点点头，尽管对她所说的内容知之甚少。

"牛头怪，"她说道，"是一个被称为'怪兽'的不可接触的群体。他们从出生起就成了受害者，个人愿望毫不被人在意。他们被剥夺了一切受教育的机会，只学会了逃跑和躲避的基础知识，因此无法在就业市场上竞争。他们作为拥有反射意识且有情感的生物，原本不可剥夺的权利却受到侵犯，其原因就是，他们被封建地束缚在一种单一的职业上，而自身的意愿不受到尊重。"

"至少我们有就业保障。"弥诺陶洛斯打趣道，其实他有点不高兴。他一直认为自己的困境是独一无二的，当他得知自己只是所有怪兽中的一个典型代表时，难免很生气。当然了，怪兽没有什么政治才能，弥诺陶洛斯觉得她说得没错，确实，没有人给过他喘息的机会。怪兽这个，怪兽那个，怪兽你良心过得去吗，但当战鼓响起时，谁跟谁其实并没那么不同。弥诺陶洛斯不知道女子有何深意，他在学校里没学好修辞比喻，所以很小心地不在公开场合打比方，以免被人当作傻瓜。

"唔，你这么关心我，真是个好人。"弥诺陶洛斯谨慎地说，"然后呢？我们还要继续聊下去吗？"

她果断摇了摇头："我是抵抗组织行动部门的一员。密涅瓦是我的名字，行动是我们的关键。我想，有个英雄正在追捕你吧？"

"的的确确。"弥诺陶洛斯回答。

"那么你需要一个安全屋。"密涅瓦说，"你可以在那儿休息，重获人生方向，或者选个新的方向。同时，我们会考虑下一步该如何处理你，啊，抱歉，是如何帮助你。"

"密涅瓦。"弥诺陶洛斯说，"好名字。你不会碰巧也叫雅典娜吧？"因为他确定，自己在《迷宫时报》的政治版上见过她的照片。

她点了点头。"雅典娜是我的奴隶名字，那时我是希腊人的女神。后来我了解了科学未来主义，受到了谢可夫斯基和其他二十世纪思想家的启发，了解到人类发展的可能性。于是我用密涅瓦这个拉丁名字，来表示对这个注定要取代希腊统治的文明的信念。不知是否解答了你的疑问？"

"绰绰有余。"弥诺陶洛斯说。

所以，她叫弥诺陶洛斯第二天中午在这处街角和她碰面。而他，遗憾地早到了。但是她在哪里呢？

"我在这里。"密涅瓦说，"我们走吧。"

25. 外星观察者

  弥诺陶洛斯跟着密涅瓦来到一处街角,那里停了辆黑色的大车。车窗有镀膜,所以弥诺陶洛斯看不到里面。他注意到这辆车挂着外交牌照"外星观察者"。最近,这样的东西越来越常见,因为代达罗斯的迷宫在银河系的文明地区引起了相当多的讨论。

  弥诺陶洛斯上车的时候心想,忒修斯为了抓住他,设了个多么完美的圈套。他完全可以相信,忒修斯会雇几个小喽啰和一个女人来引诱自己上车,然后,砰砰两声,又一个怪兽死了,整个希腊都欢天喜地。

  这就是忒修斯会耍的那种花招,但弥诺陶洛斯是个宿命论者,管他呢。他还是上了车。车子飞驰而去。

  坐在他旁边的就是外星观察者。因为那人没有头发,又涂着蓝色唇膏,所以一眼就能认出他的身份。

  "别担心,老人家。"外星观察者说,"我们会救你出去的。"他说话的方式很滑稽,跟大多数外星人一样,摩擦音发得很轻。

  "你真是好人。"弥诺陶洛斯说。他发现自己没有掉进陷阱,松了一口气,"真不好意思让你们费心。"

  "噢,不要为此自责,老人家。"外星观察者说,"我们有义务帮助处于困境中的有知觉生物。"

  "不过,我是个怪兽。"弥诺陶洛斯指出,他觉得这个有着神秘感知方式的外星人可能并没有注意到这一点。

  "我很清楚这一点。"外星观察者说,"在我的星球上,我们不承认这种区别。这就是为什么我们能够连续三年蝉联'银河系优秀有知觉生物奖'。你们的说法是'蝉联'吧?"

  "啊,是的。"牛头怪说,"是这样说。"

"在我的星球上,"外星观察者说,"我们会说,'像往常一样过去的三年'。我们不喜欢对行动的比喻,也不承认'怪兽'这一类别。在我的星球上,我们会说'有尖牙的人',或者简称牙族。我们只有智慧生物这一个大范畴。"

"那很好。"弥诺陶洛斯说。

"哦,没错。这就是我们所说的不容置疑的事实。"

"很地道的说法。"弥诺陶洛斯说。

"是的,的确如此。而我们所有人都属于一个职业群体。"

"我明白。"弥诺陶洛斯说。

他们沉默了一会儿,然后弥诺陶洛斯问:"哪一类?"

"你说什么?"

"你们牙族人都属于哪一类职业?"

"我们都是铁路工程师。"外星观察者说。

"这怎么行得通?"弥诺陶洛斯说。

"我们都有同样的工资和同样的福利:每年有三周假期,选择生育的女性还有产假。我们都受雇于牙族的行星铁路公司,而且都是它的股东。我们轮流担任董事会主席和其他高级职务。"

"没有比这更民主的了。"弥诺陶洛斯说。

"我不理解为什么其他行星还没有尝试过。"外星观察者说,"当然,他们不一定也非得做铁路工程师,只是我们碰巧都对火车感兴趣而已。但其他行星的人也可以做菜农、汽车制造商,或任何他们喜欢的工作。重要的是,每个人都应该做同样的事情,这样就不会有分歧了。"

弥诺陶洛斯仔细思考着如何表述自己的下一个问题。然后他问道:"我忍不住想问,当你造完你需要的所有铁路时,会怎样?我不是想窥探你们的私事,我只是很好奇。"

外星人观察者和善地笑了:"大家一直问我们这个问题。这其实是关于定义的问题,是不是?要决定什么时候算是拥有了你需要的所有铁路。不具备运输美学的种族或许会觉得达到某个数量就足够了，但那可能并不适合我们。在我们看来，没有铁路太多这种说法。"

"你们一定有很多轨道。"弥诺陶洛斯说。

"我们星球上的大部分地区都有三层结构。"外星观察者说得那么漫不经心，仿佛不愿透露自己对当地的安排有多么满意，"而且，我可以向你保证一件事。"

"保证什么？"弥诺陶洛斯问。

"从来没有人上班迟到。"

"我想也没有。"

"这其实是个笑话。"外星观察者说。

"哦，我明白了。"

"不过，我必须承认，"外星观察者继续道，"我们正在达到虚拟容量的一个临界点，超过这个临界点，轨道很可能会坍缩成一团固体。我们文明的铁路阶段即将结束。"

"啊！"弥诺陶洛斯叹道，"那你们要怎么办？"

"一个文明，"外星观察者说，"要么进化，要么灭亡。"

"你说得对，我相信这个道理。"弥诺陶洛斯说。

"我在这里的任务，"外星人观察者说道，"是看看代达罗斯能否在他的迷宫中使用一些一流的轨道，我们能以无人能比的价格满足他的需求。与此同时，我们牙族已经进入了进化的下一个阶段。"

"什么阶段？"弥诺陶洛斯问。

"时尚设计。"外星观察者答道。

"当真？"弥诺陶洛斯又问。

"是的。我们已经投票决定在每年年底扔掉旧衣服，买新衣服，从而确保我们的行业有一个永久的市场。能铺设多少铁轨可能是有限制的，但国内的时尚市场是无止境的。购买时装的社会必要性使我们能生存下来，而它的轻浮使我们快乐。这套系统真的很好。当然，我不认为蓝嘴唇外星人喜欢的东西会让地球人感兴趣。"

"在这个迷宫里,你的时装可能会有市场。"弥诺陶洛斯说,"就在我的人中间。"。

"你的人?"

"怪兽。我们大多数人根本不穿衣服。但也许是时候做出改变了。我可以和一些朋友谈谈。"

"那太谢谢你了。"外星观察者说,"酒店里有我们新产品的样品。"

"我很乐意这么做。"弥诺陶洛斯说,"啊,我差点忘了,我是一头正在被追捕的怪兽。"

"啊,是哦。"外星观察者说,"我也忘了。"

"我可以向你保证,"弥诺陶洛斯说,"忒修斯可没忘。"

"嗯。"外星观察者说。

"怎么了?"弥诺陶洛斯问。

"'嗯'是牙族的一个术语,意思是我有了个有趣的想法。我有个计划,好怪兽,也许能提高我们在代达罗斯这个错综复杂的世界中的共同地位。"

车停了下来。

26. 电话亭

忒修斯走进电话亭。

在里面的一面墙上,他发现了一串用黑色蜡笔草草写下的电话号码,号码下面是首字母缩写M.R.。忒修斯兴奋地意识到,这是弥诺陶洛斯的首字母缩写,弥诺陶洛斯·雷克斯[1]。

但是这份幸运是怎么来的呢?忒修斯有预感般地把头探出电话

---

1. 弥诺陶洛斯·雷克斯,Minotaurus Rex。

亭,向天空望去。是的,果然,在地平线附近有一道逐渐消失的紫色光芒,表明有一颗恒星凑巧刚刚变成了新星。

忒修斯在口袋里摸索着,找到了一枚通用电话币,把它塞进电话机拨了出去。

在迷宫的另一个地方,弥诺陶洛斯正坐在一个巨大的毒蘑菇伞上,手里拿着朵蓝色的花,感觉还没有从昨晚的少女晚宴缓过劲来。他吃的不是活生生的少女,而是做成带坚果的、金色大糖果棒模样的压缩少女,是弥诺陶洛斯逃亡时的标准紧急口粮。弥诺陶洛斯避免食用活的少女,他不是野蛮人。但是罐装、冷冻、冻干或压缩的少女就是另外一回事了。她们看起来甚至不像少女,可他吃的时候还是觉得不安。他试着安慰自己,不管他吃不吃,食人岛的罐头工厂都会继续生产。

弥诺陶洛斯旁边的小毒蘑菇伞上有一台电话。电话响了,弥诺陶洛斯拿起电话。

"喂,我是弥诺陶洛斯。"

"你好,弥诺陶洛斯,我是你的老朋友,给你三次机会猜一猜。"

"是忒修斯,对吗?"

"答对了,我的朋友,你的奖品是:被屠宰,然后被唾骂。我来找你了,弥诺陶洛斯,我一定会抓到你的。"

弥诺陶洛斯战栗着——是那个可怕的大老粗的声音!他让自己振作起来。"听着。"弥诺陶洛斯说,"我们能不能做个交易,做个安排,通融一下?这太疯狂了,你为什么要追着别人跑,还威胁要杀了他们,我到底把你怎么了?"

"我只是遵循传说行事。"忒修斯说,"没有恶意。"

"再给我一点时间。"弥诺陶洛斯说道,"我就要摆脱牛头怪的戏码了。现在有了整形手术,我就要搬去另一个国家,从事土地银行业务。"

"你摆脱不掉的。"忒修斯说,"我来找你了。"

弥诺陶洛斯想知道忒修斯会不会叫人追踪他的电话。忒修斯是个会讨人喜欢的家伙。弥诺陶洛斯觉得他很有可能找个电话女郎，勾引她，用承诺取悦她，然后让女郎反过来用承诺讨好他自己，趁深夜监管人员回到帐篷和游泳池的时候，去追踪电话，只留他独自面对这个黑暗的世界。弥诺陶洛斯知道自己应该挂断电话，开始跑路，但他继续听着。

"你那边怎么样？"忒修斯问弥诺陶洛斯，"大晴天吗？下雨了吗？白天还是晚上？空气足够吗？你在一个全都是水的地方吗？醒来后看到的第一个东西是什么？你和谁一起出去玩？一路上有什么像样的餐馆吗？"

弥诺陶洛斯知道，只要和忒修斯保持通话，他就没机会偷偷接近自己。

"哦，这里挺好的。"弥诺陶洛斯说着，环顾四周。他坐在沼泽边上一个巨大的毒蘑菇上，附近长着黑橡树。天空阴沉沉的，头顶的山脊上有人在行走。那人抽着土烟斗，搓着双手，怡然自得地吹着口哨。

"是的，我在一个相当不错的村子里。"弥诺陶洛斯说，"它坐落在方圆数英里内唯一一座山上，你不会找不到的。"

"再给我一个提示。"忒修斯说。

"我唯一能告诉你的是，"弥诺陶洛斯说，"这附近的天空是一种不同寻常的绿色。"

短暂的沉默后，忒修斯说："你在捉弄我，是吧？"

"我还没那么聪明。"弥诺陶洛斯说，"现在说说你在什么地方。"

"我在一艘游轮的休息室里。"忒修斯说，"服务员正端着我的饮料过来。"

"她长什么样？"弥诺陶洛斯问道。

"金发，很性感。"忒修斯说，"我觉得她很容易上手。嫉妒我吧，怪兽。"

弥诺陶洛斯突然感到绝望。不仅他的生命处于危险之中，他跟别人的对话也很折磨人！他突然觉得，死亡可能都比目前的情况要好得多。

"据可靠来源，"忒修斯猜到了弥诺陶洛斯的心思，说道，"死亡并不像人们说得那么可怕。为什么不让我杀了你，我们就可以去干点别的事了？"

"好吧，我会考虑的。"弥诺陶洛斯说。

"我真的认为你应该这么做。"忒修斯说，"我现在是以朋友的身份跟你说话。你什么时候能下定决心？"

"过两天我会打电话给你。"牛头怪说，"不管怎样，我会让你知道的。"

"你不会忘记吧？"

"牛头怪永远不会忘记。"弥诺陶洛斯说完就挂了电话。

忒修斯打算马上回家，等待弥诺陶洛斯的电话。但他又想起来，他现在还没有家，虽然那是迟早的事。他现在急需一个有电话的家。

27. 名叫淮德拉的女孩

忒修斯和一个叫淮德拉的女孩合住一间公寓。

几个月过去了。他还在等弥诺陶洛斯的电话。

他知道弥诺陶洛斯不太可能轻易放弃。但是，这是发生过的事情。弥诺陶洛斯有时会陷入这种情绪，并非没有先例。过去和未来的其他怪兽也会有这种情况，会说类似于"杀了我吧，亲爱的"这种他们想说的话，然后把脖子暴露在刀锋下，把肩膀暴露在斧刃下，让脚踝任凭绳索捆绑，让身体任凭烈火灼烧。然后，除了版税和电影选择权，一切都结束了。

忒修斯真的很想结束这一切。这样他就可以娶了跟他住一起的这个女孩，淮德拉。

忒修斯知道，和淮德拉结婚可能不是好主意。根据所有古老的传说，他和淮德拉会有一段很不愉快的时光。

淮德拉的传说众所周知：她是克里特岛国王的女儿，在与忒修斯结婚后，爱上了忒修斯跟前妻生的儿子希波吕托斯。她试图勾引，但希波吕托斯是运动健将，只对体育运动感兴趣，而且非常自以为是。他给淮德拉的只是说教，不是爱，这让她非常愤怒。于是淮德拉指控他强奸了自己，然后利用门柱上吊自杀。

这是个沉重而疯狂的故事，是那种大歌剧里的情节，但并不是代达罗斯的迷宫里会发生的故事。

忒修斯认为淮德拉的故事被神话作者夸大了。

人根本不会做出那样的行为，尤其是淮德拉。她看起来是个头脑冷静的姑娘，很漂亮，个子不太高，有一双灰色的大眼睛和适合亲吻的嘴。

忒修斯认为淮德拉的传说是代达罗斯的诡计，让这个选项看起来很糟糕，所以你不会想要接受，但实际上，它的结果可能会很美好。这就是代达罗斯为了使自己的迷宫更加复杂而做的事儿。

当然，代达罗斯也可能就是想让情况看起来糟糕，他觉得你肯定会认为自己比他更聪明，偏偏就去选这种看起来糟糕的情况，但结果却是不能再糟了。

迷宫制造者都是狡诈之徒。

也许淮德拉是有点情绪不稳定；也许和她结婚是有点极端，不是英雄所为。跟她住是一起挺好的，可为什么要结婚呢？因为淮德拉想要结婚。她是个传统的女孩，经常考虑人们会怎么想。而且忒修斯总归要和她们结婚的，阿里阿德涅、淮德拉、安提俄珀，可能还有几个，他已经忘了。

不过，这还不是他现在需要考虑的事。他还在等弥诺陶洛斯的电话。在那之前什么也不会发生。

确实有电话打过来。有时候是找淮德拉的，有时是找忒修斯的，但从来都不是忒修斯期待的电话。

有个男人一直给淮德拉打电话，他有很重的外国口音。忒修斯接电话的时候，那人从不留自己的名字。

忒修斯怀疑这可能就是他的儿子希波吕托斯，是从迷宫的未来打来的，或许他想在忒修斯还没跟淮德拉发生关系之前，就插足自己父亲的生活。

事实就是，忒修斯还没跟淮德拉上过床。

他曾尝试让淮德拉跟他上床。忒修斯在这些问题上很传统，他认为，如果将来要陷入混乱的局面，还不如现在就从中得到一点乐趣。而淮德拉很迷人，秀色可餐，还很年轻。忒修斯喜欢年轻的女孩子。然而，她拒绝了：我不是不爱你，只是觉得这样不对。我会永远无法面对我的父母，噢，如果我们能结婚就好了！但忒修斯与阿里阿德涅还是夫妻关系，在德尔斐办的离婚还没办下来。大家都得等。

忒修斯不再接打给淮德拉的电话了。他有了自己的特殊信号：如果每段铃声之间有个轻轻的送气音"嘶"，就表明这是给他的电话。他让所有朋友给他打电话时都发出这个声音，这样就能把自己的电话和淮德拉的区别开。这会让弥诺陶洛斯更难打通电话，但忒修斯确信足智多谋的怪兽会找到办法的。忒修斯试着向淮德拉解释这一切，但无济于事。他们没有共同语言，可淮德拉还是个目光勾人的金发女服务员的时候，这一点很吸引人。现在，她戴着角质框眼镜，唯一知道的一点希腊语也不会说了。他们唯一的共同话语是"你要喝一杯吗？"和"你要再喝一杯吗？"她总是在和别人打电话。会不会是弥诺陶洛斯？这到底是怎么回事？

外面在下雨，忒修斯抽了两根法棍来安抚自己的神经。他出去散了个步，回来时听见电话铃响了，送气音"嘶"很清晰。是的，是找他的，他的电话。他爬了五层楼，手忙脚乱地开锁，终于进去了，心怦怦直跳。"喂，是的，你哪位？"

"是我。"弥诺陶洛斯说。

"呼。"

"什么?"弥诺陶洛斯问。

"我只是想接上气。"忒修斯说道,他的肺在努力地呼吸,这是个简单的比喻。

"我希望,"弥诺陶洛斯说,"你别是爬了五层楼。"

"你怎么知道的?"

"淮德拉怎么样?"

"你是怎么知道她的?"

"我们有自己的办法。"弥诺陶洛斯说。

"毫无疑问。"忒修斯说,"你怎么决定的?"

"我要穿蓝色蝉翼纱。"弥诺陶洛斯回答,"这个选择并不像你想得那么容易。我穿牛仔裤很好看,而且又不是去什么正式的场合,只是去人猿泰山轨道餐厅吃贻贝,但我认为这是正确的决定。"

"那关于放弃挣扎,让我杀了你的事情呢?"

"我说过关于这个的事情吗?哦,想起来了。但那时我很沮丧。现在我有个聚会要参加。你不能指望我在参加聚会之前放弃。"

"我想也是。"忒修斯说,"这个聚会很棒吗?"

"看样子会很不错。"弥诺陶洛斯说。

"我能来吗?"忒修斯问道。

"真的假的!"弥诺陶洛斯说。

"我们可以宣布休战一个晚上。我很久没参加过聚会了。"

"忒修斯,你是个狡猾的希腊浑蛋,但我简直可怜你。也没那么可怜吧。我邀请你来参加聚会是违反冲突法的。"

"看在上帝的分上,蒙特里梭[1]!"忒修斯大喊起来。

---

1. 蒙特里梭是爱伦·坡所著短篇小说《一桶阿蒙蒂亚度酒》中的角色,也是个杀人凶手。

"好吧。"弥诺陶洛斯平静地说,"一桶阿蒙蒂亚度酒。"他挂断了电话。

淮德拉回到家,打了个电话,又出去了。

忒修斯则去睡觉了。

28. 躺卧的形态

忒修斯此刻睡着了,或者,就算没有真的睡着,至少也是躺在床上,抽着法棍,读着书,听着磁带。

奇怪的是,作者很少花时间去描写一个人躺着时候的生活。然而,躺着的形态是多么重要的话题啊!

我们的生命可能有三分之一的时间是在睡眠中度过的,这是一项对传播梦想和幻想至关重要的活动。我们还有很大一部分时间用于阅读、晒日光浴和打电话等等活动。此外,我们在业余性爱表演上也花了很多时间。做爱并不局限于躺着的姿态,不过单人或者配偶俩经过各种令人眼花缭乱的姿势后,总会再次回到我们的主题——最基本的躺卧。

即使是吃饭,这项活动也没有被我们列入久坐的行列,因为人们普遍认为用直立或半躺的姿势来进食是可取的,它可以被看作是一种让你躺下的自然方式,毕竟吃得心满意足了就会有躺下来的冲动。

古希腊和古罗马人不需要这样的冲动。他们吃饭的时候都是躺着的,或者确切地说,是尽可能接近于躺着,因为为了借助重力让食物从嘴巴通过喉咙送到胃里,他们必须把嘴巴抬高。这些穿着宽袍和斗篷、胡子刮得干干净净的男人视力清晰、精力充沛。他们通常列成方阵,手持长矛,活跃得让东方人感到惊讶。他们是实用的享乐主义者,只要满足了直立的需求,就会义无反顾地转向躺卧的艺术。

佩特罗尼乌斯就说到了点子上,他写了第一部深入思考躺卧的小说。佩特罗尼乌斯的《爱情神话》流传下来的核心片段，描述了一个叫特里马乔的人举办的宴会。当然，这是一个躺着的宴会，所有的东西都会安排到你面前，食物、女孩、饮料、娱乐，你根本不需要动。佩特罗尼乌斯并不认为这是一件好事，反而觉得这种场面很粗俗、很可笑，应该不惜一切代价避免。也许是因为佩特罗尼乌斯和他那一小撮柔弱的朋友不喜欢聚会。然而，如果用现代的视角来看待这个问题，就会有不同的解读。我们当中没有多少人会拒绝这样的聚会：成堆的美味佳肴供自己享用，绝代佳人在桌子上翩翩起舞，开怀畅饮，纵情欢乐。这有什么粗俗的？这不正是我们都希望被邀请参加的聚会吗？

来对比下柏拉图的《会饮篇》。一群男人围坐在一起谈论爱情的意义，由于苏格拉底排除了性爱，他们便觉得爱情非常复杂。事实上，整个晚宴的高潮，就是苏格拉底控制住自己不去染指诱人的阿尔西比亚德斯的时候，一位客人称赞他非常了不起。

特里马乔的宴会看起来比柏拉图的要有趣得多，但不同的人自然有不同的宴会；最重要的是，这两场宴会都是世界文化史上的重要场合，而且都完全是以躺着的方式进行的。

未来的读者会放下我们今天浅显的行为导向型小说，问："为什么作者从来不描写人物在躺下时的想法？为什么不讲讲毛糙的毯子铺在凹凸不平的沙发上时的感觉？躺在满是灰尘的地毯上，凝望着映衬着白色天空的黑色枯树，那是什么感觉？躺在朋友家的窄木凳上，同喝一瓶酒，听着收音机，看着小宝宝追逐猫咪，那又是什么感觉？"那些写给直立人的书不会带给读者任何答案，当然，除非他碰巧看了这本。

此时，忒修斯正躺在床上，半睡半醒，听着另一个房间里淮德拉和赫拉低沉到几乎听不见的谈话。他们正在赫拉母亲的公寓里，老太太髋骨骨折住院了，赫拉过来给她取一些东西。那是一个下着雨的星期天下午。赫拉和淮德拉在翻看赫拉的旧家庭相册。这一页是阿佛

360

洛狄忒第一次领圣餐的照片；这是波塞冬坐在他的旗鱼上；这是婴儿时期的宙斯，正用他的粉色婴儿雷电磨牙。两个女人在另一个房间里用柔和的异域声音轻声交谈着，汽车轮胎在潮湿的柏油路上滑过，奥林匹斯山上的灯在远处闪烁。

这时候，响起了很吵的嗡嗡声。它来自忒修斯扔在角落里的背包。肯定是那个线团，没有任何其他设备能发出如此烦人的声音。

"几点了？"忒修斯问。

"是时候去找弥诺陶洛斯了。"线团说。

忒修斯重重叹了口气，掐断了他的法棍，下了床。他把剑和盔甲系好，背上背包，给淮德拉留了张纸条，便悄悄出了门。

虽然躺着也很舒服，但它最终总会给直立和行动的需求让位。我们所有的直立运动不过是一种旋转的舞蹈，让我们在通往未知的路上飞驰，穿越不可思议的地方。

29.打到纳克索斯的电话

忒修斯环顾四周，但方圆数英里内什么也看不见。这里只有一座涂成红色的电话亭，还有份《宇宙迷宫目录》，它把每个人都联系在一起，一旦有人移动，就会自动更新。

这里是迷宫中建筑较少的地方，尽管去哪儿都很方便，但缺少便利设施。忒修斯拿出他的通信簿翻阅着。这是新款通信簿，那些对你有好感的人的名字在黑暗中闪闪发光。敌人的名字则很难辨认，会随着对他们优点的记忆逐渐消失。

打了几通电话后，忒修斯动身去跟前妻阿里阿德涅和她的新男友狄俄尼索斯一起生活。

他们很高兴能见到忒修斯。纳克索斯岛上的生活一直都很平静，从来没有听说这儿有什么不合时宜的欢乐。狄俄尼索斯在岛的西北角有个大农舍，占据了一片面向大海的美丽岬角。房子下面是狭窄的海滩和小海湾，浅水船可以在那儿停泊。

狄俄尼索斯喜欢船。船运来了走私的苏摩酒，神圣的众神麻醉剂。他加上适度的差价后，便将这些酒卖给英雄们。

狄俄尼索斯也写小说，而阿里阿德涅正在学习做一名房地产经纪人。

他们三人之间最初的矛盾已经被遗忘了。现在，对过去的记忆已经成为他们在一起的特殊纽带。

晚上，当古代的红日落入大海，他们就坐在餐桌旁打桥牌。线团是第四名游戏参与者。这团线能够把自己分裂成七个不同的人格，不过这种本事很少用到。

阿里阿德涅似乎有很多孩子。

有些可能是邻居家的孩子，但有些肯定是她自己的。她的，当然还有忒修斯的。忒修斯几乎可以肯定，他和阿里阿德涅至少有一个孩子，也许两个，也可能是三个。不过他不太记得了。他的记忆力已经大不如前了，无法细数所有那些过去和未来的妻子，所有那些过去和未来的孩子，所有那些变化。

忒修斯并不想问，如果有孩子的话，哪个是他的。不知为何，这似乎不太尊重人，这种事情就不该问。有孩子，却不记得哪一个是你的孩子，不记得是哪个妻子的哪个孩子，这就很糟糕。无论如何，他都不需要问。忒修斯肯定自己把所有这些信息都写在某个地方了。他是个兢兢业业写日记的人；他记笔记，记录见过谁，午餐吃了什么，感觉如何。他是忒修斯，他的回忆录一定会很抢手，真实的叙述，真实的事情。一切都在里面，他把所有东西都记录下来了。但他不可能把成捆的纸都带在身边，所以把日记的片段分散保存在不同的地方。只要他能有时间把它们拼凑起来，就能出版《忒修斯回忆录》，然后弄清楚哪些是他的孩子。

与此同时，纳克索斯岛上的愉快生活仍在继续。农民们犁地，喂养牲畜，举行著名的吼叫比赛和古老的面包果舞会。他们是矮小粗壮、长着宽脸的民族，除了在特殊节日穿白色衣服外，总是穿着黑色衣服。

面包果舞会由本土乐器来伴奏，比如塔梅尔兰、节拍鼓、昆虫、和弦琴。忒修斯喜欢这种哀伤的声音，虽然他还是更习惯希腊人的电子潘神箫和踏板排箫。

这是一种朴素的生活。晚上，耶洛迪亚人从海里爬上岸。它们黝黑而柔软的身躯沿着海滩滑行，爬上附近的佛塔树寻找牡蛎。沿着山坡往上，可以看到阔叶鲷，这是岛上特有的树木。它们不是真正的树，而是属于一个更古老的物种——斑纹木，一种叶片底有十字暗纹的灰色植物。有时还能看到黄喉鸣兆鸟，在斑纹木间猛烈地拍打着翅膀。鸣兆鸟不是真正的鸟。它是拍翅族的一员，这是一种古老的物种，在地球还年轻无知的时候，它们就布满了纳克索斯的天空。

忒修斯在纳克索斯的生活很美好，但再美好也得结束。没有什么可以永垂不朽，特别是快乐的事情。这是自然界不可抗拒的法则，事情会从一切安好逐渐变成无法忍受，人生命中的所有日子都终将像隐喻之树上的枯叶一样。

他的逗留结束得非常平淡，就跟大部分事情一样。一天，忒修斯回到家里，问有没有人打电话找他。阿里阿德涅说没有，并补充说，他不可能接到任何电话。"这是为什么？"忒修斯问道。

"因为这里没有电话。"阿里阿德涅说，"我以为你知道。"

第二天，忒修斯便离开了。

30. 在故事中坠落

忒修斯在阿提卡岩石海岸的一个小港口上岸，回到了大陆。附近有座小镇，低矮的白色蜂窝形建筑在正午的阳光下闪闪发光。他走进去，看到正在举行庆祝活动。但这是什么节日呢？

他走到小镇里，看到两座建筑之间拉着一面巨大的横幅，上面写着：救救我们的弥诺陶洛斯！

真巧了，今天是牛头怪保护日。

其他横幅说牛头怪是濒危物种。很明显，人们决意要制止对这些传奇怪兽未经授权的屠杀，消灭那一小撮自私的人，因为他们的行为肯定会抹杀掉古代世界中最古老的一个物种。

有个人站在一个小基座上，正发表演讲："你们已经看到过其他神话生物消失了！如今，斯廷法利斯湖怪鸟在哪里？金头海象、卷尾独角鲸在哪里？疯癫的鹰身女妖在哪里？它们都在消失。而代达罗斯对此做了什么？什么都没有做！代达罗斯不在乎物种保护，他要的只是创造新物种！"

忒修斯穿过小镇，发现到处都是狂欢节的气氛。有的摊位在卖烤肉串和葡萄叶裹米卷。一些同样也面临着灭绝威胁的利比亚穴居人也出现在这里，分发着刻有精美文字的陶器碎片，这在古代世界相当于传单。

忒修斯意识到这种情况可能对他有利。他从偷听到的谈话中得知，弥诺陶洛斯也会在这儿出现。

忒修斯考虑了一下形势。如果他去到一个没有障碍的战略位置，就有机会一击制胜。他有一发赫尔墨斯从宙斯那儿借来的闪电。这相当于古代世界的制导导弹，一种可以追踪弥诺陶洛斯的装置，它肯定能命中目标。

他环视四周，考虑着自己的策略。弥诺陶洛斯会坐在一辆马车上，随着游行队伍沿着小镇的主干道行进。忒修斯很快就找到了有利的位置，是位于古典街和丰角路拐角的旧书卷仓库。

他走了进去。这座建筑已经荒废了，二楼有个地方，他可以把闪电炮支起来，把固定销钉在黏土地板上，仔细而从容地瞄准。谁会想到刺客会潜伏在一个旧书卷仓库里？一切都会很顺利。

离游行开始还有半个小时。他把闪电藏在角落的一堆碎石里，走了出去。附近有家快餐店，他在那儿买了配有葡萄叶酱的烤肉三明治。他在饱餐之后总能射得更准。

忒修斯回到仓库，发现有个人正站在门口。忒修斯不喜欢这种情况，但他决定大胆地解决这个问题。他吹着口哨，向那人点点头，准备从他身边走过。

"你到仓库干什么？"那人问。

"我只是想找个好地方看热闹。"

"看台不好吗？"

"如果站上看台，或者被人群挤来挤去，我会头晕的。有什么法律禁止我待在这儿吗？"

"完全没有。"那人说，"但你在上面最好小心点儿。地板不太牢固。还没有用现实水泥永久地粘合起来。可以说只是靠唾沫和祈祷固定起来的。"

"别担心，我会小心的。"

忒修斯来到楼上。他等了一会儿，但没人跟上来。他把闪电装置架在窗台上，小心翼翼地瞄准准星。现在，他准备好了！他的脉搏开始加快。他终于要抓到弥诺陶洛斯了！

过了几分钟，人群开始聚集到街上。大多数人都坐在两边匆忙搭起来的看台上。远处传来铜管乐队的演奏声。弥诺陶洛斯来了！小孩子们吹着哨笛在街上跑来跑去。忒修斯仔细看着，朝他的闪电发射器弯下腰。他可不想搞砸这个机会！这时，游行队伍出现了。他可以看见领头的马车，里面坐满了古代的秘密特工。他们装备有小型弓箭。

队伍渐渐靠近了。忒修斯放载有记者团的特勤局马车驶了过去。第三辆马车靠近了，上面全是古代高中的啦啦队员。他也放这辆车过去了。现在，他看见另一辆马车就要过来了。弥诺陶洛斯就在里面，身形高大，穿着蓝紫色的衣服，像往常一样泡沫飞溅，他微笑着向人群挥手，好像拥有全世界。他看上去多么高兴啊！忒修斯看着，简直对这不得不做的事情感到惋惜。但也只是一点，不算特别惋惜。他通过准星，在马车靠近时瞄准。然后，他发现自己的位置并没想得那么完美。

他发现再远一点的窗户会给自己更好的射击机会，于是拿起闪电炮，走在吱吱作响的地板上。

他就要就位了。突然，随着沉重的撕裂声，整座建筑倒塌了。忒修斯意识到自己踩错地方时已经太晚了。他想后退，但已经太迟了。他瞬间掉了下去。

忒修斯穿过薄纱似的构建迷宫的描述性材料，掉了下去。他迅速穿过一片堆满庞然大物的区域，那些东西呈圆柱形，颜色是灰色，在骇人的背景下跟它们的同类堆在一起。然后，他穿过一个由纳秒和标准暂停时间组成的区域，又穿过一些形状奇怪的细枝末节，在那之后，则是一个装满了宏观和道德的库房。

这些材料在近处看起来都很不起眼。但代达罗斯用这种不屈不挠的材料所做的事儿实在令人惊讶。

这时，迷宫机器启动了，忒修斯发现自己站在一条标准的古代城市的大街上。他看到故事的基座在动摇，听见修辞性的回响，瞥见了作者，一个幽灵般、具有不可思议的美貌和智慧的人物，尽管有着许多个人问题，却还是在拼命地把一切重新维系在一起。

DIMENSIONS OF SHECKLEY: The Selected Novels of Robert Sheckley by Robert Sheckley
Copyright © 2002 by Robert Sheckley
Published by agreement with Donald Maass Literary Agency through The Grayhawk Agency Ltd.
Simplified Chinese edition copyright:
2025 Chengdu Eight Light Minutes Culture Communication Co., Ltd.
All rights reserved.
著作版权合同登记号：01-2024-5591

图书在版编目（CIP）数据

怪兽迷宫 / (美) 罗伯特·谢克里著；罗妍莉, 陈阳译. —— 北京：新星出版社, 2025.3. ——（罗伯特·谢克里科幻小说集）. —— ISBN 978-7-5133-5970-2

Ⅰ. I712.45

中国国家版本馆CIP数据核字第2025R3D835号

罗伯特·谢克里科幻小说集 Ⅱ
怪兽迷宫

[美] 罗伯特·谢克里 著；罗妍莉 陈 阳 译

责任编辑	施 然
监 制	黄 艳
责任印制	李珊珊

出 版 人	马汝军
出版发行	新星出版社
	（北京市西城区车公庄大街丙3号楼8001　100044）
网　　址	www.newstarpress.com
法律顾问	北京市岳成律师事务所
印　　刷	北京美图印务有限公司
开　　本	910mm×1230mm　1/32
印　　张	11.625
字　　数	302千字
版　　次	2025年3月第1版　2025年3月第1次印刷
书　　号	ISBN 978-7-5133-5970-2
定　　价	66.00元

版权专有，侵权必究。如有印装错误，请与出版社联系。
总机：010-88310888　　传真：010-65270449　　销售中心：010-88310811